rowohlt
BERLIN

Fatin Abbas

ZEIT DER GEISTER

Roman

Aus dem Englischen von
Bernhard Robben

Rowohlt · Berlin

Die Originalausgabe erschien 2023 unter dem Titel «Ghost Season»
bei W. W. Norton & Company, New York.

Der Übersetzer dankt dem Deutschen Übersetzerfonds,
der diese Arbeit mit einem Stipendium gefördert hat.

Deutsche Erstausgabe
Veröffentlicht im Rowohlt · Berlin Verlag, März 2024

Satz aus der Feijoa bei Dörlemann Satz, Lemförde
Druck und Bindung GGP Media GmbH, Pößneck
ISBN 978-3-7371-0193-6

Die Rowohlt Verlage haben sich zu einer nachhaltigen Buchproduktion verpflichtet. Gemeinsam mit unseren Partnern und Lieferanten setzen wir uns für eine klimaneutrale Buchproduktion ein, die den Erwerb von Klimazertifikaten zur Kompensation des CO_2-Ausstoßes einschließt.
www.klimaneutralerverlag.de

FSC www.fsc.org MIX Papier | Fördert gute Waldnutzung FSC® C014496

Für meine Mutter Afaf und meinen Vater Ali –
mit all meiner Liebe und Dankbarkeit

I

Dena nahm die Kameratasche, klemmte sich das Stativ unter den Arm, blieb im Hof stehen und blickte hoch. Das Licht war weich, liebkoste die Oberflächen: das Strohdach des Pavillons, der im hinteren Geländebereich stand, die Lehmmauern des Lagerraums, die fahlen Planen des beim Büro aufgebauten Zeltes. So ein Licht war selten - das gab es nur, wenn Morgenwolken, die sich jeden Moment wieder auflösen konnten, ihren Schleier vor die Sonne zogen -, also eilte Dena über den Hof zur Küche, wo Mustafa den Boden fegte.

Der Junge schaute sie an und lächelte, dann wandte er sich wieder seiner Aufgabe zu. Zwischen Dena und ihm gab es kaum noch Formalitäten. Sie brauchte ihn nicht mehr wie früher zu fragen, ob sie die Kamera einschalten durfte. Er wusste, warum sie kam und dass ihre Arbeit darin bestand, ihn zu beobachten, womit er einverstanden war, auch wenn er es immer noch ein wenig merkwürdig fand.

Sie packte ihre Sachen aus - Kopfhörer, ein Blatt Papier zum Weißabgleich, Batterien -, schaltete die Kamera ein und richtete ihr Objektiv auf den fegenden Jungen. Schweiß tröpfelte ihr ins zusammengekniffene Auge, während das andere die Bewegung seiner Arme verfolgte, das Licht der verhangenen Sonne, welches genau richtig auf diese Arme fiel, auf die weiche Haut, die sich genau richtig vom braunen Lehm der Küchenmauer in seinem Rücken abhob. Um die

Füße wirbelte heller Staub vom unebenen Boden hoch, breitete sich in schattigen Schwaden aus, eine Wolke, die dünner wurde und sich dann in der Morgenluft auflöste.

«Sieh doch», sagte er, eine Hand an den Augen. Dena beobachtete ihn durch das Objektiv. «Es wird heute noch Regen geben.» Die Hand blieb einen weiteren Moment über den Brauen, dann griff er wieder zum Besen.

Im Hintergrund hörte sie das Pulsieren einer Radiomelodie, die wegen der Kopfhörer wie von weit her zu kommen schien; unterlegt mit dem Geräusch von Wasser, das jemand auf die Straße kippte. Ein Geruch nach Dung und sonnengebackenen Ziegeln, den der Wind vom Fluss herübertrug, kam und verflog, sie aber beobachtete immer noch, sah vom Gesicht zu den Händen, zum Staub, zum fegenden Besen, derart ins Sehen vertieft, dass das Pochen im gespannten Arm sich nicht länger wie Schmerz, sondern wie ein Rhythmus anfühlte.

Im Büro saß Alex auf einem Stuhl, der zu niedrig für den provisorischen Tisch war, auf dem eine Karte ausgebreitet lag. Das Büro, das einzige Betongebäude auf dem ganzen Gelände, war kaum groß genug für Tisch, Stuhl und den Aktenschrank aus Metall an der linken Wand. Darüber hing ein Poster mit dem Logo der Organisation: ein weißer Globus, der über zwei grünen, wie zum Gebet emporgereckten Händen schwebte.

Alex hatte den Vormittag damit zugebracht, Agrarberichte zu lesen, sich gelangweilt und schließlich jene Karte ausgerollt, die nun auf dem Tisch lag. Er wurde es nie leid, sich Karten anzusehen, und mit aufgestützten Ellbogen musterte er den Verlauf der nördlichen Grenze, eine quer durch die Sahara gezogene Linie. Sein Blick wanderte nach unten, folgte dem durch den breiten gelben Wüstengürtel mäandernden Fluss von der Quelle zur Hauptstadt, wo er sich teilte, ein Strom schlängelte sich ins äthiopische Hochland, der andere nach Süden zum Victoriasee. Bei dem Punkt, der jene Stadt markierte, in der er sich befand, hielt er inne - Saraaya, direkt an der Grenze zwischen Nord und Süd. Hier ging die Wüste in Savanne über, breite, blasse Streifen Grün, die zum tropischen Süden des Landes hin satter und dunkler wurden.

Er war im Auftrag seiner Organisation in dieser Stadt, um Informationen zu sammeln und eine Karte anzufertigen, die Ackerland verzeichnete, Dörfer, Weideflächen, Brunnen sowie Distriktgrenzen. Die bestehenden Karten stammten von den Briten und waren mehr als fünfzig Jahre alt, wurden von den örtlichen Behörden allerdings bis heute benutzt; für ihre Hilfsmaßnahmen brauchte die Organisation jedoch verlässlichere Daten.

Es war Ende November. Er wollte anfangen, aber zwei Wochen nach seiner Ankunft wartete er immer noch auf die offizielle Genehmigung der Behörden. Und seine Vermessungsgeräte, die schon vor einer Woche aus Khartum eintreffen sollten, waren an eine falsche Adresse in eine zweihundert Kilometer entfernte Stadt geliefert worden und erst jetzt auf dem Weg zu ihm.

Ein Schatten schob sich vor das Licht aus dem Hof, und als er aufblickte, sah er William, den Dolmetscher, in der Tür stehen.

William lächelte, unter funkelnden Augen blitzende Zähne. «Guten Morgen», sagte er.

Ein angenehmer, würziger Duft wehte ins Büro. William übertrieb es in letzter Zeit mit dem Rasierwasser, was, wie Alex vermutete, mit der hübschen neuen Köchin zu tun hatte, die seit Kurzem hier arbeitete.

Alex reckte die Nase in die Luft und schnüffelte. «Hat sich mein Dolmetscher etwa in einen Zitronenbaum verwandelt?»

William grinste, ehe er sein längliches, attraktives Gesicht leicht verlegen abwandte. «Ein neues Rasierwasser», sagte er in seinem singenden, die Vokale in die Länge ziehenden Akzent. «Damit solltest du es auch mal versuchen.»

Alex kam der Gedanke, dass er kein besonders gutes Bild abgab, wie er ohne Hemd und mit stoppeligem Kinn dasaß, feuchte helle Locken über den Ohren. Sonnenverbrannte Haut schälte sich von der Nase. William dagegen wirkte wie die Verkörperung reiner Eleganz: Vor den tristen Betonwänden leuchtete sein frisches Hemd blütenweiß. Das Haar trug er so knapp, dass die Linie zwischen Haaransatz und breiter, dunkler Stirn kaum zu erkennen war.

«Was Neues?», fragte Alex. «In Sachen Genehmigung?»

«Noch nicht», erwiderte William, «aber sicher bald. Müsste jeden Tag kommen.»

«Das sind jetzt schon zwei Wochen. Wie viel länger soll ich denn noch warten?»

Mit einem Mal ärgerte er sich über Williams akkurates weißes Hemd.

«Ich spreche morgen wieder vor», sagte William. «Aber ich kann den Behörden keinen Druck machen. Das würde alles nur noch weiter in die Länge ziehen.» Er trat hinaus auf den Hof. «Ruf einfach, wenn du mich brauchst. Ich bin in der Küche.»

Er schloss die Tür, ehe Alex etwas erwidern konnte.

William lief an den Pflanzen, den alten Reifen und den am Tor gestapelten Sandsäcken vorbei, sah Dena mit Mustafa am Lagerraum und hörte das rhythmische Geräusch von

Mustafas Besen wie eine Untermalung der Musik aus dem Radio.

Das Herz in seiner Brust rumpelte. Die ganze Nacht hatte er an Layla gedacht – die jetzt hier war, in der kühlen dunklen Küche. Er hatte sich ausgemalt, was er tun würde: in die Küche gehen, um unter dem Vorwand, ein Glas Wasser holen zu wollen, ein Gespräch über das Wetter anzufangen, über die Ernte, die Nomaden, die wie jedes Jahr um diese Zeit gekommen waren. Dann könnte er sich zu persönlicheren Themen vorwagen: sie nach ihrer Familie fragen, danach, wo sie wohnte.

Er blieb an der Büromauer stehen, strich sein weißes Hemd glatt, fuhr sich mit der Zunge über die Zähne. Seit er Layla zum ersten Mal begegnet war, gehörte ihm der eigene Körper nicht mehr, den es nur noch so gab, wie sie ihn seiner Meinung nach wahrnahm. Jetzt, da er sie gleich sehen würde, war er sich mit einem Mal seiner langen Beine bewusst, hager und schlaksig wie die eines Kamels, seiner zu großen Zähne, der feuchten Hände, breit wie Vogelfallen. Seiner dunklen Haut, schwarz wie Wasser in einer mondlosen Nacht.

Er holte tief Luft, bog um die Mauer des Büros, warf durch die offene Tür einen Blick auf Alex' Rücken und lief an weiteren Pflanzen in rostigen Ölfässern vorbei. Über den Hof hinweg winkte er Dena und Mustafa zu, der Tumult in seiner Brust aber nahm zu. Als er die Küchentür erreichte, waren seine Bewegungen verkrampft, die Augen weit aufgerissen. Das Gesicht erstarrt zu einem irren Lächeln. Blindlings betrat er die Küche, ging zum orangefarbenen Wasserspender, goss sich ein und trank. Das Nass gurgelte durch seine Kehle, das Glas zitterte, sein Adamsapfel hüpfte auf und ab. Erst als er den leeren Becher klirrend auf den Tresen stellte und sich umsah, fiel ihm auf, dass Layla gar nicht da war.

«Wie läuft's mit dem Filmen?» Die Frage drang dumpf und abrupt über die Kopfhörer an ihre Ohren, ließ sie zusammenfahren.

Sie gab keine Antwort, spürte aber, dass sein Schatten blieb. Schließlich drückte sie die Stopp-Taste und nahm die Kopfhörer ab. Den ganzen Vormittag war sie Mustafa über das Grundstück gefolgt, bis sie schließlich neben den beiden Betten im Hof angekommen waren, wo er mit nassen Knien auf einem Schemel über eine große Metallwanne mit blubberndem Wasser gebeugt saß; sie hockte sich ihm gegenüber.

«Bestens», sagte sie und sah zu Alex hoch. Etwas Aufdringliches, eine übergriffige Vertrautheit lag in seinen grauen Augen, dem dreisten Blick.

Mustafa hielt kurz mit dem Waschen inne und steckte die Hände in den Sand, trocknete sie. Tropfen flogen, und Dena schützte ihre Kamera mit dem Arm.

«Wovon handelt er denn, dein Dokumentarfilm?», fragte Alex.

Er trug bei der Hitze kein Hemd, und sie bemerkte die vereinzelten Haare auf seiner Brust, das dunkle Muttermal unter einer der blassen Brustwarzen. Sie wandte den Blick ab; diese körperliche Intimität war ihr peinlicher als ihm.

«Ich habe gerade erst angefangen», sagte sie.

«Und was hast du damit vor?»

«Gar nichts. Ich dreh ihn nur für mich.»

Er schwieg verwirrt. «Aber was fängst du damit an, wenn du fertig bist?»

«Keine Ahnung. Vielleicht nichts.»

Er sah ihre Finger auf den Knöpfen der Kamera liegen.

«Warum einen Film drehen, der dann einfach bloß irgendwo rumliegt?»

Die Frage ärgerte sie. In dieser armen, unruhigen Gegend des Landes gab es nur Platz für Opfer und Retter.

«Und deine Karte? Was für einen Nutzen hat die?»

Ihm schien die Herausforderung in ihrer Frage nicht zu entgehen, doch antwortete er in eher beiläufigem Ton: «Ganz einfach. Es geht um Information. Je mehr Informationen wir haben, desto besser, stimmt's?»

Sie lächelte, nur war es kein freundliches Lächeln.

Plötzlich wurde es heller, der Rand der Wanne blitzte auf, und Dena begriff, dass sich die Wolken verzogen, die Sonne stärker hervorkam und ihr zum Filmen nur noch wenige Minuten gutes Morgenlicht blieben.

«Würdest du bitte?» Sie machte eine Handbewegung in Richtung Mustafa, der dem angespannten Wortwechsel folgte, obwohl er ihn nur halb verstand.

«Natürlich», sagte Alex und streckte die Hände aus. «Ich lass euch weitermachen.» Er wandte sich ab, und sie sah ihn zurück ins Büro schlendern; die gebräunten Arme und der sonnenverbrannte Nacken sahen aus, als gehörten sie zu einem anderen Körper als zu jenem gespenstischen Torso, mit dem sie tatsächlich verbunden waren.

Mustafa stieg auf eines der beiden Betten, löste das Moskitonetz vom Bambusrahmen und ließ es auf die Matratze fallen. Beim zweiten Bett machte er es genauso. Fast Mittag. Dena hatte die Kamera fortgeräumt und war in die Küche gegangen, um für alle Mittagessen zu kochen. Layla war heute nicht gekommen, weshalb an diesem Morgen noch niemand gegessen hatte.

Er hörte das heiße Öl zischen und spritzen; Falafelduft wehte aus der Küchentür herüber. Im Pavillon lief noch das Radio, nur hatte Dena inzwischen zum Sender BBC gewechselt. Das Englisch des Sprechers driftete über den Hof, eine sonore, von statischem Rauschen unterlegte Stimme, deren geheimnisvolle Worte Mustafa umspülten.

Es war Donnerstag, und heute Abend lief das Endspiel der Fußballmeisterschaft. Es gab bloß einen einzigen Ort in Saraaya, wo es gezeigt wurde: Omars Saftstand auf dem Markt; Zusehen kostete dreihundert Pfund. Und er hatte kein Geld mehr. Erst letzte Woche hatte er seine kärglichen Ersparnisse ausgegeben, um auf dem Markt Ware für seinen Unterwäschehandel zu kaufen. Seine Mutter bekam den Rest der fünfzehntausend Pfund, die er monatlich dafür erhielt, dass er auf dem Hof seine Arbeit machte – Putzen, Abfall entsorgen und Waschen. Mutter war Witwe; außer ihm hatte sie noch zwei, allerdings kleinere Kinder, also ging sein Lohn vor allem dafür drauf, sie zu unterstützen.

Freunde würden ihm nichts leihen können, und seine Mutter hielte es für Verschwendung. Außerdem hatte sie ihm erst letzten Monat zu seinem zwölften Geburtstag tausend Pfund geschenkt, die aber längst ausgegeben waren. In Gedanken listete er auf, was er dafür gekauft hatte: drei Flaschen Coca-Cola, zwei Stücke Gebäck auf dem Markt, eine angeknackste Sonnenbrille von seinem Freund Ibrahim – achthundert Pfund insgesamt. Ihm fiel nicht mehr ein, was er mit dem Rest bezahlt hatte.

Er raffte die Moskitonetze auf und lief damit zum Vorraum, der als Abstellplatz genutzt wurde. Die Luft hier drinnen war stickig, staubig. An einer Wand stapelten sich Kartons bis zur Holzbalkendecke, und in einer Ecke lag ein Haufen blauer Abdeckplanen, obenauf ein alter, kaputter Generator mit verrostetem Getriebe. Unter einem Holztisch bei der Tür stand eine Reihe angeknackster Tonkrüge, dazwischen Alex' Sachen – ein blauer Rucksack und ein kleiner Koffer. Oben auf dem Tisch lagen eine zusammengerollte Matratze sowie alte Zeitungen und einige Plastiksäcke mit

Bettwäsche und Kissen. Mustafa stopfte die Moskitonetze in einen der Säcke und ging wieder nach draußen, lief zurück zu den Betten.

William eilte aus dem Büro und holte ihn ein. «Wo ist Layla?», fragte er auf Arabisch.

«Weiß nicht», erwiderte Mustafa. «Sie ist heute Morgen nicht gekommen.»

«Hat sie gestern was gesagt?»

Mustafa schüttelte den Kopf. Ihm war nicht entgangen, wie ihr Williams Blicke folgten, wenn sie über den Hof ging. Und wie er über seine langen Beine stolperte, sobald er merkte, dass sie ihn ansah.

William kam noch näher. «Kannst du herausfinden, wo sie wohnt?»

Mustafa dachte nach, spürte, dass sich ihm eine Gelegenheit bot. «Schon möglich, aber ...»

«Aber was?»

«Dann hätte ich noch mehr zu tun ...»

William starrte ihn an. Dann begriff er. Er zog einige Scheine aus der hinteren Hosentasche, zählte sie.

«Hier hast du zweihundert Pfund.»

«Vier», sagte Mustafa.

«Vier? Du bist ein Halsabschneider.»

«Ich brauche einen halben Tag, um zu erfahren, wo sie wohnt. Ich muss rumfragen, suchen, ihr Haus finden ...» Angestrengt überlegte er, auf welche Weise er noch verdeutlichen konnte, wie groß seine Aufgabe sein würde.

«Na schön, okay, hier sind vier», sagte William und zählte weitere Scheine ab. «Aber mach es noch heute. Finde heraus, ob sie morgen kommt.»

Mustafa nahm die Scheine und faltete sie zusammen. Das Spiel. Eine Flasche Coca-Cola. Er lächelte und stopfte sich das Geld in die Tasche.

«Ich kümmere mich drum, sobald ich hier fertig bin», sagte er. William strich ihm über den Kopf und ging zurück ins Büro.

Während Mustafa eines der Betten zum Pavillon schob, hörte er, wie laut ans Tor gehämmert wurde. Er zerrte so lange am Bett, bis es im Schatten des Strohdachs und parallel zur Hängematte stand, die zwischen zwei Baumstammpfosten gespannt war. Als er zurück ins Licht trat, sah er William am Tor. Er hörte Stimmen, konnte aber nicht sehen, mit wem er redete. Dann öffnete William das Tor etwas weiter, und drei Männer kamen herein, die mit Mühe ein schweres, in Sackleinen gewickeltes Bündel in den Hof schleppten. Hochgewachsene Niloten, dunkel wie William; sie trugen zerschlissene, staubige Unterhemden oder T-Shirts und abgeschnittene Hosen.

William redete mit ihnen auf Nilotisch und dirigierte sie in den Hof, wo auch das Bett stand. Sie legten ihr Bündel ab. Beugten sich darüber. Einer redete, zeigte zu einer Stelle irgendwo hinter der Mauer, die Worte untermalt von der Erregung seiner Hände, die immer wieder aufflogen, während er das Geschehene beschrieb. Die beiden anderen Männer saßen schweigend da, nickten nur gelegentlich.

Als Alex auf den Hof trat, rief William ihn zu sich. Einer der Männer öffnete den oberen Teil des Bündels. Mustafa konnte vom Inhalt nichts erkennen. Alex' Augen weiteten sich, er wurde plötzlich blass im Gesicht. William riss den Kopf zurück und hielt sich mit einer Hand Mund und Nase zu. Mustafa näherte sich der Gruppe. Irgendwas Süßes, Fauliges hing in der Luft. Dena kam aus der Küche, trocknete sich die Hände an einem Geschirrtuch ab.

«Was ist denn?», rief sie, als sie zu ihnen ging. Mustafa drängte sich zwischen Alex und William durch.

Einer der Niloten schlug jetzt das Sackleinen zurück, hob

behutsam die Ecken an. Kaum zog er das Tuch fort, wichen die beiden Männer auf der anderen Seite des Bündels zurück.

Der Geruch, ranzig, süß, schwefelig, wurde stärker, kaum noch Gestank, eher ein Geschmack, der sich wie ein Film auf ihre Zungen legte. Die Haut - oder was davon noch übrig war - schwarz, teils zerfurcht, mit den Rippen verschmolzen; an den Knochen trockene Fetzen; darunter die angesengten Schlingen des Gedärms. Die Arme über den Kopf gereckt, die verkohlten Finger gekrümmt. Die Beine trocken wie Holz, verdreht, die Füße steif in der Luft. Die Lippen fortgebrannt, sodass die Zähne in stummem Schrei unter schwarzem Nasenstumpf und geschlossenen Augen vorragten.

Die Hitze und der vor allem vom grausigen Fleisch ausgehende Gestank waren erdrückend. Dena verließ den Kreis. Alex hielt sich die Nase zu. William zog sich das Hemd übers Gesicht. Mustafa stand auf und wich zurück, atmete durch den Mund. Die drei Fremden hielten sich jetzt ebenfalls die Nase zu und schlugen nach den fetten, brummenden Fliegen, die über der Leiche kreisten. Der eintönige Klang der Stimme des BBC-Nachrichtensprechers wehte über den Hof. Im zunehmenden Licht der Sonne hoben sich die groben Umrisse der Leiche deutlich vom braunen, staubigen Sand ab.

Alex redete über Mustafas Kopf hinweg mit William, die Stimme vom Arm gedämpft. «Wo wurde das gefunden?»

William dolmetschte für die Männer, von denen zwei neben der Leiche hockten. Sie waren kräftig, Gesicht und muskulöse Arme fleckenweise mit Dungasche bestrichen. Derselbe Mann, der eben mit William geredet hatte - hohe Wangenknochen und kleine, tief liegende Augen -, antwortete; rasch strömten die hohen Silben ihrer Sprache hin und her.

«Sie haben flussaufwärts Vieh geweidet, am linken Ufer.»

«Weiß man schon, um wen es sich handelt?», fragte Alex.

«Sie sagen, es verbreite sich die Nachricht, dass eine Leiche gefunden wurde, aber noch habe sich niemand gemeldet.»

Die Hoffläche zog sich auf den engen Kreis der Leute um die Leiche zusammen. Mustafa nahm eine Bewegung wahr, und als er hochblickte, entdeckte er Dena, die an den Leichnam trat, ihre Kamera hob und die Kappe vom Objektiv nahm. Das lauernde Glasauge liebkoste das tote Fleisch, bewegte sich langsam, fuhr auf und ab, folgte den gebogenen, steifen Beinen, richtete sich auf die Arme, den Oberkörper. Einen Moment lang galt alle Aufmerksamkeit allein der schlanken Frau mit der Kamera. Einer der beiden Fremden, die links vom Leichnam saßen, wisperte seinem Gefährten etwas ins Ohr. Sie sahen zu Dena hinüber. Dann wanderte ihr Blick zurück zur Leiche.

Wieder sagte William etwas: «Sie sind gekommen, um zu fragen, ob wir sie mit unserem Pick-up zum Friedhof fahren könnten. Zum Laufen ist es dahin zu weit, aber sie wollen die Leiche beerdigen.»

«Waren sie schon bei der Polizei?», wollte Alex wissen.

«Heute Morgen. Die Polizei sagte, der Leichnam sei nicht zu identifizieren, und sie könnten nichts weiter tun, solange sich niemand melde. Sie wollen den Fall untersuchen, haben aber gebeten, den Toten zu beerdigen.»

Alle schauten schweigend vor sich hin. Auf der Straße ratterte ein Eselskarren vorbei. Aus dem Radio drang ein Schwall Musik zu ihnen, der anzeigte, dass das Nachrichtenprogramm zu Ende war.

«Ich hol den Schlüssel», sagte Alex, richtete sich auf und ging ins Büro.

Einer der Männer beugte sich vor und zog das Sackleinen wieder über die Leiche. Alle erhoben sich. Die Sonne verschwand mit einem Mal hinter einem Wolkenwattebausch, und die markanten Schatten der Mauern, des Pavillons sowie der bunten, entlang der Hofmauer aufgezogenen Wimpel verschwammen im Zwielicht, das sich nun auf dem Gelände ausbreitete. Wind kam auf, und träge, aber beharrlich knarrte das Tor. Das Sackleinen über der Leiche zitterte, wehte hoch, aber William bückte sich, um es wieder runterzuziehen. Dena stellte die Kamera aus und ließ sie von der Hand baumeln. Zwei der Viehtreiber knieten sich hin und zurrten den Stoff um den Leichnam fest, ehe sie ihn an Armen und Beinen aufhoben. Als Alex aus dem Büro kam, jetzt mit einem blauen T-Shirt, trugen sie den Leichnam durchs Tor; Alex und William folgten ihnen.

Draußen lag die Straße still in der Mittagshitze. Ein streunender Hund trottete vorbei, verharrte in argwöhnischer Entfernung, schnupperte das verrottende Fleisch und legte den Kopf schief. An der anderen Straßenseite gingen drei Frauen vorbei, die jede auf einem kleinen ringförmigen Kissen auf dem Kopf einen Wasserbottich trugen. Vorsichtig drehten sie sich um, hielten den langen Hals gerade und beobachteten, wie die Männer das braune Bündel auf die Ladefläche des vor dem Anwesen parkenden Trucks bugsierten. Dena und Mustafa, die im offenen Tor stehen geblieben waren, spürten plötzlich ein kaltes, feuchtes Prasseln auf der Haut. Sie schauten zum Himmel, an dem jetzt tiefe, regenschwere Wolken hingen; die Sonne, die noch vor wenigen Minuten auf sie niedergebrannt hatte, war nirgendwo mehr zu sehen.

Äußerlich tat William gelassen und sagte sich immer wieder, dass er sich Dinge einbildete. Er stand auf einem Friedhof am Rand der Stadt, neben sich Alex, der nervös mit seiner Schaufel hantierte, und ihm gegenüber die drei Viehtreiber, die sich auf ihre Schaufeln stützten. Der Friedhof war nicht deutlich gekennzeichnet, nur eine Fläche braunes Land, die in eine größere braune Landfläche überging; leichte Erderhebungen die einzigen Anzeichen dafür, dass hier Leichen begraben lagen; da und dort ein unförmiger Grabstein.

Links von einem der Viehtreiber lag einige Schritte abseits der verhüllte Leichnam. Er war mehrere Kilometer außerhalb der Stadt gefunden worden, also gewiss weit fort von dort, wo Layla wohnte. Es hatte wieder Ärger gegeben mit den Rebellen, die sich irgendwo in dieser Gegend herumtrieben, und womöglich gab es zwischen dieser Leiche und den Unruhen einen Zusammenhang. Außerdem hätte Laylas Familie sie benachrichtigt, wenn sie vermisst würde.

Trotzdem nahm William aus dem Augenwinkel die gegen den Stoff gepressten Finger des Leichnams wahr; es sah aus, als wollte sich der Tote vom Leichentuch befreien. William wandte den Blick ab, schaute vorbei an den Viehtreibern und der Leiche und folgte den Fahrspuren im Sand bis dorthin, wo der Truck stand, dann weiter bis zu der Reihe von Gehöften, die sich in weiter Ferne an die Erde duckten und den südlichen Rand der Stadt markierten. Es hatte aufgehört zu nieseln, die Sonne blieb jedoch hinter Wolken verborgen.

«Sollen wir den Toten hier begraben?», fragte einer der Männer, und zwar der, der schon auf dem Hof meist das Reden übernommen hatte. Die beiden anderen sahen William an – die Frage galt ihm. Dies war einer der Momente, da er sich wünschte, die Last der eigenen Autorität einfach ablegen zu können. Er stammte von hier, aber seine eher intellektuelle Tätigkeit an diesem Ort, wo die meisten Menschen Bauern oder Viehzüchter waren, trennte ihn von den übrigen Ortsansässigen. Obwohl er nur Dolmetscher war, hielt man ihn in Saraaya für einen bedeutenden Mann.

Er lebte in einer Stadt, deren strategische Bedeutung für

den Krieg in einem umgekehrten Verhältnis zu ihrer Provinzialität stand, ihrer Abgeschiedenheit, lag sie doch mitten im Nirgendwo - Wüste im Norden, endlose Sümpfe und Savannen im Süden. Trotzdem war es William gelungen, sich hier ein halbwegs anständiges Leben aufzubauen. Jedenfalls redete er sich das ein. Er konnte von Glück sagen, dass er diesen Job bekommen hatte. Und er wusste mit Menschen umzugehen, besaß das Talent, sich bei allen beliebt zu machen (eine Fähigkeit, die nur bei Layla zu versagen schien), weshalb es ihm leicht fiel, sich mit der Polizei gut zu stellen, der Security, den Nomaden, den Niloten, den Leuten von der NGO und solchen Expats wie Alex, um die er sich zu kümmern hatte, solange sie sich hier aufhielten.

Mit dreiunddreißig waren seine Wünsche zudem eher bescheiden: Er träumte von einer Frau, Kindern, einem eigenen Haus. Früher hatte er mehr gewollt, damals, als junger Mann in Khartum, wohin er als Zwanzigjähriger gekommen war, sein Buchhalterdiplom in der Hand und fest entschlossen, das Beste aus sich zu machen. Was damit endete, dass er als Handlanger auf Baustellen in der Stadt arbeitete, wo mit dem Geld, das das überall im Süden aus dem Boden sprudelnde Öl einbrachte, extravagante, protzige Gebäude errichtet wurden.

In den ersten Wochen in Khartum - frisch rasiert, die Schuhe auf Hochglanz poliert, am Handgelenk blitzte eine vergoldete Uhr, das Diplom sorgsam in eine Plastikfolie gesteckt - war er in die Büros der Stadtmitte gestürmt.

«Wir brauchen keinen Laufburschen», hatte die verblüffte Antwort der Sekretärin im ersten Büro gelautet, das er betrat. Er konnte sich noch gut an sie erinnern: geschwungene, mit Eyeliner gezogene Lidstriche, das Gesicht eng umrahmt von einem dunkelroten Kopftuch, das auf einer Seite elegant über ihre Schulter fiel. Sein schickes Auftreten hatte sie verwirrt. Die Sachen passten nicht zu seiner pechschwarzen Haut und der schlaksigen Gestalt, die den Südsudanesen verriet.

Die Plastikfolie knisterte, als er hineinlangte. «Ich habe ein Diplom.» Er gab es ihr. Sie überflog es. «Verstehe ...» Sie schaute nach links und rechts, als suchte sie nach einem Papierkorb, in den sie es werfen konnte. Dann beugte sie sich vor. «Tut mir leid. Niemand wird dich hier für eine Arbeit im Büro anstellen. Ich sag dir das nur, um dir Ärger zu ersparen. Falls du einen Job als Laufbursche suchst, könntest du vielleicht was finden.»

William starrte sie an, steckte das Diplom zurück.

«Danke», sagte er und ging.

Im nächsten und übernächsten Büro war es das Gleiche. Sekretärinnen mit weit aufgerissenen Augen, verwirrt von seinem Rasierwasser, dem eleganten Auftritt. Den polierten Schuhen. Dem makellos weißen Hemd. Dem Selbstvertrauen, mit dem er auf sie zukam, ihnen die Hand entgegenstreckte. «Hallo, ich heiße William Luol.» Wie ein Manager. Nicht wie einer aus dem Süden. Überall dieselbe Antwort. Nein. Wir haben nichts frei. Gar nichts. Statt ihn zu entmutigen, machte ihn jedes Scheitern entschlossener. Er schritt noch stolzer aus, zückte noch schwungvoller sein Diplom. Hielt kühn dem Blick der Sekretärinnen stand. Verlangte ihren Chef zu sprechen. Je verzweifelter er wurde, je rascher die Ersparnisse in seiner Tasche dahinschmolzen, desto hartnäckiger wurde er.

Bis er eines Tages kein Geld mehr hatte, um die Miete für das Haus zahlen zu können, das er sich mit dem Vetter und drei weiteren Männern aus seiner Heimatstadt teilte. Also ging er mit dem Vetter auf Baustellen. Jeden Tag von sechs Uhr morgens bis sechs Uhr abends, dann zurück zur Zwei-Zimmer-Baracke. Bohnen zum Frühstück, zum Mittag und zum Abend. Gewaschen wurde sich im Hof mit einem an den Hahn angeschlossenen Schlauch, aus dem im Sommer Wasser spritzte, das die Sonne im großen Metalltank auf dem Nachbarhaus fast kochend warm aufgeheizt hatte.

Seine einzige Zuflucht in jenen Tagen war das Kino. Einmal die Woche ging er hin, um sich von dem wenigen Geld, das er sparen konnte, Bollywoodfilme anzusehen. Heldinnen mit Rehaugen, nackter Taille und gepiercten Nasenflügeln. Atemberaubende, mit Blumenkränzen behangene Helden. Grüne Weiden, Paläste und verzierte Portale, so anders als diese hässliche braune Stadt mit ihren braunen Straßen und braunen Telefonmasten. In der Dunkelheit des Kinos knirschten und raschelten weggeworfene Plastikflaschen und Plastiktüten unter seinen Schritten; Grüppchen junger Männer hielten den Atem an, wenn ein nackter Arm, ein unverdeckter Hals über den Bildschirm blitzten; die Erschöpfung der Woche sickerte aus ihm in die offene Weite der Täler, der Hügel und Berge, wurde fortgewaschen von den tosenden Fluten herabstürzender Wasserfälle.

Stärker als ihm damals bewusst war, sollten diese Filme seine Vorstellung von der Liebe prägen. Seit drei Jahren lebte er nun wieder in Saraaya. An geeigneten Frauen bestand kein Mangel, und er hätte längst verheiratet sein können, so wie es sich seine Mutter wünschte, aber irgendwas daran, wie Ehen hier eingegangen wurden, störte ihn. Vieh für eine Frau. Das war's. Eine Transaktion, ein Warentausch, keine Liebe. Er aber wollte Liebe. Er hatte den Erfolg aufgegeben, den Reichtum, und er war desillusioniert genug, um zu verstehen, dass ihm nicht alles in den Schoß fiel. Dass das Leben einen anders behandelte, je nachdem, wo man und in welche Familie man geboren wurde, und dass es nichts gab, was man dagegen tun konnte. Also hatte er mit dem Alter (er fühlte sich nicht im eigentlichen Sinne alt, aber doch zu alt und zu jung zugleich) seine Erwartungen korrigiert. Er war intelligent, gebildet, charmant, sah sogar gut aus, aber dennoch war er jemand aus dem Süden. Alles, was er noch wollte, was er sich noch erhoffte, waren eine Frau, Kinder, ein Zuhause.

Zum ersten Mal seit seiner Rückkehr war er richtig ernsthaft verliebt. Warum Layla? Vielleicht, weil sie in gewisser Hinsicht unerreichbar war. Weil sie eine Nomadin, er ein Nilote war. Vielleicht versuchte er unbewusst, einen der komplizierten Handlungsstränge eines Bollywoodfilms nachzuahmen: Unmögliche Liebe triumphiert, aller Wahrscheinlichkeit zum Trotz.

Der Zufall, dass der Tote an dem Morgen auftauchte, an dem Layla nicht zur Arbeit gekommen war, hatte ihn fassungslos gemacht. Bis zu diesem Moment hatte er im schlimmsten Fall damit gerechnet, dass sie ihn zurückwies. Aber sollte es möglich sein, dass es sie gar nicht mehr gab? Ein schrecklicher Gedanke, vor allem weil die Finger noch immer gegen den Stoff pressten. Folglich sagte er sich, dass sie nicht die Leiche war. Nicht sein konnte.

Er deutete mit einem Kopfnicken auf den Boden, auf die Stelle, die der Viehtreiber angedeutet hatte.

«Hier ist es gut», sagte er und hob die Schaufel, wollte anfangen zu graben.

«Aber was ist, wenn die Leiche zu den Nomaden gehört?», fragte der zweite Viehtreiber, dem ein langer Grashalm aus dem Mund hing. Er war älter als die anderen, stiller.

William senkte die Schaufel wieder. Er hatte noch nicht einen Moment darüber nachgedacht, auf welchem Friedhof sie standen.

«Solange sich niemand meldet, ist es besser, die Leiche zu begraben. Egal wo. Außerdem beerdigen die Nomaden ihre Toten schnell, innerhalb von vierundzwanzig Stunden.»

Der Viehtreiber nahm den Grashalm aus seinem Mund. «Aber wenn es der falsche Friedhof ist ...»

Der zweite Viehtreiber, dessen Hände locker auf dem Griff der vor ihm in den Boden gerammten Schaufel ruhten, unterbrach ihn.

«Ist doch völlig verbrannt. Hast du selbst gesehen. Woher sollen wir wissen, auf welchem Friedhof wir die Leiche begraben sollen, wenn wir nicht wissen, wer das ist», sagte er.

«Was reden die da?»

William wandte sich zu Alex um, weil er plötzlich spürte, wie der ihm zu nahe rückte, sich aufdrängte; um sie herum war so viel Leere, trotzdem stand Alex jetzt nur wenige Zentimeter von ihm entfernt, sodass William einen Schritt zurücktreten musste. Er sah hinab auf das stoppelige Kinn, die rissigen Lippen, die grauen, besorgt blickenden Augen. In dem zu großen T-Shirt wirkte Alex noch magerer, als er war.

Er wünschte sich, er hätte ihn auf dem Hof zurückgelassen. Seit zwei Wochen setzte er ihm zu, er solle Druck bei den Behörden machen, damit er endlich mit der Karte anfangen könne. William hatte sich ihm widersetzt, nicht aus Bequemlichkeit, sondern weil er schlicht nicht beeinflussen konnte, wie lange die Bearbeitung der eingereichten Papiere dauerte; Behörden brauchten ihre Zeit, vielleicht sogar noch länger, weil Behörden eben Behörden waren. Zu seinen Aufgaben gehörte es, Alex zu helfen, ihm zu Diensten zu sein, aber irgendwie nervte dessen Beharrlichkeit, die Art und Weise, wie er ihm folgte mit gerecktem Kopf, wie er ins Licht blinzelte und fragte: «Warum dauert das so lange?» und «Kannst du nicht noch mal mit denen reden?» oder «Was soll ich denn in der Zwischenzeit tun?», Fragen über Fragen, pausenlos. William gab sich alle Mühe, entschieden, aber freundlich zu bleiben, da er Alex nicht gegen sich aufbringen wollte, auch wenn ihm daran lag, Alex auf seinen

Platz zu verweisen, ihm klarzumachen, dass er nicht begriff, wie die Dinge hier funktionierten; und dass es für sie beide besser wäre, wenn er William nur machen ließe.

Alex' Angst – ständig fingerte er an der Schaufel herum und blickte über die Schulter auf das weit offene Land in seinem Rücken, als fürchtete er, aus dem Nichts heraus angegriffen zu werden – ließ William kalt, ja, sie ärgerte ihn. Er erklärte, dass sie nicht wüssten, zu wem die Leiche gehörte, zu den Niloten oder den Nomaden, weshalb sie darüber debattierten, auf welchem Friedhof sie beerdigt werden solle.

Alex schaute nach links und nach rechts – auf die flachen Grabhügel zu beiden Seiten.

«Für mich sieht das hier überall gleich aus», sagte er. «Woher soll man wissen, welcher Friedhof welcher ist?»

William zeigte auf die fünf großen Steine, jeder ungefähr einen Meter breit, die in einer Reihe hintereinander den Friedhof der Niloten vom Totenacker der Nomaden trennten. Sie waren leicht zu übersehen, da beide Friedhöfe mit Steinen aller Größen übersät waren, von denen manche als Grabsteine dienten. In der Gegend aber war die Bedeutung dieser fünf Steine allgemein bekannt.

«Ist es denn wirklich so wichtig, wo die Leiche begraben wird?», fragte Alex.

William deutete auf die Viehtreiber, die ihrem Gespräch aufmerksam folgten, obwohl sie kein Wort verstanden.

«Sie glauben schon», sagte er. «Wenn sich herausstellt, dass sie zu den Nomaden gehört, aber auf dem Friedhof der Niloten beerdigt wurde, könnte das Probleme geben. Umgekehrt genauso.»

Alex' Lippen schlossen sich. Dann sagte er: «Können wir sie nicht dazwischen begraben?»

«Dazwischen?», fragte William.

«Ja. Zwischen den beiden Friedhöfen. In der Mitte.»

William übersetzte für die Viehtreiber.

Zwei sprachen gleichzeitig.

«In der Mitte? Unmöglich.»

«Entweder oder.»

«Aber wenn wir es nicht wissen ...», warf der ältere der Männer ein.

William sah zum Leichnam, dann auf das umgebende flache Land, sah die spärlichen Grasbüschel, von denen es am Ende der Regenzeit zunehmend weniger gab, Erde und Himmel zwei fahle Flächen, die sich spiegelten. Wo war sie? Wo konnte sie sein? Wieder sah er zum Leichnam hinüber. Das war sie nicht; das konnte sie nicht sein.

«Lasst ihn uns hier beerdigen.» Er wollte es hinter sich bringen, trat vor, die Schuhe versanken im Staub, und er stieß die Schaufel in die Erde.

«Hier?», fragte Alex und zog die Schaufel hinter sich her. «Bist du dir sicher?»

«Ja», erwiderte William. «Jetzt mach schon.»

Zwei der Viehtreiber begannen zu graben; Alex schloss sich an.

Der Griff der Schaufel lag heiß in der Hand. William grub ohne Unterlass, Erde fiel auf Erde, Staub stieg auf und überzog sein weißes Hemd, brannte ihm in den Augen, die Muskeln taten weh, aber er hörte nicht auf – der Schmerz in den Armen bündelte seine Aufmerksamkeit, und er arbeitete so konzentriert, dass er Layla immer mal wieder vergaß.

Durch die goldgelb getönten Gläser der Sonnenbrille sah Mustafa Jane im hellen, orangefarbenen Kleid auf dem niedrigen Hocker am üblichen Platz im Schlachterladen sitzen, einen Kessel in der Hand. An einem ihrer Zöpfe blühte eine

Plastikrose. Ihr Hintern quoll über die Ränder des winzigen Stuhls, und sie gab eine Prise Zimt ins kochende Wasser. Um sie herum hatte sich eine Handvoll Männer versammelt, die Tee aus kleinen Glastassen nippten.

Jane zeigte auf seine Sonnenbrille. «Was bist du denn? Eine Fruchtfliege?»

«Die ist neu», sagte Mustafa, grinste, strich über die schlanken Bügel der Brille und schob sie den Nasenrücken hoch. Sie rutschte wieder runter. Jane lachte, Grübchen zeigten sich in ihren Wangen, zwischen den Lippen leuchteten die winzigen Rechtecke ihrer Zähne.

Hinter ihr, gleich neben dem Eingang zum Laden, hingen an Haken riesige Kalbshachsen und schwankten im Wind. Hölzerne Tresen waren mit gerupften Hühnern übersät, mit Fleischstücken von Rinderrumpf, Brust, Vorderrippe und Schulter. Weißrosa Fleisch schimmerte hell auf grünen Tischen. Ein Schafskopf starrte mit heraushängender Zunge von einem hohen Regal herab.

Jane legte den Deckel auf den Kessel und beugte sich vor, ihr Blick plötzlich ernst. «Ich habe gehört, man hat am Fluss heute eine Leiche gefunden?»

Mustafa stellte seine Tüten ab und schob sich die Brille auf den Kopf. «Sie wurde von Viehtreibern gefunden», sagte er. «Sie haben sie heute Nachmittag auf den Hof gebracht.»

Die Männer um Jane rückten näher heran, voller Fragen. Er plusterte sich auf, einen Arm um Janes Schultern, die aschfarbenen Knie lugten unter dem Saum seiner Shorts hervor, und Brauen, Nase und Mund hüpften in seinem schmalen Gesicht, als er von der Leiche erzählte, von dem schrecklichen, süßen Geruch, der davon aufstieg, und dass es unmöglich gewesen war, auch nur zu sagen, ob es ein Mann oder eine Frau war. Nichts als ein Haufen verbranntes Fleisch, verkohlt wie ein Baumstumpf.

«Gott steh uns bei», sagte Jane. «Das ist kein gutes Omen; ein Leichnam, der wie aus dem Nichts auftaucht.» Sie hob einen Strohfächer vom Boden auf und befächelte energisch die Glut im Herd.

Mahmood, der Schlachter, meldete sich zu Wort. «Das gibt Ärger», sagte er. «Die bewaffnen sich wieder.»

Janes Augen wurden groß. Sie drückte den Fächer an ihre Brust. «Haben wir nicht schon genug durchgemacht?»

Mustafa blieb noch, hörte zu. Ein Viehtreiber, ein Nilote, sagte, die Rebellen seien südlich der Sümpfe. Ein anderer Mann meinte, nein, sie seien hoch oben im Norden beim Fluss Kinu. Und wieder ein anderer sagte, aus Khartum würden fünfhundert Soldaten zur Verstärkung geschickt. Sie fielen sich gegenseitig ins Wort, waren unterschiedlicher Ansicht, wann die Kämpfe ausbrechen würden, ob der Tote etwas damit zu tun hatte und ob sie ihre Sachen packen und fliehen sollten, sobald die Gefechte begannen.

Ein Schatten fiel auf den seilumwickelten Griff des Kessels. Die Zeit verflog - er musste noch den Laden aufmachen und später Layla suchen, also nahm er seine Tüten, winkte Jane zu und eilte in nördlicher Richtung davon; die Flipflops schlappten an seine Hacken, die Blicke huschten über die auf brüchigen Tischen und Regalen ausgebreitete Ware - gebrauchte Radios, Flechtkörbe, Guaven, Wassermelonen und Gläser voll mit Perlen wie winzige Augen.

Es war die Zeit des Tages, da die Leute von den Feldern und Viehweiden heimkehrten, um sich auf dem Markt zu treffen, sich auszuruhen, zu schwatzen oder fürs Abendessen einzukaufen. Die eine Hälfte machte es sich im Schatten eines Neembaumes oder eines rissigen Vordachs bequem, saß auf Stühlen oder hockte auf den Fersen, meist um die Teefrauen versammelt, während die andere Hälfte eifrig kaufte und verkaufte, Waren auslegte, um Preise feilschte und dann

Geld die Hände wechseln ließ. Hier und da fing Mustafa Bruchstücke der Gespräche auf, die Nachricht von der Leiche wanderte bereits von Mund zu Mund.

Er kam an einem Laden vorbei, dem äußeren Anschein nach eine Werkstatt, in der insgeheim aber Kalaschnikows und andere Handfeuerwaffen verkauft wurden, an Niloten wie an Nomaden, ein florierendes Geschäft in der Trockenperiode, dieser angespannten Zeit des Jahres, in der die Nomaden eintrafen. Im Geschäft nebenan stand ein Fischhändler mit teigverschmiertem Nacken über eine riesige Pfanne mit blubberndem Öl gebeugt und briet Tilapia. Ein Stück weiter kauerte ein Gemüseverkäufer mit schlaffem Strohhut auf dem Kopf hinter einem Tisch beladen mit Tomaten, Gurken, Limetten und Karotten - die Fliegen summten, schwirrten und fielen über die Gemüseschalen her.

Er fand die Stelle, die er am Vortag mit Steinen markiert hatte, gleich gegenüber von Hassans Modegeschäft, an dessen Eingangstür Bügel mit Kleidern, Blusen und Röcken baumelten. Links stand ein zerbeulter Toyota, aufgebockt auf Ziegelsteinen. Hinter dem Van, direkt gegenüber, verkaufte eine Marktfrau in durchsichtigen Plastiktüten abgepackte Wassermelonensamen. Rechts errichtete ein Junge, kaum älter als er selbst, auf einem niedrigen Tisch eine Pyramide aus Sturmlaternen.

Während er die Sachen auspackte, huschten seine Blicke die Straße hoch und runter, schon auf der Suche nach Kunden. Unter den Steinen zog er zusammengeklappte Kartons hervor, faltete sie auf und stellte sie nebeneinander, sodass er am Van zwei provisorische Tische hatte. Der Wagen bot Schatten und ein wenig Privatsphäre für die eher schüchternen Kunden. Aus den übrigen Tüten zog er dann Unterhosen, rüschenbesetzte Hemdchen, Slips sowie BHs und breitete seine Ware auf den Kartons aus.

Er wollte genug Geld verdienen, um die Schulgebühren bezahlen zu können. Sein gesamtes Erspartes und all seine Hoffnungen hatte er auf Unterwäsche gesetzt. Vor drei Jahren war er von der Schule abgegangen, nachdem sein Vater der Mutter eines Morgens beim Pflügen helfen wollte und tot umfiel. Ohne Schule hatte er keine Zukunft. Dann bliebe ihm nichts weiter übrig, als ein Leben lang Müll wegzubringen. Anderer Leute Wäsche zu waschen. Den Hof zu fegen. Er aber hatte größere Pläne: nicht nur den Schulabschluss, sondern ein Studium in der Hauptstadt, tausend Kilometer weit fort von diesem kleinen, schäbigen, nutzlosen Ort. Seit er nicht mehr zur Schule ging, bemühte er sich, von den Ausländern, die sich im Anwesen aufhielten, so viel Englisch wie nur möglich zu lernen. Er warf mit englischen Ausdrücken um sich, die er aufgeschnappt hatte, spickte damit sein Arabisch, weshalb inzwischen ein ganzer Schwung Zwölfjähriger durch die Straßen lief und seltsame Wörter in ihre Sätze einflocht – «Ich schwöre beim Propheten, *cheers*, ich hab's mit eigenen Augen gesehen!»

Hanan, ein Mädchen aus der Nachbarschaft, hatte ihn auf die Idee gebracht. Frauen brauchen hübsche Unterwäsche, hatte sie gesagt, doch die sei schwer zu finden. Hanan war sechzehn und hatte bereits erste Verehrer. Sie und ihre Freundinnen verbrachten lange Nachmittage damit, sich gegenseitig das Haar zu flechten, die Haut mit Brotteig einzureiben, bis sie glänzte, und alte Hosen zu Röcken, Schals zu Blusen umzunähen. Mustafa hatte sein Erspartes bei einem Großeinkauf für Polyester- und Baumwollwäsche ausgegeben, die er mit Hanans Hilfe auf dem großen Markt von Hasaniya ausfindig gemacht hatte, einer zweihundert Kilometer entfernten Stadt. Es war billige Unterwäsche – Säume fransten aus, Nähte lösten sich –, aber sie war hübsch, und in ganz Saraaya gab es nichts Vergleichbares.

Er hatte die Ware noch nicht ausgelegt, da blieben bereits die ersten Frauen stehen, um sie sich anzusehen.

«Was führst du denn im Schilde, du kleiner Schlingel?», sagte eine Großmutter, die einen hoch mit Holz beladenen Korb auf dem Kopf trug.

«Bist schon früh ein richtiger kleiner Mann geworden, wie?», sagte eine der Teefrauen, die er gut kannte, griff nach einem Slip und lachte.

Eine Freundin von Hanan kam und ließ ihren Blick über dieses Fest aus Rot, Weiß, Blau und Gelb wandern, über Unterwäsche mit Streifen, Blumen, schlicht, aus Seide oder mit Spitze besetzt.

«Wie viel kostet der?», fragte sie und hielt einen blauen BH hoch.

«Vierhundert», sagte Mustafa.

«Hast du einen, der mehr ...» Sie machte unter ihrer Brust eine anhebende Bewegung.

Er durchwühlte seine Ware und fand einen grünen BH mit schwarzen Pünktchen.

«Hier.» Er hielt ihr den BH hin, presste die Körbchen mit den Fingern zusammen und streifte ihn sich über seine mageren Rippen. «Drahtkörbchen. Kannst ihn für siebenhundert haben. Sieh nur, wie hübsch der ist.» Er spannte den BH straffer um seine Brust.

«Siebenhundert? Hältst du mich für eine Millionärin? Dreihundert.» Aber sie nahm ihm den BH ab, hielt ihn ins Licht, trat hinter den Van, um von der Straße aus nicht gesehen werden zu können, und legte ihn sich ans T-Shirt. Er war zu groß.

«Passt ausgezeichnet», sagte Mustafa.

«Findest du?»

«Ja.»

«Fühlt sich groß an.»

«Du kriegst ihn für fünfhundert.»

«Vier», sagte sie.

«Na schön, vier.» Er nahm die blauen, von Schweiß und Schmutz zerlumpten Scheine und stopfte sie in eine Tüte.

Alice, die selbst gebrannten Schnaps verkaufte, nahm einen schwarz glänzenden Polyester-Slip für sechshundert Pfund. Mary und Nadia, die in einem Haus am Rand des Marktbezirks wohnten, zahlten je fünfhundert für einen Satz blauer Unterwäsche. Jane kam und schaute sich an, was er zu bieten hatte. Die Frauen scherzten, kniffen ihm in die Wange, zerzausten sein Haar, suchten sich Wäsche aus und feilschten. Eine Stunde, nachdem er seinen Stand eröffnet hatte, war die Tüte, in der er sein Geld aufbewahrte, schon fast voll.

Als einmal kein Andrang herrschte, blickte er auf, suchte die Straße nach weiteren Kunden ab und sah hinter den am Straßenrand parkenden Autos einen ihm vertrauten gelben Thoub. Die Frau unterhielt sich mit jemandem, der neben ihr ging, und sie hatte sich den Thoub so übers Haar gezogen, dass er ihr Gesicht verbarg, weshalb Mustafa sich nicht sicher sein konnte, ob es wirklich Layla war, also rief er ihren Namen, hielt die Hände an den Mund und schrie ihr quer über den breiten Sandweg nach. Sie drehte sich nicht um. Er rief erneut, lauter diesmal, aber inzwischen war sie mit ihrer Freundin schon weiter fort, lief in Richtung Baynabi Distrikt. Er konnte nur noch ihren Rücken sehen und wollte bereits über die Straße rennen, sie einholen, als sein Blick auf die Unterwäsche vor ihm fiel – die Ersparnisse seines kurzen Lebens –, und er überlegte es sich anders.

Zwei Schwestern, die eine füllig und groß, die andere hager und klein, blieben vor ihm stehen, und schon zeigte er ihnen eifrig seine Sachen. Als er schließlich wieder über die Straße blickte, war der gelbe Thoub verschwunden, und er wandte sich aufs Neue seiner Unterwäsche zu. Er würde nach Layla suchen, sagte er sich, sobald er hier fertig war.

Er war gerade dabei, den Preis für eine pinkfarbene, schwarz abgesetzte Unterhose auszuhandeln und die Schwestern aufzufordern, doch einmal zu fühlen, wie weich der Polyester war, als er Hassan sah - mit schwabbelndem Bauch und seiner im Sonnenlicht wie eine Glühbirne funkelnden Glatze –, der von seinem Laden über die Straße auf ihn zumarschierte.

Der Ladenbesitzer schob die beiden Schwestern beiseite, stellte sich breitbeinig wie eine Barrikade vor Mustafa. «Was glaubst du, was du hier tust?»

«Ich verkaufe Unterwäsche», sagte Mustafa und stemmte beide Hände in die Hüften. «Ist das ein Problem?»

«Du kannst nicht einfach irgendwo Handel treiben», sagte Hassan.

«Behauptet wer?»

Natürlich hatte er sein Geschäft genau in dieser Marktecke aufgemacht, weil es sich direkt gegenüber von Hassan befand. Frauen, die das Modegeschäft betraten oder verließen, würden notgedrungen seinen Tisch mit Unterwäsche sehen.

«Du kleiner Balg, du glaubst wohl, du kannst mir einfach meine Kunden stehlen», schrie Hassan. «Verschwinde! Sofort!» Er fegte die Wäsche an den Rand des Kartons. Mustafa schob sie zurück.

Ein Knie flog hoch, für einen Moment wurde ein haariger Schenkel sichtbar, ein Leopardenfellschuh schwebte in der Luft, zielte, dann krachte der Fuß in die Pappe. Beide Kartons brachen zusammen. Unterhosen, BHs, Slips flogen zu Boden. Mustafa sank in die Knie und sammelte die Wäsche ein, ehe jemand drüberlaufen konnte.

«Lass ihn in Ruhe!» Die beiden Schwestern zerrten an Hassans Dschallabija.

Mustafa – über den Armen BH-Träger und Unterhosen, in einer Hand die Plastiktüte mit Geld – sprang auf und langte nach den plattgetretenen Kartons, die Hassan sich geschnappt hatte und nun hoch über seinem Kopf hielt. «Gib sie zurück!»

«Verschwinde von hier.» Hassan schubste ihn fort. «Sehe ich dich noch einmal, gibt es richtig Ärger. Kapiert?»

Die Kinnbacken wabbelten. Schweißtropfen hingen zitternd an seiner Karottennase. Die Kartons unterm Arm drehte er sich um und watschelte über die Straße, verschwand im Schatten seines Geschäfts.

«Bastard», rief Mustafa.

«Beachte ihn gar nicht», sagte die jüngere Schwester. «Such dir morgen einfach einen anderen Platz auf dem Markt, weit fort von dem da.»

Sie bückten sich und halfen ihm, die restliche Ware einzusammeln, die auf dem Boden verstreut lag.

«Was ist nun mit der Unterhose?», fragte Mustafa, richtete sich auf und suchte im Durcheinander, das ihm von Armen und Schultern hing, nach der pinkfarbenen Wäsche, die er den Schwestern vor Hassans Eintreffen gezeigt hatte. Die schwarze Spitze war nun bleich vom Staub. Das Gummiband hatte sich so gedehnt, dass ihm die Hose schlaff von der Hand hing und doppelt so groß zu sein schien wie noch vor wenigen Augenblicken.

Die ältere Schwester blinzelte.

«Vielleicht doch lieber nicht …»

«Wieso? Was ist denn?» Er blickte von einer zur anderen.

«Sieh sie dir an», sagte die jüngere.

«Ihr könnt sie waschen.»

Er staubte die Unterhose an seinen Shorts ab, hielt dann aber inne, weil er fürchtete, das Gummiband noch weiter zu überdehnen.

«Außerdem ist sie jetzt zu groß.»
«Ich lass sie euch für dreihundert.»
«Nächstes Mal.»
«Na gut, dann für hundert.»
Sie wandten sich ab und gingen.
«Für fünfzig!» Er lief ihnen nach, schwenkte die Unterhose, aber sie bogen in eine Gasse ab und waren bald in der Menge verschwunden.

Als Alex zum ersten Mal in die Stadt ging, war ihm, als hätte er sich in ein fantastisches Fabelwesen verwandelt. Federn wippten auf seinem Kopf. Am Kiefer ragte ein schwarz geränderter Schnabel vor. Auf dem Rücken waren ihm schuppige Flügel gewachsen. Und hinter ihm peitschte ein langer, haariger Schwanz nach links und rechts. Er sah es in den Gesichtern um ihn herum. Schwatzende Münder verstummten, wenn Augen ihn erblickten. Hälse reckten sich, Köpfe drehten sich, folgten ihm die Straße hinunter. Leute riefen Freunde aus Läden, damit sie ihn sich ansahen. Kleine Mädchen zupften an den Röcken ihrer Mütter und streckten Finger aus. Eine Menge scharte sich, schwoll an auf beiden Seiten der Straße. Es war ein Schock, wie ihn alle anstarrten, ohne zu blinzeln, mit offenem Mund. Er schaute an sich herab, checkte seine Arme, seinen Oberkörper. Berührte seine blauen Bermudashorts. Stierte auf seine Zehen in den offenen Sandalen.

Es war sein zweiter Tag in Saraaya, und William zeigte ihm die Stadt. Seine Ankunft, so William, sei ein Ereignis. An Ausländern in der näheren Umgebung gäbe es sonst nur chinesische Ölarbeiter, die draußen in der Steppe in kleinen Lagern lebten; sie waren den weiten Weg aus ihren Dörfern in China gekommen, um hier Öl zu fördern. Und sie blieben unter sich, diese Arbeiter, Grüppchen von Männern mit ledrigen Gesichtern und dreckigen Kleidern, die nur selten in die Stadt kamen, um im inoffiziellen Bordell am Rand des Marktdistrikts eine Nacht der Liebe zu erleben. Zwischen den Ständen seien bereits ein, zwei am Boden herumkrabbelnde halb chinesische Babys aufgetaucht.

«Du siehst also, du bist eine Attraktion», sagte William, der auf seinen langen Gliedern hoch über Alex dahinschwebte. Seine Knie, so schien es, fuhren eine halbe Minute in die Höhe, seine Hände wedelten neben ihm in langen Pendelbewegungen durch die Luft.

Alex dagegen stolperte über Steine und über Löcher. Merkwürdige Körperstellen prickelten vom Sonnenbrand. Die Lippen. Die Haut um seine Fußnägel. Der schmale haarlose Kranz mitten auf dem Kopf. Kiesel rollten in seine Sandalen, stachen ihm in die Hacken. Als er merkte, dass der ganze Markt zusammenlief, um ihn anzustarren, fühlte er sich erst recht unbeholfen. Im Gehen schaute er mutig zu den gaffenden Leuten zurück: Da war der Wasserverkäufer mit Lederkappe, der angehalten hatte mit seinem Esel, dem zwei riesige Fässer auf den Rücken geschnallt worden waren; eine Reihe alter Männer, die den Rosenkranz beteten; eine Schar Teenagerinnen, die irgendwas riefen, als er an ihnen vorbeiging.

«Hi», sagte er. «Hallo.» Er winkte und lächelte, als wäre er eine Berühmtheit. Er nickte. «Guten Tag.» Er flocht arabische Brocken und nilotische Grußworte ein, die William ihm beigebracht hatte, verteilte sie wie Opfergaben an alle, an denen sie vorbeikamen. Einige Schaulustige lachten ihm zu, andere sagten etwas, gestikulierten mit den Händen. Mutige Jungs lösten sich aus der Menge. Einer schnappte nach dem Saum seines T-Shirts, trottete kichernd hinter Alex her.

Ein anderer fasste daraufhin Mut und griff nach der riesigen schwarzen Uhr an seinem Arm. Kleine trockene Finger gruben sich in seine Haut, drückten kühn zu, kniffen ihn.

Hin und wieder zeigte William ihm wichtige Gebäude und Orte der Stadt. Viele gab es nicht: eine Moschee, eine Kirche, ein Polizeirevier, den kleinen, staubigen Markt. Kasernen irgendwo entlang der Landstraße, die nach Khartum führte. Gassen, die sich in zufälligen Windungen davonschlängelten und -wanden. Hütten, die weniger Häusern als vielmehr aus der Erde gesprossenen Pilzen glichen. Überall Vieh mit großen Hörnern. In den Bäumen hoch oben Ziegen, die an Blättern knabberten. Eine braun-grüne Landschaft, unterbrochen von den knallbunten Kleidern der Frauen, Farbexplosionen in Rot, Safrangelb oder sich kräuselndem Blau und Orange.

William bog in die von der Hauptstraße abzweigende Gasse, öffnete eine Tür und sagte: «Das hier ist die Kneipe der Stadt.»

Sie glich eher einem Verlies. Niedrige, dunkle Wände, keine Fenster. Bänke entlang beider Raumseiten. Ein schmaler Flur führte an Stühlen vorbei, auf denen Männer mit spitzen Knien und Ellbogen hockten. Glitzernde Augen, schweißschimmernde Schultern, in Licht- und Schattenflecken verschwimmende Beine. Sie erstarrten, die Tassen halb zum Mund geführt. Löffel klapperten auf Tellern. In der Stille summten und surrten Fliegen von einer klebrigen Teetasse zur nächsten. Hier war es eng und heiß, Tropfen sickerten über Alex' Kinn ins Grübchen unter seiner Kehle, die Nasenspitze glänzte.

Während der ersten zwei Wochen hatte er sich langsam mit dem Ort vertraut gemacht, sich seinen rauen Kanten angepasst; die Menschen gewöhnten sich an ihn, er sich an sie. Er lernte Namen. Wenn er jetzt durch die Straßen ging, drückten ihm Obstverkäufer Orangen oder Guaven in die

Hand. Er hatte Mut gefasst und ging allein aus, ohne William, versuchte, sich in einem Gemisch aus Zeichensprache, Englisch und den wenigen Worten Nilotisch oder Arabisch, die er kannte, verständlich zu machen.

Und er hatte sich dran gewöhnt, die Grubenlatrinen zu benutzen. Anfangs hatten sie ihm Angst gemacht, vor allem nachts, wenn der tanzende Strahl seiner Taschenlampe auf all die krabbelnden, huschenden, surrenden Kreaturen fiel, die den Abort zu ihrer Kolonie gemacht hatten. Kakerlakenantennen ragten tastend aus der Grube. Moskitos drehten Loopings, wollten ihre Rüssel in seinen ungeschützten Hintern bohren. Fliegen versammelten sich an den Wänden, rieben sich die Hände. Er hatte Tage gebraucht, um das heikle Verfahren zu perfektionieren, mit dem er sich über der Grube platzierte, die Füße – in der Bewegung durch seine ihm um die Knöchel baumelnden Shorts eingeschränkt – auf zwei bröckeligen Ziegeln abzustellen, die Pobacken hoch in der Luft, die Beine zittrig bei dem Gedanken, dass Kakerlaken seine Knöchel hochlaufen könnten.

Jetzt tigerte er im engen Büro auf und ab, ruhelos. Seit der Beerdigung am Tag zuvor war ihm leicht übel, und trotz der Hitze überlief es ihn abwechselnd heiß und kalt. Er erinnerte sich, wie sie Erde auf die Leiche geschaufelt hatten, an die Zähne, die noch durch den Sand bleckten, als Augen, Wangen, Nasenhöhle bereits verschwunden waren. Auf dem Rückweg von der Bestattung hatten sie am Markt haltgemacht, um die Viehtreiber abzusetzen. Leiber pressten sich an ihn, erdrückten ihn, Hände langten nach ihm, Zungen brabbelten. Fast wäre es zu einem Streit über die Frage gekommen, ob der Leichnam zu den Nomaden oder den Niloten gehörte. Begräbnisriten, Leichenwaschung.

Er hatte sich zu sehr an diese Stadt gewöhnt, vergessen, dass er hier fremd war. Allein. Bis zum Auftauchen der Leiche hatte er den Krieg nur für einen abwegigen Gedanken gehalten trotz der Gerüchte, dass sich hinter den Sümpfen die Rebellen aus dem Süden sammelten, dass bewaffnete Männer Rechte einforderten, Ressourcen, Autonomie. Fünf Jahre zuvor war die Stadt mit ihren Ölfeldern von der Regierung erobert worden; die Rebellen wollten sie zurück. Er hatte kurz nach der Landung gehört, dass erneut Kämpfe drohten - sein Pech, so typisch.

Er blieb vor dem Poster mit den gereckten Händen stehen, dem schwebenden Globus. Was hatte er hier verloren? Er war weit fort von dem unbeschwerten, sicheren Leben, das er als Kind gekannt hatte. Sein Vater arbeitete als Steueranwalt, er hatte eine Kanzlei in einem Vorort von Cleveland, wo seine Familie wohnte, und seine beiden älteren Brüder waren in die väterlichen Fußstapfen getreten. Alex aber hatte immer gewusst, dass ein Bürojob, Anzug und Haus in der Vorstadt nichts für ihn waren. Statt wie seine Brüder Jura zu studieren, entschied er sich für ein Graduiertenstudium in Geografie, Folge seiner schon als Kind gehegten Liebe für Landkarten, die er bereits seit der Schulzeit sammelte: geologische Karten, antike Karten, topografische Karten, Karten von nahen und fernen Orten. Diese Karten hatten in ihm eine Sehnsucht nach der Welt jenseits der Vororte geweckt, weit weg vom Haus der Familie, das genauso aussah wie jedes andere Haus in der Plansiedlung, die sich selbst wiederum kaum von einem Dutzend anderer Plansiedlungen am Rand von Cleveland unterschied.

Musik war die andere Liebe, die seine Kindheit daheim geprägt hatte. Er war noch auf der Schule, als er zu Konzerten von N.W.A. oder Public Enemy ging - bei jenen seltenen Gelegenheiten, da diese und andere seiner Lieblingsbands, die Überbringer einer neuen Musik namens Hip-Hop, in Cleveland auftraten. Sein Vater - der darauf bestand, seinen schließlich noch nicht volljährigen Sohn zu begleiten – hatte die Hälfte der Zeit versucht, ihm die Ohren zuzuhalten, wenn die ziemlich expliziten Texte über die Lautsprecher wummerten.

Dickbäuchig, bebrillt, Hemd und Kakihose gebügelt, weiß und mittleren Alters, stach sein Vater wie ein Schandfleck aus der Menge heraus – und wenn eine der Bands nach Cleveland kam, haderte Alex oft mit sich, ob das Vergnügen, sie live zu erleben, wirklich die Peinlichkeit aufwog, mit seinem Dad zum Konzert zu gehen, sich an seiner Seite in die coole Meute aus Jugendlichen mit Flattop und gegelten Locken zu wagen, mit der seine drei besten Freunde, Steven, Daniel und Nandan (ein Schwarzer, ein Dominikaner, ein Inder – eine ungewöhnliche Freundestruppe im Meer weißer Schüler ihrer Vorstadtschule), so problemlos verschmolzen; wenn sie dennoch im selben Publikum waren, hielten seine Freunde Abstand zu ihm und seinem Vater.

Nach der Schule hatte er beim National Park Service gejobbt und sich für eine Stelle im Ausland beworben – höchste Zeit, entschied er, das vertraute Leben gänzlich hinter sich zu lassen. Unter anderem bewarb er sich als *Kartograf und Vermessungsfachmann für Saraaya, Sudan.* Abgesehen davon, dass er seine Sommersemesterferien als Freiwilliger in Zentralamerika verbracht hatte, besaß er keinerlei Auslandskenntnisse. Und er war viel zu naiv gewesen, um sich zu fragen, warum einem Siebenundzwanzigjährigen, der kaum über Erfahrung mit Entwicklungshilfe oder internationaler Zusammenarbeit verfügte, diese Stelle angeboten wurde – auch wenn er, rein technisch gesehen, über jene Vermessungskenntnisse verfügte, die von der Organisation verlangt wurden. Er wusste nichts über den Sudan und noch weniger über die Stadt, in der er stationiert sein würde, doch schien sie ihm so fern und exotisch, wie er es sich nur wünschen konnte. An diesem Job reizte ihn vor allem, dass er unterwegs sein würde. *Feldforschung.* In seiner Fantasie sah er sich nackt über weites Land laufen.

Erst als man ihn in Saraaya abgesetzt hatte, als er eines Morgens Mitte November aus einer winzigen UN-Maschine die schmale Treppe zur Sandpiste hinabstolperte, die Beine wackelig vom unruhigen Flug, dämmerte es ihm: Kein amerikanischer Expat war so blauäugig, sich in eine derart abgelegene Region versetzen zu lassen, in diesen winzigen Flecken, wo es keinen Strom gab, nur wenige Straßen und, ganz entscheidend, keine weiteren Expats (die kamen nur, wie er bei der Ausbildung in Khartum erfuhr, alle vier, fünf Monate für ein paar Tage auf eine Spritztour vorbei).

Niemand wollte in Saraaya arbeiten. Deshalb war ihm dieser Job angeboten worden. Trotzdem war es ein Abenteuer, und sogar ein lohnenswertes. Er würde eine Karte anfertigen, und die Karte würde der erste Schritt auf dem Weg für jene sein, deren Leben sie erleichtern sollte: verbesserte Entwicklungsplanung, eine effizientere Verteilung der Hilfsgüter. Eine bereichernde Arbeit, eine bedeutungsvolle Arbeit, und sie verlieh ihm das Gefühl, etwas Sinnvolles zu tun, eine Mission zu haben. Diese Herausforderung hatte ihn gereizt, und er hatte sich darauf gefreut. Bis der Leichnam auftauchte und alles aus dem Lot geriet, sodass er zum ersten Mal hinterfragte, was genau er hier eigentlich tat.

Blinzelnd starrte er das Poster an, war plötzlich seine eigene Gesellschaft leid, die Gedanken, die ihm im Kopf herumschwirrten. Er fühlte sich eingesperrt in diesem engen Büro. William, der sich zum Polizeirevier aufgemacht hatte, um herauszufinden, ob es neue Informationen über die Leiche gab, war noch nicht zurück.

Es erleichterte ihn, bei einem Blick durch die Bürotür Dena zu sehen. Sie beugte sich im Hof über einen Tisch, packte ihre Kameratasche. Ein rot-gelb kariertes Kopftuch verbarg das kurze Haar. Das frisch gewaschene, edle Leinenhemd, das locker über ihre schlanke Gestalt fiel, machte sie zur Außenseiterin in diesem Land zerschlissener T-Shirts, schlecht sitzender Kleider und löchriger Schuhe. Obwohl sie beide schon einige Wochen auf demselben Grundstück lebten, wusste er über sie immer noch nicht mehr als einige grundlegende Fakten. Die Familie stammte aus Khartum. Dena war in Seattle aufgewachsen. Sie blieb einige Monate, um einen Film zu drehen – hatte irgendeine Abmachung mit der Organisation in der Hauptstadt getroffen.

Als er näher kam, blickte sie auf.

«Gehst du nach draußen?», fragte er.

«Ja», erwiderte sie, öffnete einen Reißverschluss und begann, das Stativ in der Seitentasche zu verstauen.

«Und wohin?»

«Vor die Stadt. Um zu drehen.»

«Allein?»

Sie nickte.

«Ist das eine so gute Idee?»

Sie hielt inne, das Stativ halb in der Tasche.

«Warum denn nicht?»

Er deutete dahin, wo die Leiche gelegen hatte. «Der Tote, der gestern hergebracht wurde», sagte er. «Macht dir das keine Sorgen?»

Sie zuckte mit den Achseln. «Noch wissen wir ja nicht, was es damit auf sich hat.»

«Könnte sein, dass es bald wieder zu Kämpfen kommt», sagte er. «Behauptet William. Vielleicht ein Überfall auf die Polizei oder die Sicherheitskräfte.»

«Solange das nicht passiert – *falls* es denn passiert –, werde ich weiterfilmen», sagte sie. «Außerdem ist es hier immer möglich, dass irgendwas passiert.»

Er wandte den Blick ab, ließ ihn über den Hof wandern. Das Büro am vorderen Rand des Grundstücks ging zur Hauptstraße hinaus, die von Süden nach Norden die Stadt durchschnitt. Rechts von ihm war die Küche – ein lang gezogener, rechteckiger Raum mit blauen Fensterläden. Davor hockte auf platten Reifen ein ölverschmierter roter Generator, der abends für vier Stunden angestellt wurde, von sieben bis elf. Der Pavillon befand sich im hinteren Teil. Links von ihm, auf der anderen Seite der Küche, war der Lagerraum. Dann folgten Denas Schlafzimmer, das Bad und gegenüber vom Bad das Zimmer, das sich William und Mustafa teilten; allerdings zogen es beide vor, im Pavillon an der frischen Luft zu schlafen.

Rundherum erhob sich eine Ziegelmauer, die gegen Gefahren aber wohl nur wenig ausrichten würde.

Dena warf sich die Tasche über die Schulter. Ein Zeichen dafür, dass ihr Gespräch beendet war.

«Warum machst du das immer?», fragte er.

«Was denn?», fragte sie zurück und hakte die Daumen unter die Trageriemen.

«So kurz angebunden zu sein ... mit mir.»

Seine Stimmung, seine Angst, machten ihn leichtsinnig.

«Ich war auf dem Weg nach draußen.»

«Du magst mich nicht», sagte er. «Deshalb, stimmt's?»

Sie starrte ihn überrascht an. Dann fasste sie sich und zuckte erneut mit den Achseln. «Wir sind aus unterschiedlichen Gründen hier, beschäftigen uns mit unterschiedlichen Dingen. Versuchen wir einfach, miteinander auszukommen. Zumindest solange wir zusammenwohnen.»

«Aber *wieso* verstehen wir uns denn nicht?», fragte er.

Das war es: In ihrer Nähe hatte er das Gefühl, sich eines Vergehens schuldig gemacht zu haben, das er weder identifizieren noch benennen konnte.

«Vielleicht, weil du zu erpicht darauf bist», sagte sie.

Er starrte sie verständnislos an.

«Befreundet zu sein, ständig zu reden.»

«Und das stört dich?»

Sie gab keine Antwort, stand einfach nur da, die Arme verschränkt.

«Na schön.» Er legte eine Hand an die Stirn, ein spöttischer Salut. «Viel Glück mit dem Filmen.»

Sie funkelte ihn an, dann drehte sie sich um. Er sah ihr nach, wie sie zum Tor ging, jeder Schritt ein stummer Vorwurf.

Dena schloss das Tor hinter sich und lief die Straße hinunter, vorbei an Häusern und Gehöften, an einem Jungen, der zwei Kühe vor sich hertrieb, an Müll, herangeweht von der staubigen Brise, schritt ungeduldig aus, rasch, obwohl die Kamera – die ihr in der Nachmittagshitze doppelt so schwer zu sein schien – auf Schultern und Rücken drückte. Ja, sie mochte Alex nicht. Warum beharrte er bloß darauf, dass sie Freunde wurden? Sie runzelte die Stirn. Das waren sie nicht.

Hätte sie es benennen müssen, hätte sie gesagt, dass ihr seine Rechtschaffenheit zusetzte. Er war so selbstgefällig, wenn es um seine Landkarte ging. Und so herablassend, wenn es ihre Arbeit betraf. Er hatte gewollt, dass sie ihn in seiner Angst bestätigte, gerade jetzt, wegen der Leiche. Er hatte Angst um sich, und er war bereit aufzugeben; sie sollte nur dafür sorgen, dass er sich deshalb nicht schlecht fühlte. Wollte sie aber nicht. Das war ja so typisch für Leute wie Alex, dachte sie, für diese Leute, die hier einfach aufkreuzten. Völlig überzeugt vom eigenen Heroismus, jedenfalls bis zum ersten Anzeichen von Gefahr. Solche gab es überall in

Khartum, in ihren SUVs und «Expats only»-Clubs, auf Partys und mit monatlichen «Erholungs- und Genesungsurlauben», die sie mit Safaris in Kenia verbrachten, denn es war ja so hart, so anstrengend, in einem Land wie diesem zu arbeiten, so unerträglich – das Wetter, die Langeweile, die Landschaft. Alex war einer von denen.

Sie wurde langsamer, war mit einem Mal außer Atem, Blut pulsierte durch die Adern an ihren Schläfen. Sie war zu schnell gelaufen, und es war zu heiß. Sie griff nach der Flasche in der Seitentasche. Das Wasser war warm, unangenehm im Mund, schmeckte nach Plastik – als würde die Flasche selbst in der Hitze schmelzen.

Zeit, ihn aus ihren Gedanken zu verbannen. Sie blickte sich um, konzentrierte sich aufs anstehende Filmen. Aus der Nähe sickerten Kinderstimmen herüber, die etwas wiederholten. Ihr fiel ein, dass die Straße an einer Grundschule vorbeiführte, auf die sie jetzt ein wenig langsamer zuging. Ein breites Mauerstück war eingebrochen; und als sie daran vorbeikam, konnte sie zwanzig, dreißig Kinder im Hof sehen, die in einem Kreis um einen Lehrer auf einem Stuhl saßen. Fasziniert von diesem Bild blieb sie stehen.

Eines der Kinder, ein Junge, sah auf und entdeckte sie.

Er streckte den Arm aus und fragte: «Ist das ein Mann oder eine Frau?»

Die ganze Klasse – eine Schar von Köpfen, Augen und Zähnen, von nackten, im gedrängten Kreis eng angezogenen Füßen – drehte sich um und starrte sie an. Kreidetafeln lagen ungenutzt im Schoß. Der Lehrer, ein junger Mann mit dunkler Hose und ordentlichem weißen Hemd, senkte das Buch, das er aufgeschlagen in der Hand hielt.

Ein Kind stand auf. Dann strömten sie alle zum Loch in der Mauer, drängelten sich Hals über Kopf vor.

Wie seltsam sie in ihren Augen aussehen musste. Manchmal vergaß sie das. Sie hatte sich daheim in Boston das Haar abrasiert. Mittlerweile war es nachgewachsen, krause, glänzende Locken. Das kurze Haar und die Hosen verwirrten sie alle. Manche Frauen in Saraaya trugen das Haar kurz, gewöhnlich aber in eng anliegenden Flechtzöpfen. Frauen trugen nie Hosen. Dena war hübsch, aber schmal gebaut und kantig wie ein Junge. Breite Schultern, eine schlanke, knochige Hüfte und kleine Brüste, fast unsichtbar unter den weiten Blusen mit Nehru-Kragen, die sie gern zum Filmen trug. Selbst das eckige, vorstehende Kinn hatte etwas Jungenhaftes. Ihre Ohrringe - beiderseits ein Jademedaillon mit eingeätzten Blumen - machten alles noch verwirrender.

Da sie den Unterricht nicht länger stören wollte, ging sie weiter, aber ein Grüppchen Kinder mit Kleidern ohne Knöpfe, ohne Reißverschlüsse kletterte über die eingebrochene Mauer, folgte ihr und diskutierte.

«Er trägt eine Hose!», rief eines der Kinder.

«Und was ist mit den Ohrringen? Kein Mann trägt Ohrringe!»

«Aber das Haar ist kurz!»

Sie überlegten hin und her, als debattierten sie über ein seltenes Tier, das ihnen in der schimmernden Hitze der Mittagssonne erschienen war. Dena lächelte vor sich hin und lauschte dem Gespräch. Manchmal schaute sie sich zu den Jungen und Mädchen um, die diese Gelegenheiten nutzten, ihr Gesicht genauer in Augenschein zu nehmen. An Denas Meinung waren sie nicht interessiert. Sie liefen am Schulhaus vorbei, folgten ihr noch einige Minuten, dann aber hielt Dena an. Die Kinder kamen hinter ihr zum Stehen.

«Müsst ihr nicht zurück zum Unterricht?», fragte sie auf Arabisch.

«Sie klingt wie eine Frau!», rief ein winziger Junge, dem zwei Vorderzähne fehlten.

«Ich bin eine Frau», sagte Dena. Jene, die darauf bestanden hatten, dass sie ein Mann war, keuchten ungläubig auf. Ein aufgeregtes Rumoren durchlief die Gruppe.

«Aber warum ist dann dein Haar so kurz?», fragte eines der Mädchen, das ein gelbes, schmutziges Kleid mit Puffärmeln trug.

«Weil ich keine Lust hatte, es ständig zu bürsten», erwiderte Dena. Vor zwei Jahren war sie in Boston in einen Friseursalon gegangen, fest entschlossen, ihr Haar nie wieder kämmen, flechten oder föhnen zu müssen, und hatte gebeten, dass man es ihr abrasiere. Eine Schar Jungen im Teenageralter hatte die Szene durchs Schaufenster beobachtet und mit ihren Bewegungen Schock und Unglauben verraten, als die langen, lockigen Strähnen zu Boden fielen und sich in leblosen Haufen um die Füße des Friseurs sammelten.

«Aber wenn du eine Frau bist, *musst* du dir das Haar bürsten!», rief ein Junge.

«Nicht, wenn es abgeschnitten ist», sagte sie und fuhr sich mit der Hand über die kurzen, schimmernden Locken. Die Kinder starrten sie fassungslos an.

«Solange du so aussiehst, findest du nie einen Mann», sagte ein Mädchen, das größer war als die anderen. Ihre Zöpfe standen vom Kopf ab und ragten in die Luft, als hätten sie ihren eigenen widerspenstigen Willen.

«Das fände ich nicht weiter schlimm. Wer braucht schon einen Mann?», sagte Dena.

«Jede Frau braucht einen Mann», entgegnete ein anderer Junge. «Sonst endest du noch als … *alte Jungfer.*»

Ein Kichern stieg aus der Menge auf.

«Das wäre ja prima. Dann muss ich keinen hässlichen alten Mann versorgen, brauche nicht für ihn zu kochen und zu putzen.»

Die Kinder waren fasziniert, obwohl sie nicht wussten, ob

sie diese Blasphemie gutheißen oder missbilligen sollten. Sie rückten noch näher an sie heran.

«Wie heißt du?», wollte eines von ihnen wissen.

«Dena», sagte sie und ging in die Hocke. «Und ihr?»

Reihum verrieten sie ihre Namen, schüchtern und aufgeregt.

«Wo gehst du hin?», fragte Daoud, ein Junge von etwa acht, neun Jahren, der die Kinderversion des langen Gewandes der Nomaden trug.

«Ich will filmen.»

«Können wir mitkommen?»

Sie sah den Lehrer in ihre Richtung rennen. «Ich glaube, es wäre besser, ihr geht zurück zur Schule.»

Ehe die Kinder auseinanderstieben konnten, hatte der Lehrer sie erreicht; er rief sie, und sein weißes Hemd flatterte im Wind. Die Kinder scharten sich um ihn, dann hasteten sie zurück zur Schule. Er trottete mit schwerem Schritt hinterher. Daoud winkte Dena zu, ehe er davonrannte. «Man sieht sich!», rief er, und sie winkte zurück.

Strohgedeckte Dächer ragten über den Lehmmauern der Gehöfte auf. Hier und da waren Viehställe zu sehen, einige höher als die Häuser und größer als die Hütten, in denen die Stadtbewohner lebten. Das Gackern der auf versteckten Höfen scharrenden Hühner vermengte sich mit dem trockenen Wind, der ihr um die Ohren wehte. Es gab weniger Gehöfte zum Ende der Straße, die schließlich in einen staubigen Platz mit zwei großen, weit auseinanderstehenden Steinen mündete. In der Stille musste sie an die Leiche denken. Vielleicht hatte Alex ja doch recht. War es wirklich klug, allein unterwegs zu sein? Sie zögerte, blickte sich um. Es war still. Leer. Es ärgerte sie, dass sie an Alex dachte, und sie lief weiter, fest entschlossen jetzt, überquerte den Sandweg, der das Ende der städtischen Wohngegend markierte.

Die Regenzeit ging zu Ende. Der Anblick, der sich ihr bot, wurde vom Sonnenlicht mit warmem Glanz überzogen: die weite Lehmfläche nördlich der Stadt, das Gras bereits verblichen, braun, gelb oder noch blassgrün, meilenweit, endlos, flach, offen, nur am Horizont unterbrochen von einer Baum- und Buschreihe, die aus der Ferne schwarz wirkte, dahinter der Fluss, dem Blick verborgen. Über den Bäumen stiegen Kumuluswolken in den Himmel auf, weiche, gewaltige Massive, die riesige Schattenpfützen aufs Gras warfen. Deshalb war sie gekommen: um die Weite des Landes einzufangen, die sie und diese Stadt umgab. Fasziniert von dem, was sich ihr darbot, vergaß Dena die Leiche. Sie zog das Stativ aus dem Rucksack, öffnete die Verschlüsse. Mit einem heftigen Ruck fuhren die Beine aus. Und während sie sorgsam die Ständer justierte, ein Bein verlängerte, ein anderes verkürzte, behielt sie die grüne Wasserblase im Stativkopf im Auge, bis diese anzeigte, was sie anzeigen sollte, und das Stativ ausbalanciert war; erst dann schraubte Dena die Kamera auf.

Sie beugte sich vor, presste ihr Auge an die Okularmuschel und drückte auf den Schalter. Unter ihren Fingern surrte die Kamera. Das Bild verwischte, wurde schärfer und verwischte erneut, während sie das Objektiv einstellte und den Blick auf die Sicht vor ihr fokussierte.

Das Objektiv brach das Licht, verkleinerte die Landschaft, verflachte den weichen Aufschwung der weißen Wolken, die sich dahinschlängelnde Baumreihe in der Ferne, die rauen Borsten des Novembergrases. Wenn sie die Silhouetten heranzoomte, wurden die Bäume, Grasranken schärfer, aber sie verlor die Weite des Himmels. Eine halbe Stunde lang spielte sie mit dem Zoomschalter, vergrößerte, verkleinerte, zog die Welt zu sich, schob sie von sich und justierte jedes Mal das Stativ, aber das Bild blieb nichtssagend.

Sie blickte auf, rieb sich den Nacken und sah den langsam über die Steppe dahintreibenden Wolkenschatten nach. Frustriert, weil sie so klein war. Weil der ans Stativ geschraubte Apparat so unzureichend war. Sie wusste nicht, wie sie sich dieser Landschaft mit dem Kameraauge nähern sollte. Da war nichts, worauf sich der Blick richten, das Auge konzentrieren konnte. Alles nur Weite, Linien und fahle Farbflächen, die sich in die Ferne und nach oben erstreckten und sich dem Einfangen verwehrten.

Als sie erneut durchs Objektiv sah, kippte sie den Stativkopf höher, sodass nur noch am unteren Bildrand ein Streifen Gras zu sehen war, dann die Bäume und darüber der Himmel. Eine Erinnerung drängte sich aus den Tiefen ihres Gedächtnisses auf, ein Kameraschwenk über eine Steppe in einem Film von David MacDougall, den sie im College gesehen hatte. Jetzt versuchten ihre Hände, diesen Kameraschwenk nachzufahren, bewegten den Stativarm langsam in einem Winkel von hundertachtzig Grad, fingen rechts an und zogen in stetem Bogen nach links. Mitten in der Bewegung aber erschlafften ihre Muskeln, und die Kamera ruckte, wurde langsamer, schoss dann vor. Sie versuchte es erneut. Diesmal war ihr Arm ruhiger, aber weil sie unbedingt ein weiteres Ruckeln vermeiden wollte, war sie nun zu schnell. Mit dem Objektiv flog sie rücksichtslos und ungeduldig über die Landschaft.

Dena richtete sich auf und rieb sich die feuchten Hände an der Hose trocken. Ihre Kiefermuskeln waren verspannt, ob aus Verzweiflung oder Entschlossenheit wusste sie selbst nicht zu sagen. Wie hatte MacDougall das nur getan? Es hatte so leicht gewirkt, so mühelos. Am Morgen zuvor war ihr etwas Ähnliches gelungen, als sie Mustafa beim Fegen im Hof filmte. Eine Alchemie von Licht, Glück, Perspektive und Position. Stundenlang hatte sie ihn gefilmt, sich Tag um Tag bemüht, angestrengt, die eine Position probiert, eine andere, hatte die Kamera in der Hand gehalten, sie aufs Stativ gesetzt, ihn im Schatten abgelichtet, in der Sonne, beim Waschen, Fegen, Ausruhen, Reden, Lachen – aber gestern gab es zum ersten Mal dieses mysteriöse Zusammenspiel, und das sich bewegende Bild des Jungen hatte Magie ausgestrahlt.

Trotzdem war sie weiterhin voller Hoffnung. Im Kopf hatte sie eine unklare Vorstellung von dem Film, den sie drehen wollte, und es war die Hoffnung auf diesen Film, die sie antrieb, auf die Möglichkeit, einzelne Ausschnitte des Ortes zu einem Ganzen zusammenzusetzen, zu einem Mosaik aus Bildscherben, die ein großes Porträt ergaben, und jedes Fragment gewann Bedeutung von den benachbarten Stücken, die sich zu einem Bild vom Land und seinen Menschen fügten.

Sie strich über die Knöpfe an der rechten Seite der Kamera – den Schalter für den Graufilter, den Gain und den Weißabgleichknopf, der Licht und Farbe kalibrierte. Sie kannte diesen Apparat in- und auswendig, war davon besessen, seit sie während ihres dritten Jahres an der Universität Massachusetts in ein Seminar für Dokumentarfilm gestolpert war. Nach dem Abschluss hatte sie ein Darlehen aufgenommen, um sich Kamera, Kassetten, Mikrofone und – zum Leidwesen ihrer Eltern, die sich um sie sorgten, weil sie allein in das Land zurückkehren wollte, aus dem sie fünfzehn Jahre zuvor geflohen waren – ein One-Way-Ticket für den Sudan zu kaufen.

Bis dahin hatte sie vom Land nur Khartum gekannt, wo sie als Kind ihre Sommerferien verbracht hatte. Voll mit so vielen Verwandten, dass sie nicht mal alle Namen behalten konnte. Füllige Tanten und kettenrauchende Onkel. Vettern und Vettern zweiten Grades, deren Zahl sich jedes Jahr vervielfachte. Hochzeiten, Beerdigungen, Taufen. Diesmal mied sie Khartum. Das war die Stadt ihrer Eltern. Und ihre Eltern wollten nicht verstehen, was ihr das Filmemachen bedeutete oder warum sie für Jungs nichts übrighatte. Also war sie von ihnen und Khartum so weit wie nur möglich fortgegangen.

Als sie aufschaute, sah sie, dass die Sonne hinter die Bäume gesunken war; das Licht wurde weicher. Am Horizont hing ein Tagmond. Leise Geräusche füllten die Luft. Das ferne Quaken der Frösche, die im warmen Wasser nach Partnern riefen, das Zirpen der Zikaden, dann der Gesang des Muezzins, der zum Gebet rief, das Auf und Ab seiner Stimme, die über die Stadt wehte, über die Steppe und den unsichtbaren Fluss. Blind starrte die Kamera zum Horizont. Schließlich setzte Dena die Kappe auf das Objektiv, packte ihre Sachen und sagte sich, dass sie es morgen von Neuem versuchen würde.

«Layla?»

Dena drehte sich um. Williams Schatten eilte ihm durch die Tür voraus, dann kam er selbst, blieb aber gleich am Eingang stehen. Das Lächeln schwand aus seinem Gesicht. Verzweifelt presste er die Lippen zusammen.

«Oh, ich habe dich für Layla gehalten», sagte er auf Englisch.

«Tut mir leid», erwiderte sie auf Arabisch.

Sein Blick huschte in die Ecken der Küche, als könnte Layla jeden Moment aus dem Kühlschrank hervorkommen oder aus dem Zwiebelkorb am Herd aufsteigen; dann wandte sich William wieder Dena zu. Sie, die Nicht-Layla, sah sich selbst, ihre schmale Figur so verschieden von Laylas fülliger Gestalt. Das Fehlen der langen, dicken Zöpfe, die sich weigerten, wie vorgesehen züchtig unter der Haube ihres Thoubs zu bleiben und ihre Pracht stattdessen lieber für alle sichtbar zur Schau stellten. Auch an Laylas Finesse in der Küche fehlte es ihr. Dena stand da und umklammerte eine Karotte wie ein Mikro. In ihren Händen verwandelte sich alles in Kameraausrüstung. Sie legte die Möhre auf den Tresen.

«Layla ist heute nicht gekommen», sagte sie.

«Und wo ist Mustafa?»

Williams Vorliebe, Englisch mit ihr zu sprechen, frustrierte sie.

«Hab ihn noch nicht gesehen», antwortete sie auf Arabisch. «Irgendwas Neues über die Leiche?»

Er schüttelte den Kopf. Sie merkte, wie sie jedes Detail seines Äußeren registrierte, die Art, wie er dastand und die Küche mit seiner hochaufgeschossenen, schwebenden Gegenwart füllte. Die weichen vollen Lippen gerahmt vom eckigen Kinn. Glatt rasierte Wangenflächen unterbrochen von der kühn vorspringenden Nase. Eine markante Stirnpartie über dem sanften, freundlichen Flackern neugieriger Augen. Die enge Kakihose, die sich die langen Beine hinab zu den Sandalen tunnelte. Die blauen Hemdsärmel zugeknöpft gleich oberhalb der Handgelenke. Unterm Hemd konnte sie die Konturen eines weißen Unterhemdes erkennen, die auf einen anderen, intimeren und weniger formellen William verwiesen. Sie forschte in sich, angelte wie ein Fischer nach einem romantischen Interesse – Reflex aus jener Zeit, da sie ihrer Mutter, wenn schon nicht sich selbst zuliebe noch gehofft hatte, sich zum anderen Geschlecht hingezogen zu fühlen – fand aber nichts. Das Interesse war rein visuell: Sie wollte ihn filmen.

Mehr noch, sie wollte Williams Freundschaft, nur herrschte zwischen ihnen diese seltsame Verlegenheit. Zum Beispiel die Sache mit dem Englisch. Mit Mustafa sprach William immer Arabisch, aus irgendeinem Grund aber nie mit ihr.

«Wie war die Beerdigung?», fragte sie. «Alles glatt gelaufen?»

«Sie ist vorbei», sagte er. «Jetzt muss die Polizei ermitteln.»

«Warum redest du immer Englisch mit mir, William?»

Überrascht blickte er sie an. Er wirkte heute besorgt, angespannt. Das Gesicht glänzte stärker als sonst, ein Schweißfilm schimmerte auf seinen Wangen.

Die Schultern ruckten. «Ich dachte ...» Er hielt inne und redete auf Arabisch weiter. «Ich habe nur geglaubt, so sei es für dich einfacher.» Er schwieg kurz. «Dein Arabisch ist ein bisschen ...» Eine Hand flog auf, Handinnenfläche nach unten, Finger gespreizt, und dann wackelte sie wie eine klapprige Maschine der Sudan Airways kurz vor einer Bruchlandung.

Dena blinzelte. «Mein Arabisch ist gut», sagte sie. «Jedenfalls nicht schlecht.»

«Du hast recht. Tut mir leid», sagte er. Sein Blick wanderte wieder durch die Küche. «Ich muss jetzt wirklich Mustafa finden.»

Denas offizielle Beziehung zu William war unklar. Dank einer Vereinbarung mit einem Freund der Familie, der für die Organisation in Khartum arbeitete, lebte sie als Gast auf dem Grundstück. William war ihr also nicht irgendwie verpflichtet, doch als sie ankam, hatte sie herausgefunden, dass er sich für Film interessierte – für Bollywoodfilme – und sich für ihre Arbeit begeisterte, auch wenn er anfangs nicht verstand, was es in einer so staubigen, verschlafenen Stadt wie Saraaya zu filmen gab. Trotzdem war er hilfreich gewesen, hatte Orte vorgeschlagen, an denen sie drehen konnte, sie mit Leuten in der Stadt bekannt gemacht und sich immer neugierig nach ihren Fortschritten erkundigt.

Das Tor quietschte und wurde geöffnet. William drehte sich um und verließ die Küche.

«Mustafa!» Er verschwand in Richtung Tor.

Gefolgt von William kam Mustafa einen Augenblick später herein; seine dürren Arme mühten sich mit dem Gewicht von zwei großen Plastiksäcken ab. Mustafas tief auf der Nase sitzende Sonnenbrille verlieh ihm das faszinierende Aussehen einer coolen Mücke. Er sagte Hallo zu Dena, ließ die Tüten auf den Boden fallen, stand in der Küche und drehte die Schultern wie ein Athlet, der sich aufwärmt. Dann verschränkte er die Hände hinterm Rücken und streckte die Arme.

«Hast du Layla gesehen?», fragte William. Er ging in die Hocke, Hände auf die Knie gestützt, um dem sich streckenden Mustafa ins Gesicht sehen zu können.

«Ja.»

«Wo?»

«Auf dem Markt. Zumindest habe ich das *geglaubt*. Sie sah genauso aus, aber ich konnte sie nicht richtig erkennen. Sie war auf der anderen Straßenseite ...»

«Also hast du sie *nicht* gesehen», sagte William.

«Doch.»

«Aber du hast gerade gesagt ...»

«Ich habe sie später gesehen.»

«Nach dem Markt, meinst du?»

«Ja.»

«Warum bist du gestern Abend nicht wiedergekommen? Ich habe auf dich gewartet.»

«Wegen der Fußballmeisterschaft. Ich hab sie mir mit Ibrahim angesehen und bin dann bei ihm geblieben.»

Mustafa ging zum Wasserspender, stellte sich auf Zehenspitzen und nahm sich eine Tasse aus dem Regal.

William trat zu ihm, außer Atem, und legte ihm eine Hand auf die Schulter. «Sieh mich an.» Mustafa drehte sich zu ihm um. «Also *hast* du sie gefunden?»

«Ja.»
«Wo? Erzähl mir alles.»
«Ich war bei ihr zu Hause. Ich musste eine Million Leute auf dem Markt fragen, bis mir wer sagen konnte, wo sie wohnt; dann bin ich eine Stunde lang gelaufen. Ich hab das Dorf gefunden, nur nicht ihr Haus, und dann wurde mir gesagt, ich sei im falschen Dorf. Also musste ich noch mal vier Kilometer laufen, bis ich das *richtige* Dorf gefunden hatte. Das beim Wadi, das neue, wo so viele Nomaden leben. Bloß liegt ihr Haus nicht gerade im Dorf selbst ...»
«Komm zur Sache. *Hast* du nun mit ihr geredet?»
«Du willst doch alles hören. Und ich erzähle dir alles.»
Dena, die dieses Hin und Her zwischen William und Mustafa beobachtete, versuchte wieder einmal, die Art der Beziehung zwischen den beiden zu ergründen, die ein bisschen wie die von Vater und Sohn war, zugleich aber auch mehr oder weniger als das, nur was genau, da war Dena sich nicht sicher. Mustafa war abhängig von William, der fast dreimal so groß war wie er selbst, weshalb er ihm kaum bis zum Ellbogen reichte. Trotzdem schien er sich für gleichberechtigt zu halten, hatte keine Angst vor ihm und wusste, William würde sich um ihn kümmern, so gut er eben konnte. Mustafa hatte ihr erzählt, er arbeite hier seit drei Jahren, also seit er neun war. In der ersten Woche war Alex deshalb ziemlich aufgebracht gewesen und hatte William im Pavillon die Leviten gelesen. Wie könne eine humanitäre Organisation, deren Aufgabe es sei, die Menschen von der Armut zu befreien, ein minderjähriges Kind beschäftigen? Sollte Mustafa nicht in der Schule sein? Und wisse das Büro in Khartum hierüber Bescheid?
William hatte Alex angesehen, mit den Augen gerollt und sich dann an Mustafa gewandt, der sich damit abmühte, den Hof zu spritzen.

«Er sagt, du darfst hier nicht arbeiten; du bist noch zu jung», erklärte William auf Arabisch.

Mustafa musterte Alex vielsagend. «Nein», erwiderte er auf Englisch und drehte sich dann zu William um. «Sag ihm, ich brauche das Geld.» Er hastete weiter. Und das war's. Alex hatte das Thema nie wieder angesprochen.

Mustafa, dem Williams Fragen nicht behagten, hatte ihm nun den Rücken zugewandt und wühlte stumm in seinen Tüten.

«Jetzt erzähl doch», sagte William in einem sanfteren Ton. «Hast du ihr Haus gefunden?»

«Ja», sagte Mustafa.

«Und sie war da?»

«Ja», sagte Mustafa.

«Wann kommt sie zurück?»

«In ein oder zwei Wochen. Ihr Vater ist sehr krank – sie pflegt ihn.»

«Hast du sie gesehen?», fragte William. «Hast du mit ihr geredet?»

Mustafa sah zu ihm auf, als wäre er verrückt. «*Ja*. Ich *habe* mit ihr geredet.»

«Geht es ihr gut?»

«*Ja*.»

William schwieg. Er blickte sich um, musterte den Überbringer dieser Neuigkeit, so lebendig und real. Ein Schauder überlief ihn, eine Welle, Muskeln, die sich spannten und entspannten; Hände, Arme und Schultern, die sich verkrampften und entkrampften; als er die Augen dann wieder aufschlug, war es, als wäre er noch länger geworden, aber auch freier. Dena begriff: seine Schroffheit, seine Zerstreutheit. Er hatte Laylas Abwesenheit mit der Leiche zusammengebracht und sich deshalb Sorgen gemacht.

Als er aufsah, interessierte er sich plötzlich wieder für die

Angelegenheiten anderer. «Was ist in den Tüten?», fragte er Mustafa. Der Junge erzählte ihm von der Unterwäsche und davon, wie er mit Hassan aneinandergeraten war. «Mit Hassan solltest du Ärger vermeiden», sagte William. «Der hat einen Vetter bei der Polizei. Such dir einfach einen anderen Platz auf dem Markt.»

Er fragte Dena, was sie mache. Ob er vom Salat probieren dürfe? Er nahm sich ein Stück Möhre vom Hackbrett und biss ab, die Kaumuskeln arbeiteten. Er ging in der Küche hin und her – schlaksig, entspannt, freundlich, der Raum mit einem Mal von seiner Energie erfüllt. Er erkundigte sich nach Denas Arbeit. Was hatte sie gefilmt? Sie antwortete und konnte nicht umhin, sich ebenfalls glücklich zu fühlen; sie erzählte von ihrem Tag.

«Wo ist Alex?», fragte er.

«Im Büro», erwiderte Dena. Als sie vom Filmen zurückkam, hatte er sich verzogen. Sie wusste, der Grund war ihr letztes Gespräch. Er ging ihr aus dem Weg. Vermutlich besser so. Sie drückte eine halbe Limette über der Schüssel mit dem Salat aus. «Stimmt es», fragte sie, «dass sich in der Gegend Rebellen rumtreiben? Alex war deshalb ziemlich beunruhigt.»

William winkte ab. «Alex ist doch immer wegen irgendwas beunruhigt», sagte er, als hätte er sich selbst nicht noch vor wenigen Minuten Sorgen gemacht. «Wer weiß? Sind bloß Gerüchte.»

Mustafa, Besen in der Hand, richtete sich auf. «Auf dem Markt wird über nichts anderes geredet. Es heißt, der Tote hätte was damit zu tun.»

«Vielleicht. Vielleicht auch nicht», sagte William, dessen Miene plötzlich wieder ernst wurde. «Was hast du noch mal gesagt? Wann kommt Layla zurück?»

«Wann genau hat sie nicht gesagt. Nur, dass sie für eine

Woche fort sein wird, vielleicht auch zwei. Sie will Bescheid geben.»

«Wann? Wann gibt sie Bescheid?»

Mustafa stieß einen Seufzer aus. «Woher soll ich das denn wissen?»

«Egal.» William schwieg einen Moment. «Sie kommt zurück.» Er lächelte. «Das ist das Wichtigste.»

Er stürzte vor, umschlang mit einem Arm Mustafas Knie, mit dem anderen seine Schultern, riss ihn hoch und kreiselte und wirbelte mit ihm durch die Küche. Mustafa quiekte, strampelte mit den Beinen, ließ den Besen fallen und klammerte sich an Williams Hemd fest.

Dena spürte, wie Gelächter in ihr aufwallte. Sie mochte die beiden. Sie sah sie gern zusammen. Plötzlich vermisste sie ihre Kamera. Die lag auf ihrem Zimmer. Dena wollte sie schon holen, als sie innehielt. Manchmal, schalt sie sich, muss man den Augenblick einfach genießen. Vergiss die Kamera. Seit dem Auftauchen der Leiche sah sie die beiden zum ersten Mal lachen. Und Dena lehnte sich an den Tresen und schaute zu, wie William Mustafa durch die Luft schwang.

II

Die letzten zwei Wochen verschmolzen für Alex im Rückblick zu einem einzigen endlosen Tag in Wartezimmern, die sich nur in Details unterschieden, je nachdem, in welchem Büro - Polizei, Militär, Security - sie am jeweiligen Nachmittag gerade festsaßen. Heute waren die Wände blau, nicht mintgrün. Statt in der Kaserne hockte er mit William im Büro der Security. Allerdings stand hier das gleiche überdimensionierte Wartesaalmobiliar, das aussah, als könnte es jeden Moment aus den Nähten platzen und ihn mit seiner Schaumstofffüllung überfluten. An der Wand über den Sesseln hing der obligatorische Koranvers mit kitschig glitzerndem Goldrand auf schwarzem Hintergrund. Der ächzende Ventilator vervollständigte das Bild, ebenso das synthetische Rascheln der Plastikpflanze in der Ecke.

Vor Saraaya hatte er in Khartum bereits einen Monat lang das Labyrinth der Bürokratie durchlaufen. Vom Büro der Organisation zum Ministerium für Humanitäre Angelegenheiten. Von dort zur amerikanischen Botschaft. Zurück zum Büro. Wieder ins Ministerium. Fingerabdrücke. Passbilder. Darstellung des Projekts. Der Finanzmittel. Visaanträge. Hier liebte man Visa. Man brauchte nicht nur ein Visum, um ins Land zu kommen, sondern auch eines, um es verlassen zu können. Er brauchte sogar ein Permit, um innerhalb des Landes reisen zu dürfen - von Khartum nach Saraaya.

Zwei Wochen lang war er William von Büro zu Büro gefolgt. In Khartum hatte er die Arbeitserlaubnis erhalten. Bei seiner Ankunft aber stellte er fest, dass er noch von den örtlichen Behörden in Saraaya überprüft werden musste.

Er wandte sich William zu, der auf dem Stuhl nebenan die Ellbogen aufstützte, das Kinn zwischen Daumen und Zeigefinger, die fast bis in die Zimmermitte ragenden Beine überkreuzt. William starrte die Plastikpflanze an, ein Lächeln umspielte seine Lippen. Während der letzten Tage hatte sich seine Stimmung geändert. Anfälle manischer Energie wechselten sich ab mit Zuständen stiller, verträumter Verlorenheit wie jenem, dem er jetzt gerade verfallen war und in denen er minutenlang reglos herumstand oder nur dasaß, verloren in irgendwelchen rätselhaften Tagträumereien. Alex wunderte das. Er war der Einzige, der sich wegen der Leiche noch Gedanken machte. Dena ging wie gewohnt ihrer Arbeit nach. William schien glücklicher geworden zu sein, seit der Leichnam aufgetaucht war. Alex konnte sich keinen Reim darauf machen.

Er tippte ihm auf die Schulter.

«Wie lange müssen wir noch warten?»

Aus seinem Tagtraum aufgeschreckt sah William ihn an. «Keine Ahnung. Bis man uns ruft.»

«Und wenn man uns ruft, was passiert dann?»

«Man prüft unsere Papiere. Falls alles in Ordnung ist, stempelt die Security sie heute noch ab und erteilt damit ihre Genehmigung.»

«Und dann? Kann ich dann anfangen?»

«Nein, dann müssen wir mit der abgestempelten Genehmigung zum Distriktbüro.»

«Und was passiert da?»

«Die stempeln sie auch ab. Nachdem man ein Gespräch mit dir geführt hat.»

«Und das war's dann?»

«Nein. Dann wird die Genehmigung zurück nach Khartum gefaxt, und wir warten darauf, dass das Ministerium die Papiere gegenzeichnet. Erst dann kannst du anfangen.»

Alex umklammerte die Armlehnen des Sessels und stieß mit geblähten Wangen einen Seufzer aus. Greg, sein Boss in Khartum, setzte ihm mit Anrufen auf dem Satellitentelefon zu. Geld des Außenministeriums für Hilfsprojekte im Distrikt – insgesamt zwei Millionen Dollar – hingen von dieser Landkarte ab, und von Alex erwartete man in sechs Monaten Ergebnisse, also bis Mitte Juni.

«Ich brauche noch die Genehmigung», hatte Alex am Satellitentelefon über das Echo seiner eigenen Stimme hinweg erklärt.

«Was denn für eine Genehmigung?», erwiderte Greg. «Die hast du doch schon in Khartum erhalten.»

«Die Erlaubnis der örtlichen Behörden ist zusätzlich nötig.»

«Du bist doch jetzt schon seit Wochen in Saraaya. Wir sind auf dieses Geld angewiesen, Alex. Sieh zu, dass du endlich anfangen kannst.»

Alex begann, die freundschaftlichen Gefühle für seinen Boss zu hinterfragen, einem stämmigen Amerikaner, der sich in der Zeit, die Alex mit ihm verbracht hatte, ständig darüber beklagte, wie grässlich Khartum sei. Vor allem im Vergleich mit Kinshasa, wo er zuvor zwei Jahre stationiert gewesen war, ehe er in dieses staubige Nichts der sudanesischen Hauptstadt versetzt wurde, die eher einem großen verschlafenen Dorf als einer Stadt glich. In Kinshasa konnte man sich besaufen. Man konnte Partys feiern. Man konnte vögeln, problemlos und überall. In Khartum wanderte man ins Gefängnis, wenn man auch nur mit einer Flasche Bier in der Hand erwischt wurde. Alkohol musste über die Botschaften ins Land geschmuggelt werden, eingewickelt in Handtüchern oder Hemden, versteckt in Diplomatenkoffern – die am Flughafen nicht durchsucht werden durften –, um ihn dann heimlich unter den Amerikanern und Europäern zu verteilen, die nach einem Tropfen Jack Daniel's lechzten, einem Merlot oder Budweiser in dieser Stadt mitten in der Wüste. Wie Alex schon bald nach seiner Ankunft in Khartum erfuhr, vertrieb Greg sich seine Zeit vorzugsweise damit, Alkohol aufzuspüren, ob bei einem Empfang in der dänischen Botschaft, einer UN-Versammlung oder im besonders bewachten American Club am Nil.

Die langen Wartezeiten hatten immerhin den Vorteil, dass William Alex über vieles aufklären konnte. Über die Stadt. Den Krieg. Bei seiner Ankunft hatte Alex nur ein sehr ungefähres Bild von der Lage gehabt. Auf der einen Seite die Rebellen im Süden, auf der anderen das Regime im Norden. Seit der Unabhängigkeit im Jahr 1956 hatte in diesem Land immer auf irgendeine Weise Krieg geherrscht. Der Süden wollte Entwicklung, Bildung, ein Gesundheitswesen, eine paritätisch besetzte Regierung. Der Norden wollte, dass der Süden arm blieb, ungebildet, während man selbst das Öl förderte. Saraaya lag in der Landesmitte, im Zentrum der Ölfelder. Die Bevölkerung gemischt: im Süden Niloten und im Norden Nomaden, die hier die Hälfte des Jahres ihr Vieh weideten. Wer Saraaya kontrollierte, der kontrollierte auch das Öl. Zurzeit war das die Regierung. William erklärte ihm, wie es vor Ort zuging, wer in der Stadt das Sagen hatte.

«Die Polizei, die macht nur auf wichtig, ist es aber nicht», erzählte er Alex. «Im Auge behalten musst du die Leute der Security. Die geben hier den Ton an, sind jedoch schwer zu erkennen, weil sie Zivil tragen, aber keine Sorge, das lernst du schon noch, die führen sich nämlich auf, als würde ihnen die Stadt gehören.»

«Und die Rebellen?»

«Die bekommst du nie zu Gesicht. Sie leben im Busch. Dahin verschwinden auch die jungen Niloten, wenn sie sich denen anschließen wollen.»

An seinem ersten Tag in Saraaya war Alex, kaum aus den Reisekleidern, von William zu einem Treffen mit Ahmed geführt worden, dem stellvertretenden Leiter der Security. Ein halb verhungert aussehender Mann, dürr wie eine Bohnenstange. Weißes kurzärmeliges Hemd, schwarze Hose, schwarze Lederschuhe. Schmale Lippen, die mehr verrieten als seine Augen. Nach unten gebogen – Verachtung. Straff gespannt – Bedrohung. Gefletschte Zähne – amüsiert.

Der zweite Deputy war ebenfalls anwesend. So fett wie Ahmed hager war. Beine dick wie Baumstämme. Hochgerutschte Kakishorts. Hemd überm Bauch gespannt. Lagen die fülligen Arme an seinem Oberleib an, standen die Ellbogen seitwärts ab. Steinaugen verloren im drallen Gesicht. Immer einen Schritt hinter Ahmed – wie eine Warnung.

Dann eine Abfolge anonymer Angehöriger der Security. William stupste ihn an, sooft er einen von ihnen in der Stadt sah. Meist jung, bestens angezogen: schöne Schuhe, gut sitzende Kleider. Führten sich auf wie Stadtmenschen. Keine sonnenverbrannte Haut wie bei den Nomaden, Goldschimmer im Haar, auf der Stirn vorzeitige Falten von der Sonne, nein, eher die Gesichter von Männern, die viel Zeit in dunklen Räumen und Büros verbrachten. Man sah sie bei den Teefrauen sitzen, in der Moschee, beim Friseur. An Orten, an denen man den neusten Klatsch aufschnappen konnte.

Außerdem war da noch die Miliz. «Die inoffizielle Armee der Regierung», sagte William. «Als es vor fünfzehn Jahren zum ersten Mal zu kriegerischen Auseinandersetzungen kam, waren es ihre Soldaten, auf deren Konto die Morde und Plünderungen gingen. Die sich mit allem aus dem Staub gemacht haben, was sie in die Finger bekamen.» Sie seien ganz gewöhnliche Nomaden, erklärte William, zogen mit ihrem Vieh über die Steppe, schlürften in Friedenszeiten Tee mit den Niloten, tauschten Nettigkeiten aus und ließen hin und wieder sogar zu, dass ihre Töchter deren Söhne heirateten, doch kaum begann der Krieg, holten sie ihre AK-47 heraus. Es wurde geplündert, Vieh gestohlen, Dörfer wurden verbrannt. Ihre Befehle erhielten sie von Hilal, dem Sohn eines berühmten Nomadenanführers. William zeigte ihn Alex auf dem Markt. Hoher Turban, unter dem hinten ein dünner Pferdeschwanz hervorlugte, den er sich einmal ums Kinn wickelte - der Rahmen für ein ansehnliches Gesicht. Helle Augen, lange Wimpern, flachwinklige Wangenknochen. Ein solider, bergig aufragender Nasenknubbel. Darunter ein blitzender Schnauzbart; dünne, dunkle Lippen, die Dschallabija wehte hinter ihm im Wind. Zu seiner Überraschung bemerkte Alex, dass Hilal sich die Augen mit Kajal geschminkt hatte.

«Wie der Prophet», sagte William. «Zumindest hat man es so überliefert. Hilal aber ist eitel wie ein Papagei.»

«Wie ein Pfau», korrigierte ihn Alex.

Hilal wiederum erhielt seine Befehle von Farook, dem Leiter der Security. Und den sollten sie heute treffen.

Gummigeschmack auf der Zunge. Alex senkte den Blick; er knabberte auf dem Radiergummiende eines Bleistifts, den er mitgebracht hatte, um Anmerkungen im aufgeschlagen in seinem Schoß liegenden «Topografische Varianten im Schwemmland des Deltas des Weißen Nils» machen zu können. Er sah auf die Uhr, die neben dem Koranvers tickte. Eine vertraute Ruhelosigkeit überkam ihn, ein Prickeln von den Zehenspitzen bis in den Bauch, bis in die Finger. Er wandte sich wieder dem Bericht zu:

Unterhalb der Savanne, die sich über den Zentralsudan erstreckt, also quer über die Regionen Darfur, Kordofan und den Bundesstaat Upper Nile, speist ein System von Feuchtgebieten und Flussläufen den Weißen Nil, der nordwärts zwischen den Nuba-Bergen im Westen und der äthiopischen Grenze im Osten dahinströmt. Aus dem Westen bildet den Hauptzufluss der Bahr al-Ghazal, in den seinerseits der Bahr al-Arab mündet, dessen Zusammenfluss mit dem Lol und Jur im ...

Die Tür ging auf. Voller Hoffnung hob er den Blick. Ein Bursche kam mit einem Tablett leerer Teetassen aus dem Büro. Alex stand auf, lief hin und her. Schon ein Uhr. William döste. Er stupste ihn an.

«Wann lassen die uns rein?»

William öffnete die Augen. «Hab ich dir doch schon gesagt: Wenn sie uns rufen.»

«Kannst du nicht jemanden fragen?»

«Hab ich schon.»

«Dann frag noch mal.»

«Entspann dich. Das hier ist nicht Amerika», sagte William und schloss wieder die Augen. Alex starrte auf seine vergoldete, am Handgelenk blitzende Uhr, auf die sorgsam geschnittenen Fingernägel. Wie so oft in der vergangenen Woche war er kurz davor, William zu verachten.

Eine Tür zum Wartezimmer öffnete sich, und ein junger Mann sagte etwas auf Arabisch. Sie wurden hereingebeten. Alex schnappte sich den Bericht und folgte William, der seinerseits dem jungen Mann in einen schmalen Flur folgte, über den die Schatten kreiselnder Ventilatorflügel wischten. Man brachte sie in ein geräumiges Büro. Rollläden waren vor das vergitterte Fenster zu ihrer Linken gezogen. An einer Sitzecke vorbei - Sofa und Stühle - liefen sie zu einem Schreibtisch, hinter dem zwei Sessel standen.

Es war seltsam, Farook endlich von Angesicht zu Angesicht gegenüberzustehen. Der starke Mann der Regierung in dieser Stadt. Auch deren höchste Autorität, bedeutsamer noch als der Militärkommandant. Weshalb es Alex überraschte, dass die Person, die sich erhob, um sie zu begrüßen, noch ziemlich jung war, selbst wenn sich an den Schläfen erste kahle Stellen ausbreiteten. Farook war nicht sonderlich groß, aber gut gebaut, die Schultern kräftig, der Rücken gerade. Seine Hand fühlte sich kühl und trocken an. Farook deutete auf die beiden Sessel.

«Nun, Mr. Alex. Ich habe gehört, dass Sie in Saraaya sind, um eine Karte anzufertigen», sagte er, lehnte sich in seinem Ledersessel zurück und ließ beim Reden die R über die Zunge rollen.

«Ja», antwortete Alex, den Farooks kühler, direkter Blick plötzlich verunsicherte. Es war da - in seinen Augen. Etwas weniger harmlos als der Blick eines Schuldirektors. Farook schaute William an und bedeutete ihm mit einem Kopfnicken fortzufahren. «Wir möchten die Distriktkarte aktualisieren, um unsere Hilfsarbeit besser planen und effektiver durchführen zu können.»

Er bekämpfte den Impuls, mehr sagen zu wollen, da er spürte, dass er mit seinen Worten vorsichtig sein sollte.

«So eine Landkarte zu zeichnen, ist keine leichte Aufgabe», sagte Farook. «Besonders hier nicht. Wie lange wollen Sie bleiben?»

«Sechs Monate», erwiderte Alex. «Und ich würde gern baldmöglichst anfangen.» Er zögerte, überlegte, ob er sich nach der Leiche erkundigen sollte. William hatte alle entsprechenden Fragen beiseitegewischt und ihm gesagt, es gäbe keinen Grund, sich Sorgen zu machen. Hier aber bot sich die Gelegenheit, jemanden zu fragen, der vielleicht mehr wusste. «Nun ja», wagte er sich vor, «die Sicherheitslage scheint ein wenig prekär zu sein. Bei der Leiche und so, oder?» Es hatte eine Leiche gegeben. Das stand außer Frage, seine Unsicherheit aber ließ seine Stimme zittern.

«Sie sind doch wohl kaum wegen einer einzigen Leiche beunruhigt, Mr. Alex, oder?»

«Gibt es denn Neuigkeiten? Haben die polizeilichen Untersuchungen etwas ergeben?»

«Der Leichnam wurde beerdigt. Das hätte die Polizei verhindern müssen. Also kann es keine Untersuchung geben, aber vermutlich war es nichts weiter – ein Streit wegen einer Kuh. Oder einer Frau.» Er verstummte, studierte Alex' Reaktion. «Erst wenn es viele Leichen gibt, sollten Sie anfangen, sich Sorgen zu machen. Die machen wir uns dann alle. Eine Leiche, das ist nichts.» Er wandte sich an William. «Was meinen Sie, William?»

«Stimmt.» William richtete sich auf.

Alex hakte nach. «Und ist es wahr, dass sich Rebellen in der Gegend aufhalten?»

«In dieser Gegend halten sich immer Rebellen auf.»

«Aber es besteht die Gefahr eines Angriffs, oder?»

«Auch diese Gefahr besteht immer», sagte Farook. «Das hier ist Saraaya. Aber wir haben die Lage unter Kontrolle. Sollte es Veränderungen geben, werden wir Sie informieren.» Es folgte eine Pause. «Nun», fuhr er dann fort, «Sie haben Papiere für mich?»

William reichte Farook den Ordner. «Wir haben die Unterschrift der Militärbehörde, die Genehmigung der Polizei und auch die Genehmigung aus Khartum.»

Farook schlug den Ordner auf und ging die Papiere durch. Dann noch einmal, langsamer diesmal.

«Die Registrierung?»

Alex wartete darauf, dass er genauer wurde. «Die Registrierung ...?»

«Die Registrierung Ihrer Organisation beim Ministerium für humanitäre Angelegenheiten. Die ist nicht dabei.»

Alex ging im Geiste den Ordner durch.

«Die sollte aber dabei sein», sagte William und bedeutete Farook, die Papiere doch bitte noch einmal durchzugehen.

«Darf ich?», fragte Alex, erhob sich aus seinem Sessel und griff nach der Akte. «Ich fürchte, mittlerweile enthält die Akte so viele Papiere, dass Sie die Registrierung sicher übersehen haben.»

«Setzen Sie sich wieder, Mr. Alex.»

Alex sah hilfesuchend zu William, aber der, halb aus dem Sessel, der Mund offen, schien sich unsicher zu sein, wie er einschreiten sollte, ob er zu Alex halten und Farook zwingen sollte, die Akte herzugeben, oder ob er Alex zwingen sollte, sich wieder hinzusetzen. In seinen Augen funkelte trotziger Widerstand gegen Alex auf. Zwischen den Fingern der rechten Hand zerrieb er eine unsichtbare Prise Salz. Wie vertraut Alex diese Geste geworden war. Sie war der Inbegriff des Geistes dieser Stadt. Warte.

Alex hatte genug vom Warten. Er riss die Akte an sich und zog sich damit zurück, ehe Farook ihn daran hindern konnte. Er ging die Papiere durch. Einmal. Zweimal. Nichts. Mit einem flauen Gefühl im Magen sah er zu Farook hinüber, der inzwischen aufgestanden war, die Lippen zu einem dünnen Strich zusammengepresst, die Schultern gereckt.

«Hier ist sie», sagte William, der in einem zweiten, auf seinem Schoß liegenden Ordner geblättert hatte. Er wedelte mit der Registrierung. Erleichtert beobachtete Alex, wie Farooks Blick über das Blatt huschte.

«Und wo ist die Bevollmächtigung?»

Auch die wurde ihm von William gereicht.

Farook öffnete eine Schublade, fischte einen Gummistempel heraus, drückte ihn aufs Stempelkissen und knallte das Siegel auf den Antrag. Er schob das Papier zu Alex hinüber.

«Danke», sagte Alex und zwang sich, eine Miene aufzusetzen, die ein angemessenes Maß an Dankbarkeit zeigte. Wie eine Preisurkunde hielt er die abgestempelte Genehmigung in Händen. Farook nickte ihnen knapp zu, und sie gingen zur Tür.

Draußen hielt ihn William gleich hinter der Veranda des Security-Büros an.

«Du warst da drinnen ziemlich unhöflich.»

«Wir haben den Stempel, oder etwa nicht?»

«Verscherze es dir *bloß* nicht mit den Behörden!»

«Wir müssen mit dieser Karte anfangen. Ich habe keine Zeit zu vergeuden. Distriktbüro. Gleich morgen früh.»

Weiter vorn sah er bei der Moschee eine Gruppe alter Männer sitzen. Um sie herum eine Menschenmenge, in deren Mitte er eine Jeans ausmachte, ein Stativ.

«Da ist Dena», sagte er. «Ich sage Hallo. Kommst du mit?»

Offensichtlich verärgert lehnte William ab, meinte, er hätte noch etwas zu tun.

Sie trennten sich. William ging in Richtung NGO, Alex wandte sich der Moschee zu.

Die alten Männer waren erstarrt. Fünf Männer reglos wie die Ziegelmauer der Moschee, vor der sie hockten. Versteinert wie die Gestalten einer Momentaufnahme – steif aufragende Gehstöcke, an Fingern baumelnde Gebetsketten, die Füße ordentlich unter der Bank verstaut, der Hals gereckt, der Blick starr geradeaus. Dschallabijas so unbewegt wie Marmor, da kein Lufthauch ging. Die Gesichter ernst, wie geschnitzt. Hohe Turbane über faltiger Stirn, die Wangen mit struppigen Bärten und Schnauzern geschmückt. Kein Haar bewegte sich. Auf dem Gesicht eines der alten Männer landete eine Fliege. Die Nase zuckte, doch weigerte er sich, die Fliege zu verscheuchen.

Während Dena selbst sich so still wie ihre Motive verhielt, gebeugt hinter der Kamera, war ihr klar, dass alles an diesem Bild – das sanfte Licht im Schatten der Moschee, der Kontrast Weiß vor Ziegeln, die Symmetrie der fünf Gestalten, die wie Duplikate mit nur wenigen Unterschieden aussahen, der von ihr gewählte Ausschnitt – technisch perfekt war, aber Bewegung fehlte, Leben. Und so wartete sie darauf, dass der Schleier fiel, dass jemand nieste oder ein Gespräch begann. Doch nichts geschah. Nichts würde geschehen. Die Männer schienen bereit und fähig, für immer reglos dazusitzen.

Eben erst war sie auf sie zugetreten und hatte gefragt: «Darf ich Sie filmen?» Aber wie immer, wenn sie sich neuen Motiven näherte, hatte sie ein wenig verzagt geklungen, denn auch wenn sie diese Frage schon so oft gestellt hatte, kam sie nie gegen den Eindruck an – sie selbst war eher reserviert und neigte dazu, diese Einstellung auf jeden zu übertragen, auf dessen Kooperation sie angewiesen war und die sie brauchte –, dass es schrecklich aufdringlich war, jemandem eine riesige Kamera ins Gesicht zu halten.

Trotzdem stellte sie immer wieder fest, dass alle gefilmt werden wollten. Alte Männer, junge Viehtreiber, Ehemänner und ihre Frauen, Kinder, Teefrauen, Niloten und Nomaden. Die meisten von ihnen hatten noch nie eine solche Kamera gesehen, geschweige denn eine Frau mit einer Kamera, aber sie ließen zu, dass sie sie filmte, selbst wenn dies aus keinem anderen Grund als dem geschah, sie bei ihrer Arbeit beobachten zu können.

Auch die alten Männer hatten ihr Scheitelkäppchen oder ihren Turban zurechtgerückt und zugestimmt. Zwei Mädchen auf der Straße verlangsamten ihren Schritt, als Dena begann, ihre Geräte aufzubauen. Sie kamen näher, sahen zu. Eine Schwangere mit Holz auf dem Kopf gesellte sich zu ihnen. Zwei junge Männer verließen ihren schattigen Platz an einem nahen Teestand und standen nun hinter den Frauen. Sie murmelten untereinander. Jetzt war es eine Menge von zehn, fünfzehn Leuten, die sich seitlich von Dena oder in ihrem Rücken sammelte und zusah, wie sie durch das Objektiv schaute.

Seit die Kamera lief, hatten sich die alten Männer jedoch nicht gerührt. Das war ihr Problem. Es genügte nicht, dass die Menschen einwilligten, sich filmen zu lassen. Die eigentliche Herausforderung war dieses Erstarren vor der Kamera, und wenn sie nicht wie gelähmt waren, dann überdreht. Wie die Jungen, diese Teenager, die sie gestern Nachmittag gefilmt hatte. Nach zwei Stunden hatte sie Aufnahmen, die sie zeigten, wie sie Peace-Zeichen machten, sich in vom Gangster-Rap inspirierte Posen warfen, breitbeinig, die Arme gekreuzt, Kinn arrogant gereckt, oder wie sie mit gespielten Kampfszenen angaben und mit in todbringende Schwerter verwandelten Armen einander die Köpfe abschlugen.

Wenn sie den Leuten erklärte, sie möchte, dass sie einfach nur sie selbst waren, dass sie sich benahmen, als sei sie gar nicht *hier*, dass sie sich unterhielten, Tee tranken oder was immer sie auch gerade taten, dann erntete sie nur verwirrte Blicke. «So tun, als wenn Sie nicht hier wären?», fragten sie. «Aber Sie sind doch hier.» Je intensiver sie sich wünschte, unsichtbar zu sein, desto sichtbarer wurde sie. Die Nachricht verbreitete sich, dass es eine Frau aus Khartum gab – oder aus Amerika? Oder aus Amerika *und* Khartum? –, die Menschen filmte. Die Leute kamen, um sie beim Filmen zu beobachten und um das Rätsel ihrer Herkunft zu lüften, was ihnen allerdings ein weiteres Rätsel bescherte. Sie war eine Frau, die aussah und sich anzog wie ein Mann. Sie aufzuspüren wurde zu einem beliebten Zeitvertreib. Selbst wenn sie auf die Felder außerhalb der Stadt ging, folgten ihr Grüppchen von Leuten; einige kamen sogar aus weit entfernten Dörfern, um sich einen Nachmittag lang von ihr unterhalten zu lassen.

In den letzten Wochen war es ihr nur an einem einzigen Tag gelungen, erfolgreich zu filmen. Früh an einem Freitagmorgen war sie mit Mustafa zum Fluss südlich der Stadt gegangen, dorthin, wo Hirten das Vieh zur Tränke brachten.

Das Licht war an diesem Tag besonders gut gewesen, Schleierwolken hatten die Sonne gefiltert, die Farben von Busch, Gras und den narbigen braunen Felsen vertieft. Sie kamen zu einigen Grüppchen von Mimosenbäumen und Akazien. Dena folgte der kleinen Gestalt des Jungen, der flink über einen schmalen, ins Grün führenden und dann breiter werdenden Pfad lief. Der Wind war hier nicht so heftig, gebrochen von der Mauer der umstehenden Bäume. Bülbüls und Lerchen tirilierten. Dena nahm den Geruch von feuchtem Schlamm wahr, dann sah sie durch die Zweige das harsche weiße Glitzern des Wassers.

Der Pfad führte hinab zum Fluss; die Sonne riesig, das gegenüberliegende Ufer gesäumt von kahlastigen Bäumen; am diesseitigen Ufer die Silhouetten der Kühe, aberhunderte, die sich ans Wasser drängten und Staubwolken aufsteigen ließen, die alles verwischten, formlos werden ließen, bis es mit Sonne und Himmel verschwamm und die Tiere der Herde nicht länger aus Fleisch und Knochen, sondern aus Luft und Staub zu bestehen schienen, eine Geisterschar.

«Lass uns hierbleiben», sagte sie.

Sie schnürte ihre Sneaker auf, zog die Socken aus, rollte

ihre Leinenhose hoch und watete ins Wasser. Zwischen ihren Zehen quoll der Schlamm hindurch. Mustafa sah interessiert zu, wie sie die Kamera aufstellte; zwei Beine des Statives versanken im Schlamm.

«Wie viel hat das gekostet?»

«Was denn?»

«Die Kamera.»

Mustafa wollte immer wissen, wie viel etwas kostete. Wie teuer war ein Flugticket nach Amerika? Wie teuer war ein Fahrrad in Amerika? Wie teuer ein Haus?

«Um die zweitausend», antwortete sie. «Dollar.»

Er rechnete. «William sagt, ein Dollar entspricht fünfhundert Pfund. Das sind dann ...»

«Eine Million sudanesische Pfund», sagte sie.

Seine Augen wurden groß.

«Woher hattest du denn so viel Geld?»

«Ich habe gearbeitet.»

«Und was?»

«Als Kellnerin in einem Restaurant.»

«In einem Restaurant kann man so viel Geld verdienen?»

«Nun, ja, aber in Amerika ist alles teurer. Du wirst besser bezahlt, gibst aber auch mehr aus.»

Eine halbe Stunde lang filmte sie den Fluss, dann musterte sie die Umgebung, suchte nach etwas, das sie außerdem noch filmen konnte. Weiter unten am Ufer fielen ihr drei Hirten auf, die unter einem Baum saßen.

«Komm, sagen wir Hallo.»

Beim Näherkommen bemerkte sie, dass es sich bei ihnen um ebenjene drei Viehtreiber handelte, die vor fast zwei Wochen den Leichnam zur NGO gebracht hatten. Der ältere Mann sah Dena als Erster, und während sie sich noch einen Weg zu ihnen bahnte, ließ Wiedererkennen seine Augen im ascheverschmierten Gesicht aufblitzen. Alle drei unterm

Baum erhoben sich, der Fluss hinter ihnen lichtgesprenkelt, Flanken, Rümpfe und Hörner der Tiere diesig im Rauch der knisternden Feuer, der Insekten fernhalten sollte. Der Ältere reichte ihr das Handgelenk, da Bohnensoße an seinen Fingern klebte, wohingegen die beiden anderen - der Jüngere mit den hohen Wangenknochen, der andere mit dem Trikot - zum Fluss liefen, um sich zu waschen, ehe sie ihr die Hand gaben.

Der Älteste von ihnen hieß Abel. Der drahtige Mann mit den hohen Wangenknochen, raschen Bewegungen und lebhaften Augen hieß Riek, er war derjenige, der meist das Reden übernommen hatte, als sie die Leiche aufs Grundstück der NGO brachten; und der breit Gebaute mit den langsamen, zurückweichenden Bewegungen war Machar. In den von Asche weißen Gesichtern konnte sie um den Mund herum eine gewisse Ähnlichkeit erkennen und nahm an, dass sie miteinander verwandt waren.

Abel lud sie und Mustafa ein, ihr Mahl mit ihnen zu teilen, und obwohl sie gerade erst zu Mittag gegessen hatte, nahm sie das dargereichte Stück Brot an. Das war der Preis, den sie zahlen musste, wenn sie mit ihnen zusammen sein wollte: sich der Gastfreundschaft der Menschen aus dem Ort unterwerfen.

Sie waren damit einverstanden, dass Dena filmte, also packte sie nach dem Essen ihr Schulterstativ aus, eine Halterung, die sie sich umschnallte, um die Kamera daran zu befestigen.

Da sie diese Vorrichtung ständig trug, war nicht zu erkennen, wann sie filmte und wann nicht. Was die Männer anfangs unsicher machte. Machar rannte fort, sobald sie in seine Nähe kam. Abel redete ununterbrochen, hielt, wenn sie die Kamera auf ihn richtete, minutenlange Vorträge, ernst und gewichtig wie ein Nachrichtensprecher. Riek warf sich vor dem Vieh in Posen, führte sie herum und riet ihr, dieses oder jenes Tier zu filmen, während er sich demonstrativ gegen ein mächtiges Horn lehnte, sich über dem Rücken eines Ochsen drapierte oder Dena erklärte (zumindest nahm sie dies an), was es mit der besonderen Fellzeichnung einer Kuh auf sich hatte.

Da sie die Kamera aber immer auf Schulterhöhe hielt, schienen sie das Objektiv nach einigen Stunden gar nicht mehr zu bemerken. Das Licht trug seinen Teil dazu bei, ihre Bilder zu verzaubern. Dena bestimmte den Bildausschnitt für das Vieh: eine Collage aus Rümpfen, Hörnern, fleckigem Fell und zuckenden Schwänzen; Sonnenlicht strömte in staubigen Kaskaden herab, Muster aus Farbe und Licht, Kuhfladen und sich bewegende Schattentupfen. Die bedächtigen Bewegungen des Gras rupfenden Viehs verliehen dem Bild etwas Fließendes; Licht, Staub und Farbe änderten sich von einem Moment zum anderen. Die Tiere zogen vor wogendem Land und dunkelorangefarbenem Himmel dahin; hundert Halbmonde in Silhouette. Mit dem Zeigefinger tastete sie nach dem Graufilter, das Bild flackerte heller und heller. Das Einstellen der Blende, das kompakte Gerät in ihrer Hand, das Festlegen von Bildausschnitt und Kameraschwenk, all das tat sie, ohne dass sie darüber nachdenken musste.

Wie konnte sie anderen dieses Gefühl erklären, diesen Flow, dieses Einssein? Schwierig. Es war die Ursache ihrer Spannungen mit Alex, mit seinem Drang, alles zu kartografieren, zu messen und zu ordnen. Sie interessierte sich für die Geste, für Lichtqualität, die Bewegungen einer Viehherde – Dinge, die sich jeder Vermessung entzogen.

Selbst William, dessen Verständnis für Film einzig auf jenen Bollywood-Melodramen basierte, die er sich in den Kinos von Khartum angesehen hatte, fand ihre Arbeit verwirrend. Eines Tages, als sie eine Ziege neben einer Tür filmte, stellte er sich zu Dena, beobachtete sie und bemühte sich zu sehen, was sie sah.

Die Ziege lief weiter, stakste mit schlackernden Ohren die Straße entlang. William musterte Dena mit ernstem Blick. Er zeigte auf das Tier.

«Dena. Erklär es mir. Was tust du hier?»

Seiner Meinung nach schien sie eine bedeutungslose Szene zu filmen. Was gab es auf einer leeren Straße zu sehen? Was war interessant an einer streunenden Ziege?

«Ich habe es dir erzählt. Ich arbeite an einem Porträt der Stadt. Wie ein Gemälde nur auf Film.»

«Aber warum ein Bild von *dieser* Stadt?»

«Warum nicht?»

Er blickte sich um, zeigte auf die trostlose Straße, die planlos gebauten Häuser, die Plastiktüten und den im Wind wirbelnden Müll. Mochten die Menschen in Amerika Filmaufnahmen von staubigen Straßen, Ziegen und strohgedeckten Hütten, weil es so etwas in Amerika nicht gab?

«Nein, das ist es nicht. Der Grund ist, dass ich versuche ... ein Kunstwerk zu schaffen.»

Auf der Highschool hatte die Kunstlehrerin ihr eine *Enzyklopädie großer Künstler* geschenkt. Michelangelo, Picasso, Klimt. Sie hatte im Buch geblättert, hatte Bilder angestarrt und verträumt Pinselstriche betrachtet, rostfarbene Himmel, verschattete Gesichter, über Schiffen im Hafen hängenden Nebel, der von den Buchseiten aufzusteigen und die Atmosphäre um sie herum zu durchdringen schien; und sie hatte gedacht, so etwas wollte sie auch können. Nur hatte sie kein Talent fürs Zeichnen oder Malen trotz der im Kunstunterricht verbrachten Stunden mit Kohle und Ölfarben.

Ihr erstes Filmseminar auf dem College änderte alles. Sie brauchte nicht zu malen – sie konnte filmen. Und sie stellte fest, dass sie ein Talent dafür besaß, durchs Objektiv Bilder wahrzunehmen. Beim Filmen eines Porträts begriff sie, dass die langen, schlanken, nervösen Finger einer Hand ihre eigene Geschichte erzählten. Eine verschneite, nicht weiter bemerkenswerte Weide beschwor, wurde sie aus flachem Winkel gefilmt, die epische Atmosphäre der arktischen Tundra herauf.

Sie war von Natur aus eine Einzelgängerin, weshalb ihr der Gedanke an ein riesiges Filmset mit Schauspielern, Produzenten, Beleuchtern und Lichtdesignern nicht behagte. Dokumentarfilm war das Genre, das am besten zu ihr passte. Dafür brauchte sie nur zwei Augen und eine Kamera. Sie begann, zu obskuren Filmfestivals zu fahren, durchforstete Büchereien und Archive nach Dokumentarfilmen. Das war die Welt, zu der sie gehören wollte, eine Welt, in der ihr Werk nur einer Auswahl hingebungsvoller Enthusiasten gezeigt wurde.

Doch sie zweifelte an sich selbst. Williams Frage setzte ihr zu. Was tat sie hier? Sie hatte eine Sammlung zufälliger Aufnahmen - Landschaften, Leute, Tiere, Straßen, Häuser, Sonnenuntergänge und Sonnenaufgänge. Einige wenige waren schön, einige ganz passabel, die meisten grauenhaft. Das Material musste gesichtet werden, worauf aber wollte sie hinaus, was war ihr Thema? Trotz aller Mühen fehlte es ihr an Klarheit. Und sie wagte nicht, sich eine Künstlerin zu nennen; die Kluft zwischen ihren Zielen und ihren Fähigkeiten war zu groß.

Nun wurde sie sich der herandrängenden Leiber bewusst, hörte unterdrücktes Kichern, scharrende Füße. Der Geruch von Staub und Schweiß wehte ihr in die Nase. Nah an ihrem

Ohr grummelte ein Magen. Myriaden Augen lugten über ihre Schulter, betrachteten den Sucher, den aufgeklappten Monitor nur wenige Zentimeter vorm Objektiv, durch das sie starrte. Im unteren Rücken begann ein Schmerz zu pochen, zog sich bis zu den Schultern hoch, setzte sich im Nacken fest. Und immer noch hockten die Männer reglos vor der Moschee.

Sie wandte den Blick vom Objektiv ab und richtete sich auf.

«Redet, wenn ihr wollt.»

Eine Pause, ein Zögern.

«Aber dann ruinieren wir doch das Bild», sagte einer der Männer, offenbar der älteste, der in seiner Dschallabija geradezu geschrumpft aussah. Das Gesicht überzogen von einem Faltennetz. Unter den Augen riesige Tränensäcke. Sein Skelett nur noch so groß wie das eines Kindes. An seiner Seite wirkten seine Freunde – die Dena auf sechzig, siebzig schätzte – geradezu jugendlich.

«Versucht ...» *So zu tun, als wäre ich gar nicht da*, wollte sie sagen, hielt aber inne. Sie war nicht nur da, hinter ihr war zudem eine Menge, groß genug, um ein kleines Theater zu füllen.

«Versucht einfach, es euch bequem zu machen.»

Die Männer wechselten einen Blick. Füße bewegten sich, Atem entwich, Gesäße wurden zurechtgeruckelt. Das verlegene Schweigen dauerte an.

«Die sind schüchtern», sagte jemand in ihrem Rücken.

«Worüber sollen wir denn reden?», fragte ein anderer auf der Bank, ein Mann mit üppigem weißem Schnauzer. Seine Brauen, nicht minder üppig, waren komplett schwarz. Er hockte am Rand der Bank, das Turbanende aufgefächert am rechten Ohr. Sein Stock wanderte von der einen in die andere Hand.

«Über irgendwas. Egal. Das Wetter», sagte eine Stimme wie aus dem Off.

«Was gibt's über das Wetter schon zu reden?», meinte der geschrumpfte Alte. Er sah zum Himmel auf. «Es wird uns alle umbringen.»

Es folgte ein Hin und Her zwischen den Alten auf der Bank und dem Publikum in ihrem Rücken. Das war zwar nicht ganz, was sie gewollt hatte, aber wenigstens redeten die Männer jetzt und lehnten mit regen Augen und Mündern vorgeschlagene Themen ab oder machten sich dafür stark. Unwillkürlich faszinierte Dena, wie die von der Mauer gerahmten Gesichter dank ihrer plötzlichen runzeligen Lebhaftigkeit wie animierte Bruchstücke des Ziegelmusters wirkten.

Eine Frau sagte: «Was ist mit der Leiche, die vor zwei Wochen aufgetaucht ist?»

«Die bedeutet Ärger», sagte einer der Männer auf der Bank. Er saß am anderen Ende, Scheitelkäppchen auf dem Kopf. «Unsere Probleme nehmen einfach kein Ende.»

«Die war völlig verbrannt, habt ihr das gewusst?», sagte der Mann mit dem extravaganten Schnauzer.

«Gibt es von den Behörden schon was Neues?», fragte eine Frau aus der Menge.

«Nein», erwiderte ein unsichtbarer Mann. «Wie denn auch? Die stecken doch bestimmt selbst dahinter.»

Woraufhin ein lautes *«Pssst»* ertönte und jemand rief: «Du wirst gefilmt. Bring uns nicht in Schwierigkeiten.»

Der Mann, der den Behörden die Schuld gab, verstummte, da ihm mit einem Mal bewusst wurde, dass seine Stimme, wenn nicht gar sein Gesicht, aufgenommen worden war. Alle wirkten nun gehemmt.

«Wem werden Sie diesen Film zeigen?», fragte ein junger Mann, der neben Dena stand. Eine Andeutung misstrauischer Feindseligkeit schwang in seiner Frage mit, gerade genug, um sie aufblicken und schlagartig begreifen zu lassen, dass sie jetzt sehr vorsichtig sein musste.

«Ganz bestimmt nicht den Behörden.»

«Und darauf können wir uns verlassen?»

Er war nicht der Einzige, der plötzlich feindselig wirkte. Ein Gefährte, der neben ihm stand, spuckte in den Sand. Auch andere schauten sie jetzt aufmerksam an.

«Ich habe mit den Behörden nichts zu schaffen.»

Trotzdem wurde der Ton während der nächsten Minuten eher kühl. Die alten Männer schauten auf ihre Hände oder sprachen Gebete. Das Publikum hinter ihr verstummte. Jemand machte einen Witz - irgendwas über die plötzliche Stille -, aber niemand lachte.

Der älteste Mann auf der Bank ergriff schließlich das Wort und fragte Dena, wie lange sie in Saraaya bleibe. Und wo sie den Film zeigen wolle? Bestimmte sei doch auch eine Vorführung für sie geplant? Eine, zu der die Behörden nicht eingeladen werden würden, setzte er hinzu. Die Feindseligkeit verflog. Dena versuchte zu erklären, dass der Film noch geschnitten werden müsse - was war das arabische Wort dafür? -, sie hatte es vergessen, aber sie führte aus, dass sie den Film erst zusammensetzen müsse, ehe er in Gänze vorgeführt werden könne. Aber ja, sie würde vor ihrer Abreise einen Ausschnitt zeigen. Und wenn sie ihn dann in Amerika fertiggestellt hatte, würde sie zurückkommen, damit sie sich den vollständigen Film ansehen konnten.

Alle fanden die Sprache wieder: Wo war sie geboren? Wo aufgewachsen? War sie verheiratet, verlobt, jemandem versprochen? Eine Frage folgte auf die andere. Sie gab kurze Antworten und sah nicht von ihrem Objektiv auf, der Blick der alten Männer im elektrischen Quadrat ihres Suchers so unerbittlich wie ihre Fragen.

Sie war derart versunken ins Filmen und in ihre Bemühungen, das Gespräch von sich selbst abzulenken, dass sie Alex, der in die Menge geschlendert war, erst bemerkte, als jemand auf Arabisch sagte: «Und da hätten wir dann auch den weißen Mann.»

Sie sah auf und entdeckte ihn, wie er da stand, die Hände in den Taschen seiner Shorts, «People Power» in fröhlichem Gelb auf dem T-Shirt, in den Augen dieser direkte, überhebliche Blick, so als merkte er gar nicht, dass die Aufmerksamkeit der Leute, zu denen er sich gesellt hatte, nun ihm galt, ebenso die der alten Männer.

«Lass dich nicht stören», sagte er. «War gerade auf dem Weg zurück zur NGO, da habe ich diese Versammlung hier gesehen.»

Er und William hatten sich an diesem Morgen aufgemacht, irgendeine Genehmigung zu besorgen, und seiner zufriedenen Miene nach zu schließen, vermutete sie, dass sie Erfolg gehabt hatten. Er war in guter Stimmung. Stand aufrechter als gewöhnlich. Das erste Anzeichen der Rückkehr zu seinem alten Selbst. Seit ihrem Gespräch im Hof am Tag nach der Leiche hatte er Distanz gewahrt.

Sie sagte nichts und wandte sich wieder den alten Männern zu. Vielleicht, überlegte sie, während sie erneut auf das blinkende Quadrat des Objektivs starrte, war es gar nicht seine Schuld, dass sie ihn nicht mochte. Ihre Abneigung war instinktiv. Und jetzt ärgerte sie, dass er da stand, in der Menge, und sie beobachtete. Dena konzentrierte sich auf die alten Männer, die wieder verstummt waren.

«Warum stellst du ihnen keine Fragen?», wollte Alex wissen.

«So ein Dokumentarfilm ist das nicht.»

«Ach, richtig. Wie heißt das noch mal?», sagte er. «Beobachtendes Filmen.»

Er war offensichtlich stolz darauf, dass ihm der Fachausdruck wieder eingefallen war, den sie in einem ihrer früheren Gespräche benutzt hatte. Allerdings konnte Dena nicht umhin, sich zu fragen, ob bei ihm nicht auch eine Spur von Sarkasmus mitschwang. Aus seinem Mund klang der Fachbegriff geradezu anstößig. Wie er vermutlich auch aus ihrem Mund geklungen hatte. Sollte es denn tatsächlich möglich sein, dass er nicht begriff, wie sehr sie seine Kommentare und Fragen nervten? Dena war sich unsicher, ob er nur auf umständliche und taktlose Weise freundlich sein wollte oder ob er sie auf hinterhältige Weise herauszufordern versuchte, auf Streit aus war und es bewusst darauf anlegte, sie zu provozieren.

«Darauf sollte es hinauslaufen», sagte sie. «Was aber wohl nichts wird, wenn du weiterredest.»

«Oh, tut mir leid.» Er legte einen Finger an die Lippen, ermahnte sich mit einem *Pssst.*

Sie wollte sich erneut den alten Männern zuwenden und war bereit, wieder hinter die Kamera abzutauchen, als einer der Männer auf Alex zeigte.

«Wir wollen ihn auch im Film.»

Erschrocken hob Dena den Kopf. «Bleiben wir erst mal bei Ihnen.»

«Aber warum nicht? Bitten Sie ihn, zu uns zu kommen», sagte einer der anderen alten Männer.

Sie versuchte, den Vorschlag zu ignorieren, aber inzwischen wiesen mehrere Leute aus der Menge auf Alex und dann auf die Bank. Da er weiterhin verwirrt wirkte, stupsten sie ihn an; und die alten Männer bedeuteten ihm, zu ihnen zu kommen. Sie rückten zusammen, um Platz für ihn zu schaffen.

Als Alex begriff, sah er unsicher zu Dena hinüber. «Ich möchte nicht ...», sagte er. «Ich meine, falls ich im Weg bin.»

Noch ehe sie etwas erwidern konnte, sagte jemand auf Englisch: «Komm!», und man schob ihn vorwärts: Einer der alten Männer klopfte neben sich auf die Bank, ein anderer zog ihn an der Hand zu sich, sodass er schließlich eingezwängt zwischen ihnen auf der Bank saß, Knie an Knie, die Schultern hochgezogen, sein blaues T-Shirt mit den gelben Buchstaben ein Farbklecks unter den weißen Dschallabijas. Er schüttelte Hände, erst links, dann rechts, und murmelte auf Arabisch einige Worte zur Begrüßung.

Einer der Alten wandte sich an Dena, wedelte mit der Gebetskette in ihre Richtung.

«Film uns!», verlangte er.

Hilflos senkte sie den Kopf ans Objektiv, konzentrierte sich auf die Reihe der Gesichter, die nichts als grinsenden Frohsinn und Wohlwollen zeigten. In ihrem Rücken geriet die Menge in Bewegung, wogte hin und her, und alle unterhielten sich prächtig. Die Sinnlosigkeit des Bildes vor ihr frustrierte sie. Auch, dass sie es nicht geschafft hatte, die Dinge besser zu kontrollieren. Und Alex, der hier einfach aufgetaucht war und ihre Arbeit unterbrochen hatte. Und die alten Männer, die sich weigerten, mit ihr zusammen an jener Vision der Aufnahme zu arbeiten, die ihr vorschwebte.

Die Hauptstraße, auf der sich am frühen Nachmittag die Menschen drängten, durchzog die Stadt in einer Nord-Süd-Achse. Zwischen dem Polizeirevier, der Moschee oben an der Straße und den stilleren Gassen und Vierteln im Süden gab es Marktstände auf beiden Seiten entlang des löchrigen Asphalts. Plastikplanen schützten Pyramiden aus Paprikapulver, Kumin, Koriander und scharfem Chili. Jungen hockten hinter rot-weißen Zigarettenschachteln, die sie auf den Tischen zu gefährlich hohen Türmen gestapelt hatten. Kinder spielten neben Müttern, die Fliegen von Obst und Gemüse fortfächelten. Immer mal wieder verlangsamte ein Auto oder ein Laster das Tempo, weil Hunde über die Straße huschten oder Käufer hin und her eilten.

Auf dem Weg zurück zum Gelände der NGO achtete William kaum auf die Umgebung, nur wenn eine Marktfrau, ein Nachbar oder sonst ein Bekannter aus der Stadt ihn beim Namen rief, blickte er kurz auf, und sein Stirnrunzeln verschwand gerade lang genug, um den Gruß zu erwidern. Kaum aber war er aufs Neue seinen Gedanken überlassen, wurden seine Lippen schmal, und die Stirn legte sich ein wenig missmutig in Falten. Er ärgerte sich über Alex. Bei ihrer Arbeit waren sie auf eine verlässliche Beziehung zu den Behörden angewiesen. Im Büro hatte Farook aber soeben deutlich gemacht, dass er mit den eingereichten Papieren unzufrieden war, womit er ihnen seine Autorität beweisen und ihnen zeigen wollte, wer hier das Sagen hatte. Alex hatte sich jedoch geweigert mitzuspielen und dem Mann unter seiner Nase die Papiere fortgeschnappt. Ein Glück, dass Farook die Genehmigung abgestempelt und nicht in den Papierkorb geworfen hatte.

Während der letzten zwei Wochen war es zu zahllosen solcher peinlichen Momente gekommen. Zum Beispiel an jenem Tag, an dem sie den Militärkommandanten getroffen und Alex ihn nicht wie vereinbart mit seinem korrekten offiziellen Titel angeredet hatte, obwohl er von William eigens angestupst worden war. Dem Kommandanten war das nicht entgangen. Dann waren da die unangemessenen Kommentare gewesen, die Alex über das «Regime» gemacht hatte. Die Regierung in Khartum war eine Diktatur, trotzdem nannte man sie nicht so, wenn man mit ihren Vertretern sprach.

Nicht, wenn man was von ihnen wollte. Beim Dolmetschen musste William oft beschönigen, was Alex sagte - musste einen langen Bitt- oder Dankesprolog vorausschicken, ehe er dessen ungehobelte Fragen und Forderungen vorbringen konnte.

William war sich unsicher, ob es an Alex' Jugend lag - er war siebenundzwanzig, sechs Jahre jünger als William -, an seiner amerikanischen Naivität oder an etwas völlig anderem, dass Alex glaubte, ein Recht auf diese für ihn so bezeichnende Dreistigkeit zu haben.

William blickte auf und sah, dass er am ruhigeren Ende des Marktes gerade an einer Autowerkstatt und einem Ersatzteillager vorbeilief. Hier fanden sich wenige Käufer, meist nur Männer, die paarweise zusammenhockten, und Kinder, die Autoreifen vor sich herrollten. Mit Ständen gesäumte Gassen wichen einzelnen Höfen. Ein vertrautes Element in dieser Szenerie - eine Akazie, an der er auf Botengängen in die Stadt schon tausende Male vorbeigekommen war - weckte seine Aufmerksamkeit. Er verlangsamte den Schritt, als sein Blick über die knorrigen, weit ausgefächerten Äste des Baumes schweifte. Oben flach, als wäre das grüne Laub von einem Deckel platt gedrückt worden. Aber nicht wegen des Baumes blieb er schließlich stehen, sondern weil ihm aus dem Geäst grellbunte Flecken zuwinkten. Dem Baum wuchsen BH-Blüten. Zarte Unterhosen flatterten an den Zweigen. Weiße Slips und Unterhemden hingen wie Früchte herab, baumelten im sanften Wind. In seinem Schatten hockte Mustafa und redete mit jemandem.

Bei diesem Anblick schwand Williams Stirnrunzeln. Er ging über die Straße zum Baum. Den Niloten, mit dem sich Mustafa unterhielt, kannte er nicht, den Blick in Mustafas Gesicht aber kannte er: kalkulierend, irgendetwas planend.

«Mustafa!»

Mustafa hockte da, die Arme um die Knie gelegt, und blickte zu ihm hoch. Die Unterbrechung schien ihm nicht zu passen. Als der Mann, der bei ihm hockte, William entdeckte, sagte er leise ein paar Worte und stand auf.

William blieb unter dem Baum stehen und sah dem Mann nach, der zur Werkstatt ging.

«Wer war das, mit dem du da geredet hast?»

«Nur irgend so ein Typ.»

«Nur irgend so ein Typ?»

«Ein Automechaniker.»

«Und worüber habt ihr geredet?»

«Über nichts Besonderes.»

«Jetzt sag schon.»

«Über nichts eigentlich.»

Er ließ das Schweigen andauern, lang genug, um Mustafa zu verstehen zu geben, dass man ihm mit ausweichenden Antworten nicht kommen konnte. Der Junge führte irgendwas im Schilde, ganz bestimmt. Sie beide verfügten über ihre eigene stumme Sprache, über Schichten einer Kommunikation, die ober- und unterhalb der gesprochenen Worte stattfand, doch wenn Mustafa nicht reden wollte, dann war ihm auch nichts zu entlocken. Wie immer aber würde William irgendwann schon herausfinden, worum es hier ging.

Er zeigte auf den Baum. «Deine Idee? Hat sie dir Kunden eingebracht?»

Schwerfällig erhob sich Mustafa. Die Arme mit blauen Flecken übersät, das Gesicht zerkratzt. Ein Flipflop fehlte. Im T-Shirt klaffte ein riesiges Loch, durch das man seine Vogelrippen sehen konnte, Bauchnabel und Schultern.

«Was ist denn mit dir passiert?»

Der Junge schnitt eine Grimasse, Mund und Nase verzogen sich angewidert.

«Die Polizei hat mir meine Sachen weggenommen.»

Der Baum der Unterwäsche war ein solcher Erfolg gewesen, dass Hassan auf der anderen Seite des Marktes davon Wind bekam. Er hatte seinen Vetter bei der Polizei losgeschickt, der sich mit einem weiteren Beamten auf den Weg machte. Sie hatten gesagt, er solle verschwinden, hatten Mustafas Sachen in einen Beutel geworfen und ihm sein Geld abgeknöpft. Mustafa wollte sie daran hindern, aber sie hatten ihn übel zugerichtet und im Dreck liegen lassen.

«Wie viel haben sie dir genommen?»

«Mein ganzes Geld. Alles.»

William ließ den Blick über den Tisch wandern. Er war leer.

Große Kullertränen sammelten sich in Mustafas Augen. Sein Kinn zitterte. Zusammengesunken in seinen zerrissenen Kleidern wirkte er noch kleiner und verletzlicher als gewöhnlich.

Eine Woge der Zärtlichkeit für diesen Jungen erfasste William. Manchmal vergaß er, wie jung Mustafa noch war, auch wenn er heute kaum größer aussah als vor drei Jahren an seinem ersten Tag in der NGO. An jenem Morgen damals wäre William fast über die kleine, zerlumpte Gestalt gestolpert, die vor dem Tor hockte. Helle Haut und ein weicher Lockenkranz verrieten ihm, dass der Junge Nomade sein musste, obwohl er perfekt Nilotisch sprach. Ästchenarmig, großäugig, barfuß. Wie tausend andere Kinder in Saraaya, aber irgendwas an den strahlenden, hungrigen Augen des Jungen ließ ihn innehalten.

Er sei auf der Suche nach Arbeit, hatte Mustafa verkündet. «Egal was. Ich putze, erledige Botengänge. Mach den Bodyguard.»

Bei dem Gedanken, dass eine solche Vogelscheuche von einem Kind die Aufgaben eines Bodyguards übernehmen könnte, musste William lächeln.

«Wie alt bist du?»

«Elf.»

Er sah aus wie sieben.

«Neun», verbesserte sich Mustafa, als er Williams Brauen skeptisch in die Höhe wandern sah. «Ich heiße Mustafa.»

«Und deine Eltern?»

«Vater ist tot. Meine Mutter hat mich losgeschickt, Arbeit zu suchen. Wir wohnen einen Dreitagesmarsch von hier.»

«Und ihr zieht nicht mehr umher?»

«Nein. Meine Eltern haben ihr Vieh verloren und sind sesshaft geworden. Schon vor meiner Geburt.»

Damals hatte William selbst gerade erst in Saraaya angefangen. Seine Chefs, die aus Khartum gekommen waren, um die Außenstelle aufzubauen, und denen er als Dolmetscher zur Seite stehen sollte, hielten kaum eine Woche durch. Einer bekam Malaria. Ein anderer litt an schlimmem Durchfall. Der dritte - Greg - vertrug die Hitze nicht. Mit der nächsten Maschine kehrten sie nach Khartum zurück und überließen es William, sich eigenständig um die Außenstelle zu kümmern.

Eine Beförderung, hatte er gedacht. Doch war es nur eine Beförderung in Sachen Verantwortung gewesen. Angestellt blieb er weiterhin nur als «Dolmetscher». Kein zusätzlicher Lohn, da die Tarifstruktur festlegte, dass sein Lohn nur einen winzigen Bruchteil dessen betragen durfte, was ausländischen Staatsbürgern zustand.

Trotzdem hatte er das Gefühl, sich auf dem Weg nach oben zu befinden. In Khartum hatte er auf dem Bau gearbeitet und längst alle Hoffnung aufgegeben, je etwas Besseres zu finden, als ihm eines Nachmittags das Glück lächelte. Während einer Arbeitspause war er mit einem Mann ins Gespräch gekommen, der neben ihm am Teestand saß. Wie William stammte er aus dem Süden, war aber jünger und besser angezogen mit brauner Hose, gebügeltem Hemd und polierten

Schuhen. Er erinnerte William an sich selbst, an damals, als er gut gekleidet und voller Hoffnung in Khartum angekommen war. Acht Jahre in der Stadt aber hatten ihn gezeichnet. Mit seinen zerfledderten Arbeitsklamotten sah er aus wie einer der vielen aus dem Süden, die sich im Norden nur mit Mühe über Wasser hielten.

Der Mann erzählte William, dass er den weißen SUV fuhr, den er unweit geparkt hatte. Er arbeitete als Fahrer. Er wartete auf seinen Boss, den er gerade ein Stück die Straße hinauf zum Lunch abgesetzt hatte. Joseph, so hieß der Mann, war bei einer amerikanischen NGO angestellt. Entwicklungsplanung, Soforthilfemaßnahmen, humanitäre Hilfeleistungen, so was. Sein Job bestand vor allem darin, Amerikaner in der Stadt herumzufahren. Während der langen Wartezeiten zwischen den Aufträgen las er Zeitung, hörte sich Fußballspiele im Radio an oder traf sich mit Freunden.

In Williams Ohren klang das geradezu himmlisch. Er wagte es, Joseph zu fragen, ob in der Organisation nicht vielleicht noch eine Fahrerstelle frei sei. Könne er denn fahren und gut Englisch sprechen? William versicherte, beides träfe zu, Englisch hatte er von den Missionaren einer katholischen Schule gelernt. Wenn das so ist, erwiderte Joseph, wolle er gern ein Wort für ihn einlegen. William solle doch einmal im Büro vorbeikommen.

In seinen besten Sachen - Kleider, die er vor Jahren zuletzt getragen hatte, - war er eine Woche später zum Büro der NGO gefahren. Joseph stellte ihn seinem Boss vor, einem grobknochigen Amerikaner mit rotfleckigen Wangen. Der weiße Mann reichte ihm die Hand.

«Hast du einen Führerschein?»

«Ja, Sir. Und ich fahre ausgezeichnet.»

«Gut. Komm in einer Woche wieder, und Joseph zeigt dir, wie der Laden läuft.»

Er hatte keinen Führerschein, konnte aber fahren. Er borgte sich Geld von jedem Freund in der Stadt, um einen Beamten im Kraftfahrzeugamt zu bestechen, damit der ihm so rasch wie möglich einen Schein ausstellte.

Das war es wert. Er tauschte seine Bauklamotten gegen Hosen und gebügelte Hemden, die er sich mit dem dreifachen dessen, was er auf dem Bau verdiente, leisten konnte. Er zahlte die Schulden bei seinen Freunden zurück. Er schickte seiner Mutter und seinen Schwestern in Juba mehr Geld. Er ging wieder öfter ins Kino. Er konnte es sich leisten, allein zu wohnen - noch nicht ganz außerhalb der Barackensiedlung, in der er mit seinem Vetter gelebt hatte, aber doch fast.

Es war zwar nicht der Bürojob, den er sich erträumt hatte, aber es war eine Stufe die Leiter hinauf. Er fuhr Amerikaner zu Flüchtlingsunterkünften am Rande von Khartum, zu Ministerien und Regierungsbüros in der Stadt, zu Botschaften und Konsulaten. Er genoss es, mit geschlossenen Fenstern durch die Hauptstadt zu gleiten, während die Klimaanlage im Wagen die kühlen Temperaturen Amerikas verbreitete. Das sanfte Fahren dank der Stoßdämpfer des Toyota Land Cruisers, die alle klaffenden Schlaglöcher Khartums vergessen ließen.

Und dann hörte er eines Tages, wie sich Greg mit einem Kollegen über einen neuen Standort unterhielt, der im Bezirk Saraaya eröffnet werden sollte, im Bundesstaat Südkordofan an der Grenze zwischen Sudan und Südsudan. Sie hofften auf Gelder für ein Hilfsprogramm in diesem Bezirk, in dem es kaum eine weitere NGO gab, da das Gebiet von der Regierung wie von den Rebellentruppen beansprucht wurde, die beide um den Zugang zum Öl kämpften.

Es war Williams Heimat. Er war in Saraaya geboren und dort aufgewachsen, bis die Mutter nach dem Tod des Vaters im Krieg mit den Kindern südwärts nach Juba gezogen war.

Greg gegenüber erwähnte er, dass er aus dieser Stadt stammte. Er hatte es aus keinem bestimmten Grund gesagt – war damit nur herausgerückt, als sie während eines Verkehrsstaus ein wenig Smalltalk machten.

Zwei Tage später rief Greg ihn in sein Büro. Sie hatten Gelder für ein Programm in Saraaya erhalten, und er brauchte Hilfe.

«Du hast doch gesagt, du bist aus der Stadt, oder? Und du kennst die Gegend?»

«Meine Familie ist weggezogen, als ich noch klein war, aber ich war oft auf Besuch dort und kenne mich ganz gut aus.»

«Und du sprichst deren Sprache? Nilotisch, oder?»

«Das ist meine Muttersprache.»

«Und dein Arabisch ist gut?»

«Ausgezeichnet.»

«Und dein Englisch ist auch nicht übel.»

«Besten Dank.»

«Wir brauchen da unten einen Dolmetscher. Anfangs vielleicht auch einen Fahrer. Du wärst für die ersten Monate in Saraaya stationiert, und dann sehen wir, wie du dich machst. Wir kommen immer mal wieder aus Khartum vorbei. Ich biete dir die Stelle an – hoffe, du denkst drüber nach.»

Sein Gehalt würde man verdreifachen, stolze dreihunderttausend Pfund im Monat. Und die Berufsbezeichnung war auch nicht ohne. Dolmetscher.

Er würde zum ersten Mal so viel verdienen, dass er nicht nur überleben, sondern sogar etwas sparen konnte, und das gab den Ausschlag. Nicht zuletzt würde er seiner Familie in Juba besser helfen können. Seit er nach Khartum gezogen war, hatte er ihnen regelmäßig Geld geschickt, aber meist armselige Beträge. Manchmal während seiner Zeit auf dem Bau ließ er Mahlzeiten ausfallen oder lief kilometerweit zu Fuß, um das Geld für die öffentlichen Verkehrsmittel zu sparen, damit er ihnen am Ende des Monats etwas schicken konnte, wusste er doch, wie sehr seine Mutter und seine Schwestern, seine Nichten und Neffen auf diese Hilfe angewiesen waren. Ein, zwei Jahre Arbeit in Saraaya, und er hätte es geschafft – er könnte sogar genug zurücklegen, um einen Brautpreis zu bezahlen und sich ein Haus zu bauen.

Also nahm er die Stelle an. Er fuhr nach Saraaya und machte sich daran, Gebäude und Gelände der NGO vorzubereiten. Fuhr nach Malakal, um den Truck zu kaufen, einen gebrauchten Toyota, der im Distrikt als offizielles Fahrzeug der Organisation dienen sollte.

Er gewöhnte sich an das alltägliche Leben in der Stadt. Das kurze Aufatmen in der frühmorgendlichen Kühle, wenn Scharen von Kindern zur Schule hüpften, Hirten ihr Vieh auf die Weide trieben, Frauen sich um den Gemüsegarten kümmerten, Händler ihre Ware ausbreiteten. Dann wurden die Schatten länger, bis gegen drei Uhr die Luft vor Hitze flimmerte. Füße, die am Morgen schwungvoll ausgeschritten waren, schleppten sich jetzt durch den Staub, ein strahlendes Lächeln versiegte zu einem abgekämpften, erschöpften Stirnrunzeln, lebhafte Unterhaltungen verklangen zu einsilbigen Fragen und Antworten.

In der Dämmerung kehrte das Leben zurück. Dann begann die Zeit der Ruhe, die Zeit für Klatsch und Gespräch. Mütter wurden sanft zu ihren Kindern, Männer erzählten Witze und schaukelten Babys auf den Knien. Junge Frauen flochten einander das Haar. Der Himmel wurde grau, dann schwarz, Laternen wurden angezündet und flackerten im Dunkeln.

Während der vielen Jahre, die er in Städten gelebt hatte –

erst in Juba, wohin seine Mutter während des Krieges floh, dann in Khartum –, war ihm der jahreszeitliche Rhythmus fremd geworden. In Saraaya gewöhnte er sich wieder daran. Der Beginn der Regenzeit im Mai, wenn die Luft so feucht und heiß war, dass sie einem wie ein Knebel den Atem abschnürte. Dann pflügten die nilotischen Bauern ihre Felder, streuten das Saatgut aus, starrten in den Himmel und warteten. Der erste Regen war immer Anlass zum Feiern. Kinder tanzten in den Pfützen, Frauen steckten ihre Köpfe aus Fenstern und Türen, und Männer wischten sich die Tropfen aus dem Gesicht und lachten.

Über die nächsten Monate beobachteten die Bauern aufmerksam ihre Saat, hielten Ausschau nach unerwünschten Schädlingen und reparierten die Zäune, um die ewig hungrigen Ziegen fernzuhalten. Das Gras wogte hoch und grün. Die Bäume blühten. Die Sorghumhirse wuchs bis zur Kopfhöhe der größten Niloten an. Wenn alles gut lief – wenn der Regen nicht zu spät kam oder zu früh, wenn er nicht alles überflutete oder gar überhaupt nicht fiel, wenn keine Plage die Ernte ruinierte –, dann begannen die Dörfler im Oktober eifrig mit der Ernte. Sie lagerten das Korn ein und waren entspannt, da sie wussten, die Ernte hatte für sie und ihr Vieh genug eingebracht, um bis zur nächsten Regenzeit überleben zu können.

Mit dem ersten Regen packten die nilotischen Hirten ihre Habe und zogen nach Norden zu den sandigen Ebenen von Goz, die in der Regenzeit grün wurden. Sie beschützten ihr Vieh vor Fliegen, Parasiten, Würmern und Insekten, die es in den sich ansammelnden Pfützen zuhauf gab. In Goz aber versickerte das Wasser im Sand, das Land wurde zu einer großen Weide ohne Ungeziefer.

Die Monate vergingen. Gegen Ende November färbte sich der Himmel wieder knochenweiß. Die Savanne trocknete aus, Sümpfe verdunsteten. Die nilotischen Hirten kehrten von den vertrocknenden Weiden im Norden zurück, ihre Herden trotteten durch die Stadt. Und auch die Nomaden kamen mit ihrem Vieh. Tiere und Neuankömmlinge ließen die Stadt anschwellen; im ganzen Distrikt schlugen Nomaden ihre Lager auf. Der Verkehr mit größeren, weiter entfernten Städten nahm zu. In der Trockenzeit fand man Dinge, die man während der Regenzeit kaum auftreiben konnte - Kleider, Schuhe und elektrische Geräte, die über Straßen kamen, die es nur gab, solange kein Regen fiel.

Die frisch eingetroffenen Nomaden blieben meist auf dem ihnen zugewiesenen Grasland, die Niloten auf ihren Höfen und Weiden. Zu Konflikten kam es meist, wenn der Regen nicht reichte, wenn es nicht genügend Weiden gab, Flüsse sich nicht füllten. Viehdiebstahl, Kämpfe wegen Weiderechten, Gewalt. Anfangs waren es nur vereinzelte Vorfälle, mit den Jahren aber nahmen sie zu, gefördert von den Behörden, die nichts dagegen hatten, Nomaden zu bewaffnen, um Dörfler im Zaum zu halten, die mit der am Südrand des Distrikts lauernden nilotischen Rebellenarmee sympathisierten.

Kein Ort, an dem es sich leicht arbeiten ließ, aber es war seine Heimat, auch wenn seine Familie Saraaya schon vor so langer Zeit verlassen hatte, dass er sich an seine Kindheit hier kaum erinnern konnte. Seit er wieder im Distrikt lebte, ging er mit Begeisterung seinen Aufgaben nach. Er machte sich daran, Beziehungen zu den Behörden aufzubauen. Keine leichte Sache in einer von der Regierung kontrollierten Stadt, in der jeder Nilote, auch er selbst, automatisch unter Verdacht stand.

Eigentlich hatte er gerade nach einer Hilfe gesucht, um das Gelände in Ordnung zu bringen, als Mustafa auftauchte. An ein Kind hatte er zwar nicht gedacht, aber der Junge beeindruckte ihn. Während der Probewoche schrubbte, fegte und wischte er. Und er räumte den Lagerraum auf. Als William ihn wieder betrat, sah er verblüfft ordentlich gestapelte Kisten, gefaltete Zeitungen, das ungenutzte Mobiliar unterm Fenster aufgereiht. In recycelten Ölfässern pflanzte Mustafa Kakteen und Bougainvilleen an. Im Lager fand er eine Girlande mit Landeswimpeln, mit der er die Mauern des Grundstücks schmückte. Und als William ihn auf den Markt schickte, um Ersatzteile für den Truck zu besorgen, handelte Mustafa mit dem Mechaniker einen günstigeren Preis aus als den, den William gewöhnlich zahlte.

William hatte keine Familie in Saraaya, ebenso wenig wie Mustafa, dessen Mutter am äußersten Distriktrand lebte. Daher verbrachten sie ihre Zeit zusammen. Wenn William nach Hasaniya musste, um Vorräte zu besorgen, eine dreistündige Fahrt, kam Mustafa mit. Freitags, an ihrem arbeitsfreien Tag, hörten sie sich Fußballspiele im Radio an und schlossen Wetten auf die beiden gegnerischen Mannschaften von Khartum ab. William zahlte immer, wenn er verlor; Mustafa nie.

Der Junge steckte voller Fragen. Wie war es in Khartum? Ob William ihm Englisch beibringen könnte? Wie war es in einem Kino? Mustafa fand Williams Diplom beeindruckend, das der ihm gern zeigte. Und William zog Mustafas Gesellschaft jeder anderen vor. Allerdings konnte der Junge auch ziemlich frech, grob und aufmüpfig sein. Und obwohl William ihn ausschimpfte, wenn er sich nicht benahm, freute er sich insgeheim doch über seinen rebellischen Geist.

Jetzt aber war Mustafas übliche Redseligkeit missmutigem Schweigen gewichen. Mit hängenden Schultern kickte er Sand auf. William strich ihm über den Kopf. Wie gern würde er etwas für ihn tun. Aber wenn er sich beschwerte, weil man Mustafa Ware und Geld abgenommen hatte, könnten ihm die Behörden das Leben in anderer Hinsicht schwer machen. Und da sie dringend die Genehmigung für Alex' Karte brauchten, durfte er sich das nicht leisten.

«Komm, lass uns einsammeln, was noch da oben hängt, okay?» Er zeigte in den Baum.

Mustafa nickte.

«Halt den Tisch fest.»

William stieg hoch. Oben wackelte und schwankte er, fuchtelte mit den Armen und klammerte sich an den Ästen fest, als drohte er zu fallen.

«Du bist albern», sagte Mustafa, der wieder seine gewohnte überlegene Haltung annahm.

Was William beruhigte. Er streckte den Arm in den Baum und langte nach BHs und Negligés. Dann ließ er eine Unterhose auf Mustafas Gesicht fallen, die der sich beleidigt von den Augen zog, aber William konnte sehen, wie er dabei grinsen musste.

William sprang vom Tisch. Sie falteten die Sachen zusammen und trugen sie die Marktstraße entlang. Alle paar Meter rief jemand Hallo, oder man hielt William an, um ihn um einen Gefallen zu bitten. Er gehörte zu den wenigen im Distrikt, deren Unterhalt nicht vom Regen abhing, und da die Regenzeiten von Jahr zu Jahr unzuverlässiger wurden, hatten immer mehr Menschen Mühe, ihr Leben zu fristen.

Er legte eine Hand an die Augen. In Gedanken war er beim Büro der Security gewesen, bei Alex und Mustafa, aber plötzlich fiel es ihm wieder ein: Morgen kam Layla zurück. Sie hatte über ihren Bruder Bescheid gegeben. Allein diese

Nachricht hatte während der vergangenen Tage die Warterei mit Alex in einem Büro nach dem anderen erträglich gemacht, hatte ihn trotz Alex' endloser Forderungen und Provokationen gut gelaunt, tolerant, geduldig bleiben lassen.

Erst zwei Wochen seit der Leiche, seit er Layla zuletzt gesehen hatte, und doch kam es ihm vor, als wäre ein ganzes Leben vergangen. Seine Stimmung besserte sich, der Frust wegen Alex verflog, und was Mustafa betraf, so war William davon überzeugt, dass der bald wieder ganz der Alte sein würde.

Mustafa schlug die Augen auf und betrachtete die weiße Gaze des Moskitonetzes. Er lag da, sah, wie sie sich in einem kaum wahrnehmbaren Lufthauch bewegte und wie die Sonne über den Rand der Außenmauer kroch, um seinen Hals und die Stirn mit fiebriger Hitze zu überziehen. Fliegen brummten nah am Netz. Mustafa hatte unruhig geschlafen und viel geträumt, konnte sich aber an keine Einzelheiten erinnern, nur ein unruhiges Gefühl der Sorge war geblieben.

Still lag er da und wünschte dieses Gefühl fort, doch das Brummen gleich hinterm Netz, das laute Geräusch, mit dem jemand im Nebenhof Schleim hochhustete, und der Sonnenstrahl, der wie eine Klinge über seinen Hals strich, machten klar, dass die Welt ihm neben dem großen Ärger auch noch ihre kleinen Ärgernisse aufbürden wollte.

Er richtete sich auf, rieb sich die Augen und tastete nach seinen Flipflops. Dann ging er in die Küche. William trug ein frisches blaues Hemd, saß unter dem Strohdach des Pavillons bereits am Tisch und schrieb etwas in eines der Rechnungsbücher.

«Guten Morgen», rief er. «Wie geht es dir heute?»

Mustafa ignorierte ihn. Er spürte Williams Blick auf sich, erwiderte ihn aber nicht und empfand ein trotziges Vergnügen dabei, sich unhöflich aufzuführen, obwohl William nett zu ihm war. Und war er nicht auch gestern nett zu ihm gewesen, als sie sich unterm Baum getroffen hatten? William hatte ihn aufgemuntert, hatte geholfen, den Tisch zurückzutragen, und trotzdem genoss es Mustafa, so unverschämt zu sein.

Im Kühlschrank in der Küche fand er ein Stück Feta, machte sich aber gar nicht erst die Mühe, ein Messer zu holen, sondern brach mit der Hand ein wenig davon ab und krümelte es auf ein Stück Brot, das er gleichfalls einfach mit der Hand abgerissen hatte.

Er kaute, nahm einen Schluck Tee und ging, immer noch kauend, in den Lagerraum. Er klapperte so heftig mit Besen und Eimer, dass die kleineren Kreaturen aufgescheucht wurden, die in den hintersten Winkeln hausten – eine Eidechse flitzte seitwärts über die Wand, eine Spinne huschte hoch in ihr Netz. Staub wirbelte auf, sodass Mustafa hustend vor die Tür treten musste. Wieder ignorierte er William, als der ihn fragte, warum er solchen Radau mache.

Die Putzutensilien hinter sich herziehend, ging er zur Latrine. Stets die unangenehmste Aufgabe, also passend zu seiner üblen Laune am heutigen Morgen. Der klamme, feuchte Gestank drang ihm in die Nase, sobald er eintrat. Er wischte rund ums klaffende schwarze Toilettenloch und kippte achtlos einen Schwung Wasser über die Fußmulden, sodass einige Tropfen wie fehlgeleitete Pisse auf seinen Zehen landeten. Anschließend schleppte er die Putzsachen nebenan zur kleinen Kammer mit Lehmboden, die etwas abseits des Pavillons lag und als Duschraum diente. Über einem Becken hing ein gesprungener Spiegel, auf der anderen Seite stand das flache Keramikbassin mit Wasserhahn – William hatte aus einer Gießkanne einen Duschkopf gebaut. Mustafa füllte den Eimer mit Seifenwasser, tunkte die Bürste ein und begann, rund um das Bassin zu schrubben, jede Bewegung befeuerte seine Empörung.

Was gestern nach der Polizei passiert war, machte ihm am meisten zu schaffen. Er hatte mit William den Tisch über den Marktplatz geschleppt, als er plötzlich eine Unruhe bemerkte und, kaum dass er sich umsah, seine Mutter entdeckte, die Augen blutunterlaufen, das Kinn gereckt, so hatte sie mit wilder Energie die Menge beiseitegedrängt und war mit seiner Schwester auf dem Rücken und seinem kleinen Bruder im Schlepptau auf ihn zugekommen.

Er war seit zwei Monaten nicht zu Hause gewesen. Deshalb hatte sie sich auf die Suche nach ihm gemacht. Normalerweise fuhr William ihn einmal im Monat nach Hause, damit er ihr seinen Lohn gab. Nur hatte er ihr zuletzt nichts geben können, weil alles für die Unterwäsche draufgegangen war. Er hatte gehofft, damit so viel Geld zu verdienen, dass er ihr geben konnte, worauf sie wartete. Dann aber hatte die Polizei seine Pläne zunichtegemacht.

Von ihrem Heimatdorf nach Saraaya war es ein Dreitagesmarsch, falls man nicht das Glück hatte, von jemandem mitgenommen zu werden, nur waren Autos in jenem Teil des Distrikts so selten, dass man manchmal tagelang keines zu Gesicht bekam. Und dem Sand nach zu urteilen, der den Thoub seiner Mutter bis hinauf zu den Knien und seinen Bruder bis hoch zur Brust bedeckte, waren sie den größten Teil des Wegs zu Fuß gelaufen.

Sie ging an William vorbei, ignorierte seinen Gruß und blieb vor Mustafa stehen. Seine kleine Schwester lugte der Mutter über die Schulter; ihr tropfte die Nase, die Zöpfe hatten sich halb aufgelöst. Sein kleiner Bruder hatte nur ein

T-Shirt an, unter dessen zerschlissenem Saum der winzige, sandverkrustete Penis baumelte. Der Junge wich zurück, als Mustafa sich näherte, um ihn zu begrüßen.

«Wo ist das Geld?», fragte die Mutter.

Zu lügen hatte keinen Zweck, also erzählte er ihr vom Unterwäsche-Business und sagte, die Polizei habe ihn ausgeraubt. Mit einem langen Satz war sie bei ihm. Ein fester, heißer Schlag ins Gesicht. William zog sie von ihm fort; Bruder und Schwester begannen zu weinen, die Leute drehten sich nach ihnen um.

Es endete erst, als William in seine Tasche griff, ihr alles Geld gab, das er bei sich trug, und für eine Rückfahrt ins Dorf gesorgt hatte. Aus dem Auto rief sie Mustafa noch zu, er solle ihr nächsten Monat das Geld bringen, sonst könne er sich auf was gefasst machen.

Und so verschwanden sie wieder in ihr Dorf – einem traurigen, armseligen Ort mit einfallenden Zäunen und winzigen Äckern, auf denen die Dörfler das ganze Jahr schufteten, ohne viel zu ernten. Seine Mutter baute Hirse und Mais an. Vom Ertrag behielt sie ein bisschen für sich, den Rest trat sie an Mittelsmänner ab, die ihn für den dreifachen Preis weiterverkauften.

In seiner frühen Kindheit hatte es eine Zeit gegeben, in der er keine Sorgen kannte und nicht wusste, was Geld war. Damals reichte die Vergangenheit nicht weiter zurück als bis nach gestern, von der Zukunft besaß er keine Vorstellung. Zu essen gab es immer. Seine Mutter nannte ihn ihren kleinen Grashüpfer; seinem Vater folgte er auf die Felder, und während er die Erde pflügte, spielte Mustafa im Sand. Er erinnerte sich, dass seine Mutter ihn auf die Wange geküsst und dass sein Vater ihm Geschichten erzählt hatte. Und er erinnerte sich an das Lachen seiner Mutter, nicht aber daran, wann er es zuletzt gehört hatte.

Er erinnerte sich an die kalten Nächte, in denen er sich zwischen seine Eltern kuschelte, und daran, wie seine Mutter in heißen Nächten Wasser auf die Matratze sprenkelte, damit er es beim Einschlafen kühl hatte. Auch daran, wie er, als er sieben war, zur Schule kam und wie sehr er es geliebt hatte, zur Dämmerung morgens die wenigen Kilometer ins nächste Dorf zu laufen, auf dem Rücken der Rucksack, den ihm der Vater aus der Stadt besorgt hatte, darin die Stifte, der Anspitzer, die Schreibhefte.

In der zweiten Klasse bekam er in einer Rechtschreibprüfung die beste Note. Der Lehrer rief ihn nach vorn, tätschelte ihm vor der ganzen Klasse den Kopf und sagte allen, Mustafa sei der Beste. Er stürzte nach Hause, um Vater und Mutter das Schreibheft mit den vielen Stellen zu zeigen, die der Lehrer abgehakt hatte, und auch wenn sie nicht lesen konnten, könnte er ihnen doch vorlesen, dass der Lehrer in Großbuchstaben «SEHR GUT» auf die Seite geschrieben hatte. Er hielt das Heft umklammert, als ihr Hof in Sicht kam. Leute hatten sich versammelt. Seine Mutter lag am Boden. Der kleine Bruder und die Schwester, ein Baby noch, klammerten sich an sie. Außerdem lag da noch jemand, aber erst als die Nachbarn seine Mutter fortzogen, sah er, dass es sein Vater war, tot, die Augen offen zum Himmel.

Von einem Tag auf den anderen hatte die Mutter ihn aus der Schule genommen und zum Arbeiten in die Stadt geschickt. Jetzt, da sein Vater nicht mehr war, wurde seine Mutter zu einer Fremden, die niemals lächelte, seine kleine Schwester und sein Bruder kannten ihn nicht einmal mehr, und er hatte gelernt, dass die Vergangenheit vergangen war und dass die Zukunft Katastrophen bringen konnte.

Er schrubbte unter dem Wasserhahn, schrubbte daneben; von der Seifenlauge tränten ihm die Augen, düstere Gedanken wirbelten ihm durch den Kopf.

Ein Klopfen am Tor unterbrach seine Grübeleien. Er warf einen Blick durch die Tür des Waschraums nach draußen.

«Layla?», keuchte er.

Er ließ die Bürste fallen und stieß vor lauter Aufregung den Eimer am Rand des Bassins um. Er platschte hinaus auf den Hof, alle schwarzen Gedanken mit einem Mal verflogen.

Obwohl William seit dem frühen Morgen auf Layla gewartet hatte – sein Stuhl im Pavillon strategisch so positioniert, dass er einen ungehinderten Blick aufs Tor hatte, Rechnungsbücher, Quittungen und Vorratslisten vor sich ausgebreitet, damit es aussah, als würde er arbeiten, während er mit gespitzten Ohren auf das Knarren der Torscharniere hoffte –, verpasste er sie, als sie schließlich kam. Gerade als er auf die Straße ging, um aus dem Truck Ausrüstung zu holen, die Alex brauchte, lief sie auf der anderen Wagenseite vorbei, sodass sie sich nicht sahen.

Als er sie dann mit Mustafa im Hof sah, blieb er abrupt stehen, die Kisten an die Brust gedrückt. Layla bemerkte ihn nicht gleich. Sie hatte sich über Mustafa gebeugt, einen Arm um seine Schulter gelegt. Mustafa redete aufgeregt. In der anderen Hand hielt sie die Einkaufstüten. Sie konnte folglich die Haube ihres gelben Thoubs nicht richten, die ihr, während William zusah, vom Haar glitt und einen aufgesteckten, glänzenden Zopf zum Vorschein brachte. Er sah sich der Flut ihrer Schönheit ausgesetzt – ihrem Körper, dessen wohlgeformte Kurven noch unter dem weiten Thoub erkennbar waren, die Füße in gelben Flipflops, passend zu ihrem Gewand, der verführerischen Andeutung von Unbedachtsamkeit, als die Haube herabrutschte und den Zopf entblößte. Am Hals schimmerte im Sonnenlicht ein Streifen Haut. Selbst aus diesem Abstand konnte er sehen, wie sich ihre Augen zu einem Lächeln verengten, sah das Weiß ihrer Zähne. Sogar ihre Grübchen konnte er erkennen. In ihr Gespräch versunken, wandten sie und Mustafa sich um und gingen zum Pavillon. Sie stellte die Tüten auf den Tisch, während Mustafa weiter mit ihr redete.

Sie war noch schöner, als er sie in Erinnerung hatte; er spürte, wie sich Energie in ihm regte und in seiner Brust konzentrierte, spürte das vertraute Zucken von Aufregung und Angst, seine plötzliche Befangenheit - und er war davon überzeugt, dass er mit seinen Kisten dämlich aussah, Ellbogen und Schultern unbeholfen hochgezogen, damit die oberste Kiste nicht zu Boden fiel.

Dann blickte sie auf, sah ihn und lächelte ihn über den Hof hinweg an. Er wollte ihr zuwinken, konnte aber nicht. Unbeholfen begann er zu manövrieren, aber die oberste Kiste geriet ins Rutschen, weshalb er sein Kinn vorstrecken musste, um sie zu halten. Er spürte ihren Blick auf sich - sie machte eine Bewegung in seine Richtung, so als wollte sie zu seiner Rettung kommen, doch ehe sie zwei Schritte machen konnte, gelang es ihm, in die Hocke zu gehen und die Kisten auf dem Boden abzustellen. Er richtete sich auf, seltsame Impulse durchsummten die Schultern. Er winkte. Mustafa griff sich einige Tüten und flitzte damit zur Küche. William ging auf sie zu, hielt aber wieder inne, da sie sich in seine Richtung bewegte. Er rammte die Hände in die Taschen, nahm sie wieder heraus, trat vor, verharrte, riss sich zusammen und ging entschlossen auf sie zu.

Im Schatten des Pavillons konnte er sie deutlich sehen, dieses Gesicht, das er sich in den Tagen ihrer Abwesenheit so oft ausgemalt hatte - die schmale Stirn, die dunklen Brauen, die großen Augen, die sich mit warmer Aufmerksamkeit auf alles richteten. In Wirklichkeit aber und von so Nahem war sie noch überwältigender: ein leichter Schweißfilm auf der Haut vom langen Weg zur NGO, vielleicht auch vom Gewühle auf dem Markt. Ein Glänzen auf den Lippen, den Lidern. Selbst im Schatten schien sie Licht zu bündeln, und mit einem Mal fand er es lächerlich, dass er auch nur für einen Moment geglaubt hatte, sie könnte tot sein.

«Tut mir leid, dass ich so lange fort war. Hat Mustafa es dir gesagt? Das mit meinem Vater?»

Er hatte ihre Stimme vergessen, wie volltönend sie war. Jetzt unterlegt mit einer Spur Nervosität: Sie machte sich Sorgen wegen ihres langen Fortbleibens.

«Ja, sicher», sagte er. «Ich bin so froh, dich zu sehen.» Schale Worte, selbst in seinen eigenen Ohren. «Wirklich, sehr froh. Ich hatte mir Sorgen ...»

«Hi!»

Alex, in den Augen freudige Überraschung, eilte über den Hof. Er hatte sie offenbar durchs Bürofenster vorübergehen sehen, und stumm verfluchte ihn William dafür. Bald stand er bei ihnen.

«Du bist wieder da», sagte er zu Layla. Sie strahlte zur Begrüßung ihr atemberaubendes Lächeln, das für sie typisch war und eine Herzlichkeit verbreitete, die ihm, und jetzt auch Alex, das Gefühl gab, für sie etwas Besonderes zu sein. «Wie schön, dich zu sehen!», sagte Alex. «Wo bist du gewesen?» Dann fiel ihm ein, dass sie kein Englisch sprach, und er wandte sich an William. «Wo ist sie gewesen?»

«Hat sich um ihren Vater gekümmert», erwiderte William kurz angebunden, trat einen Schritt vor und fuhr auf Arabisch fort: «Wie geht es deinem Vater? Besser?»

«Ja, viel besser.»

«Was war denn los mit ihrem Dad?», fragte Alex, trat seinerseits einen Schritt vor und drängte sich so wieder in ihr Gespräch.

«Er ist krank», sagte William, und ehe er fortfahren konnte, fragte Alex. «Was hat er denn?»

Und so sah William sich gezwungen, seine Rolle zu spielen: Er übersetzte für Layla, was Alex sagte, und für Alex, was Layla sagte. Ein durchbrochenes Magengeschwür. Man habe ihn in die Klinik gebracht. Ja, der Arzt meinte, es sei sehr ernst. Ihr Vater musste operiert werden. Danke, es gehe ihm jetzt besser. Ob sie von der Leiche gehört habe? Ja, schrecklich.

«Ich habe Hunger», sagte Alex und rieb sich den Bauch. «Wir haben deine Kochkünste vermisst, Layla. Was gibt es zum Frühstück?»

William biss die Zähne zusammen.

«Frag sie bitte.»

Eier, Bohnen und Salat. Sie nahm die letzten Lebensmitteltüten vom Tisch.

«Ich gehe jetzt.»

Sie wandte sich um, eilte über den Hof und blieb nur noch einmal kurz stehen, um die Tüten in ihren Händen umzusortieren, dann verschwand sie in der Küche.

Den ganzen Vormittag fand er keinen Augenblick allein mit ihr. Erst war es Mustafa, der den Küchenboden wischte und dabei mit ihr schwatzte, seinen Streit mit Hassan und der Polizei erzählte und sie um Rat fragte, was er tun könne, um sein Geld zurückzubekommen und das Geschäft mit der Unterwäsche wiederzubeleben.

Er war nicht der Einzige, begriff William, dem sie gefehlt hatte. Jetzt, mit ihrer Rückkehr, war auch ein Lebensfunke zum Quartier der NGO zurückgekehrt. Sie lachte viel. Sie verbreitete eine Leichtigkeit. Ihre Energie machte die Küche, sobald sie sich darin befand, zum Zentrum von jedermanns Aufmerksamkeit. An diesem Morgen pirschte William vor der Tür auf und ab, oder er fand immer wieder einen Vorwand, ans andere Hofende gehen zu müssen und schaute jedes Mal in die Küche, wartete darauf, dass Mustafa verschwand. Weil er das nicht tat, überlegte er sich einen Botengang für den Jungen.

«Sieh mal nach, ob der Bus aus Khartum schon angekommen ist.»

«Jetzt?» Der Feudel fiel, tropfte aufs Linoleum. «Der kommt doch erst um zwei.»

«Manchmal auch früher», erwiderte William. «Und Alex wartet auf eine Lieferung.» Geschirr klapperte im Spülbecken, über das sich Layla beugte. «Also los. *Sofort.*»

Kaum war er Mustafa losgeworden, kam Dena herein, verbreitete eine Atmosphäre körperlicher Anstrengung und brachte ein Gewirr von Kabeln und Kamerautensilien mit; an ihrer Wange klebte ein Grashalm. Sie war bei Tagesanbruch losgezogen, um am Fluss zu filmen, und hatte nicht damit gerechnet, Layla anzutreffen, doch jetzt ging sie zu ihr hin und umarmte sie, was William nicht zum ersten Mal an diesem Tag eifersüchtig machte. Hilflos stand er da, während Dena ihre Kameraausrüstung abstellte und darauf beharrte, Layla bei den Frühstücksvorbereitungen zu helfen.

Eine halbe Stunde später kam Mustafa in den Hof. «Bus ist nicht da.»

«Was für ein Bus?»

«*Der* Bus. Du hast mich doch losgeschickt, um nachzusehen, ob er schon da ist. Der aus Khartum mit Alex' Sachen. Sie haben gesagt, er kommt nicht vor zwei.»

Er verschränkte die Arme, wartete darauf, dass William seinen Irrtum eingestand.

«Verstehe. Danke.»

Leise fluchend, doch so laut, dass William ihn hören konnte, stolzierte Mustafa davon.

«Pass auf, was du sagst», rief William ihm nach. Statt einer Antwort sog Mustafa zischend Luft durch die Zähne, wie es alte Frauen machen, wenn sie ihre Missbilligung kundtun wollen.

Dena und Alex – Dena kam aus der Küche mit einem Krug Wasser, Alex aus der Dusche – betraten gleichzeitig den Pavillon, und William (angesichts dessen, wie der Tag bislang gelaufen war, konnte er sein Glück kaum glauben) fand einen Platz neben Layla, die mit einigen Tellern ebenfalls aus der Küche gekommen war. Dann aber sprang sie wieder auf, sagte, sie hätte die Kelle vergessen, und Mustafa, der sich die Hände gewaschen hatte, drängte sich auf ihren Platz.

«Setz dich da drüben hin.» Mit einem Kopfnicken wies William auf einen Stuhl an der anderen Tischseite.

«Ich will aber hier sitzen.»

«Layla sitzt hier.»

«Sie kann doch da drüben sitzen.»

Um seinem Standpunkt Nachdruck zu verleihen, rutschte Mustafa mit seinem Po bis nach hinten auf dem Stuhl, pflanzte die Ellbogen auf den Tisch, knackte mit den Fingerknöcheln und ließ den Blick über das vor ihm ausgebreitete Essen wandern. Rache für den sinnlosen Botengang, auf den ihn William geschickt hatte. William sah sich auf der einen Seite durch Alex und Dena von Layla getrennt, auf der anderen durch Mustafa.

Er versuchte, der auf Arabisch geführten Unterhaltung auf der gegenüberliegenden Tischseite zu folgen, aber der links von ihm sitzende Alex redete pausenlos auf ihn ein. Sie wollten heute zum Distriktbüro gehen, um das Genehmigungsverfahren endlich abzuschließen; und Alex machte Pläne.

«Lass uns mit der Kartografierung der Brunnen beginnen», sagte er, «und danach könnten wir uns vielleicht um die Weiderouten kümmern. Die könnten wir auch jetzt schon machen, oder? Und wegen der Hofgrenzen müssen wir mit den Ältesten reden. Hast du das Treffen schon vereinbart? Das sollte bald stattfinden. Nächste Woche zum Beispiel. William, hörst du mir überhaupt zu?»

William musste ihm wohl oder übel antworten, wobei er wiederholt über den Tisch zu Layla schaute, die sich angeregt unterhielt und nie zu ihm blickte, nur jenes eine Mal, als sie beide nach dem Brot griffen und ihre Finger sich fast berührt hätten; stattdessen hatten sie verlegen gelächelt.

«Wann kommt der Rest der Ausrüstung?»

«Vielleicht heute», sagte William.

Er wollte sich von Alex abwenden und weiter mit Layla über ihren Vater reden, aber das Gespräch hatte sich anderem zugewandt: Mustafa war aufgestanden und brachte Layla und Dena zum Lachen, indem er den Polizisten nachmachte, der mit dicker Wampe unter dem Baum herumwatschelte.

Das Frühstück war vorbei, und er hatte kaum ein Wort mit ihr gewechselt. Mit Denas Hilfe sammelte sie bereits die Teller ein. Mustafa fegte Krümel in seine Hand. Alex verschlang die letzten Bohnen. William sah Dena und Layla nach, wie sie in die Küche gingen, und als Dena allein zurückkam, ergriff er seine Chance und stand auf.

Irgendwas in seinem Gesicht musste ihn wohl verraten, denn Dena erstarrte, einen Teller in der Hand; Mustafa hielt am Tisch inne, die Hand überm Tisch; und Alex – der was über notwendige Reparaturen am Truck gesagt hatte – schloss den Mund.

«Ich muss mit Layla reden», sagte er. Und auf Arabisch sagte er zu Mustafa: «Bleib hier.»

Dena begriff.

«Ja, natürlich.»

Er vertraute darauf, dass sie die anderen beiden zurückhielt.

In der Küche blieb er abrupt stehen; seine Augen gewöhnten sich ans Zwielicht. Der Raum war voll blauer Schatten, blaue, zugezogene Fensterläden, die sich im blauen Laminat spiegelten. Neben dem Spülbecken stapelte sich Geschirr. Auf dem Tisch stand ein Tablett mit einer Thermoskanne und einigen Keksen. Er entdeckte Layla halb verborgen hinter einer offenen Schranktür. Sie hatte offenbar gespürt, wie sich das Licht änderte, denn sie drehte sich zu ihm um und blickte ihn erschrocken an, als er direkt auf sie zuging.

Den ganzen Vormittag war ihm Zeit mit ihr allein verwehrt geblieben, er hatte sie vermisst, und jetzt, da er einen Moment mit ihr allein sein konnte, sprudelte alles aus ihm heraus, was ihm gerade in den Sinn kam. «Du bist an dem Tag nicht zur Arbeit gekommen. Und dann war da diese Leiche. Ich hatte Angst, dir wäre was zugestoßen.»

Sie schloss die Schranktür und starrte ihn an. Sie schien Mühe zu haben, seine Worte zu verstehen. Ihm kam der Gedanke, dass er ziemlich verrückt klingen musste – den Zusammenhang zwischen der Leiche und ihrer Abwesenheit gab es schließlich nur in seinem Kopf. Sie war ja die ganze Zeit in Sicherheit gewesen, zu Hause, hatte ihren Vater gepflegt.

Das Schweigen zog sich in die Länge. Er überlegte, wie er zurückrudern, sich erklären könnte, da machte sie eine Bewegung.

«Oh», sagte sie dann. «Du hast geglaubt, ich wäre … tot.»

Es war ihm sehr peinlich. «Ist verrückt, ich weiß, aber ich

habe mir solche Sorgen gemacht.» Er schaute sie an. «Ehrlich.»

Er hörte Alex und Mustafa im Hof. Sie sah ihn weiter an, Teetassen in der Hand. Langsam keimte Verstehen in ihren Augen. Ihre Lippen bewegten sich, die Grübchen kaum sichtbar, als sich ein Lächeln andeutete.

«Nun», sagte sie. «Ich bin hier.»

III

Vor drei Monaten war hier ein Fluss gewesen. Ein ausgewachsener Fluss, der über Felsen schoss, in dem Strömungen wirbelten, der um Biegungen rauschte. Jetzt war da kein Fluss mehr. Bloß eine staubtrockene Senke und nicht die geringste Spur von Feuchtigkeit, die andeutete, dass hier Wasser gewesen war.

«Wo ist er?», fragte Alex.

William stand neben ihm, schaute auf ein Ufer, das grün gewesen war, als sie zuletzt, kurz nach Alex' Ankunft in Saraaya, hier vorbeigekommen waren. Sie waren aus der Stadt sechzig Kilometer nach Norden gefahren, um eine der wichtigsten Weiderouten zu vermessen, die von den Nomaden auf ihrem Weg nach Süden genutzt wurde.

«Er ist weg», sagte William.

«Weg?»

«Schätze, er ist ausgetrocknet.»

«Und wann kommt er zurück?»

«Vielleicht nächsten Juli.»

«Vielleicht?»

«Früher kam er zu jeder Regenzeit, während der letzten Jahre aber war es mal so, mal so. Manchmal kommt er, manchmal nicht.»

Alex wandte sich wieder der Landschaft zu. Ein Anblick, dessen spektakuläre Monotonie ihn zugleich überwältigte und enttäuschte. Die leere Weite des bleichen Himmels. Flaches Land so weit man sehen konnte. Einzelne vertrocknete Bäume im Osten. In der Ferne ein Mann auf einem Kamel, das von Nirgendwo nach Nirgendwo trottete.

Nachdem im Dezember die endgültige Genehmigung fürs Kartografieren eingetroffen war, hatte Alex sich ernsthaft an die Arbeit gemacht. Mit Messschnur, Messfernrohr, seinen Satellitengerätschaften und William im Gefolge war er durch den Distrikt gebraust oder auf dem Markt über ahnungslose Passanten hergefallen, um sie nach Gehöften, Straßen oder Weiderouten auszufragen, und er hatte Dörfer, Brunnen und Nomadensiedlungen auf den Ebenen im Umfeld der Stadt aufgesucht. Mit William unternahm er Expeditionen zu jenen sandigen Savannen von Goz im Norden, die sich vom Tschad bis zum Weißen Nil erstreckten. Riesige Ebenen flacher Halbwüste, die sich erstreckten so weit das Auge reichte, trockenes Gebüsch, das hier und da die Landschaft betüpfelte.

Sie waren nach Süden zum gewaltigen Sumpfland des Sudd gefahren, diesem Teppich aus Marschen, Sümpfen und Mooren mit schwimmenden Schilfinseln groß wie Fußballfelder, dessen Wasser in den Weißen Nil abfloss, der weiter nach Khartum strömte. Sie hatten das Flussnetz zwischen den beiden Terrains erkundet, den Lebensadern für Nomaden und Niloten, die ihr Korn wässerten, Vieh und Mensch ernährten.

Doch je länger Alex dieses Land studierte – je länger er nachts über seinen Karten hockte und auf den Expeditionen tagsüber Informationen sammelte –, desto verwirrter wurde er. Er hatte es noch nie mit einer derartigen Geografie zu tun gehabt, die allem widersprach, was er über natürliche Habitate, Landformationen und Wassersysteme wusste. Er war Landschaften gewohnt, die sich nur langsam veränderten, in winzigen Schritten, über jahrelange Bodenerosion, dem Verwittern von Gesteinsschichten, dem Wuchs der Vegetation.

Hier aber veränderte sich die Landschaft grundlegend von einer Jahreszeit zur nächsten. Während der Regenzeit tauchten Sümpfe, Flüsse und Seen auf, nur um während der Trockenzeit vollständig zu verschwinden und sich beim nächsten Regen an ganz anderen Stellen wieder zu bilden. Ein zwanzig Meter breiter Fluss, dessen rauschende Wassermassen wild dahinströmten, war drei Monate später zu einem tröpfelnden Rinnsal geschrumpft oder aber so vollständig vertrocknet wie dieser hier. Wüste wurde zwischen Mai und November zu üppigem, ausgedehntem Weideland, nur um während der Trockenzeit wieder zu Wüste zu werden. Nomadische Siedlungen schlichter Schilfhütten sprossen mitsamt Vieh und Kamelen an einem Ort aus dem Boden, bloß um gleich darauf wieder zu verschwinden. Selbst die Stadt befand sich im ständigen Umbruch. Während des Krieges wurde sie dreimal zerstört. Nach jedem Wiederaufbau - die Menschen kehrten zurück, im Schlepptau ihre verminderte Habe - änderten sich die Dinge. Straßen nahmen einen neuen Lauf. Familien drängten auf die Gehöfte anderer Leute. Land, das dem einen gehörte, wurde plötzlich von jemand anderem bewirtschaftet. Der Markt verschwand, niedergebrannt bis auf die Knochen einiger Stände, und lebte dann wieder auf mitsamt dem Gewimmel und Getümmel des Handels. Alles - Dörfer, Flüsse, Weiderouten - hatte zwei Namen, einen arabischen und einen nilotischen, weshalb Alex nicht nur mit dem Durcheinander mehrerer Sprachen, sondern auch mit dem mehrerer Ortsnamen zurechtkommen musste.

Er sah ein, eine Karte würde nicht genügen. Er musste zwei anfertigen. Eine mit der Geografie der Trockenzeit, eine andere für das Land der Regenzeit. Und er wusste, selbst dann mussten die Karten alle sechs, sieben Jahren aktualisiert werden. Wenn Flüsse ihren Lauf änderten, würde man die Mäanderlinien neu zeichnen müssen, würde neue Weiderouten einschattieren müssen, neue Sümpfe und die neuen Wüsten, die sich mit stetig verringerndem Regen nach Süden ausbreiteten.

Seit November lebte er in Saraaya, jetzt war es schon Ende Februar. Ein wenig über drei Monate blieben ihm noch, um seinem Boss etwas vorweisen zu können, Greg, der wieder aus Khartum angerufen und sich nach seinen Fortschritten erkundigt hatte.

Nach dem letzten Anruf, in dessen Verlauf Greg ihn ermahnt hatte, sich zu beeilen, sonst gäbe es Ärger, bat er William, ein Treffen mit den Ältesten der Niloten und Nomaden zu vereinbaren. Drei Tage später kam er zu einer Freifläche am Stadtrand und sah unter einem Baum mit noch grünen Ästen eine große Menschenmenge. Männer, Frauen und Kinder hockten auf Strohmatten im Gras. Licht huschte und hüpfte von Gesicht zu Gesicht. Nervös stellte Alex sich den ungenierten Blicken der Versammelten; über ihm regten sich die Zweige in einem Lufthauch, der die Hitze nicht zu vertreiben, sondern anzufachen schien.

Mit so vielen Leuten hatte er nicht gerechnet. Von William war ein Treffen mit einer Handvoll Ältester vereinbart worden, doch hatte sich die Kunde schnell verbreitet; und jetzt sah er Leiber dicht an dicht im Schatten, Gesichter, die ihn erwartungsvoll anstarrten. Auf viele Kilometer im Umkreis war er der einzige Weiße und deshalb eine Attraktion.

Zu William gewandt sagte er: «Kannst du sie bitten, sich erst einmal vorzustellen?»

Einer der Ältesten, ein Nilote - ein Mann mit hängenden Augenlidern, milchiger Iris und einem keck getragenen roten Barett - ergriff das Wort. William übersetzte. Der Älteste wollte mehr über Alex erfahren. Wie war Amerika denn so? Und gefiel es ihm in Saraaya?

Die nächsten zehn Minuten wurden mit nichtssagendem Geschwätz vertan. Zunehmend ungeduldig bat Alex William, er solle nach den Grenzverläufen fragen.

«Sie wollen auf deine Fragen antworten, also solltest du ein gewisses Maß an Höflichkeit wahren.»

Aufs Neue empfand Alex, wie prekär das Gleichgewicht der Macht war, die er mit dem Dolmetscher teilte, denn im Grunde besaß William die Kontrolle über den Verlauf der Dinge; und so sah er sich genötigt, ihm zum Gefallen die Fragen der Menge zu beantworten.

Endlich kam man zum Eigentlichen. William übersetzte, während Alex auf eine an den Baum geheftete, im Wind flatternde Karte zeigte und erklärte, was er von ihnen wissen wollte. Eine alte Frau in blauem Gewand gähnte. Drei Kinder in der ersten Reihe zappelten. Ein Mann mit Dschallabija kratzte sich am Arm. Ein kleines Mädchen nuckelte am Daumen. Er beeilte sich.

«Sag ihnen, dass dieses Treffen heute stattfindet, weil die Grenzen zwischen den Gehöften der Niloten und dem Weideland der Nomaden bestimmt werden sollen», sagte er. «Frag, ob einer der Ältesten bereit ist, etwas dazu zu sagen.»

William dolmetschte. Derselbe Älteste der Niloten erhob sich, gestützt auf einen Stock. Er wies zum Horizont. Die Grenzverläufe, sagte er, seien klar. Seit der Zeit seiner Vorfahren gäbe es ein Abkommen, demzufolge die Nomaden, wenn sie Jahr für Jahr am Ende der Regenzeit in Saraaya eintrafen, ihr Vieh nördlich der Biegung des Flusses Kinu bei einem Dorf weiden konnten, das etwa einen Tagesmarsch von der Stadt entfernt war. Ihr Weideland erstreckte sich von dieser Biegung bis hin zum Eukalyptuswald. Die Nomaden, die ihr Vieh während der Dürre verloren und sich in Saraaya niedergelassen hatten, beackerten ihre Felder ebenfalls in diesem Gebiet. Von Saraaya abwärts bis Agok erstreckte sich das Weideland der Niloten, ihr Ackerland von Saraaya bis zu den Savannen.

Zustimmendes Gemurmel wogte durch die Menge. Dann aber erhob sich ein Ältester der Nomaden. Seine Dschallabija war leuchtend weiß, heller als die der Männer um ihn herum, der Turban ordentlich um eine hohe Stirn gewickelt, die Augen klein, der dichte Schnauzer leicht grau.

«Es stimmt», begann er, «damals, in der Zeit unserer Vorfahren, weideten die Nomaden ihr Vieh nördlich der Flussbiegung. Das aber ist lange her. Das war noch vor dem Krieg. Vor der Dürre. Das war zu Zeiten der Engländer. Seither hat sich manches verändert.» Mit dem ausbleibenden Regen seien Weiderouten verlegt worden; der Krieg habe die Menschen übers ganze Land verstreut. Viele Nomaden hätten sich niedergelassen, um Felder zu bestellen; viele Niloten seien nach Süden zu ihren Landsleuten jenseits der Savannen gezogen. Die Landgrenzen hätten sich verschoben.

Als er aufs Neue das Wort ergriff, gab es eine Explosion von Bewegungen. Man sprang auf. Babys krochen über den Boden, kleine Jungen und Mädchen am Rand des Kreises hielten inne mit dem, was immer sie gerade taten, um überrascht den aufgeregten Eltern zuzusehen.

«Was hat er gesagt?»

«Er sagt, das Land der Nomaden erstrecke sich von Saraaya bis hin zum Eukalyptuswald.» Williams Finger wanderte auf der Karte vom schwarzen Fleck der Stadt bis zu einem grauschattierten Gebiet etwa dreißig Kilometer weiter nordwestlich, das den Wald markierte. «Er nimmt damit die Hälfte des Landes der Niloten als Weideland für die Nomaden in Anspruch.»

Schuhe und Stöcke flogen durch die Luft. Turbane rollten

sich auf und schlängelten sich bis auf den Boden. Köpfe, Hände und Beine formten plötzlich ein Knäuel. Vom Rand feuerten Frauen ihre Männer an. William stürzte sich ins Getümmel, um Kämpfende zu trennen. Alex drängte sich ebenfalls vor. Gleich hieb ihm jemand den Ellbogen an die Wange, und mit vor Schmerz tränenden Augen taumelte er wieder aus dem Kreis.

So verlief das erste Treffen. Er organisierte weitere Begegnungen mit jeweils nur einer Gruppe, aber die Karte mit den Weiderouten der Nomaden unterschied sich von jener der Niloten. Gleiches galt fürs Ackerland. Bislang hatte er nicht einmal die Distriktgrenzen ermitteln können; darüber hinaus galt es noch die Erkundungsexkursionen zu absolvieren, lange Tage des Informationensammelns - und die arabischen und nilotischen Namen für Flüsse, Seen und Dörfer mussten in Einklang gebracht, das Ermittelte mit den Behörden abgestimmt und die Daten in seine Übersichtskarte eingetragen werden.

Jeder Tag brachte neue Zweifel und Fragen. Nicht nur, dass ihm immer wieder Hindernisse in den Weg gelegt wurden oder dass die Messinstrumente angesichts von Grenzen unstet wie Rauch sich als nutzlos erwiesen, nein, auch der Krieg forderte seinen Tribut. Die immer näher an die Grenzen des Distrikts heranrückenden Rebellen warfen einen Schatten der Gefahr über seine Karte. Ihn begannen Albträume zu plagen, in denen er verloren durch ein Labyrinth von Lehmmauern hetzte, gejagt von gesichtslosen bewaffneten Männern, ohne einen Ausweg finden zu können; in einem anderen Traum war er in einem Verlies gefangen, in dem sich von oben bis unten Karten stapelten; Karten, die ihm schwer auf der Brust lagen, auf Armen und Beinen und auf dem Mund.

Und jetzt war wie in einem Traum dieser Fluss verschwunden. Alex starrte auf die sanfte ausgetrocknete Senke zu seinen Füßen.

«Wie lange brauchen wir noch?», fragte William und warf einen Blick auf die Uhr. «Ich habe Layla versprochen, sie heute nach Hause zu fahren.»

Alex seufzte. Wieder ein Date mit Layla. An jenem Tag im Dezember, an dem Layla zurückgekehrt war – als William überraschend in die Küche ging, um mit ihr zu reden –, hatte Dena ihn über die Liebesgeschichte aufgeklärt und gesagt, dass er, Alex, sowie Mustafa und sie selbst den beiden, William und Layla, nun ein bisschen Zeit allein gönnen mussten. Auf einer ihrer Exkursionen wenige Tage später hatte William ihm dann gestanden, dass er und Layla sich «näher kennenlernten».

Das freute ihn für William. Er fand es süß, wie er und Layla in der Küche zusammenhockten. Die kleinen Geschenke, die William für sie besorgte, wenn er mit Alex unterwegs war – eine Perlenkette oder ein silbernes Armband –, zu denen Alex unweigerlich seine Meinung abgeben musste, da William sich bemühte, Laylas Geschmack und Vorlieben herauszufinden, um sie mit seinen Überraschungen glücklich machen zu können.

Nur behinderte Williams Werben ihre Arbeit. William verließ höchst ungern das Grundstück, wenn Layla da war. Und war er mit Alex unterwegs, wollte er so bald wie möglich wieder zurück. Alex konnte ihm noch so oft die Feinheiten der Kartografie erklären – ja, es war nötig, alle Weiderouten einzutragen, und ja, sie mussten tatsächlich die genauen Koordinaten sämtlicher Brunnen im Distrikt dokumentieren, weshalb sie tatsächlich zu jedem einzelnen hinfahren mussten –, aber William kapierte es einfach nicht. Die sich endlos hinziehenden Fahrten, die Stunden, in denen er mit der Ausrüstung hantierte, das ewige Warten, all das waren für ihn nur lange Zeitspannen, die er offensichtlich lieber mit Layla verbracht hätte.

«Wir sind gerade erst angekommen», sagte Alex.

Die Abfahrt hatte sich verzögert, weil es ein Problem mit einem Reifen gab, der ausgewechselt werden musste. Das hatte den ganzen Vormittag gedauert. Und als das geschafft war, war Mittagszeit. Alex wollte trotzdem gleich losfahren, doch William bestand darauf zu bleiben und bei der NGO zu essen. «Wir hätten früher fahren sollen, aber du wolltest ja wegen Layla unbedingt noch bleiben.»

Zum ersten Mal machte er deutlich, nicht damit einverstanden zu sein, dass William so viel Zeit mit ihr verbrachte.

Williams Augen wurden schmal.

«Habe ich etwa kein Recht auf meine Mittagspause?»

«Das behaupte ich ja gar nicht», sagte Alex. «Ich will genau wie du möglichst schnell fertig werden, aber eine Stunde brauche ich schon noch.»

«Der Tag ist fast vorbei.»

«Es dauert trotzdem ...» Alex hielt inne. Es war sinnlos. Das brachte nichts, und sie waren beide frustriert. «Im Moment verschwenden wir nur unsere Zeit. Lass mich einfach machen, okay? Je eher ich anfange, desto eher können wir zurück.»

William verschränkte die Arme und starrte mit herrischem Blick ins Flussbett.

Alex ging zurück zum Truck. Eine Windbö lärmte in seinen Ohren, Staub schlug ihm an die Schenkel. Unweit bogen sich Büsche erst in die eine, dann in die andere Richtung. Er kniff die Augen zusammen, damit kein Sand hineinflog. Während er Vermessungsgeräte von der Ladefläche zog, hockte William am Ufer und peitschte mit einer biegsamen Gerte, die er unterwegs irgendwo aufgelesen hatte, den Sand.

«Kommst du mir jetzt helfen, oder was ist?», rief Alex, der Kisten aufeinanderstapelte.

William erhob sich und warf die Gerte fort. Staubte seine Hose ab, ließ sich dabei mehr Zeit als nötig. Schließlich kam er zum Truck und half, Gerätschaften auszuladen.

Alex ging zurück ans Ufer und stellte die Kisten ab. Er betrachtete den Fluss, der aufgehört hatte, ein Fluss zu sein, ein Fluss, der nächstes Jahr vielleicht wieder ein Fluss war, vielleicht auch nicht, und er fragte sich, wie um alles in der Welt er sich hier zurechtfinden sollte.

Zwei Stunden später waren sie wieder zurück. William ließ den Motor laufen und hupte, während Alex ausstieg. Das Tor öffnete sich; Layla grüßte ihn; Mustafa tippte auf eine unsichtbare Armbanduhr und tadelte ihn, weil er so spät dran war. Der Junge setzte sich nach hinten, Layla nach vorn.

«Bis später», rief William.

Layla und Mustafa winkten.

Die drei sahen aus wie eine Familie. Während Alex dem Wagen nachsah, der die Straße entlangtuckerte, fühlte er sich mit einem Mal wie ein zurückgelassenes Kind.

Auf dem Gelände sah er Dena im Pavillon mit ihrer Kamera hantieren. Leise zog er das Tor zu und beobachtete sie. Es war schön, sie zur Abwechslung einmal anzusehen, ohne von ihr bemerkt zu werden; sonst war sie immer diejenige, die andere anschaute. Mit gesenktem Kopf saß sie da, Kamera im Schoß. Das strohgedeckte Dach warf einen kreisförmigen Schatten um sie herum, über die weißen Stühle und den Tisch, über das Bettgestell, das als Sofa genutzt wurde. In ihrem Rücken schaukelte sanft die Hängematte.

Er betrachtete ihre Schultern, ihre Arme. Sie war schlank, aber auch kräftig, bestimmt vom Kameratragen. Er hatte ihre Ausrüstung einmal angehoben, und es hatte ihn überrascht, wie schwer sie war. Ihre Arbeit verlieh den Gliedmaßen eine gewisse Eleganz - nicht gerade eine feminine, doch eine durchaus athletische Anmut. Selbst wenn er Dena nicht direkt anschaute, war er sich am Rande seines Blickfelds doch immer ihrer Anwesenheit bewusst. Wie sein Blick jetzt auf ihrem Hals ruhte, auf den vom eckigen Kinn gerahmten Lippen - Lippen, die sie beim Werkeln an der Kamera spitzte -, wurde ihm wieder bewusst, dass er sich schrecklich und hoffnungslos zu ihr hingezogen fühlte.

Sie mochte ihn nicht. Das wusste er, und deshalb widerstand er seiner Zuneigung. Dena gab sich größte Mühe, zu ihm eine höfliche, kühle Distanz zu wahren, wohingegen sie sich William gegenüber offen und ungezwungen gab. Trotzdem fühlte er sich aus Langeweile oder vielleicht auch aus Einsamkeit - vor allem in diesem Moment, da sie ihn nicht bemerkte - von ihr angezogen. Außerdem hatte das noch frische heimelige Bild von William, Layla und Mustafa im Truck in ihm ein Verlangen nach Kontakt geweckt. Und das machte ihn verwegen.

Er war gleich vorn am Tor stehen geblieben, trotzdem bemerkte sie ihn jetzt und beobachtete ihn argwöhnisch, als er auf sie zukam. Er zog einen Stuhl zu sich heran. Sie blickte sich um.

«Wo sind alle hin?»

«William und Mustafa setzen Layla zu Hause ab.»

Mit einem leichten, unbestimmten Nicken quittierte sie diese Information, um sich dann wieder ihrer Kamera zuzuwenden. Er konnte sehen, wie sie ihre Abwehr aufbaute. Falls er das zuließ, würde sie ihn weiterhin ignorieren. Er wollte unbedingt, dass sie ihn anschaute. Einen Moment noch aber tat sie so, als ginge sie ganz in ihrer Arbeit auf und wischte sorgsam mit einem Tuch den Rand des Objektivs ab.

Schließlich richtete sie ihren Blick auf ihn.

«Was ist?»

Angesichts dieser Kapitulation flammte ein Gefühl von Triumph in ihm auf. Er lehnte sich auf seinem Stuhl zurück, Ellbogen auf den Armlehnen, Finger an der Schläfe und am Kinn. Er fühlte sich seltsam furchtlos. Er lächelte.

«Ich sehe dich gern an.»

Ein leichtes Stirnrunzeln der Verärgerung zeigte sich über ihren Brauen. Dann zuckte sie mit den Achseln, ihr Gesicht wurde nichtssagend. Sie hatte ihn aus bloßer Höflichkeit geduldet, jetzt justierte sie die Kamera auf ihrem Schoß und war bereit, ihn wieder zu ignorieren.

Er weigerte sich, sie so ohne Weiteres davonkommen zu lassen.

«Weißt du, was ich mich frage? Ob du vergeben bist. Ob du daheim einen Galan hast.»

Da brach sie in helles Gelächter aus. Und er wusste, sie lachte über ihn. Trotzdem staunte er, wie schön sie aussah, wenn sie lachte, er konnte einfach nicht anders.

«Versuchst du, mich anzumachen?»

Er tat unbeeindruckt, zuckte gelassen mit den Schultern.

«Vielleicht.»

Was genau wollte er eigentlich? Er wollte ihr sagen, dass er sie mochte, ihr nahe sein wollte. William und Layla waren zusammen. Das hatte ihn auf Ideen gebracht. Dena dagegen gab überdeutlich zu verstehen, wie sehr sie ihn verachtete, etwas in ihm aber hoffte, dass dies das Gegenteil verriet. Jedenfalls wollte er wissen, ob sie etwas für ihn empfand. Doch noch während er sich dies fragte, unterbrach sie seine Gedanken.

«Keine Chance, Alex.» In gespieltem Bedauern schüttelte sie den Kopf. «Tut mir leid.»

«Nicht die geringste?»
«Nein, nie.»
«Warum?»
Sie rollte mit den Augen. «Du fängst ja schon wieder an.»
«Okay, lassen wir das. Aber warum kannst du mich denn nicht leiden?»
Genau darum ging es. Er war intelligent, interessant und immerhin so attraktiv, dass er mit Frauen bislang keine Schwierigkeiten gehabt hatte. Es war ja auch nichts falsch daran, ein wenig Vergnügen miteinander zu haben oder sich jedenfalls besser kennenzulernen, solange sie hier nun mal zusammen festsaßen. In Saraaya gab es schließlich sonst nicht viel zu tun.
Sie musterte ihn aus zusammengekniffenen Augen. «Willst du das wirklich wissen?»
«Ja.»
«Weil du eingebildet und überheblich bist.»
Er sah ihr an, wie sehr sie es genoss, ihm das zu sagen. Dass sie es fast von Anfang an hatte sagen wollen und dass sie jetzt, da er offen über seine Gefühle geredet hatte, sich frei fühlte, ehrlich zu sein – brutal ehrlich.
«Ich meine, sieh dich doch nur an, wie du mir gerade aufgelauert hast. Das machst du ständig. So zudringlich. So unverschämt.» Sie musterte ihn. «Und die Art, wie du William behandelst.»
«Was soll das denn heißen?»
«Als wäre er dein Lakai.»
«Sein Job ist es, mir zu helfen. Und mein Job ist es, die Karte fertigzustellen. Ich arbeite hier zum Wohle aller. Was sollte schlecht daran sein?»
«Es geht um das Wie. Du kommst her, hast keine Ahnung vom Land und erwartest, dass dir alles und jedermann zur Verfügung steht.»

Sie lehnte sich zurück, den Mund herablassend verzogen, im Gesicht ein selbstzufriedener Ausdruck. Ihre Finger streichelten die Kamera wie eine Katze. Er war hin- und hergerissen, fühlte sich von ihr angezogen und empfand gleichzeitig eine plötzliche Abneigung.

«Und du?» Er wandte sich ihr zu. «Läufst mit deiner Kamera durch die Stadt und drehst einen Kunstfilm. Findest du das etwa nicht eingebildet und überheblich?»

«Das ist was anderes.»

«Ist es nicht.» Er setzte sich auf. «Du siehst auf mich herab, weil du eine *Künstlerin* bist.» Sarkastisch setzte er das Wort mit den Fingern in Anführungszeichen. «Als würde dich das zu jemand Besonderem machen. Aber was soll das für ein Film sein? Worum geht es da? Soweit ich es sehen kann, besteht er nur aus ein paar miesen Aufnahmen von raschelndem Gras, Kühen und Teepausen.»

«Du bist ein verdammter Idiot.»

«Und du ein arrogantes, selbstgefälliges Miststück.»

Ihre Miene erstarrte. Wie in Zeitlupe stand sie auf, so als sammelte sie all ihre Kraft, um Alex in Grund und Boden zu stampfen. Wie ein Stein lag die Kamera in ihrer Hand. Dena hob sie an. Sie wollte ihm wehtun. Er musste ausweichen. Doch irgendwas in ihm war zu fasziniert, um sich bewegen zu können, also saß er einfach nur da und wollte sehen, wie es ausging, was sie tun würde.

Er zuckte zusammen, als sie die Kamera herabwuchtete. In letzter Sekunde fing sie sich und legte den Apparat sorgsam auf den Boden. Einen Moment lang sah sie aus, als wollte sie etwas sagen, dann aber drehte sie sich um, marschierte in ihr Zimmer und knallte die Tür hinter sich zu.

Hilflos starrte er die geschlossene Tür an. Sein Blick driftete über den Hof zu den von der Sonne gebleichten, traurig im Wind flatternden Wimpeln an der Mauer, zu den abgezogenen Metallbetten, den halb vertrockneten Pflanzen in den Öltonnen am Tor. So hätte es nicht laufen sollen. Er war zu weit gegangen. Sie aber auch. Warum musste es mit ihnen immer so enden? Er hatte nicht erwartet, dass sie derart wütend werden konnte. Fast hätte sie ihn geschlagen. Hatte er es darauf angelegt, sie in die Enge zu treiben? Am liebsten hätte er sich selbst geohrfeigt. Zugleich war er in Hochstimmung.

Er war voll widersprüchlicher Gefühle. Plötzlich wollte er nur noch weg von hier. Ein Spaziergang, damit er wieder einen klaren Kopf bekam. Noch besser wäre ein Drink. Ihm fiel die Kneipe ein, zu der William ihn manchmal mitnahm. Er hatte Lust auf ein Bier - auch wenn es so schrecklich schmeckte wie das lokale Gebräu. Ein Drink wäre jetzt genau das richtige. Er warf einen letzten Blick in ihre Richtung, dann folgte er einem plötzlichen Impuls, stand auf und wagte sich durchs Tor nach draußen.

Wie sie im Truck auf dem Beifahrersitz neben William saß und trotz des grollenden Motors Fetzen jenes Liedes zu ihr durchdrangen, das Mustafa auf dem Rücksitz summte, fragte sich Layla, als ihr Gespräch einmal kurz verstummte, was denn nur in sie gefahren war. Es war, dachte sie, während sie aus dem Fenster auf die vorbeiziehende Landschaft schaute, als gäbe es zwei Laylas. Layla davor und Layla danach. Die Layla von davor hätte sich nie vorstellen können, so zufrieden zu sein, wie sie sich jetzt fühlte, in einem Auto mit einem Fremden, einem Niloten. Die Layla danach aber saß nicht nur in einem Auto mit diesem Fremden, in Tagträumen malte sie sich sogar eine Zukunft mit ihm aus. Die alte Layla hatte die meiste Zeit eingesperrt auf dem Gehöft verbracht, wohingegen die neue Layla sich nichts dabei dachte, ihrer Familie etwas vorzulügen, wie sie es heute getan hatte, als sie behauptete, länger arbeiten zu müssen, nur damit sie Zeit mit William verbringen konnte.

Als sie jetzt seine Hände am Lenkrad anschaute, sagte sie plötzlich: «Zeig mir, wie man fährt.»

Eine Neigung, die die Layla davor an der neuen Layla auszumachen begann: Letztere hatte starke Eingebungen und handelte entsprechend.

Williams Brauen wanderten überrascht in die Höhe. Sie saß gern mit ihm im Wagen, weil sie dann sein Profil betrachten konnte. Seine faszinierenden Besonderheiten – der kühne Überhang der Stirnpartie, der fesselnde Schlund seines rechten Ohres, ein aus dem frischen Hemdkragen keimender Adamsapfel – waren aus diesem Winkel nicht zu übersehen. Layla empfand eine Zärtlichkeit für die langen, vom knappen Platz des Fahrersitzes beengten Arme und Beine. Sie fuhren auf der Straße von Saraaya zu den Dörfern der Umgebung, die Sonne versank hinterm Horizont, der truckförmige Schatten neben ihnen wogte, schrumpfte oder wucherte über Fels und spärliches Gebüsch auf ihrem Weg nach Hause. Sie wollte nicht nach Hause.

«Wirklich?», fragte William zweifelnd, doch noch während er fragte, änderte sich seine Miene, er begann zu ahnen, welche Möglichkeiten sich damit auftun könnten. Auch er stellte sich eine neue Layla vor.

Er sah zu ihr hinüber, suchte Bestätigung in ihrem Gesicht. Der Truck wurde langsamer und rollte von der Straße, steuerte eine ebene Sandfläche an. William stoppte den Wagen. Mustafa steckte den Kopf durch den Spalt zwischen ihrem und Williams Sitz.

«Warum halten wir?»

«Layla will fahren.»

Mustafa musterte sie ehrfürchtig. «Kannst du das denn?»

«Nein», erwiderte sie, «aber ich möchte es lernen.»

Bis vor Kurzem war sie nur Bus gefahren, nie in einem Auto, und doch stieg sie, diese neue Layla, jetzt vom Beifahrersitz eines Trucks und lief um den Wagen herum zur Fahrerseite. In einem Augenblick flüchtiger Intimität, in dem sie allein waren in der Stille der reglosen Landschaft, kreuzte sich ihr Weg mit dem von William, und sie fühlte sich zugleich schüchtern und verwegen, als er auf sie zukam, war sich ihrer Befangenheit bewusst, der angespannten Erwartung. Bewunderte seine breiten, starken, sich vor dem Himmel abzeichnenden Schultern. Seine ordentlichen, frisch gewaschenen Sachen, die betonten, wie schön er von Gestalt war. William entging nicht, dass sie ihn musterte, und er lächelte.

Wie weit entfernt dies doch von ihrem alten Leben war, in dem es keine Überraschungen gegeben hatte. Nur Bewegung: Wenn der Regen aufhörte, ging es nach Süden in Richtung Saraaya mit zweihundert Stück Vieh, den Tieren, die ihrer Familie gehörten. Sechs Monate lagerten sie dort mit den Rindern. Drei Monate dauerte der Weg zurück zur Savanne bei Hasaniya. Von Norden nach Süden, von Süden nach Norden. Durch Wüste, Buschland und Elefantengras, stets auf der Suche nach Wassertümpeln, zur Gesellschaft nur Sterne und endloses Land und Vieh.

Doch ihre Liebe zu diesem Land wurde ihr vom Vater verleidet. Ein untersetzter Mann mit wuchtigen Schultern und verbittertem Blick, der stets ein Ventil für seine Wut auf die unkooperative Natur suchte. Eine Woche nicht genügend Regen, und gewiss wurde ihre Mutter verprügelt. Ausgetrocknete Wasserlöcher dort, wo es beim letzten Mal noch Wasser gegeben hatte, und gut möglich, dass Layla geschlagen wurde, weil sie ihm seinen Nachmittagstee zu spät brachte oder sein Frühstück. Im Laufe der Jahre benahm er sich ihr und ihrer

Mutter gegenüber immer brutaler; der Regen wurde seltener, das Weideland schrumpfte, und sie mussten weiter und weiter ziehen, damit das Vieh grasen konnte.

Die einzige Frau, der er nie zu nahe trat, war seine Mutter, Laylas Großmutter. Sie tat alles, was in ihrer Macht stand, um Layla und ihre Mutter zu beschützen, aber sie war alt und schwach, eine hutzelige, kaum erkennbare Gestalt auf dem gewaltigen Ochsen, auf dem sie ritt, wenn sie über Land zogen. Kam Layla weinend zu ihr gerannt, überschüttete sie ihren Sohn mit einer Flut unflätiger Schimpfworte. Die Katastrophe ihres Lebens sei es, sagte sie, dass von sieben Kindern nur ein nutzloser, herzloser Tunichtgut überlebt habe. Kein bisschen besser als der Vater, setzte sie hinzu. In dem Maße aber, wie sie ihren Sohn verachtete, liebte sie ihre Enkelin, und während Layla aufwuchs, war ihr niemand so nah wie die Großmutter. Sie bewunderte ihr hennagefärbtes Haar, im Nacken zu einem Skorpionzopf zusammengerafft. Die riesige Brille, die ihre grau getrübten Froschaugen vergrößerte, umrandet von Fältchen. Alte Ohrläppchen, die ihr fast bis zu den Schultern reichten, herabgezogen von schwerem Silberschmuck, den sie auch im hohen Alter so gern trug, als wäre sie noch eine junge Braut. Außer ihr kannte Layla keine einzige Frau, die rauchte. Manchmal durfte sie einen Zug von ihrer Zigarette nehmen.

Zwei Lektionen lernte Layla von der Großmutter. Die erste: Männer sind schwach, viel schwächer als Frauen. Die zweite: Und weil sie schwach sind, sind sie deine Feinde. Tag für Tag bestätigten ihr Vater, Onkel und ihre Brüder die Wahrheit dieser Lektionen. Sodass Layla, wenn sie sich nach einem Schlag vom Vater über die brennende Wange strich oder nach einer Beleidigung durch ihren Bruder vor Wut schäumte, immer und immer wieder vor sich hinsagte: *Männer sind schwach, und weil sie schwach sind, sind sie meine Feinde.*

Die Worte ihrer Großmutter machten die Schläge und Tritte, all das, was sie und ihre Mutter erdulden mussten, wenn ihr Vater, ihr Onkel oder ihre Brüder darauf warteten, dass sie den Tee servierten, ihre Wäsche wuschen oder das Brennholz brachten - erträglich. Ihre Worte verhalfen dem Universum zu einer Ordnung. Sie erklärten die kleinen und großen Ungerechtigkeiten, die sie im Alltag erdulden musste. Wichtiger noch, sie verliehen ihr die Macht, sich den Männern, die ihre Welt regierten, überlegen zu fühlen. Und ihre Welt war begrenzt: Dazu gehörten das Gehöft, das Vieh, die Weiden. Zogen sie durch das Land, begegnete Layla manchmal wochenlang keiner anderen Seele außer der eigenen Familie. Dann war sie wie alle ausschließlich davon in Anspruch genommen, vor dem Morgengrauen aufzustehen, das Lager abzubauen, die Ochsen anzuspannen und die Herde dreißig, fünfzig, manchmal sechzig Kilometer am Tag weiterzutreiben.

Schließlich aber, letztes Jahr, war ihre Großmutter gestorben. Layla hatte in einer Ecke in dem Zelt, das sie mit ihrer Mutter teilte, drei Tage lang ununterbrochen geweint.

Und vier Monate darauf dann die Katastrophe, die Dürre, der Verlust der Herde. Ohne zu wissen, wovon sie leben sollte, musste sie sich in Saraaya niederlassen. Musste, um ihrer Familie zu helfen, eine Arbeit finden, was nie zuvor nötig gewesen war.

Vom Fahrersitz aus wirkte der Truck größer. Das Lenkrad zu weit weg, die Windschutzscheibe zu hoch. Die Kluft zwischen ihren Füßen und den Pedalen vermittelte ihr einen Eindruck von Williams Körpergröße. Sie beugte sich vor, tastete mit den Zehen nach dem Boden.

Während William die Beifahrertür zuzog, wanderte sein Blick spielerisch über ihre ausgestreckten Arme.

«Zuerst einmal: Du sitzt zu weit hinten. Rück weiter vor.»

«Wie denn?»

«Da ist ein Griff unterm Sitz, gleich bei der Tür.»

Sie suchte danach, konnte ihn aber nicht finden.

«Hier», sagte Mustafa und beugte sich hinunter. Kleine Finger huschten über ihre. Ein Klicken. «Jetzt kannst du nach vorn rücken.»

Dieses unbekannte Gefühl, diese sanft gleitende Bewegung, mit der sie aufs Lenkrad zuschwebte. Ihr neues Leben war voll unvermuteter Erfahrungen, großen wie kleinen. Sie hatte zum Beispiel bei der NGO eine ganze Küche mit eigenem Gasherd und fließend Wasser für sich allein, wohingegen sie daheim im Freien auf einem Kohleherd oder überm Feuer kochte und Wasser aus einem Brunnen geholt werden musste. Und die Leute, die sie jetzt bekochte, waren, was das Essen betraf, längst nicht so mäkelig wie ihre Familie.

Es war einfach, und durch die Arbeit entdeckte sie diese neue Layla, die ihre Tage mit vier Fremden verlebte, Tage, in deren Verlauf sie sich selbst eine Fremde geworden war.

«Hier.» William beugte sich zu ihr hinüber, ein Hauch seines Rasierwassers stieg zu ihr auf; er zeigte auf die Pedale. «Kupplung. Bremse. Gas. Die Kupplung brauchst du, wenn du anfährst und wenn du die Gänge wechselst. Das Gaspedal, wenn du beschleunigst. Die Bremse, um langsamer zu werden oder anzuhalten. Mit dem rechten Fuß bedienst du Gas und Bremse, mit dem linken die Kupplung.»

Sie nickte, ihre Füße wechselten zwischen den Pedalen, ertasteten die Informationen.

Unter den drei Erwachsenen an ihrem Arbeitsplatz hätte William der vertrauteste sein müssen, doch fühlte sie sich von Beginn an in seiner Nähe gehemmter als im Beisein der anderen. Erst jetzt begann sie, den Grund dafür zu begreifen. Er unterschied sich von den Nomaden und Niloten, die sie kannte, war anders als ihr Vater, ihr Onkel, ihre Brüder. Mit ihm lernte sie den ersten Mann kennen, der kein Feind war, und es war jener zitronige Geruch, der Williams Güte heraufbeschwor, der auf ein Anderswo hindeutete, auf einen kühlen, grünen, friedlichen Ort.

Sie hatte, als sie aufwuchs, nilotische Freunde gehabt und sprach ihre Sprache. Trotzdem gab es da eine Grenze, die nie überschritten wurde. Mit William aber hatte sie die überschritten. Sie konnte ihre Augen nicht länger davor verschließen, dass er um sie warb. Undenkbar für die alte Layla, jene, die sich damit abgefunden hatte, dass ihr Vater einen passenden Mann für sie finden würde, vorzugsweise einen Vetter oder einen Vetter zweiten Grades, vorzugsweise reich, so reich, dass sie mit dem Brautgeld, das er für sie zahlen musste, einen Teil der Herde zurückbekamen, die sie durch die Dürre verloren hatten.

Mit diesen vier Fremden zusammen zu sein, schien jedoch Dinge möglich zu machen, die sie in ihrem früheren Leben für unmöglich gehalten hätte.

«Und jetzt richte die Spiegel aus», sagte William «Erst den Seitenspiegel. Das geht so.» Er zeigte es ihr am Beifahrerspiegel.

Sie beugte sich aus dem Fenster, wurde sich erneut der Ausmaße des Trucks bewusst, wie groß er war, und stellte den Spiegel ein. Das weite, offene Land rückte in den Blick.

«Und jetzt den Rückspiegel», sagte William. «Damit du sehen kannst, was hinter dir ist.»

Mustafas blinzelnde Augen, der Rest des Wagens, das Rückfenster.

Sie hatte sich in William verliebt, weil ihr durch ihn klar geworden war, dass es zwischen Mann und Frau mehr geben konnte, als sie für möglich gehalten hätte. Man konnte mit einem Mann befreundet sein. Das war die erste Offenbarung. Die Tatsache, dass sie zusammensitzen und mit ihm über dumme Dinge, alltägliche Dinge reden konnte. Über Erinnerungen an ihre Großmutter. Darüber, dass sie richtig Lesen und Schreiben lernen wollte. Über ihre Gedanken und Ängste. Er verstand Seiten an ihr, die sie selbst noch nicht ganz verstanden hatte. Und das war, ehe sie mehr über seine Ausbildung erfuhr, seine Arbeit. Er war ein Nilote, das stimmte, und den Maßstäben ihrer Familie zufolge entwertete dies alles andere an ihm, jetzt aber, mit dem neuen Blick, mit dem sie die Welt betrachtete, wusste sie, sie konnte von Glück reden, dass ihre Wege sich gekreuzt hatten.

«Hier ist die Gangschaltung.» Er griff nach ihrer rechten Hand und legte sie auf den Schalthebel. «Ehe du den Motor anlässt, legst du den Leerlauf ein.» Er sprach normal, als wenn nichts anders wäre, dabei war alles anders, denn seine Hand lag auf ihrer, und sie berührten sich zum allerersten Mal. «Schalte in den ersten Gang, wenn du losfahren willst.» Seine Hand war rau und warm. «Beginnt der Motor hochtourig zu laufen, gehe in den zweiten.» Er erhöhte den Druck auf ihre Hand und schaltete aus dem Leerlauf in den ersten, in den zweiten.

«Vergiss nicht, die Kupplung zu treten, bevor du den Gang wechselst», sagte Mustafa in ihrem Rücken.

«Schon gut», sagte sie, eher von den ihren Arm hochwandernden Gefühlen als von den Anweisungen überfordert. William zog seine Hand zurück. Hitze breitete sich über ihre Knöchel aus, und sie merkte, dass auch ihn die Berührung nervös machte, obwohl er so gleichmütig tat.

«Fragen?»

«Nein. Ich würde es jetzt gern ausprobieren.»

«Dann lass den Motor an.» Er lächelte.

Sie griff nach dem Zündschlüssel und drehte ihn im Schloss, wie William es während der vergangenen Tage in ihrem Beisein so oft getan hatte. Ein Rumpeln, dann ein stetiges Schnurren, und sie spürte, wie sich ihre Beziehung zum Wagen änderte. Sie konnte ihn in Bewegung versetzen, und das begeisterte sie und machte ihr zugleich Angst.

«Drück mit dem linken Fuß die Kupplung, dann aufs Gas und lass sie langsam wieder kommen.»

Sie ließ die Kupplung los, der Wagen machte einen Satz, der Motor verstummte.

«Zu schnell», sagte Mustafa. «Langsamer.»

«Woher weißt du so viel übers Fahren?», fragte sie ihn über die Schulter.

«Nabil lässt mich auf dem Markt manchmal ans Steuer seines Autos», sagte Mustafa und starrte sehnsüchtig das Lenkrad an. Er warf William einen Blick zu.

«Nein. Für diesen Truck bist du zu klein. Außerdem gehört er nicht mir, sondern der Organisation.»

«Und wieso darf Layla ihn dann fahren?»

«Vergiss es», erwiderte William. «Du darfst es jedenfalls nicht.»

Mustafa verzog das Gesicht, sagte aber nichts.

Entscheidend war, dass sie wusste, sie war nicht bloß irgendeine junge Frau mit einem hübschen Gesicht. Seit jeher unterschied sie etwas von den anderen jungen Frauen. Eine Sehnsucht, die Grenzen sprengen wollte, die Grenzen ihres angestammten Platzes. Das hatte sie von ihrer Großmutter. Sie lachte gern. Sie tanzte gern. Sie war gern glücklich, und sie spürte, dass es ihr zustand, auch wenn sie wusste, dass keine Frau das Recht besaß, so etwas zu wollen. William hatte das irgendwie begriffen – nämlich dass sie glaubte, ein Anrecht aufs Glück zu haben, und er wusste, wie er es ihr geben konnte, freigiebig und mühelos.

Dies war die zweite Offenbarung: dass sie sich nicht mit weniger abzufinden brauchte, keine Abstriche machen musste. Bis vor Kurzem konnte sie diese Gedanken nicht einmal für sich formulieren. Sie war mit einer Abneigung gegen ihren Vater aufgewachsen, gegen ihre Brüder, gegen die Ungerechtigkeit, die sie jeden Tag erdulden musste. Wenn sie sich beschwerte oder dagegen vorging, wurde sie bestraft. Erst jetzt, seit sie William kennengelernt hatte, seit sie bei der NGO arbeitete und Zeit mit diesen Fremden verbrachte, verstand sie, worunter sie schon ihr Leben lang litt. Was sie für selbstverständlich gehalten hatte. Nämlich, dass sie weniger als ihre Brüder verdiente. Hier aber war ein Mann, der nicht nur schön war und freundlich, sondern der sie auch noch glücklich machen wollte. Dass er ein Nilote war, das war - zog sie all dies in Betracht - plötzlich nicht weiter wichtig.

Sie konzentrierte sich auf ihre Füße, koordinierte den Druck auf dem einen Pedal mit dem langsamen Nachlassen auf dem anderen. Diesmal glitt der Wagen mit einer Leichtigkeit nach vorn, die sie überraschte; sie umklammerte das Steuer fester, während der Truck zehn Meter voranrollte, dann zwanzig, vierzig.

«Gut so!», rief Mustafa.

Woraufhin sie in ihrer Aufregung zu fest aufs Gaspedal trat, und der Wagen einen Satz nach vorn machte, sie in ihrer Panik mit dem Fuß voll auf die Bremse trat, und der Wagen so abrupt zum Stehen kam, dass Mustafa - der hinten gestanden hatte, die Ellbogen auf die Vordersitze gestützt - in den Spalt zwischen ihrem und Williams Sitz geschleudert wurde.

«Alles okay», sagte er, das Haar vom Wind der Klimaanlage zerzaust.

«Sicher?», fragte sie, lachte und streckte die Hand nach ihm aus. «Tut mir leid.»

William hob ihn auf. «Setz dich *hin!*», schimpfte er.

Während sie den Motor wieder anließ, wandte sie sich in Gedanken ihrer Familie zu. Da lag das Problem. Ihr Vater, so verbittert, seit sie die Herde verloren hatten, ihr hinterhältiger Onkel, und dann ihre Brüder, die allem zustimmten, was ihr Vater oder ihr Onkel sagte.

William hatte sämtliche Warnungen in den Wind geschlagen. Jetzt, da er sie für sich gewonnen hatte, benahm er sich, als wäre alles möglich. Dabei begriff er nicht, dass ihr Herz zu erobern der leichteste Teil gewesen war.

Sie waren zurück auf der befestigten Straße – William am Steuer, Layla auf dem Beifahrersitz. Mustafa auf dem weich gepolsterten Rücksitz, die in Falten gezogene Stirn verborgen hinter der Sonnenbrille, die er sich nicht so sehr wegen der Sonne aufgesetzt hatte, sondern weil er schmollte.

Am Ende von Laylas Unterricht hatte er William angebettelt, ihn doch auch fahren zu lassen, aber der hatte abgelehnt. In Gedanken stritt Mustafa immer noch mit ihm. Er wusste, er konnte besser fahren als Layla. Und er kam mit den Füßen an die Pedale – er hatte es einmal ausprobiert, als er im Wagen auf William warten musste –, hatte sich auf den Fahrersitz gesetzt, und wenn er mit dem Po ganz weit nach vorn rückte, kam er mit den Zehenspitzen gerade so an die Pedale. Wenn es darum ging, Mustafa auf Botengänge in die hintersten Winkel des Distrikts zu schicken, sogar in die drei Stunden entfernte Stadt Hasaniya, ganz allein wie einen Erwachsenen, kannte William keine Skrupel, jetzt aber passte es ihm in den Kram, ihn für ein Kind zu halten. Mustafa konnte es wirklich kaum erwarten, endlich so alt zu werden, dass er nicht mehr ständig um Erlaubnis bitten musste.

Doch während er hinaus auf die vorbeigleitende Landschaft blickte, kam es ihm vor, als wäre die Straße zur Welt der Erwachsenen mindestens so endlos lang wie die, auf der sie gerade fuhren.

Er blinzelte gegen einen letzten Sonnenstrahl an, der so durch die Windschutzscheibe fiel, dass Williams und Laylas Gesichter nur als Silhouetten zu sehen waren. Mustafa verbrachte dieser Tage viel Zeit mit ihnen, da William mit Layla zu schönen Plätzen in den Wadis fuhr, auf den Markt, um im Schatten eines Baumes zu sitzen und Mangosaft zu trinken oder um in einem der umliegenden Dörfer mit ihr spazieren zu gehen. Mustafa begleitete sie quasi als Anstandsjunge. Ein Kind schützte sie vor dem Klatsch und Tratsch der Stadtleute. Heute war wieder so ein Tag, an dem Mustafa den Anstandsjungen gab.

«Dreihundert pro Ausflug», hatte er gesagt, als William ihm den Vorschlag machte.

«Ich nehme dich mit. Dafür sollte ich nicht auch noch bezahlen müssen.»

«Ist für mich trotzdem zusätzliche Arbeit», argumentierte Mustafa. «Geht von meiner Freizeit ab.»

William seufzte. «Also gut. Dreihundert.»

Mustafa willigte ein und schaffte es, während der Ausflüge zuzüglich zu den dreihundert Pfund die eine oder andere Leckerei für sich zu ergattern – eine Limonade, Süßigkeiten oder ein Sandwich. Etwas Besseres hatte er noch nicht finden können, seit ihm sein Geschäft mit Unterwäsche von der Polizei vermasselt worden war. Drei Tage hintereinander war er aufs Revier gegangen und hatte versucht, sein Geld zurückzubekommen, hatte die Wachen am Eingang mit einer Packung Zigaretten bestochen – die einzige Bestechung, die er sich leisten konnte –, bis am dritten Tag schließlich jemand Erbarmen hatte und ihn auf die Flure im hinteren

Reviergebäude vorließ. Aus denen ihn aber ein Beamter gleich wieder nach draußen zerrte. Als er auch am nächsten Tag wiederkam, verpasste ihm eine der Wachen eine Kopfnuss und riet ihm, sich nie wieder blicken zu lassen.

Auch die Unterwäsche war für immer verloren. Alles, was es davon noch gab, waren ein, zwei Unterhosen, die hoch oben in den Ästen der Akazie hingen, traurige Fähnchen seines Scheiterns.

Auf ihrem ersten gemeinsamen Ausflug vor nunmehr fast zwei Monaten war William mit ihm und Layla in ein Café auf dem Markt gegangen. Ein Vordach spendete den an Plastiktischen sitzenden Gästen Schatten. Eine Vielzahl von Topfpflanzen – Rankengewächse, Hibiskus, Kakteen – standen zu hübschen Arrangements angeordnet im Raum verteilt.

Während Mustafa an einem Strohhalm nuckelte, der in einer Flasche Pepsi steckte, beobachtete er William und Layla, die ihm gegenüber saßen. Layla hielt eine Limonade in der Hand. Williams Blick klebte an ihren Augen. Mit leiser, eindringlicher Stimme erzählte er von Khartum, von den beiden Nilarmen, die dort zusammentrafen, von den hohen Gebäuden, dem Verkehr und von Märkten, die so groß waren, dass man sich darin verlaufen konnte.

Mustafa interessierte sich für ihr Gespräch – in Khartum würde er, so hoffte er, irgendwann in der Zukunft sein Zuhause finden. Ebenso faszinierend aber war, wie William jede Geste und jedes Wort von Layla in sich aufsog. Sein ganzer Körper reckte sich ihr entgegen, weshalb er aussah, als könnte er jeden Moment vom Stuhl fallen und mit seinen langen Gliedmaßen auf den Boden plumpsen. Wenn Layla kicherte oder lächelte, grinste er übers ganze Gesicht. Und wenn sie ihre Flasche fast ausgetrunken hatte, bestellte er beim Kellner gleich eine neue, wohingegen Mustafa ihn am Ärmel zupfen musste, wenn er noch ein Getränk haben wollte.

Seit Laylas Rückkehr war William wie ein Kalb, das der Mutterkuh folgte. Wollte sie Wasser vom Außenhahn holen, kam er mit, um die vollen Eimer zu tragen. Nach dem Frühstück flüsterte er mit ihr im Pavillon. Und nach den langen Exkursionen mit Alex stürmte er durchs Tor, um gleich den Hof nach ihr abzusuchen. Er folgte ihr in die Küche und ging ihr als Hilfskoch zur Hand, half Knoblauch oder Zwiebeln zu schneiden, wobei ihm Tränen übers Gesicht strömten.

Schon seltsam, dass der clevere William, den er so sehr bewunderte, jener William, der in Khartum gelebt hatte, der sein Vorbild war, und dies nicht allein hinsichtlich sprachlicher Gewandtheit, sondern auch in stilistischen Fragen - Mustafa träumte davon, wenn er einmal groß war, auch solch schicke weiße, frisch gestärkte Hemden zu tragen, aus deren Brusttasche ein Stift ragte -, dass also dieser William sich in ein derart liebeskrankes Wesen verwandeln konnte.

Layla verhätschelte und verzärtelte William nicht minder ausgiebig, aber von Frauen erwartete man ja auch nichts anderes. Er mochte Layla: Mindestens einmal die Woche machte sie seinen Lieblingsnachtisch, extra für ihn - in Zucker gestippte Teigbällchen. Und wie Geld war Zuckerzeug ein Schlüssel zu Mustafas Herzen. Morgens ein Teigbällchen in ein Glas Tee tunken, es mit den Zähnen zerreißen, Tee und Teig im Mund verschmelzen lassen, in solchen Momenten spürte Mustafa es auch, nämlich dass er Layla liebte. Und er sagte es ihr, wenn er den Teller zurück in die Küche brachte, was aber ganz anders klang als bei William.

Mustafas Beziehung zu Mädchen beschränkte sich darauf, sie zu beschimpfen oder zum Weinen zu bringen. Es gab da eine Clique von Mädchen, Erzfeinde seiner Freundesgruppe, die alle ungefähr in seinem Alter waren. Mustafa rief ihnen Beleidigungen nach. Er zog sie an den Haaren. Er spielte ihnen Streiche. Und manchmal zahlten sie es ihm heim. In einer Gasse hatten sie ihm einmal aufgelauert und ihn an die Mauer gedrückt - eine hielt seine Beine fest, zwei andere seine Arme -, und während er derart gefangen war, hatte das vierte Mädchen, jenes, dessen Mutter er eine alte Hexe genannt hatte, ihn überall im Gesicht abgeknutscht. Dann ließen sie ihn los und lachten. Er hatte sich über den Mund gewischt und in den Sand gespuckt. Hilflos hatte er sich gefühlt und verängstigt, als ihn diese Lippen an die Mauer drückten. Seither hielt er Abstand zu den Mädchen, war vorsichtiger und machte sich nie ohne Personenschutz - den einen oder anderen seiner Freunde - auf den Weg, wenn er in einsame Gegenden musste.

Wie auch immer, seine Gedanken drehten sich nicht um Liebe, sondern um Geld. Ihn verbitterte der Verlust seiner Ware. Nicht nur der Verlust: seine Armut überhaupt. Eine Woche zuvor hatte er Alex gefragt, wie viel er verdiente. Alex hatte ihm eine so gigantische Summe genannt, dass es Mustafa glatt die Sprache verschlug. Millionen über Millionen, Monat für Monat. Bei dem, was er zurzeit bei der NGO verdiente, bekäme er in seinem halben Leben nicht zusammen, was Alex jeden Monat bekam.

Alles erinnerte ihn an seine Armut. Unschuldige Dinge, etwa Alex' wunderschöner Kulturbeutel, der im Bad an einem Nagel hing. Dieser luxuriöse Glanz blauen Nylons. Die durchsichtigen Fächer. Der kleine rechteckige Spiegel (abnehmbar). Manchmal stand er minutenlang nur da und folgte mit Blicken den auswärts geschwungenen Kurven des Beutels, den im Sonnenlicht blitzenden Gewebefalten, deren Farbe sich an schattigen Stellen von metallischem Blau bis fast zu Schwarz wandelte. Den ganzen Tag hätte er damit verbringen können, die Reißverschlüsse an den diversen Taschen auf- und zuzuziehen und sich zu fragen, was er darin verwahren würde. Seine Sonnenbrille? Münzen in den Seitentaschen? Papiertaschentücher im durchsichtigen Säckchen?

Er wollte die Buntstifte und Filzer, mit denen Alex seine Karten beschriftete. Er wollte Denas CD-Player, der seine Ohren mit einer Klangfülle überschwemmte. Er wollte einen Computer wie den, den Alex in seinem Büro hatte, auf dem er tippen lernen könnte. Er wollte Denas Kamera, das teuerste Spielzeug der Welt. Und Denas batteriebetriebene Zahnbürste, von der ihm, wenn er sie heimlich benutzte, der Schädel brummte.

All diese Dinge gehörten ihm nicht. Und für ihn war es unmöglich, zur Schule zu gehen, weshalb er später keine gute Stelle bekommen würde und sich niemals leisten könnte, was Alex und Dena besaßen. In der Zwischenzeit blieb ihm nichts anderes übrig, als für William und Layla den Anstandsjungen abzugeben. Und wofür? Für ganze dreihundert pro Ausflug.

Er blickte aus dem Fenster. Der Himmel ein Zyklon aus Orange und Rot. Mit dem letzten Aufflackern der untergehenden Sonne verdunkelte sich die Erde, und am Horizont wurden Förderpumpen sichtbar, die Öl aus den Eingeweiden der Savanne sogen.

Während Mustafa aus dem Fenster sah, kehrte er in Gedanken zu jenem Mann zurück, der im Dezember, als die Polizei seine Sachen stahl, zu ihm unter den Baum gekommen war. Er hieß Deng und hatte behauptet, er habe vielleicht Arbeit für ihn.

«Was für Arbeit?», hatte Mustafa gefragt.

«Ich brauche jemanden, der Sachen für mich ausliefert.»

«Was für Sachen?»

«Das bleibt aber unter uns, kapiert?»

Mustafa nickte.

Deng blickte die Straße auf und ab, um sicherzugehen, dass niemand zuhörte.

Dann sagte er: «Waffen an die Rebellen im Busch.»

Gerade, als Deng weiterreden wollte, wurde ihr Gespräch von William unterbrochen.

Wenn Mustafa seither Deng begegnete, lud der ihn zu sich ein, aber Mustafa war nie hingegangen. Jetzt dachte er allerdings, warum eigentlich nicht?

Vor ihm waren William und Layla ins Gespräch vertieft, doch der Wind wurde zu laut; er konnte sie nicht verstehen. Eine heiße Woge überlief seinen Hals und seine Ohren. Mustafa biss sich verbittert auf die Lippen, schmiedete Pläne, dachte an Geld und Schule und an schöne Dinge wie Alex' Computer.

Wenn er auf ehrliche Weise kein Geld verdienen konnte, warum dann nicht auf unehrliche? Warum nicht zu Deng gehen und sehen, was der ihm anzubieten hatte?

Durch die Windschutzscheibe sah William, wie sich das Licht entlang des Horizonts sammelte, spürte den Truck unter seinen Händen brummen. Sie hatten Layla abgesetzt und fuhren nun zurück zur NGO. Mustafa saß jetzt auf Laylas Platz, hockte mit verschränkten Armen auf dem Beifahrersitz, schlecht gelaunt, die Lippen geschürzt.

William ignorierte ihn. Sein Blick folgte der Straße, wanderte über schattiges Gehölz und Gebüsch und über die zu sattem Lohbraun gedunkelte Erde, während er in Gedanken zurück zur Fahrstunde spulte. Mit Layla im Wagen vorhin hatte er in den Rückspiegel geblickt und gesehen, wie Mustafa sich über ihn lustig machte, wie er sich selbst umarmte und Kussgeräusche von sich gab. William hatte deswegen mit ihm geschimpft. Layla aber schien es nichts auszumachen. Sie spielte vielmehr mit, spitzte die Lippen und gab der Luft einen leidenschaftlichen Kuss. Fast wäre William von der Straße abgekommen. Sie hatten gelacht, der Moment aber, da ihre Lippen der Luft einen Kuss aufdrückten, Sonnenflecken in den Augen, im Gesicht, hatte ihm den Atem geraubt.

Seit ihrer Rückkehr vor über zwei Monaten verbrachten sie mehr Zeit miteinander. Und was sie trennte - die Tatsache, dass er ihr Boss war, dass sie eine Nomadin und er ein Nilote war, die Regeln, die für Beziehungen zwischen Unverheirateten galten -, wurde nach und nach immer unwichtiger. Layla war gern mit ihm zusammen, genoss seine Nähe. Er sah ihr warmes Lächeln, sobald ihr Blick auf ihn fiel. Trotzdem fürchtete er, dass sie nur bereit war, bis zu einer gewissen Grenze zu gehen. Würde sie ihn heiraten, wenn er sie darum bat? Würde sie es riskieren, ihrem Vater einen Niloten vorzustellen? Es war nicht leicht, die alten Rollen zu sprengen. Und er fürchtete sich, sie zu fragen, fürchtete, die zwischen ihnen gewachsene Vertrautheit zu zerstören.

Sie hielt ihn von ihrer Familie fern. Wenn er und Mustafa sie nach Hause fuhren, erlaubte Layla ihnen nie, sie direkt am Gehöft abzusetzen, da sie dann ihrem Vater begegnen würden. Stattdessen lief sie den letzten Kilometer lieber zu Fuß. Sie sagte, wenn ihre Familie sie mit ihm im Auto sähe, würden zu viele Fragen gestellt werden.

Er kannte die Geschichte ihrer Familie: Nomaden, die durch die Dürre ihre Herde verloren hatten und sich so gezwungen sahen, an einem Ort zu bleiben und neue Wege zu finden, um ihren Lebensunterhalt zu verdienen. Aus demselben Grund hatte auch Layla sich eine Arbeit suchen müssen, und vielen landlosen Nomaden in der Gegend war es ähnlich ergangen. Statt umherzuziehen, wie sie es gewohnt waren, mussten sie sich ansiedeln, ihre Herden, einst hunderte oder tausende Rinder, nur noch wenige ausgemergelte Tiere mit vorstehenden Rippen und Hüftknochen. Immer mehr Nomaden wurden endgültig im Distrikt sesshaft. Deshalb kam es zu Spannungen. Einige der jungen Männer schlossen sich Nomadenmilizen an, kämpften mit Soldaten gegen nilotische Rebellen und stahlen Land und Vieh.

Vor ihm färbte sich das Land orangerot in den verschiedensten Schattierungen. Er glaubte, einen Stern sehen zu können. Beidseits der Straße ragte schattenhaft und unbestimmt Gebüsch auf. Wind stürmte durchs Fenster. Er fuhr, ohne einen Gedanken ans Fahren zu verschwenden, dachte nur an Layla. Mustafa rückte auf seinem Sitz vor. «Was ist das da?»

William spähte weit voraus. Dort, wo die Straße auf den Horizont traf, war eine Ansammlung dunkler Schatten zu sehen. Im Näherkommen erkannte William zwei Autos, die mitten auf der Fahrbahn standen. Auf der Straße und am Rand eine unruhige Herde.

Er schaltete herunter, wurde langsamer.

«Viehtrieb.»

Nur bewegte sich das Vieh so wenig wie die Autos. Zwei Männer standen am Rand der Herde, kaum zu erkennen im Dunst aus Dämmerung und Schatten.

Er bremste und hupte. Rinder drängten von der Straße. Die Männer aber blickten nur über die Schulter und wandten sich dann wieder etwas zu, das weiter hinten geschah. William wartete darauf, dass sie den Weg freigaben. Doch sie ignorierten ihn.

Er stellte den Motor ab.

«Bleib hier», sagte er zu Mustafa.

Er stieg aus, Schuhe knirschten über groben Schotter, der Geruch von Vieh umwehte ihn. Fahles Dämmerlicht ließ Schatten erkennen, Fellmuster. Die Luft regte sich nicht.

Als William näher kam, sah sich einer der Männer nach ihm um. Er stupste seinen Freund an, woraufhin sich beide plötzlich umdrehten und auf ihn zugingen. Sie trugen blaue Dschallabijas, dazu Militärstiefel. William erstarrte, als er die Stiefel sah.

«Was ist hier los?», wollte er wissen. «Sie blockieren die Straße.»

Einem der Männer hing ein Turban um den Hals. Er hielt eine Waffe in der Hand.

«In ein paar Minuten lassen wir Sie durch», sagte er. «Warten Sie in Ihrem Wagen.»

Ein schmales Gesicht, tief im Schädel liegende Augen, der Mund ein breiter Schlitz. William blickte von ihm zu dem anderen – jünger, dürr, ein kalter, harter Blick. Wieder fiel sein Blick auf die Militärstiefel. Bewaffnete Nomaden – Milizsoldaten.

Das Schweigen wurde von dem Geräusch von Schlägen unterbrochen, Steine spritzten. Brechlaute – jemand hustete, spuckte oder erbrach sich. William verengte die Augen, versuchte, etwas zu erkennen, aber Autos und Vieh verstellten ihm die Sicht.

Ein Schrei, durchdringend und verzweifelt, stieg über dem Rumoren der Tiere auf.

William lief nach vorn, drängte sich tiefer in die Herde. Man zog ihn zurück, doch erst, als er bereits gesehen hatte, dass zwei Männer auf der Straße knieten. Dem einen waren die Augen verbunden worden, der andere starrte auf den Asphalt. Einer hatte sich in die Hose gemacht, ein dunkler Fleck in der Leistengegend der Kakihose. Um sie herum ein Halbkreis Milizsoldaten; und einer der Männer reckte den Gewehrkolben, entweder weil er zuschlagen wollte oder weil er es gerade getan hatte.

Viehdiebe.

«Warum sind die Männer gefesselt?», fragte William, «Wessen Vieh ist das?»

«Zurück in den Truck.»

William schluckte. «Was für ein Recht haben Sie, diese Männer festzuhalten? Was haben die getan?»

Der Mann hob sein Gewehr, richtete Williams Aufmerksamkeit darauf. Angst kroch ihm den Rücken hoch. Er dachte an Mustafa im Wagen. An Layla daheim.

«Letzte Warnung», sagte der Mann mit der Waffe. «Zurück in den Truck.»

William sah wieder zur Herde, zu den Autos, dann zur Miliz, zu den Gesichtern im Schatten wachsender Dunkelheit.

«Was ist da los?», wollte Mustafa wissen.

Er zog die Tür zu.

«Miliz.» Mit keinem Wort erwähnte William die Schreie, die knienden Männer. «Sie sagen, wir sollen warten.»

«Miliz?» Mustafa stand auf und beugte sich zur Windschutzscheibe vor. «Warum blockieren sie die Straße?»

«Setz dich und sei still.»

«Viehdiebe?»

«Setz dich.»

Sein Ton war so scharf, dass Mustafa gehorchte.

Beunruhigt starrte William nach draußen. Als die Behörden das letzte Mal Nomaden bewaffneten, die kein Vieh mehr besaßen und sich mit Gewalt zurückholen wollten, was die Dürre ihnen genommen hatte, war die Stadt dem Erdboden gleichgemacht worden.

Einer der Männer gab ihnen ein Zeichen. Man winkte sie durch. William startete den Motor. Rinder fluteten und strömten von der Straße. Langsam fuhr er durchs Gedränge.

Die Milizsoldaten starrten den Truck an, Mustafa glotzte zurück. Die beiden knienden Männer waren verschwunden, nur ein Fleck auf der Straße markierte noch die Stelle.

Alex' Sachen breiteten sich aus, vom Büro bis in die Küche, in den Pavillon, auf den Hof. Als Dena am Pavillon vorbeikam, musterte sie den Wust von Papieren auf dem Tisch und sagte sich, dass sie ihren Morgentee nicht an der frischen Luft trinken konnte, wie sie es eigentlich vorgehabt hatte. Außerdem war die Küche besetzt; William traf sich da jeden Vormittag mit Layla, und Dena wollte die beiden nicht stören.

Nicht nur war der Tisch mit Papieren überladen, es hingen auch Karten an einer Holztafel, die an den Stützbalken des Pavillons gelehnt stand. Manche waren von Hand gezeichnet und zeigten nummerierte Ackerflächen und mit gestrichelten Linien markierte Weiderouten, andere waren Kartendrucke mit eingetragenen Dörfern, Niederschlagsmengen, Höhenangaben.

Sie sah Alex mit Mustafa aus dem Büro kommen. Die beiden trugen Karten und Aktenordner und unterhielten sich in einem Gemisch aus Englisch und Arabisch.

Als Alex sie sah, blieb er stehen. Was zwischen ihnen vorgefallen war – dieser Augenblick, in dem sie die Beherrschung verloren und ihm beinahe die Kamera an den Kopf geworfen hatte –, fühlte sich privat an, fast wie ein Geheimnis, das sie miteinander teilten. Er hatte sie provoziert. Hatte abschätzig über das für sie Kostbarste geredet – ihren Film. Ein Gefühl von Scham, weil sie sich so bloßgestellt vorkam, unterlegt mit Wut. Sie zu beleidigen, obwohl er ihr doch Minuten zuvor seine Gefühle gestanden hatte. Sie hätte den Streit im Keim ersticken können, hätte sie ihm die Wahrheit über sich gesagt, nämlich dass Männer sie nicht interessierten. Es wäre das Einfachste gewesen. Und warum hatte sie es nicht getan? Weil sie ihm damit erlaubt hätte zu glauben, ihre Abneigung gegen ihn habe allgemein etwas mit Männern zu tun, dabei ging es allein um ihn.

Unter von der Sonne gebleichten Brauen musterte er sie gänzlich ungeniert. Da war etwas Neues in seinem Blick – ein übergriffiges, aufdringliches Interesse. Als wartete er nur darauf, dass sie sich wieder eine Blöße gab.

«Hey», sagte er.

Mustafa sah von Alex zu ihr.

«Hey», erwiderte sie und ging an ihm vorbei in die Küche.

Dort traf sie William, der mit aufgerollten Ärmeln am Waschbecken stand und in einem Sieb Gemüse wusch. Über die Schulter gewandt unterhielt er sich mit Layla, die am Tisch saß und Petersilie hackte. Hier drinnen war es feucht vom Dampf. Die Läden überm Waschbecken waren halb geschlossen, weshalb nur ein rechteckiger Lichtfleck auf den Boden fiel.

Layla, die dem Licht am nächsten saß, weckte Denas Aufmerksamkeit. Sie strahlte noch mehr als gewöhnlich und war schöner denn je, ein Glanz, der, wie Dena wusste, etwas mit der aufkeimenden Liebesgeschichte zwischen den beiden zu tun hatte. Seit dem Moment, da William am Tag ihrer Rückkehr zu ihr gegangen war, schienen die beiden unzertrennlich zu sein. Wann immer William von Alex fortkam, schmachtete er Layla an, und Layla errötete, sobald sie ihn sah.

William war stets gut gelaunt und großherzig. Dena assoziierte dessen wachsende Verliebtheit mit seinem durchdringenden Rasierwasser – wo immer er auftauchte, roch es nach einem frisch erblühten Zitronenhain. Und Layla verlieh ihrer Zuneigung mit immer ausgeklügelteren Mahlzeiten Ausdruck – Paprika und Zucchini gefüllt mit Hackfleisch, Reis und Dill; Lammeintopf gewürzt mit Kardamom; Fladenbrot, dessen Teig sie auf einem Stein stundenlang gewalkt hatte, um ihn dann im Kohleherd zu backen.

Alle freuten sich auf Laylas Essen. William konnte sich solcherart dafür begeistern, dass er beim Essen oft staunend und selbstvergessen Layla anstarrte, womit er sie zum Kichern brachte; und dann musste Mustafa, obwohl er sich gerade die Backen vollstopfte, gleichfalls lachen, ein Lachen, in das alle am Tisch schließlich einstimmten – selbst sie und Alex vergaßen für einen Moment ihre Querelen.

Jetzt stand Layla mit dem Brett gehackter Petersilie auf und ging zum Herd. William trocknete sich die Hände am Geschirrtuch ab und flüsterte ihr etwas ins Ohr.

Dena mochte sich nicht aufdrängen und blieb zögernd in der Tür stehen. Dann aber trat sie doch vor und ging zur Thermoskanne auf dem Tisch.

«Guten Morgen.»

Sie drehten sich um.

«Guten Morgen.»

Sie standen nebeneinander am Küchentresen – William, breitschultrig und so attraktiv mit seinen freundlich funkelnden Augen und Layla mit ihrer wohlgeformten Figur, der sandelholzfarbenen Haut und dem zu Zöpfen geflochtenen, vollen Haar, das ihr auf die Schultern fiel.

Angesichts ihrer sich anbahnenden Liebschaft mitsamt den Ritualen des Umwerbens, stets gezügelt von komplexen Anstandsregeln – immer war jemand bei ihnen, Mustafa, wenn sie zusammen ausgingen; und in der Öffentlichkeit gab es für sie keinerlei körperliche Zurschaustellung ihrer Zuneigung, auch nicht auf dem Gelände der NGO –, musste Dena an ihre eigene seltsame Lage denken. Ein-, zweimal hatte es Layla bei einem ihrer Gespräche in der Küche gewagt, sie nach ihrer Zukunft zu fragen. Ob sie heiraten und Kinder bekommen wolle? Ob es jemanden in Amerika gäbe, der auf sie wartete?

Das Thema Heirat verfolgte Dena, wohin sie auch ging. Sie hatte bereits mehrere Anträge von Männern in der Stadt erhalten, die weniger von ihren Hosen, dem kurzen Haar oder der jungenhaften Figur geblendet waren als von ihrer Verbindung mit Amerika: Hier war eine Frau, die sie auf einen Schlag aus all dem Schmutz, der Enge Saraayas herausholen könnte. Angesichts einer solchen Möglichkeit fiel es leicht, ihre Verschrobenheiten zu übersehen.

Solche Anträge wie auch Laylas Fragen wehrte sie so taktvoll ab wie irgend möglich. Sie spürte, dass es da eine Kluft gab, die nicht überbrückt werden konnte - sie hatte fast ihr ganzes Leben in Amerika verbracht, was bedeutete, dass sie weder dort noch hier zu Hause war.

Während ihrer Kindheit in Seattle hatte sie oft zugehört, wenn die Eltern sich an ihre Jugend in Khartum erinnerten. An die Zeit vor der Diktatur. Als die Straßen der Hauptstadt noch nicht von Abgasen verpestet wurden, als die Temperaturen noch angenehmer waren. Als Schulen und Universitäten noch Absolventen hervorbrachten, die Englisch so gut wie Arabisch sprachen. Als Frauen Miniröcke und hochgesteckte Perücken trugen. Als es Partys gab und Discos. Als Politiker den Reichtum des Landes noch nicht auf Schweizer Bankkonten verschoben.

All das hatte 1989 ein Ende gefunden, als ein Soldat mit blitzenden Epauletten im Fernsehen auftrat und den Staatsstreich verkündete. Er trug Brille und Barett, beugte sich über ein Papier, von dem er ablas. Die Inflation sei außer Kontrolle, im Süden tobe ein Bürgerkrieg, das Land sei in einer schlechten Verfassung. Die Armee werde das in Ordnung bringen. Im Rücken des Heeres aber stand ein Mann, der Soldaten wie Puppen benutzte. Und er fing an, einen islamischen Staat zu errichten.

Sie war zu jung, um sich gut an diese Zeit erinnern zu können, aber sie war randvoll mit den Erinnerungen ihrer Eltern an diese unruhigen Wochen des Staatsstreichs und die darauffolgenden Monate. Stromausfälle und Armeelaster in den Straßen der Hauptstadt. Ausgangssperren und Verhaftungen. Plötzlich wimmelte es in Khartum von verurteilten Dieben mit abgehackten Händen, in Familienzusammenkünfte platzte die Moralpolizei, Frauen wurden verhaftet, weil sie Bier gebraut hatten. Und da ihnen verboten wurde, Alkohol zu verkaufen, verkauften sie ihren Körper. Das war die einzige Möglichkeit, Kinder zu ernähren, für Studiengebühren aufzukommen oder für halb verfallene Häuser in den Slums der Städte zu bezahlen. Um die Moralpolizei zu täuschen, gaben sie sich fromm und trugen schwarze Abayas. Darunter waren sie nackt. Autotüren öffneten sich, und sie schlüpften in den Wagen, heimlich wie Geister und schwarz wie die Nacht, in der sie wieder verschwanden.

Exorzismusfeiern, in deren Verlauf Frauen mit jenen Geistern kommunizierten, von denen sie besessen waren, wurden heidnisch genannt und verboten. Von den Straßen der Hauptstadt wurden Jungen entführt und nach Süden gebracht, wo sie im Bürgerkrieg kämpfen mussten. Ein Sohn, den man zum Eckladen schickte, um Milch zu holen, konnte einfach verschwinden und eine Mutter zurücklassen, die halb verrückt vor Angst durch die Straßen streifte und ihn vergebens suchte.

In seinen Jugendtagen als hitzköpfiger Aktivist hatte sich Denas Vater der kommunistischen Partei angeschlossen. Längst war er aus der Partei wieder ausgetreten, hatte sich kapitalistischeren Angelegenheiten gewidmet und in der Hauptstadt eine einträgliche Steuerberatungsfirma gegründet. Dennoch machte ihn der Makel seiner politischen Tage zu einem Ziel. Dem neuen Regime gehörten vor allem Muslimbrüder an, und für die waren Kommunisten Todfeinde. Ihre Kämpfe reichten bis in die Studentenzeit zurück – die Cafeteria der Universität Khartum war im Laufe der Jahrzehnte mehrfach bei Streitereien zertrümmert worden, bei denen Kommunisten mit Stühlen auf die Köpfe der Muslimbrüder eingedroschen und Muslimbrüder Teller auf den Köpfen der Kommunisten zerbrochen hatten.

Nur wenige Monate nach dem Staatsstreich war ihr Vater von der Security aufgegriffen worden. Fünf Monate saß er im Gefängnis. In dieser Zeit durften sie und ihre Mutter ihn ein einziges Mal besuchen – Dena war damals noch ein Kind. Im Gefängnishof herrschte ein wildes, chaotisches Gewühl von Dieben, Mördern, Betrügern und politischen Gefangenen. Ihr Vater nahm sie auf den Schoß. Gefangene umdrängten sie. Und während einige Mitinsassen Loblieder auf seine Tochter sangen, strahlte ihr Vater vor Stolz. Ihre Mutter war entsetzt, sagte aber nichts, weil sie zu große Angst hatte.

Als ihr Vater aus dem Gefängnis entlassen wurde, hatte das neue Regime sein lukratives Büro geschlossen. Für ihre Eltern gab es keinen Grund mehr, noch länger zu bleiben. Jede Familie, die Beziehungen in andere Gegenden der Welt hatte, wanderte aus. Ganze Sippschaften verbarrikadierten Häuser, die seit vielen Generationen in ihrem Besitz waren. Großmütter, die in Wüstendörfern groß geworden waren, bibberten am Ende ihres Lebens im Schneetreiben von Missouri oder bestaunten Kängurus in Australien. Denas Mutter hatte einen Bruder in Seattle. Durch ihn erhielten ihre Eltern ein Urlaubsvisum. Gleich nach der Ankunft beantragten sie Asyl. Wenige Jahre später bekam die Familie unbeschränkte Aufenthaltserlaubnis, und bald darauf waren sie Amerikaner.

Ihr Exil, in dem sie nun lebten, wurde alljährlich von einer Reise nach Khartum unterbrochen – für die Eltern der Höhepunkt des Jahres. Im Sudan anzukommen war für Dena, als betrete sie eine fremde Welt. Als Einzelkind war sie es gewohnt, viel Zeit allein zu verbringen; das plötzliche Gemeinschaftsleben fand sie daher verstörend. Schlafzimmer, die zu fünft geteilt wurden, Türen, die immer offen standen, Leute, die kamen und gingen. Ihre Mutter und ihren Vater sah sie kaum mehr – der Vater verschwand in dem Männern vorbehaltenen Bereich, ihre Mutter blieb mit ihren Schwägerinnen zumeist in der Küche. Dena wurde zu ihren Cousinen gesteckt, einer Schar süß duftender, schmuckbehangener Teenager mit glockenhellen Stimmen, die auf der Schwelle zum Frausein standen.

Die Cousinen dachten nur ans Heiraten. Sie verbrachten ihre Zeit damit, feminine Künste zu vervollkommnen, die Dena nicht im Geringsten interessierten. Für Henna hatte sie nichts übrig; es war langweilig, halbe Tage bewegungsunfähig dazusitzen, feuchten schwarzen Glibber an Händen und Fingern. Ebenso langweilig waren die endlos langen Sitzungen in Frisörsalons, wo man ihre lockige Mähne mit heißen Zangen und Trockenhauben, die ihr die Kopfhaut verbrannten, zu bezwingen suchte. Sich mit Zuckerpaste Haare zu entfernen war die reinste Folter – es fühlte sich an, als würde ihr von Beinen und Armen die Haut abgezogen. Außerdem fand sie es völlig sinnlos, schließlich galt im ganzen Land islamisches Recht, weshalb man nur im Privaten und sonst nirgendwo makellos weiche, haarlose Arme und Beine zeigen konnte.

Sie mochte auch keine Brauttänze lernen, die ihre Cousinen stundenlang einübten. Ihre magere, schlaksige Figur war fürs Tanzen nicht geschaffen – sie hatte keine knospenden Brüste, keine geschwungenen Hüften, mit denen sie vor herbeifantasierten Bräutigamen verführerisch wackeln konnte.

Nur ihre Cousinen besaßen derlei Vorzüge. Auf Hochzeitsfeiern präsentierten sie sich den Kameras, flatterten kokett mit den Wimpern und hofften, den Blick irgendeines gut betuchten Golfstaatenexilanten zu erhaschen, der sie entführen und zu seiner Braut machen würde.

Das Leben ihrer Cousinen fand in fensterlosen Hennasalons statt, in nicht länger genutzten Wohnzimmern, die zu Tanzprobenräumen umfunktioniert worden waren, in Schlafzimmern, in denen Lidschatten, Rouge, Nagellack und Haarbürsten ausgebreitet auf den Betten lagen. Und man hockte stundenlang vor dem Fernseher und sah sich ägyptische, libanesische oder türkische Seifenopern an, in denen verblüffend schöne Frauen verblüffend schöne Männer heirateten, um dann in Strandvillen mit goldenem Mobiliar zu wohnen.

Nach den grauen Tagen in Seattle kam es Dena unsinnig vor, ihre Zeit im Dunkeln zu verbringen, wenn es draußen doch so viel Licht gab. Ihre Cousinen aber mieden die Sonne wie die Pest. Sie machte die Haut dunkel, und dunkle Haut war so unerwünscht wie schmale Hüften. Sie geziemte sich nicht für angehende Bräute.

Dena fühlte sich stärker zur Welt ihrer Vettern hingezogen, die viel mehr Abenteuer erlebten. Sie stahlen die Autos ihrer Väter und unternahmen Spritztouren durch die Stadt. Sie segelten mit kleinen Booten auf dem Blauen Nil. Sie verbrachten die Abende in Shisha-Cafés beim behaglichen Blubbern der Pfeifen und dem Geruch von Apfeltabak. Man trug ihnen aufregende Botengänge zu den riesigen Märkten von Khartum auf, wo sie schwer zu ergatternde Autoersatzteile oder einen Filter für eine kaputte Klimaanlage finden sollten. Sie gingen reiten. Sie zelteten über Nacht bei den Pyramiden von Meroe, packten dafür Sandwiches, Decken und Brennholz ein. Ihre Welt war eine Welt der Freiheit und des Erlebens, eine Welt, der Dena während ihres Sommerurlaubs angehören wollte, und die Jungs ließen sie mitkommen, taten ihrer Cousine aus Amerika den Gefallen. Die Kommentare ihrer Cousinen und Tanten, die sich Sorgen um ihre dunkler werdende Haut, ihr wirres Haar machten, überhörte Dena einfach.

Am Ende des Sommers kehrte sie dann mit ihren Eltern ins graue, eisige Seattle zurück. Ihre Mutter verbrachte die Tage damit, sich Krimis anzusehen. Das Amerika, das ihr im Fernsehen gezeigt wurde, überzeugte sie davon, dass das Land, in das sie geflohen war, auch nicht besser als jenes war, das sie verlassen hatte: Diktatoren und Miliz im Sudan, Serienmörder und Psychopathen in Amerika.

Und so zog sich ihre Mutter immer tiefer ins Haus zurück. Vorhänge geschlossen, die Türen zwei- oder dreifach gesichert. Für Dena galten alle möglichen Regeln: kein Bummeln nach der Schule und schon gar keine Übernachtungen bei Freundinnen. Jeden Samstag Arabischunterricht. Keine Filme, in denen Sex oder Gewalt vorkam. Ihre Eltern fühlten sich hin- und hergerissen zwischen ihrer Furcht vor dem äußeren Feind - die Jäger und Räuber, die ihrer Tochter auf der Straße auflauerten - und jener vor dem inneren Feind, der Angst also, dass Dena sich von ihnen entfremden könnte, dass sie anderen Einflüssen zum Opfer fiel - Jungs, Drogen, Sex -, über die sie keine Kontrolle hatten.

Als die Zeit kam, da sie Dena zur Universität gehen lassen mussten, hofften sie in ihrem Argwohn, sie vor den Myriaden Gefahren und der Verderbtheit des neuen Landes schützen zu können, indem sie ihre Tochter zu Mount Holyoke schickten, einem reinen Frauencollege im Westen Massachusetts.

Ihre Eltern hatte allerdings keine Ahnung, dass ein Frauencollege die einzige Umgebung war, in der ihre Tochter geradezu garantiert korrumpiert werden würde. Am Mount Holyoke College lernte Dena Frauen kennen, die gegen alle Vorschriften ihrer Familie verstießen. Frauen, die Händchen haltend spazieren gingen, die in aller Öffentlichkeit Zärtlichkeiten austauschten, die sich die Beine nicht rasierten, kein Make-up trugen und sich benahmen, als würde die Welt ihrem Ehrgeiz keine Grenzen setzen.

Dena hatte schon sehr früh gewusst, dass sie für Jungen keinerlei romantisches Interesse hegte. Sie hatte sich nie in einen verliebt und nie gehofft, von einem begehrt zu werden. Sie wusste das, wusste aber nicht, was sie mit dieser Erkenntnis anfangen sollte. Es war einfach eines der vielen Dinge, die sie von ihren Schulfreundinnen in Seattle und von ihren Cousinen im Sudan unterschieden.

In ihrem ersten Jahr auf dem College sah sie den Frauen nur entgeistert zu. Sie lernte ihre Zimmernachbarinnen kennen, erfuhr von den ungezügelten Leidenschaften, die das Wohnheim in Aufruhr versetzten. Kaitlin, die in Jessica verliebt war, die sie dann wegen Elizabeth sitzenließ. Die Orgie, die in Lilys Zimmer stattfand.

Trotzdem vergaß sie sich nicht. Dank ihrer Studien hielt sie eine Verbindung zur Welt ihrer Eltern aufrecht. Sie büffelte Arabisch, die Sprache, die zu Hause gesprochen wurde, die sie aber nicht fließend beherrschte. Während des Ramadan fastete sie den ganzen Monat und traf sich zum Fest des Fastenbrechens mit Frauen aus Pakistan, Bangladesch und Ägypten. Dreitausend Meilen weit fort von ihren Eltern in Seattle erwiesen sich die Verlockungen der neugefundenen Freiheit letztlich aber doch als unwiderstehlich.

Im Frühjahr ihres dritten Semesters begann sie eine Beziehung mit einer mageren, strubbelhaarigen Frau aus Bangladesch namens Rifah, die sie bei einem Iftar während des Ramadans kennengelernt hatte. Von ihr ermutigt rasierte sie sich den Kopf. Sie kaufte in Secondhandläden ein und legte sich eine neue Garderobe zu. Holzfällerhemden, Cargohosen, Dr. Martens.

Und dann kam der Sommer, und sie musste nach Hause fahren. Seit einem Jahr hatte sie ihre Eltern nicht mehr gesehen, hatte im Winter vorgeschoben, sie müsse für die Prüfungen lernen.

Auf dem Flughafen warteten ihre Eltern in der Ankunftshalle. Als die Tür aufglitt, ging Dena in ihren Männersachen, Koffer in der Hand, auf die Leute hinterm Absperrgitter zu, von denen manche Blumen, Luftballons oder Schilder in der Hand hielten; und sie fühlte sich, wie immer nach einem Flug, als betrete sie eine Bühne – ein Gefühl, das nie so stark gewesen war wie in diesem Moment.

Sie entdeckte ihre Eltern fast sofort. Beide reckten sie den Hals – ihre Mutter versuchte auf Zehenspitzen einen Blick auf jene zu erhaschen, die hinter Dena durch die Tür kamen. Offenbar hatte sie ihre Tochter nicht erkannt. Dena ging auf sie zu. Ihre Mutter, auf Augenhöhe, bemerkte sie als Erste. Das Lächeln versiegte, die Augen wurden riesig, und sie wich zurück, als hätte sie einen Geist gesehen. Ihr Vater zog ein verwirrtes, ängstliches Gesicht.

«Dena?» Ihre Mutter fasste sich ans Herz. «Was ist denn mit dir passiert?»

Sie gab keine Antwort, umarmte sie vielmehr umständlich über die Barrikade hinweg.

An diesem Abend erzählte sie ihnen, dass sie eine Freundin hatte. Dass sie mit einer Frau zusammenleben und vielleicht niemals Kinder bekommen würde. Ihre Mutter hing am Kragen von Denas Holzfällerhemd und drohte, sich umzubringen. Ihr Vater sah aus, als kämen ihm jeden Augenblick die Tränen. Hastig wurden alle Pläne gestrichen, in diesem Sommer nach Khartum zu fliegen. Denas Mutter ertrug die Vorstellung nicht, ihre Schwestern und Brüder könnten sehen, dass ihre Nichte sich in einen Jungen verwandelt hatte.

Nichts davon hatte sie irgendjemandem in Saraaya anvertraut. Alex nicht und natürlich auch nicht William und Layla, die, aus ihrem intimen Zwiegespräch aufgeschreckt, noch immer am Küchentresen standen, während sie zum Tisch ging, um sich Tee einzuschenken.

«Tut mir leid, wenn ich störe», sagte sie. «Alex hat den Pavillon in Beschlag genommen.»

«Dann bleib hier», sagte Layla. Als sie von William abrückte, schien der ein wenig zu verwelken. «Hier, nimm davon, die sind frisch», sagte sie und stellte eine Schüssel mit Teigbällchen vor Dena hin.

«Danke.»

Sie nahm eines. William trat an den Tisch und steckte sich ein ganzes Teigbällchen auf einmal in den Mund. Layla fasste sich ins Gesicht, um ihm zu zeigen, wo bei ihm überall Puderzucker haften geblieben war. Mit einem Taschentuch wischte er sich die Lippen ab.

«Wo willst du heute hin?»

«Nach Süden. Ich will außerhalb der Stadt an der Strecke filmen, die die Flüchtlinge nehmen.»

Er hörte auf zu kauen, schluckte. «Dena. Ich habe dich gewarnt.»

«Ich kann auf mich selbst aufpassen.»

«Hör mal, die Behörden bewaffnen die Nomaden. Letzte Woche haben Mustafa und ich Milizsoldaten auf der Straße gesehen. Viehdiebe. Sie hatten Waffen dabei und haben nilotische Viehtreiber gefesselt. Die sind gefährlich.»

«Aber Alex und du, ihr seid doch ständig unterwegs.»

«Das ist was anderes. Ich kenne mich hier aus. Du aber bist eine Frau und nicht von hier.» Und dann, halb verzweifelt, setzte er hinzu: «Wir sollten dich verheiraten. Dann hättest du wenigstens einen Mann, der dir überallhin folgt und für deine Sicherheit sorgt.»

«Für die kann ich schon selbst sorgen.» Wollte sie schockieren? Oder war sie es nur leid, sich ständig zu verstecken? «Außerdem mag ich keine Männer.»

William gab ihr von ganzem Herzen recht, Männer seien weitgehend nutzlos. Frauen seien deutlich intelligenter, schöner, kultivierter, sie kochten besser und – er zwinkerte Dena zu –, sie seien die besseren Filmemacherinnen …

«Nein, ich meine, ich *liebe* keine Männer.»

Sein Mund noch offen, der Satz unvollendet. Und dann, als ihm allmählich dämmerte, was sie meinte, zeigten sich in seinen stets so klaren Augen Anzeichen der Verwirrung. Unglaube folgte auf Schock, folgte auf betretenes Schweigen. Er runzelte die Stirn, lächelte, schüttelte den Kopf, alles zugleich, und stand hochgewachsen da wie ein Baum, dessen zerzauste Krone sich in einem Sturm des Erstaunens bog. Layla, halb abgewandt vom Herd, verharrte reglos und starrte Dena an, in der Hand eine Kelle. Der Geruch nach angebrannter Tomatensoße breitete sich aus.

Dena nippte am Tee, mied ihren Blick. In der Küche blieb es still, minutenlang, wie es schien. In ihrem Schweigen konnte man über den Hof hinweg Alex' und Mustafas Stimmen hören.

Sie sah auf.

«Jetzt wisst ihr Bescheid.» Aus irgendeinem Grund fürchtete sie, Layla anzusehen, also wandte sie sich an William. «Ist das ein Problem?» Mit einem Mal war sie bereit zu kämpfen.

Layla drehte sich abrupt zum Feuer um. William berappelte sich, gab sich Mühe, eine gleichmütige, ruhige Miene aufzusetzen, die aber dennoch noch leicht verstört wirkte. Sein Blick ruhte auf der Tischoberfläche.

Endlich sah er Dena an. «Nein, das ist kein Problem.»

Sie wartete darauf, dass er weiterredete.

«Ist es nicht?»

Layla hantierte mit den Töpfen, lauschte aber mit schief gelegtem Kopf.

William dachte einen Moment nach.

«Nein.» Alle Spuren der Verwirrung waren aus seinem Gesicht gelöscht, und er musterte sie mit klarem, wachem Blick.

Natürlich, erklärte er, habe es ihn überrascht, schließlich habe er noch nie jemanden getroffen, der sich offen dazu bekannte. Doch das sei ihre Angelegenheit. «Außerdem hat mir meine Großmutter davon erzählt.»

«Wovon hat dir deine Großmutter erzählt?»

Seine Großmutter, sagte er, habe ihm einmal Geschichten von nilotischen Frauen erzählt, die früher, in der alten Zeit, also vor Ankunft der Engländer, einander geheiratet hatten.

«Ach ja?» Davon hörte sie zum ersten Mal.

Da er den Zweifel in ihrem Gesicht sah, fuhr er lebhaft fort, und sie hörte ihm zu, wie er, rascher nun, von den alten Zeiten erzählte, davon, dass eine Frau damals ganz offiziell den Brautpreis für eine andere Frau zahlen konnte, dass Stammesangehörige zu einer richtiggehenden Zeremonie eingeladen wurden und dass kein Mensch deshalb scheel angesehen wurde, und vor lauter Dankbarkeit war Dena plötzlich sprachlos. Sie wusste, William hatte keine Ahnung, welches Geschenk er ihr damit machte.

Layla verstand nur vage, wozu Dena sich gerade bekannt hatte, und sie genierte sich zu sehr, eine direkte Frage zu stellen. Als sie endlich doch den Mut aufbrachte, hatte sich das

Gespräch bereits anderem zugewandt, und kurz darauf ging Dena hinaus, um ihre Kameraausrüstung zu holen.

Jetzt wandte sie sich an William.

«Was hat das zu bedeuten, William?»

Er sah sie an. «Sie mag Frauen. Sie verliebt sich in Frauen.»

«Eine Frau? Die eine andere Frau liebt?»

Sie bat ihn, es ihr zu erklären. Er versuchte es. Es war, wie sie vermutet hatte: Dena war an keiner Heirat mit einem Mann interessiert. Doch wie konnte eine Frau in eine andere Frau verliebt sein, wie sie in William verliebt war?

«Das ist doch unmöglich», sagte sie. «Das wäre einfach falsch.»

«Es gibt sicher viele Menschen», sagte William, «die das mit uns beiden auch falsch finden. Du bist Nomadin und Muslimin, ich bin Nilote und Katholik.»

Das stimmte - ihre eigene Familie würde William ablehnen. Und doch hatte sie ihn sich ausgesucht. Sie mochte Dena. Dena besaß einen starken Willen und strahlte etwas Ruhiges, Beobachtendes aus, das es einem erlaubte, man selbst zu sein. Eine Frau wie sie war Layla zuvor noch nie begegnet - eine, die für eine Hochzeit nichts übrighatte und gänzlich von anderen Dingen in Beschlag genommen wurde. Oft unterbrach Dena ein Gespräch, um auf den Hof zu laufen und die Kamera in den Schatten zu bringen, da sie fürchtete, sie könnte schon zu lange in der Sonne liegen. Dena machte sich Sorgen, wenn die Kamera nicht auf ihrem Schoß oder in der Nähe war. Oft dachte Layla, sie behandelte die Kamera wie ein Kind.

Diese neue Information bestätigte allerdings, dass Dena noch rebellischer war, als Layla vermutet hatte. Doch wie schon öfter, seit sie hier arbeitete, erlebte sie gerade einen dieser Momente, in denen sie spürte, dass sich ihre Sicht auf die Welt veränderte. Wer war sie, Dena und ihre Entscheidung zu verurteilen? Sie, Layla, konnte sich in einen Niloten verlieben. Dann konnte Dena auch eine Frau lieben.

«Armer Alex», sagte William.

«Meinst du, sie hat es ihm gesagt?»

«Nein, und ich glaube, sie wollte es nicht mal uns sagen.»

Ihnen war die in letzter Zeit noch gewachsene Feindseligkeit zwischen den beiden aufgefallen, doch weder sie noch Mustafa oder William wussten genau, was eigentlich vorgefallen war. Unter der äußeren Schale ihrer Selbstbeherrschung konnte Dena kratzbürstig und störrisch sein. Aber sie wahrte stets Distanz, sagte nie mehr als nötig. Selbst William blieb ihr gegenüber auf der Hut. Alex dagegen redete gern. Trotzdem hatte er William nur gesagt, dass Dena auf ihn sauer war.

Das brachte Layla ins Grübeln. Durch ihre Freundschaft mit Dena hatte sie begriffen, dass eine Frau sich auch noch etwas anderes als eine Ehe und Kinder wünschen konnte. Sie selbst aber wusste genau, was sie wollte. Sie wollte William. Sie drehte das Feuer runter, setzte sich zu ihm und griff über den Tisch hinweg nach seiner Hand. Seit er sie während der Fahrstunde berührt hatte, hielten sie sich oft an den Händen.

«Du hast recht.»

Sie betrachtete sein Gesicht, die Augen, in denen sie stets Wärme und Zuneigung fand, die immer zu einem Lächeln bereiten Lippen. Wie wunderbar es doch war, mit jemandem zusammen zu sein, der so offen war, der andere Menschen zu ihren eigenen Bedingungen akzeptierte und der sie einsehen ließ, dass sie anderen gegenüber selbst auch so offen sein konnte und sollte.

IV

Einige Tage nach der Fahrstunde machte Mustafa sich auf den Weg zu Deng. Er nahm Ibrahim mit, seinen Freund. Ibrahim war ein Jahr jünger als Mustafa und schaute zu ihm auf. Meist war er glücklich, wenn er mitkommen durfte, diesmal aber sträubte er sich. Waffen, das war eine ganz andere Nummer. Was, wenn seine Mutter das herausfand, fragte er. Was, wenn sie geschnappt wurden? Was, wenn sie im Knast landeten?

Mustafa sagte, sie müssten es ja nicht tun und würden sich auch erst darauf einlassen, wenn sie mehr darüber wussten. Und hatte Ibrahim ihm nicht erzählt, seine Mutter habe Mühe, auf ihn und seine Geschwister aufzupassen, und dass sie damit drohte, Ibrahim aus der Schule zu nehmen und arbeiten zu schicken? So könnte er womöglich schnell zu Geld kommen. Also gab Ibrahim nach.

Es war der erste Montag im März. Auf dem Weg zur Werkstatt sah Mustafa jede Menge Soldaten und Sicherheitskräfte. Ein fünfhundert Mann starkes Kontingent war aus Khartum zur Verstärkung geschickt worden. Überall gab es neue Checkpoints. Auf der Hauptstraße reihten sich die Armeelaster vom Fußballfeld am Stadtrand bis hin zur Kreuzung bei der Tankstelle. Der Anblick von Waffen war so alltäglich wie der von ausgelegtem Schmuck an Marktständen.

Entweder horteten die Leute Vorräte oder die Lieferwege aus Khartum waren unterbrochen – das waren die einzigen

Erklärungen für die halb leeren Regale. Außerdem stiegen die Preise, begriff Mustafa, als er hörte, wie Händler ihre Ware zum doppelten dessen anboten, was sie noch vor einem Monat gekostet hatten.

Alle schienen zu warten - worauf, war nicht völlig klar, sicher schien nur, dass es irgendwelchen Ärger geben würde. Soldaten dösten abwartend im Schatten ihrer Armeelaster. Die Stadtbewohner warteten und hasteten vorbei am wachsamen Blick der Security. Die Miliz wartete, doch einige der Soldaten plünderten bereits Dörfer am Rand des Distrikts, weshalb zerlumpte Scharen verstörter Flüchtlinge nach Saraaya strömten.

Und das war die zweite große Veränderung: Auf ehemals öden Flächen breiteten sich Elendsbehausungen aus - beim Müllplatz unweit vom Schlachter, im halb fertigen Skelett eines Krankenhauses, dessen Bau schon seit Jahren abgeschlossen sein sollte, doch waren auf mysteriöse Weise Gelder verschwunden, weshalb es bei zwei freiliegenden Stockwerken aus Ziegel, Beton und Metallstreben sowie einigen Treppen geblieben war, die hinauf in den blauen, leeren Himmel führten.

In dieser Bauruine, einem Lieblingsspielplatz von Mustafa und seinen Freunden, hausten nun dicht gedrängt aus den Dörfern vertriebene Niloten, die Matratzen auslegten, Kartons und Kohleöfen aufstellten und Wäscheleinen spannten. Wie Geister zogen sie durch die Straßen, kuschten vor den sie schikanierenden Soldaten und bettelten die Marktfrauen an, die aber meist nichts Essbares erübrigen konnten. Mustafa erkannte sie schon an ihrem verängstigten Gebaren, aber auch daran, dass sie noch schlimmer dran waren als die Bewohner der Stadt, daran, dass sie Kleider trugen, die bloß noch Fetzen waren, daran, dass sie barfuß liefen und oft ganze Berge ihrer Habseligkeiten auf Kopf und Rücken trugen.

Und er begann auch, andere Dinge wahrzunehmen. Letzte Woche, als er auf einem Botengang am Polizeirevier vorbeikam, hatte er Soldaten gesehen, die eine alte Frau umringten. Eine aus ihrem Dorf Vertriebene, gerade erst in der Stadt angekommen. Die Augen grau, die Haut straff gespannt. Die Beine dünn wie Stöckchen. Ihr Kleid grobes Sacktuch mit Löchern. Sie war halb verhungert. Auf den Knien folgte sie einem nach dem anderen und bettelte um etwas zu essen.

Die Soldaten hatten sie gesehen und sie aufgefordert zu verschwinden, doch als sie das nicht tat, fand einer von ihnen ein Seil und band es ihr um den Hals. Wie gebannt blieb Mustafa stehen. Eine Menschenmenge bildete sich. Der Soldat zog die alte Frau hinter sich her. Sie kroch auf allen vieren, gab kleine, halb erstickte Laute von sich. Niemand wagte es einzuschreiten. Angesichts der Menge nahm einer der Soldaten sein Käppi ab, lief zu den Zuschauern und hielt ihnen den Hut hin. Eine kleine Gabe für die Unterhaltung. Die Angesprochenen wichen zurück. Der, der die Frau herumführte, riss am Seil. Es zog sich enger um ihren Hals zusammen. Sie gab einen hohen Ton von sich, trat mit den Beinen und fiel vornüber. Einige Leute, die der Szene ein Ende machen wollten, ließen Geldscheine ins Käppi fallen und baten den Soldaten, damit aufzuhören. Als der aber die Reaktion der Menge sah, zog er noch fester am Seil. Die Frau lag bald auf dem Rücken und strampelte mit ihren Krähenbeinen, die haarlosen Genitalien entblößt.

Erst als sie davon überzeugt waren, dass alle ihre Taschen geleert hatten, hörten sie auf, die Alte zu foltern. Die Menge zerstreute sich. Mustafa aber blieb, unfähig den Blick von der Frau zu lösen, die auf allen vieren in einer Gasse verschwand.

Auf der anderen Seite der Stadt betraten er und Ibrahim jetzt die dämmrige Werkstatt, in der es nach Benzin roch. Boden und Wände waren von schwarzer Schmiere bedeckt, Reihen grob gezimmerter Holzregale quollen über mit Hinterachsen, Nietpistolen, Kabelschneidern, Drahtbiegezangen, Lötkolben, Rohren und Plastikkanistern. Hinter dem Lichteck, das die Vorderseite erhellte, war die Werkstatt dunkel, nur hier und da der weiße Widerschein vereinzelter Ölpfützen.

Mustafa rief nach Deng, der in einem fleckigen Overall aus dem Dunkeln auftauchte, Schutzbrille in die Stirn geschoben. Er begrüßte sie, schaltete das Licht ein, führte sie nach hinten und wies auf zwei Stühle. Gleich daneben lag eine Karosserie auf Ziegeln aufgebockt, die Türen ausgehängt, die Windschutzscheibe fehlte. Bei ihrem Anblick musste Mustafa an die verbrannte Leiche denken.

«Bist du also doch noch gekommen. Hast ja lang genug gebraucht.» Aus der Kühlbox reichte er ihnen eine kalte Pepsi. «Kann man deinem Kumpel vertrauen?», fragte er und hob sein Kinn in Richtung Ibrahim.

«Er ist mein bester Freund. Sagt keiner Menschenseele ein Wort. Er hat es mir versprochen.»

Mit großen Augen, Hasenzähne über der Unterlippe, sah Ibrahim von einem zum anderen.

«Ich sag nichts.»

«Kann ich dir auch nur raten.» Er schaute sie beide an. «Und jetzt zum Geschäft.» Die Route für den Waffennachschub aus dem Süden, aus Uganda, sei unterbrochen, erklärte er, da die Behörden einen Angriff aus dieser Richtung befürchteten. Die meisten Soldaten waren deshalb an den südlichen Distriktgrenzen zusammengezogen worden. Seither kamen die Waffen aus dem Westen, aus dem Tschad, durch Darfur und die Nuba-Berge nach Saraaya, wo Deng sie den

Rebellen übergab, ein kleines Nebengeschäft – die Behörden hatten noch keinen Wind davon bekommen, dass der Schmuggel direkt vor ihrer Nase ablief.

Dennoch trieb sich mehr Sicherheitspersonal auf den Straßen herum; es war riskant. Deshalb brauchte er Hilfe. Mustafa war Nomade und sprach Arabisch. Er sah aus, als gehörte er zu den Behörden. Er klang wie sie. Und dass er so klein war, würde von Vorteil sein – «Wie alt bist du?», fragte er. «Zwölf», erwiderte Mustafa und deutete mit dem Daumen auf Ibrahim. «Elf.» – Und sie sahen sogar noch jünger aus. Da sie keine Niloten waren, würde man sie nicht verdächtigen. Aber, fuhr er fort, hier geht es ums Geschäft, nicht darum, auf welcher Seite man steht.

«Wollt ihr eine ordentliche Stange Geld verdienen?»

Mustafa nickte, wie hypnotisiert von Dengs einlullender Stimme. Sogar Ibrahim hatte aufgehört herumzuhampeln und spitzte die Ohren.

«Also gut», fuhr Deng fort, «fünf Lieferungen. Ich besorge euch einen Mulikarren und Wassermelonen; die Waffen packt ihr unter die Melonen. Zum Schutz eurer Tarnung macht ihr unterwegs in ein, zwei Dörfern halt, um Melonen zu verkaufen. Der Treffpunkt liegt zehn Kilometer südlich von hier im Eukalyptuswald. Für eine Fuhre gebe ich euch zwanzig, vielleicht auch dreißig Waffen. Sobald ihr ankommt, werden euch die Waffen abgenommen, und ihr kassiert das Geld – wie viel, das sage ich noch – und bringt es mir. Sobald das erledigt ist, zahle ich euch aus. Die erste Lieferung ist nächsten Monat, im April. Dann eine im Mai. Und so weiter. Eine Lieferung pro Monat.»

«Und woher wollen Sie wissen, dass wir Sie nicht anzeigen?»

«Tut ihr das, seid ihr tot.» Er schwieg einen Moment. «Außerdem haben dich die Behörden doch bestohlen, oder nicht? Sie haben dein Geld geklaut und dich verprügelt.» Mustafa widersprach nicht. «Jetzt hast du die Chance, deinen Verlust wieder wettzumachen.»

«Wie viel? Wie viel zahlen Sie uns?»

«So viel, dass es sich lohnt, aber ihr müsst meine Anweisungen genau befolgen.»

«Okay. Und wie viel jetzt?»

«Hunderttausend für jede Lieferung.»

Mustafa fiel die Kinnlade herunter. Er warf einen Blick zu Ibrahim hinüber, der auch mit offenem Mund dasaß. Hunderttausend für ein paar Stunden Arbeit, und obwohl er mit Ibrahim teilen musste, hatte er nicht mit einer solchen Summe gerechnet. Die Erfahrungen seines kurzen Lebens aber hatten ihn gelehrt, dass man immer noch mehr rausholen konnte. Also wandte er sich an Deng.

«Wir sind zu zweit.»

«Wer hat dir gesagt, dass du einen Freund mitbringen sollst?»

«Zwei sind besser, falls was schiefläuft. Sagen wir hunderttausend für jeden.»

«Ich denk drüber nach.»

«Hunderttausend», beharrte er. «Für jeden.»

Während Deng ihn weiterhin unverwandt ansah, rechnete sich Mustafa gute Chancen aus. «Wir erledigen den Job», sagte er. «Und Sie brauchen sich um nichts zu kümmern.»

«Okay, wie wär's damit: Fünfundsiebzig für jeden. Vielleicht mehr, wenn es mit euch gut läuft.»

Ibrahim wurde plötzlich hellwach. Die Summe erschreckte ihn. So viel Geld, das konnte nur Ärger bedeuten. Er protestierte. Das war zu gefährlich, in der Stadt wimmelte es von Soldaten. Außerdem wusste er nicht mal, wie man einen Mulikarren lenkt und …

Mustafa kniff ihn so hart, dass er aufschrie.
«Wir sind dabei», sagte Mustafa.

William wartete am Checkpoint vor dem Markt, Layla an seiner Seite. Mustafa musste irgendwas erledigen und trieb sich sonst wo herum. Elf Uhr vormittags, es wurde heiß. Seit einer Stunde standen sie an, suchten im Schatten einer Grundstücksmauer Schutz vor der Sonne. Vor ihnen saßen fünfzig, sechzig Leute auf der Erde oder lehnten sich an die Mauer, fächelten sich mit einer Zeitung Luft zu oder schirmten mit einer Hand die Augen ab. Weiter hinten verbarrikadierten Truckreifen die Straße. Auf einer Seite spielten Soldaten Karten auf einer umgedrehten Kiste, daneben ein Laster mit angehängter Haubitze. Glassplitter glitzerten im spätmorgendlichen Sonnenlicht. Gemüse und Obst lagen verstreut auf der Straße. Schwarze Flecken zierten die Lehmwände der Grundstücke dort, wo sich jemand während der Wartezeit etwas gekocht hatte.

William war in der Stadt, weil das Benzin für den Generator knapp wurde; Layla wollte auf dem Markt Lebensmittel abholen. Normalerweise hätten sie dafür kaum eine Stunde gebraucht, aber jeden Tag wurden neue Barrikaden errichtet, neue Vorschriften erlassen. Wer auf den Markt wollte, musste durchsucht werden. Ohne Genehmigung kein Parken in der Nähe des Polizeireviers. Soldaten patrouillierten das nördliche und südliche Ende der Stadt. Checkpoints entlang der schmaleren Straßen, die nach Osten und Westen führten.

Während der letzten Wochen hatte er gespürt, dass sich etwas veränderte. Einige Nomaden, die er kannte, blickten über ihn hinweg, als wäre er unsichtbar. Betrat er ihre Läden, weigerten sie sich, ihn zu bedienen. Angehörige der Security, mit denen er seit Jahren regelmäßig ein Schwätzchen hielt, die ihn fragten, wie es ihm gehe, und denen er dieselbe Frage stellte, starrten ihn mit toten Augen an. Das Privileg seines Jobs bei der Organisation, das ihn stets umhüllt hatte wie ein schützender Mantel, verflüchtigte sich. Sein gutes Englisch, seine Beziehung zu den Weißen, seine Kleidung, der Truck der Organisation – mit alldem erregte er plötzlich Anstoß; es machte ihn zu einem Ziel. Er war ein Nilote, der nicht wusste, wo er hingehörte, der vergessen hatte, dass die Stadt nicht von seinem Volk, sondern von der anderen Seite regiert wurde.

Am meisten Sorgen bereitete ihm die Ankunft weiterer Milizsoldaten. Sie wischten den Staub von ihren AK-47, schnürten ihre Armeestiefel und bestiegen Pferde oder Militärlastwagen, um die ungeschützten Dörfer der Niloten zu plündern. Da war der Viehdiebstahl, den er und Mustafa vor sechs Wochen zufällig mitbekommen hatten. Und als er vor drei Tagen mit Alex unterwegs gewesen war, hatten sie eine Gruppe gesehen, die Schläge auf einen nilotischen Teenager herabregnen ließ. Früh am Morgen, die Straßen noch kühl und verlassen. Der Junge kauerte am Boden, der rechte Arm ausgerenkt. William ging auf sie zu.

«Hey!»

Die Milizsoldaten drehten sich um. Sie waren zu dritt, drei Schattierungen brauner, staubiger Haare, zottelige Bärte. Unter den Dschallabijas die verräterischen Militärstiefel.

«Ihr habt genug auf den Jungen eingeprügelt.»

Einer bewegte sich. Ihm blieb nicht mal Zeit zusammenzuzucken, da traf ihn der Gewehrkolben schon in den Bauch.

«Aufhören!» Über ihm Alex' Schatten.

Die Männer fluchten, spuckten auf die Erde und gingen, zweifellos nur, weil Alex ein Weißer war.

Jeden Tag kam es zu weiteren Zusammenstößen zwischen Viehhirten. Gerüchte, dass Waffen in den Busch geschmuggelt wurden. In der Woche zuvor die Nachricht, dass bei einem Zusammenstoß in einem weit entfernten Dorf neun Menschen umgekommen waren. Soldaten patrouillierten Straßen, Dörfer, Ölfelder. Junge nilotische Männer wurden verhaftet.

Immer wieder warnte er Dena davor, entlang jener einsamen Routen zu filmen, auf denen Dorfbewohner in die Stadt flohen, aber sie weigerte sich, auf ihn zu hören. Meist verließ sie die NGO schon vor Sonnenaufgang und kam erst mit Beginn der verhängten Ausgangssperre zurück. An diesem Morgen hatte er sie abgefangen, ehe sie aufbrach, und sie angefleht, doch auf ihn zu warten, er könne mitkommen, aber sie hatte ihn einfach stehen lassen.

Er machte sich Sorgen. Nicht nur um Dena, sondern um sie alle, auch darum, ob es ihm wirklich möglich sein würde, sie zu beschützen. Dass er, wohin er sich auch wandte, gegen Mauern anlief, half nicht gerade. Die Security-Leute redeten nicht mehr mit ihm. Männer mit Verbindungen zu den Rebellen im Busch setzten sich zu ihm, tranken Tee mit ihm, aber wenn er Fragen stellte, erstarrten ihre Gesichter zu Stein. Sie wurden unruhig und wechselten das Thema.

Seit seiner Rückkehr aus Khartum vor drei Jahren war die Lage im Distrikt ruhig geblieben. Fast hatte er angefangen zu glauben, er könnte in Saraaya ein normales Leben führen. Durch seine Arbeit für die Organisation hatte er sich geschützt gefühlt, auch durch die Kontakte, die sein Job mit sich brachte, Kontakte mit der Polizei, der Armee und der Security. Er verstand sich mit den jungen Männern, die mit den Rebellen Verbindung hielten, auch wenn sie ihm seine Beziehungen zu den Behörden nur verziehen, weil sie wussten, dass sie unvermeidlicher Teil seiner Arbeit waren. Und es hatte ihn nicht gekümmert, wer in der Stadt das Sagen hatte, solange er in Frieden gelassen wurde. Allerdings war das kein Frieden gewesen, bloß Stille.

Die Warteschlange kam in Bewegung. Ein Murren wurde laut. Sie beide, er und Layla, schauten über die Köpfe der Menge hinweg. Wachen trennten die Wartenden. Rechts bildete sich eine neue Gruppe. Nur Nomaden. Es gab Geschrei, Geschiebe und Gedränge. Die Niloten murrten, als ihnen klar wurde, dass sie warten mussten, während die Nomaden durchgelassen wurden.

Ein Wachposten kam auf sie zu.

«Zu den anderen», sagte er zu Layla. Zu William: «Du wartest hier».

Layla wollte nicht gehen.

«Wir warten zusammen», sagte sie. «Wir sollten auch zusammen durchgelassen werden.»

«Er bleibt hier. Sie können natürlich mit ihm warten, aber das kann dann noch eine Weile dauern.»

«Geh schon», sagte William. «Wir treffen uns dann auf dem Markt.»

Sie zögerte, er aber beharrte darauf. Also ging sie zur anderen Gruppe, sah sich aber noch einmal nach ihm um. Er spürte einen Stich. Den spürte er immer, wenn er von ihr getrennt wurde, und sei es auch für noch so kurze Zeit.

Er wandte sich wieder der Menge vor ihm zu. Jetzt nur noch Niloten. Ein Mann trat aus der Reihe, wurde von einer Wache aber wieder zurückgedrängt. Plötzlich ein Gerangel; Soldaten sprangen von ihrem Kartenspiel auf und rannten los. Die Wartenden drängten beiseite, um der Schar der Uniformierten auszuweichen, die jetzt auf die Straße strömte.

Die Lage war schlecht und wurde schlechter, dachte William, während er zusah, wie die Soldaten den Mann abführten. Er selbst hatte sich nie an dem Aufstand beteiligt; sein Vater aber war im ersten Bürgerkrieg gestorben, nachdem er sich den Rebellen im Busch angeschlossen und seine Mutter zurückgelassen hatte, schwanger mit ihrem jüngsten Kind, mit William. Durch den Tod seines Vaters hatte sie sich im Stich gelassen gefühlt. Er sei jung gewesen, dumm und sturköpfig, erzählte sie William; er bestand darauf, sich den Rebellen anzuschließen, obwohl er drei Kinder zu ernähren hatte und ein viertes unterwegs war. Sie hatte ihn angefleht zu bleiben. War sogar zu einem Heiler gegangen, der ihr ein Amulett machte, das ihren Mann daran hindern sollte, Saraaya zu verlassen. Aber es hatte nicht gewirkt. Er ging und wurde innerhalb eines Jahres bei einem Gefecht zwischen Regierungstruppen und Rebellen nahe Malakal getötet.

Das einzige Andenken, das William an seinen Vater besaß, war ein Schwarzweißfoto, das man seiner Mutter kurz nach seinem Tod geschickt hatte. Auf dem Bild posierte sein Vater in Uniform mit einer Handvoll Kameraden. Die rechte Hand am abgestellten Gewehr. Ein groß gewachsener, schlanker Mann mit Schnauzer, die Mundwinkel zum Lächeln hochgezogen. Von ihm hatte William Augen und Figur geerbt, aber mit Käppi und in Uniform hatte sein Vater attraktiver und stärker ausgesehen. Wenn er jetzt dieses Foto betrachtete, verblüffte ihn, wie jung sein Vater aussah. Er war sechsundzwanzig gewesen, als er getötet wurde, sieben Jahre jünger als William heute.

William wurde in den Krieg hineingeboren. Seine früheste Erinnerung waren Fallschirmabwürfe. Damals hatte es in Saraaya noch keine asphaltierten Straßen gegeben; während der Regenzeit war der Distrikt komplett abgeschnitten. William wusste noch, wie es gewesen war, als er zum ersten

Mal ein Flugzeug gesehen hatte – er konnte nicht mehr als drei oder vier Jahre alt gewesen sein. Ein lautes Grollen, und er rannte zum Rockzipfel seiner Mutter. Sie hob ihn hoch und zeigte sie ihm, die tieffliegende Maschine, größer als ein Haus. Bäume bogen sich wie verrückt, das Vieh spritzte in alle Richtungen auseinander, Kinder kamen angerannt. Er erinnerte sich an den entsetzlichen Lärm, an die Aufregung, an den Staub, der ihm in die Augen flog, sodass er seinen Kopf an Mutters Schulter barg, erinnerte sich, wie das Flugzeug, als er wieder aufsah, die Nase hob, eine Tür sich öffnete und grell orangerote Bündel in die Luft purzelten. Pakete fielen krachend zu Boden, Jubel brandete auf, und die Menschen winkten dem Flugzeug hinterher, das bald nur noch ein winziger Fleck am Horizont war. Die leuchtenden Kleider der Frauen tanzten durchs Gras, als sie zu den Paketen rannten und Säcke mit Mehl, Reis und Zucker hervorzogen. Er folgte seiner Mutter aufs Feld und zurück in die Stadt, einen Sack auf ihrem Kopf.

Dann ein Nachmittag, an dem er draußen mit seinen Schwestern gespielt hatte. Das gleiche Grollen, das er sofort wiedererkannte. Offenbar ein weiteres Flugzeug, das grell orangerote Pakete brachte. Er ließ seinen Stock fallen und lief los, sah eine Maschine, die so tief flog, dass sie einen riesigen Schatten warf; der Lärm war ohrenbetäubend. Er hopste und hüpfte und winkte, wartete auf die orangefarbenen Pakete. Leute schrien. Ein Geschrei des Entsetzens, das er für Freudenrufe hielt, und er lachte und hastete aufs Feld. Andere rannten fort – Mütter jammerten, Männer scheuchten das Vieh unter Bäume.

Trotz des Geschreis hörte er die Stimme seiner Mutter. Dann ein Pfeifen, das ihn aufblicken ließ. Das Flugzeug flog nun so tief, dass es ihm die Grashalme ins Gesicht blies und Kiesel ihn an der Brust trafen. Längliche Dinger fielen heraus – sie waren nicht orangerot. Sie vibrierten in der Luft, und er stand da und staunte mit offenem Mund, bis ihn jemand hochhob und zu Boden warf; seine Mutter lag auf ihm. Die Erde bebte, Sandklumpen prallten ihm an die Arme, seine Mutter erdrückte ihn, und er weinte aus Angst, die Erde würde ihn verschlingen und seine Mutter ihn töten; ihr Schweiß tropfte in den dunklen, feuchten Boden.

Dann wurde es still am Himmel, und aus Richtung der Häuser hörte er Schreie und Weinen. Er hätte nicht sagen können, ob er mit dem Kopf nach oben oder nach unten lag. Das Herz der Mutter wummerte an seinen Ohren, und er erstickte fast an Rotz und Tränen. Durch den Rauch in der Luft sah er einen Schimmer Sonne. Neben ihm regte sich das Gras. Eine Frau stand auf. Sie presste ein Bündel Brennholz an die Brust und ging. Aus ihrem Kopf ragte ein schartiges Metalldreieck. Blut rann ihr übers Gesicht, sie wischte es immer wieder weg und stolperte, achtete aber darauf, das Brennholz nicht zu verlieren. Seine Mutter hielt ihm die Augen zu. Durch ihre Finger sah er, dass die Frau plötzlich wie ein gefällter Baum zu Boden stürzte, danach nahm er nur noch das glitzernde Stück Metall in ihrem Kopf wahr.

An vieles, was danach passierte, konnte er sich nicht mehr erinnern. Wie er und seine Mutter zurück in die Stadt gelangten, was sie dort sahen. Seine Erinnerungen bestanden meist aus Geschichten, die er gehört hatte – sechs Bomben waren gefallen, hatten das Innerste von Menschen, Häusern und Tieren aufgerissen. Hatten das Getreidelager zerstört, einen Viehstall. Seine drei Schwestern überlebten wundersamerweise, hatten sich bei einer Nachbarin versteckt. Sie alle überlebten, die halbe Stadt aber hatte Menschen oder Tiere verloren.

Danach entschied seine Mutter, aus Saraaya zu fliehen. Sie machten sich auf den Weg zum sichersten Ort – nach Juba, der größten Stadt im Süden, wo Abertausende Zuflucht suchten. Er konnte sich nur vage an die Straße erinnern, daran, von seiner Mutter getragen zu werden. Der stete Rhythmus ihrer Schritte, seine Wange an ihrem warmen Rücken. Der Neid auf seine drei älteren Schwestern, die neben ihnen herliefen - er wollte das auch, aber wenn er selbst lief, wurde er müde und jammerte, seine Mutter möge ihn wieder tragen.

Alle seine Schwestern heirateten jung. Seine Mutter brauchte das Brautgeld - es bewahrte sie davor, ins Elend abzurutschen. Das Brautgeld und die katholische Kirche. Für die Almosen, die ihr halfen, die ersten schwierigen Jahre in Juba zu überstehen, war seine Mutter der Kirche so dankbar, dass sie zur frommen Katholikin wurde. Jeden Sonntag gingen sie zur Messe. Und sie schickte William auf die katholische Schule, wo er so gut Englisch lernte.

Er hatte den Weihrauchduft während der sonntäglichen Gottesdienste angenehm in Erinnerung, die frisch gestärkten Gewänder der Priester, das Kerzenlicht, das Flüstern, die Dunkelheit, auch das Bild vom leidenden Christus am Kreuz, der wie ein Vogel über William und den anderen Schulkindern schwebte - zumindest malte sich William das gern aus; die Vorstellung, Nägel seien in seine Hände und Füße geschlagen worden, fand er als Kind so schrecklich, dass er während der Messe Tagträumen nachhing und sich Christus lieber als Vogel im Flug mit weit ausgebreiteten Flügelarmen vorstellte.

Wenn der Tod des Vaters ihn etwas lehrte, dann, dass er niemals auch nur daran denken sollte, in den Busch zu gehen. Er musste für seine Mutter sorgen. Sie hatte ihren Mann verloren und ertrug den Gedanken nicht, auch noch ihren einzigen Sohn zu verlieren. Statt sich also dem Aufstand anzuschließen, wie es viele Gleichaltrige taten, zog er nach

Norden, um sein Leben in Khartum zu fristen und Geld an seine Familie zu schicken, selbst wenn es noch so wenig war.

Endlich wurden sie durchgelassen. Kinder und Taschen wurden hochgehoben, man drängte nach vorn. Vorn angekommen musterte ihn einer der Wachleute.

«Du arbeitest doch für die Weißen, oder?»

«Ja, für die Organisation.»

«Hier entlang.»

Es wurde zur Gewohnheit. Jedes Mal, wenn er allein unterwegs war, wurde er durch zusätzliche Verhöre und Untersuchungen aufgehalten.

Beim Betreten des dunklen Zeltes musste er den Kopf einziehen. Drei Männer hockten am Boden.

Der Wachposten befahl ihm, sich in die Mitte zu stellen und die Arme anzuheben. Grob drehte man ihn herum, tastete Oberkörper, Beine und Schultern ab. Dabei fand die Wache das Portemonnaie in seiner Brusttasche, nahm die Scheine und steckte sie lässig in die eigene Tasche.

«Das ist Geld für Benzin», sagte William. «Sie haben kein Recht, Leuten ihr Geld abzuknöpfen.»

Er krümmte sich zusammen, zwischen den Augen ein scharfer, pochender Schmerz. William hielt die Fingerknöchel an die Nase, atmete durch den Mund und wartete darauf, dass der Schmerz nachließ, während er zurückwich, außer Reichweite der Faust des Wachpostens.

«Das nächste Mal», sagte die Wache, «halt den Mund und lauf weiter.» Er schlug die Zeltklappe zurück. «Du kannst gehen.»

William richtete sich auf, Wut vermengte sich mit dem warmen Schmerz, der sein Gesicht überzog. Wieder fasste er sich an die Nase. Die Männer am Boden beobachteten ihn. Er sah den Wachposten an, der nur darauf zu warten schien, dass er protestierte. Also biss er die Zähne zusammen und trat nach draußen ins Sonnenlicht.

Er war jetzt auf der anderen Seite der Barrikade, nur war es ohne Geld sinnlos, noch weiterzugehen. Er blieb stehen, wusste nicht, was er tun sollte. Kehrte er zum Sitz der NGO zurück, um neues Geld zu holen, würde er wieder anstehen müssen, nur um wieder ausgeraubt und angegriffen zu werden.

Ein Gefühl der Hoffnungslosigkeit überkam ihn, als er einen Blick zurück auf die lange Schlange der Niloten warf, die noch darauf warteten, zum Markt durchgelassen zu werden, auf die Wachen, die Kommandos brüllten, sie an der Mauer zusammentrieben. Er beschloss, zur NGO zurückzugehen. Sie würden heute Abend ohne Licht auskommen müssen.

Der alte Mann krümmte sich unter der riesigen Last. Auf dem Kopf trug er eine eng zusammengerollte Matratze, daran mit einem Seil festgezurrte Plastikkanister. Über der rechten Schulter hing eine Strohtasche, aus der zwei verschreckte Hühner starrten, über der anderen ein Blechkessel, der an ein pinkfarbenes Dreirad klapperte, dem ein Rad fehlte. Auf dem Rücken ein Bündel Brennholz unter blauer Plastikplane. An den Füßen klebte der weiße Staub der Straße. Die Hände, Studien eines Gewirrs von Adern und Sehnen, umklammerten einen Stock, den er mit jedem Schritt auf den Boden rammte. Er bewegte sich am Rand dieses großen Stroms von Menschen, mit deren Tempo er nicht mithalten konnte. Nilotische Flüchtlinge, die ihre Dörfer hinter sich gelassen und alles mitgenommen hatten, was sie auf Schultern, Kopf und Rücken tragen konnten, die am Daumen nuckelnde Kleinkinder hinter sich herzogen und krummbeinige Großmütter und -väter stützten.

Seit drei Tagen schleppte Dena ihre Kamera über diesen Weg, der gleich außerhalb von Saraaya die Halbwüste durchzog, weiter zu den grüneren Ebenen im Süden und um die Sümpfe des Sudd herum zur reichen, dreihundert Kilometer entfernten Hochburg der Rebellen führte. Hier aber, fünf Kilometer außerhalb der Stadt, war vom fernen Grün noch nichts zu ahnen. Es war Mitte April, die Trockenzeit ging dem Ende zu. Die Sonne brannte auf die Straße nieder, auf die Menschen und das verdorrte, reglos in der windstillen Luft stehende Gras.

Die Tage draußen mit der Kamera hatten Dena braun werden lassen. Ihre Sachen waren schmutzig, die Lippen rissig, Ohren und Mund voller Sand. Ihre Füße kochten in den Sneakern. Die Kamera war so heiß, dass sie sich die Finger daran verbrannte. Immer wieder musste sie Körnchen aus den Ritzen des Objektivs wischen, aus der Augenmuschel, den Rillen des Kassettenfachs. Nie zuvor hatte sie eine so heftige Zuneigung für ihre EC-325 empfunden, die Tag für Tag aus der gepolsterten Tragetasche zum Vorschein kam und deren Leuchtlinse schnurrend, zuverlässig und ohne jeden Protest zum Leben erwachte.

Sie hatte den alten Mann bereits vor einigen Minuten entdeckt; seine Einsamkeit war ihr aufgefallen. Es gab keine Kinder oder Enkel, die sich nach ihm umsahen und sich vergewisserten, wie er vorankam. Alle anderen marschierten in Gruppen. Mütter, die ihre Babys nicht länger tragen konnten, reichten sie ihren Gatten, Männer mit bandagierten Armen halfen einander, kleine Kinder trugen noch kleinere Kinder. Jugendliche wuchteten ein gewölbtes Zinkdach hoch. Eine

Gang plünderte einen zerstörten, mitten auf der Straße stehenden Truck, schraubte das Lenkrad ab, die Stoßstange, den Rücksitz.

Manche benahmen sich, als machten sie einen Ausflug. Jungen spielten in der Menge Fangen. Dena filmte zwei hin und her schwankende Betrunkene, die abwechselnd an einer Flasche Sorghumbier nippten. Sie filmte Mütter, die ihr Essen mit den Kindern anderer Mütter teilten. Drei Leute trugen eine Hängematte, in der eine Hochschwangere schlief. Sie filmte Jungen, die mit Eseln die Prozession abliefen und Wasser an jene verkauften, die es sich leisten konnten.

Niemand blieb stehen, um dem alten Mann zu helfen. Viehtreiber holten ihn ein, und einen Moment lang verschwand er in einer Gewitterwolke aus lauter Hufen und Hörnern. Sie zogen weiter, ließen ihn staubüberzogen zurück. Er schaffte es noch zwanzig Schritte, eher er anhalten musste; die Matratze auf seinem Kopf schaukelte bedrohlich, die Hühner gackerten, der Kessel schepperte leise. Dann setzte sich der Alte wieder in Bewegung, folgte dem ebenen Pfad so langsam, als stiege er einen Berg hinauf.

William sagte ihr ständig, es sei zu gefährlich, draußen zu filmen, vor allem angesichts der Nachrichten über immer heftigere Zusammenstöße in den Dörfern. Nur ging William davon aus, dass es sie verletzlich machte, eine Frau zu sein, dabei war dies oft von Vorteil. Soldaten und Milizionäre drängten Dena, sie mit ihren Patronengurten zu filmen, den Gewehren, mit denen sie fröhlich und eitel wie Pfaue vor der Kamera herumstolzierten und -posierten. Die wenigen Tage, die sie sich unter sie gemischt und sie glücklich gemacht hatte mit den Aufnahmen, die sie ihnen im Bildsucher zeigte, bewirkten Wunder. Seither ließen die Wachen an den Checkpoints bereitwillig die Schranken für sie hochgehen. Die Milizsoldaten lächelten ihr zu. Es gab keinen Ort in der Stadt oder in der Savanne, zu dem sie keinen Zugang hatte. Sie war jemand aus dem Norden, also vertraute man ihr instinktiv.

Nur einmal gab es einen unangenehmen Vorfall. Vor zwei Tagen war sie auf dem Weg zum Fluss angehalten worden. Die Soldaten waren freundlich, stellten Fragen, drängten näher, wollten die Kamera genauer ansehen und ließen sie herumgehen.

Alle bis auf einen. Er stand abseits, an einen Truck gelehnt, die Arme vor der Brust verschränkt, und er sah zu. Sie spürte seinen Blick. Er unterbrach das Gespräch, um sie zu fragen, wer ihr Beschützer sei.

Beschützer?

Ja, ihr Mann oder ihr Vater.

Sie sagte, sie habe keinen Beschützer.

«Sie sind allein?»

«Ja.»

«Und wo wohnen Sie?»

«Bei der NGO.»

«Bei dem Weißen und dem Niloten?»

«Ja.»

Ein gemeiner, lüsterner Glanz stahl sich in seine Augen. Der Blick senkte sich auf ihre Brust. Die anderen Männer starrten sie an, nahmen sie jetzt anders wahr, musterten ihren Körper. Sie wurde rot und hob die Kamera, um sich dahinter zu verstecken.

Der Soldat griff ihr ins Gesicht. «Ein bisschen Lippenstift, längeres Haar, und du wärst ein richtiger Leckerbissen.»

Sie schlug die Hand weg und hastete davon, verfolgt vom Lachen der Soldaten.

Dieser Vorfall hatte sie schockiert. War sie zu freundlich gewesen? Der Soldat mit dem lüsternen Blick – als hätten seine Gedanken die anderen angesteckt – sie hatte gesehen, wie sich auch bei ihnen die Absichten änderten, die Blicke.

Zum ersten Mal fühlte Dena sich verunsichert. Dann verdrängte sie das Vorgefallene. So etwas musste irgendwann passieren. Und bislang hatte sie sich frei bewegen können, sogar als Frau, sogar mit Kamera.

Und was wäre sie für eine Filmemacherin, wenn sie Bilder wie die von dem alten Mann nicht zu nutzen wüsste? Also blieb sie bei ihm, während er immer weiter zurückfiel. Kinder tollten ihm um die Beine, Mulis trotteten vorbei. Einige Männer, die den Rücksitz aus dem ausgeschlachteten Truck trugen, stolperten um ihn herum.

Er richtete die Matratze auf seinem Kopf, ohne auf Dena zu achten, wie sie über den Graben trat, der den Rand der Straße markierte. Die blaue Plastikplane hatte sich von der Schnur gelöst; er zog sie hinter sich her wie einen gebrochenen Flügel.

Dena blieb an seiner Seite, hielt das Objektiv in seine Richtung, während Frauen ihn einholten, die aufgehalten wurden, weil sie gleich zwei kleine Kinder auf den Schultern trugen. Sie blieb bei ihm, als die an ihm vorbeizogen und die an Stöcken humpelnden Verwundeten zu ihm aufschlossen. Sie blieb, als auch die an ihm vorbeigingen, als die Menge zu einem Fleck in der Ferne wurde, bis er schließlich eine einsame Gestalt auf der verdorrten Wegzunge war, über ihm der eintönige Himmel, vor sich die weite Ödnis des Nichts.

Die Wochen, in denen sie mit ihren Aufnahmen gekämpft hatte, waren nur Vorübungen gewesen. Jetzt wussten ihre Muskeln instinktiv, was zu tun war: der sanfte Schwenk, mit dem sie den fernen Verlauf des trostlosen Weges aufnahm, ihr Geschick, mit dem sie ein Taumeln einfing, den vor Erschöpfung schlaffen Mund des Alten, durch einen Riss in der Hose einen schmalen Schlitz runzliger Haut. Ein sechster Sinn verriet ihr, was außerhalb des Gefilmten geschah und wann sie sich dahin umwenden musste – wie sie es jetzt tat, als sie das Objektiv auf die wolkigen Augen richtete, die über den menschenleeren Weg blickten. Die Kamera wanderte wieder hinab zu den Hühnern, die mit den Flügeln flatterten, als er sie zu Boden fallen ließ. Und sie hielt fest, wie der alte Mann sich an seinem Stock herabtastete, wie die Matratze vom Kopf rutschte, die blaue Plane sich aufblähte und wieder zu Boden senkte, während er sich auf dem Haufen seiner Dinge niederließ.

Sie kauerte in einem Meter Entfernung, aber er sah noch immer nicht zu ihr herüber. Die Kamera verweilte auf dem ausgemergelten Gesicht, der Blick der grauen Augen verloren unter gesenkten Lidern. Zwei Minuten lang filmte sie, wartete darauf, dass er sich wieder bewegte.

Und plötzlich kam sie zu sich. Sie schaltete die Kamera ab und erhob sich. Verwundert blickte er hoch und nahm sie zum ersten Mal wahr, als sie ihm die Hand reichte, um ihm aufzuhelfen.

Dank William verfolgte Alex die Nachrichten über die Kämpfe, die verbrannten Dörfer in den Außengebieten des Distrikts, über die Flüchtlinge, die nach Saraaya kamen. Seit zwei Monaten verschlechterte sich die Sicherheitslage. In der Stadt ließen sich Männer in Dschallabijas blicken, Gewehr über die Schulter geschlungen, zudem von den Behörden bewaffnete nomadische Milizen. Sie zerstörten Bauernhöfe, Felder, auf denen Sorgo, Mais und Hirse wuchsen. Sie raubten Vieh und Land. Ölgesellschaften bauten ihre Förderstellen in der Wüste ab. In den Geschäften gab es weniger Ware, da Lieferungen ausblieben. William kam eines Tages mit einer gebrochenen Nase zurück. Er war an einem Checkpoint ausgeraubt worden.

Alex machte sich schreckliche Sorgen. Die Dinge liefen aus dem Ruder. Statt aber für seine Evakuierung nach Khartum zu sorgen, drängte Greg ihn zu bleiben. Der Aufstand, so sein Boss, sei eine gute Gelegenheit. Die Gewalt schaffe es weltweit in die Medien. In diesem Distrikt seien sie die letzte internationale NGO. Mehr zerstörte Dörfer, mehr Flüchtlinge, mehr Chaos bedeuteten mehr Geld für die Organisation. Er wollte, dass Alex dem Hauptquartier Bericht über die Unruhen erstattete, und versprach, wenn all das vorbei sei, würde er ihn an eine der angenehmeren Dienststellen versetzen - Kinshasa, Kapstadt, Addis.

Als es Mitte Mai in den Nachrichten hieß, die Kämpfe hätten nachgelassen, wagte sich Alex mit William in die Dörfer der Niloten.

In der ersten Niederlassung waren Gehöfte zu Asche verkohlt, schwarze Ringe dort, wo einmal Lehmmauern gestanden hatten. Der Geruch nach Verbranntem in der Nase, die Schritte aschegedämpft, so liefen sie an schlaffen Reifen vorbei, an verbogenen, gezackten, himmelwärts deutenden Wellblechdächern. Er sah einen von den Wurzeln bis zum Stamm versengten Baum, ein schwarzer Schatten seines eigenen schwarzen Schattens. Er ging vorbei an einem rot gefleckten Schulbuch und eilte weiter, ehe er sich vergewissern konnte, ob diese Flecken Blut waren oder nicht.

An seiner Seite William, der sich immer mal wieder vorbeugte, um etwas zu untersuchen. Eine Puppe, die Scherben eines Tonkrugs oder ein zerrissenes Magazinfoto von einem prächtigen tropischen Wasserfall, das sich irgendwer an die Wand gehängt hatte. Ein angesengtes Tüllkleid, das steif mitten auf der verlassenen Straße stand. Er murmelte auf Nilotisch vor sich hin, schüttelte den Kopf und seufzte.

Ein schrecklicher Geruch machte sich bemerkbar, als sie tiefer ins Dorf vordrangen. Sie scheuchten grün glitzernde

Fliegen fort, die sich ihnen auf Augen, Lippen und Nase setzten.

«Der Brunnen», sagte William.

William rannte. Alex blieb stehen. Irgendwas Verfaultes. Etwas Totes. Im Brunnen. Seine Knie wurden weich; ihm wurde übel.

William lehnte sich über den Rand, drehte sich dann um, wedelte den Gestank fort.

«Hunde», rief er.

Alex ging zu ihm und hielt den Atem an, als er sich über den Brunnenrand beugte. Im Dämmerlicht konnte er blutverschmiertes Fell ausmachen, blitzende Reißzähne, aufgequollene Gliedmaßen. Kadaver, die man in den Brunnen geworfen hatte, um ihn zu vergiften.

Schweigend fuhren sie zurück, brüteten vor sich hin.

Bei ihrer Rückkehr zum Quartier der NGO hatte sich der Hof in ein Flüchtlingslager verwandelt. Dorfbewohner in verschiedenen Stadien des Verfalls, zerlumpt, krank, erschöpft. Alte Leute lagen vor der Küchenmauer auf Pappkartons. Aus dem Bad kam ein Mann, der sich aus einer Astgabel eine Krücke geschnitzt hatte. Mütter gaben unterm Schultertuch ihren Babys die Brust. Frauen hängten Wäsche auf. Andere Frauen standen bei der Küche vor offenen Feuern.

Am Eingang stapelten sich Säcke mit Hab und Gut. In einer Ecke ragte eine Abfallpyramide aus alten Zeitungen, schimmligem Brot und Wassermelonenschalen auf. Und auf der leeren Fläche hinter dem Pavillon hatte man hastig einige Verschläge und Buden aus Gras und Planen errichtet.

Alex starrte um sich. «Was zur Hölle ist denn hier los?»

William schüttelte sprachlos den Kopf.

Bei der Küche schenkten Layla und Dena Wasser aus, umringt von Kindern, Müttern und alten Männern, die es nicht erwarten konnten, einen Becher in die Hand zu bekommen.

Alex rief Dena. Sie gab einem Kind Wasser, kam zu ihm und sah irgendwie wild aus mit ihren staubigen Kleidern, den aufgerollten Ärmeln, dem verschwitzten Stirnband.

«Was wollen diese Leute hier?»

«Sie haben ihre Dörfer verlassen», sagte sie. «Sie brauchen einen Ort, an dem sie erst einmal bleiben können.»

«Aber hier können wir sie nicht alle unterbringen.»

«Sind wir eine humanitäre Organisation oder nicht?»

«Wir können doch keine fünfzig Leute versorgen. Verdammt, es gibt nur ein einziges Bad!»

Dena wandte sich an William. «Was meinst du?»

William ließ den Blick über den Hof wandern. «Ich weiß nicht. Ein paar Tage kommen wir schon klar.»

Mustafa tauchte mit seinen Sachen auf, den Spielkarten, den aus verschiedenen Ecken zusammengeklaubten Schuhen. Er redete wütend auf Arabisch mit Dena und William.

«Mustafa gefällt das jedenfalls auch nicht», sagte Alex.

«Ihr zwei seid überstimmt», erwiderte Dena. «Für Layla ist es okay, wenn die Leute bleiben. Ach, und einige der Frauen haben wir übrigens in deinem Zimmer untergebracht, Alex. Hoffe, du hast nichts dagegen.»

«Das Büro bleibt tabu», sagte er.

Als er aber zum Büro kam, war die Tür nur angelehnt. Kinder auf dem Boden, dem Tisch, dem Stuhl, dem Fensterbrett. Sie hatten seine Karten gefunden. Sie hatten seine Schachtel mit den Buntstiften, Filzstiften und Kulis gefunden. Zwei hockten auf dem Tisch und bekritzelten die neben das Fenster gehängten Karten. Weitere kauerten nackt am Boden über aufgerollten Karten und malten sie bunt aus. Ein pummeliges Baby saß in der untersten Schublade des Aktenschranks in einem Nest aus zerknüllten Karten und vernichtete voller Begeisterung seine wichtigste – die Blaupause, auf der er sämtliche Eintragungen verzeichnet hatte.

Die Kleine biss mit ihren zwei Zähnen Stückchen davon ab und spuckte sie aus.

Er ging auf sie los. Schreck und Verrat in ihren Augen, als er ihr den letzten Rest aus den Händen riss. Sie warf den Kopf in den Nacken, heulte und zeigte ihren rosigen Gaumen, an dem noch Papierstückchen klebten. Sie drückte ihm ihre winzigen Fäuste wütend in die Wangen, als er sie aus der Schublade hob und nach draußen verfrachtete.

Er riss den Kindern auf dem Boden die Stifte aus den Händen. Zwei Mädchen rannten kreischend vor ihm davon. Das immer noch heulende Baby krabbelte wieder zurück ins Büro, und er hob es erneut auf. Ein Junge glitt vom Tisch, mit ihm ein Stapel Karten, über die er nach draußen trampelte.

Alex bahnte sich einen Weg durch das Chaos. Gekritzel, Geschmiere und Farben zierten, was nicht zerrissen oder zerfetzt war. Kindergekrakel auf Bildern vom Krieg, von toten Kühen. Die Karte mit den Weiderouten entstellt durch rote Kringel und Schleifen. Ein schwarzer Filzer verunstaltete die Grundbuchkarte, für die er tagelang Informationen gesammelt hatte. Im Gerangel mit dem Baby war seine Masterkarte zerstört worden; auf dem Boden lagen letzte spuckefeuchte Fetzen.

«Was ist denn hier los?» Auf der Schwelle stand William mit Dena und Layla. Hinter der Tür ein Menschenauflauf.

«Deine Karten», sagte Dena und sah ihn an. «Du hättest sie einschließen sollen.»

«Einschließen?», rief er. «Wie hätte ich denn wissen können, dass ihr das Gelände in ein Flüchtlingslager verwandelt?» Er wedelte mit einer zerrissenen Karte. «Seht euch das an. Monatelange Arbeit umsonst.»

Die nächsten Tage wurden so chaotisch, wie er es befürchtet hatte. Ging er zur Küche, um sich ein Glas Wasser zu holen, stolperte er über Babys. Das Bad war so dreckig, dass man es im Grunde nicht mehr benutzen konnte. Es waren derart viele Münder zu stopfen, dass es nie genug zu essen gab. Ihm blieb nichts weiter übrig, als auf Reste der Suppe mit Linsen und braunen Bohnen zu hoffen, die täglich von Layla und den Dorffrauen gekocht wurde.

Nur ein, zwei Tage hatten Dena und William gesagt. Aber jeden Tag fand sich ein neuer Grund, warum die Flüchtlinge nicht abziehen konnten. Milizen nahmen die Strecke unter Beschuss, auf der Niloten nach Süden flohen, deshalb war es für sie nicht sicher, jetzt aufzubrechen. Die Alten brauchten mehr Zeit, um sich zu erholen. Eine schwangere Mutter fühlte sich unwohl. Zwei Wochen waren seit ihrer Ankunft bereits vergangen, und immer noch gab es keinerlei Anzeichen dafür, dass sie bald wieder gehen würden. Also hütete er das kleine bisschen Frieden, das er noch fand, hinter der versperrten Tür zu seinem Büro.

Nach dem Abendessen gesellten sich Dena und William zu den Dorfbewohnern im Hof. Für den Generator gab es kein Benzin, weshalb sie im abnehmenden Dämmerlicht zusammensaßen. Ein provisorischer Knüppelzaun warf seinen Schatten über das Gelände, aus Pappe und Planen waren Sichtblenden errichtet worden. Irgendwer hatte Wasser im Hof verspritzt, und vom feuchten Staub stieg eine leichte Kühle auf. Alex war im Büro. Geschirrgeklapper drang aus der Küche herüber, in der sich Layla und Mustafa nach dem Essen um den Abwasch kümmerten.

Während der letzten Tage hatte Dena gefilmt und Geschichten gesammelt. Viele Flüchtlinge machten kaum den Mund auf oder berichteten nichts als die Fakten. Die Wenigen, die nicht gleich wieder verstummten, erzählten von schrecklichen Szenen. Eltern, die vor den Augen ihrer Kinder getötet worden waren, in Trucks oder Hinterhöfe verschleppte Frauen, wo Milizsoldaten reihenweise anstanden, um mit ihnen zu tun, wonach auch immer ihnen der Sinn stand. Familien, die im Chaos der Flucht getrennt worden waren - Brüder, die verschwanden, Kleinkinder, die man nicht wiederfand, während eines ganzen Lebens erarbeitetes Land und Vieh verloren in einem einzigen Augenblick.

Sie redeten über ihre Angst vor Landminen, die Gliedmaßen abrissen, über die Furcht vor einem langsamen Hungertod auf der Straße. Sie redeten über Krankheiten, die man vom dreckigen Wasser bekam, von Infektionen, die in ihrem Gedärm wüteten. Sie redeten davon zu gehen, bis sie nicht länger gehen konnten, die Köpfe fieberschwer, die Mägen hungerleicht, redeten von ihren Augen, die doppelt sahen, und davon, kaum mehr die Kraft für einen weiteren Atemzug zu haben.

Sie sagten nicht alles - manche standen noch unter Schock. Dem Tod nur knapp entronnen, doch hatte der sie immer noch im Griff. Was sie verschwiegen, davon fing die Kamera Andeutungen in ihren leblosen Blicken ein, in dem Schweigen zwischen ihren Worten, in der Art, wie sich ein Kind an den Hals der Mutter klammerte, in den Albtraumlauten, die über schlafende Lippen kamen. Die Kamera erhaschte flüchtige Bilder von Frauen, die wie gebrochen in sich zusammengesunken waren, die keine Kraft mehr hatten, ihre matten Glieder zu bewegen.

Oft geschah es abends bei einsetzender Dämmerung, dass sich irgendein Knoten löste und der eine oder andere Dorfbewohner sich mit seiner Geschichte vorwagte. Stille senkte sich über Dena, William und die Menge, als eine alte Frau zu reden begann. Die Kamera stand auf dem Stativ und nahm den Tonfall ihrer Stimme auf, die Haltungen und Silhouetten der versammelten Zuhörer: Frauen, die Kinder in den Schlaf wiegten; zwei Männer mit verbundenem Kopf; ein Mädchen im Teenageralter, das einen Arm um seine Freundin gelegt hatte; Kinder, die zusammen auf einem Sessel hockten. Sie alle saßen rund um die Frau, die ihre Beine auf einem Bett ausstreckte, den Kopf in eine Hand gestützt.

Man hatte ihr Dorf überfallen. Sie war vorige Woche angekommen, im Arm ihren Enkel. Die Wange an ihre Schulter geschmiegt, die Augen riesig und schwarz über einem winzigen, feuchten Mund, in dem zwei Zähne aufblitzten, wenn er lächelte. Auf dem runden, kieselglatten Kopf spross ein leichter Flaum. Der Junge redete kaum, nutzte aber Gesicht und Hände, zeigte, gestikulierte. Erst vor Kurzem hatte er Laufen gelernt und wackelte zur Mittagszeit mit offenem Mund umher, verlangte einen Löffel Suppe oder Bohnen zusätzlich zu dem, was er bereits von der Großmutter bekommen hatte. Es fiel schwer, ihm etwas abzuschlagen – alle gaben ihm noch ein wenig, nur um zu sehen, wie sich seine Wangen blähten und er die winzigen Zähne zeigte, während er aß und zugleich lächelte.

Seine Großmutter brachte die Tage damit zu, ihn in den Schlaf zu wiegen und ihn zu trösten, wenn er sich das Knie oder einen Arm aufgeschlagen hatte. Der Kleine war immer zum Spielen aufgelegt, seine Großmutter aber schien untröstlich. Selbst wenn sie ihn anlächelte, sah sie aus, als würde sie jeden Augenblick in Tränen ausbrechen. Als sie jetzt zu reden begann, lag das Baby in ihrer Armbeuge und spielte mit einer geschnitzten Spielzeugkuh. Hin und wieder hielt sie inne, damit William übersetzen konnte.

«Wir sind aus Yarol, vier Tagesmärsche von hier», sagte sie. «Ich wurde in dem Dorf geboren. Auch meine drei Kinder und deren Kinder sind dort auf die Welt gekommen. Es ist ein Dorf wie viele andere. Eine Straße schlängelt sich an den

Höfen und Feldern vorbei nach Osten, im Süden liegt ein Fluss, an dem wir unser Vieh tränken. Am Ende des Dorfes steht ein großer Baum, an dem wir uns zu besonderen Anlässen versammeln. Ich erinnere mich, dass ich als Kind unter dem Baum gespielt habe. Ich habe auch meine Kinder und meine Enkel darunter spielen sehen. Ich kenne meine Nachbarn, und sie kennen mich, und wir kennen die Nomaden, die jedes Jahr durchs Dorf ziehen. Es ist meine Heimat. Ich bin wie dieser Baum, der dort wurzelt. Das Dorf ist der Ort, der mir Kraft gibt.

Doch Frieden herrschte zuletzt, als ich noch ein Kind war. Und selbst damals hat meine Mutter uns Geschichten erzählt. Geschichten über Sklavenjagden – Männer, die auf Pferden aus dem Norden kamen, Dorfbewohner schnappten und fortbrachten. Das geschah noch zur Zeit der Türken. Aber die Sklavenjagden hörten auch nicht auf, als die Weißen ins Land kamen. Manchmal gab es jahrelang keine, dann zwei oder drei in einem Mondzyklus. Das halbe Dorf gefesselt und durch die Wüste abgeführt nach Norden. Meine eigene Großmutter wurde so fortgebracht.

Und dann haben wir gehört, dass der weiße Mann, der über uns herrschte, in sein eigenes Land zurückkehrte. Wir hatten eine neue Regierung in Khartum, eine aus unseren eigenen Leuten. Wir sollten Schulen bekommen, Brunnen und Krankenhäuser. Eine Zeit lang lief alles gut. Die Regierung ließ tatsächlich einen Brunnen bohren. Aus Juba kam ein Lehrer. Zwei Jahre lang habe ich mit den Kindern im Dorf Lesen und Schreiben gelernt. Das Krankenhaus aber wurde nie gebaut, auch keine Straßen, und der Lehrer kam bald nicht mehr. Trotzdem haben wir unser Leben weitergelebt, haben ausgesät, unser Vieh geweidet und einander geholfen.

Ehe wir den Krieg erlebten, haben wir davon gehört. Händler, die durchs Dorf kamen, erzählten uns von Auseinandersetzungen zwischen unseren Leuten und der Regierung im Norden. Sie sagten, unsere Leute seien nicht glücklich mit der neuen Regierung in Khartum. Wir würden wieder beherrscht, diesmal nicht vom weißen Mann, sondern von denen aus dem Norden. Also kämpften unsere Männer um das, was uns im Süden versprochen worden war. Wir hörten von Gewehren, von Überfällen, von Flugzeugen, die Feuer vom Himmel regnen ließen, von verlassenen Städten und Dörfern, von Ernten, die auf den Feldern verfaulten.

Aber das waren alles nur Geschichten. Erst als ich Mutter wurde, kam der Krieg tatsächlich in unserem Dorf an. Die Rebellen behaupteten, sie stünden auf unserer Seite, aber sie schlichen sich nachts ins Dorf und zwangen uns, ihnen all unser Korn zu geben, sodass nichts für uns selbst blieb. Am Morgen kamen dann Soldaten und behaupteten, wir würden die Rebellen unterstützen. Sie haben unsere Häuser und Felder in Brand gesetzt, uns das Vieh genommen. Wir sind geflohen, aber immer wieder zurückgekommen. Wo hätten wir auch hingehen sollen? Viele verließen endgültig das Dorf, aber ich bin mit meinen drei Kindern geblieben. Mein Mann starb früh an einer Krankheit. Also musste ich mich allein um sie kümmern in all den Jahren, in denen wir geflohen und wieder zurückgekommen sind.»

Irgendwer brachte eine Petroleumlampe, und das Licht fiel der Frau in die Augen; sie waren feucht und alt. Das Licht spielte auch über das Baby, das sich an sie schmiegte. Es hatte sein Spielzeug fallen gelassen, einen Daumen in den Mund gesteckt und starrte nun die Großmutter an, von ihrer Stimme so gebannt wie alle anderen auch. Ehe sie weitersprach, wischte sie sich über die Augen.

«Während der letzten Woche hörten wir immer wieder, dass sich Rebellen in der Nähe aufhielten. Wir blieben. Wenn es Rebellen waren, dann kämpften sie wenigstens für uns, auch wenn sie uns bestahlen und misshandelten. Und wir warteten auf den Regen – wir wollten pflanzen. Andere behaupteten, es sei die Armee, die sich näherte.

Als wir diesmal die Gerüchte hörten, sagte ich meinen Kindern, sie sollten ohne mich gehen – sollten die Rebellen, die Soldaten, die Miliz doch mit mir machen, was sie wollten. Ich war zu alt, um noch mal fortzulaufen. Aber meine Kinder weigerten sich, mich zurückzulassen. Sie blieben bei mir, auch die Enkel.»

Sie streichelte dem Baby über die Schulter. Ihre Stimme wurde leiser, die Flamme der Petroleumlampe loderte auf, flackerte über ihre Augen.

«Sie kamen am frühen Morgen. Zuerst die Miliz, in Armeelastern. Ich schlief draußen und hörte die Motoren. Meine Tochter rief mich ins Haus. Meine zweite Tochter und mein Sohn kamen mit ihren Familien. Wir wollten zu den Bäumen rennen, aber der hier» – sie strich dem Kind über den Kopf – «fehlte. Wir haben ihn gesucht. Ich bin in den Garten hinterm Haus gerannt, wo er spielte. Ich habe ihn hochgehoben. Als ich zurückwollte, habe ich Milizsoldaten über die Straße kommen sehen. Sie haben auf jeden geschossen, der vor ihnen davonlief. Also bin ich ins Feld und habe mich mit meinem Enkel im Gras versteckt.

Ich habe zugesehen, wie sie in den Hof meiner Tochter gingen. Sie haben alle zusammengetrieben – meine zwei Töchter, ihre Männer und Kinder, meinen Sohn mit seiner Frau und den Kindern – und sie in eine Hütte gesperrt. Alle zwölf, in eine einzige Hütte. Die Tür haben sie mit den Betten verbarrikadiert. Dann haben sie Benzin über die Wände und das Dach gespritzt.»

Ihre Hand ließ das Baby los, und sie wischte sich wieder übers Gesicht. Als sie weitersprach, bebte ihre Stimme. «Sie haben das Haus in Brand gesetzt. Ich habe gesehen, wie Flammen aus dem Strohdach schlugen, wie schwarzer Qualm aus den Fenstern aufstieg. Ich habe die Schreie meiner Kinder und meiner Enkel gehört. Ich wollte zu ihnen laufen, aber da war die Miliz, und ich hatte doch den Kleinen bei mir.» Wieder berührte sie seine Schulter. «Wenn er nicht gewesen wäre, hätte ich mich zu den anderen in die Flammen geworfen. So aber lag ich im Gras, habe ihn an mich gedrückt und ihm die Ohren zugehalten, damit er nicht hört, wie seine Mutter verbrennt.»

Sie weinte. Als das Baby den Kummer seiner Oma sah, begann es auch zu wimmern, also wendete sie sich dem Kleinen zu, um ihn zu trösten. Die Kamera filmte weiter. Der Bildausschnitt rahmte Frau und Kind ein, umringt von traurigen Zuhörern. Jenseits des Lichts der Petroleumlampe lösten sich Schatten in Dunkelheit auf. Niemand sagte ein Wort. Alle hörten zu, bis der weinende Junge schließlich einschlief.

Mustafa saß auf dem Mulikarren, ließ die Beine baumeln, beugte sich vor, um den Weg zu überblicken, an dessen Rand der Karren stand, und dachte ans Geld, das man ihm später zahlen würde – ganze fünfundsiebzigtausend Pfund –, Geld, das er zu seinem Lohn für die erste Lieferung in die Dose stecken würde, die er auf dem Gelände nahe der Küche vergraben hatte. Drei weitere Zahlungen standen noch aus.

So viel Geld hatte er noch nie verdient. Er könnte seinen Job aufgeben und zur Schule gehen, könnte sich sogar ein Rad leisten, um damit zum Unterricht zu fahren. Vielleicht, dachte er mit Blick auf den Weg, ehe ihn ein bärtiger Ziegenbock ablenkte, der sich auf die Hinterbeine stellte, um an den Blättern knabbern zu können, vielleicht würde er sogar aus Saraaya fortziehen. Das Geld dürfte genügen, um ihm den Weg zu ebnen.

«Wo bleiben die denn?», fragte der neben ihm sitzende Ibrahim. Sie standen in einem Eukalyptushain zehn Kilometer südlich der Stadt. Bis auf die Ziegen waren sie allein. Es war wenige Minuten nach fünf. Lichtkleckse fielen durchs Laub.

Der Mulihintern zuckte, der Schwanz baumelte herab. Der Karren, auf dem sie hockten, war hoch mit Wassermelonen beladen, unter denen zwei Holzkisten mit Gewehren lagen.

«Die kommen schon noch», sagte Mustafa.

Letzten Monat, bei ihrer ersten Lieferung, waren sie eine Viertelstunde zu spät gekommen, aufgehalten von dem Muli, das mal nach rechts abbog statt nach links, nach links statt nach rechts oder das von der Straße abwich, weil es einen Flecken Gras entdeckt hatte. Einmal war es sogar schlicht stehen geblieben, fünf Kilometer vom Treffpunkt entfernt. Mustafa schlug mit der Peitsche, schrie, sprang vom Bock und zerrte an der Trense. Letztlich ging es erst wieder weiter, als sie das Muli mit ein paar Scheiben Wassermelone anlockten.

Mustafa fürchtete, sie hätten verpasst, wen immer sie treffen sollten. Er fürchtete, sie könnten falsch abgebogen sein. Es gab schließlich jede Menge Sandstraßen und Sandwege, die man leicht verwechseln konnte. Dabei hatte er Dengs Anweisungen genau befolgt; sie waren am Ende des dritten Sandweges, der vom Wadi fort in den Eukalyptuswald führte.

Endlich tauchte hinter der Biegung ein Wagen mit Allradantrieb auf. Zwei Niloten stiegen aus, einer mit einer Nylonweste und langen Shorts, der andere mit Kakihose und T-Shirt. Sie trugen Gewehre. Mustafa hatte noch nie direkt mit Rebellen zu tun gehabt. Viele junge Niloten sympathisierten mit ihnen, manche arbeiteten auch für sie. In der Stadt aber, wo die Behörden regierten, gab niemand zu, dass er Verbindungen zu den Männern im Busch hatte. Diese beiden hätten auch ganz gewöhnliche nilotische Viehhirten sein können. Sah man einmal von den Gewehren ab.

«Wer von euch ist Mustafa?», fragte einer der beiden.

«Ich.»

«Und wer ist der da?»

«Mein Freund. Wir arbeiten beide für Deng.»

«Ihr habt die Lieferung?»

Mustafa sprang vom Karren. Mit Ibrahim lud er die Wassermelonen ab, die Säcke, das Stroh, und setzte dann die Kisten mit metallischem Scheppern im Sand ab. Er hob den Deckel an. In der flachen Kiste lagen AK-47 mit glänzend polierten Gewehrköpfen, gebogenen, gerippten Magazinen sowie zerkratzte Holzkisten mit Batterien.

Einer der Männer nahm ein Gewehr, untersuchte es, warf das Magazin aus, lud es neu. Der andere öffnete die zweite Kiste.

«Das sind russische», sagte Mustafa. «Besser geht's nicht.»

Die Männer lachten. «Natürlich sind die russisch. Sind schließlich Kalaschnikows. Wie viele?»

«Ein Dutzend in jeder Kiste.»

«Wie viel will Deng dafür?»

«Drei Millionen.»

«Letztes Mal haben wir zwei bezahlt.»

«Deng sagt, Waffen sind in letzter Zeit schwerer zu besorgen. Die Security wurde in Alarmbereitschaft versetzt. Er musste selbst auch mehr zahlen, um an die hier zu kommen.»

Der Größere der beiden musterte ihn.

«Sag, auf welcher Seite stehst du?»

«Nicht auf Seiten der Regierung.»

«Warum nicht?»

«Weil das Diebe sind.»

«Aber es sind Leute von deinem Volk.»

«Sind trotzdem Diebe.»

Er lächelte. «Ganz genau.»

Die Männer zählten die Waffen durch. Einer ging zum Wagen und kam mit einem Bündel Geldscheine zurück, verschnürt mit einem Gummiband. Die Scheine wellten sich in Mustafas Fingern, weshalb er beim Zählen mehrfach wiederansetzen musste.

Sie stellten die Kisten in den Kofferraum.

«Nächste Woche», sagte der mit der Weste. «Selber Ort. Selbe Zeit.»

Jetzt waren sie hier, mit der zweiten Lieferung zur vereinbarten Zeit: fünf Uhr nachmittags am letzten Donnerstag im Mai. Es wurde sechs, und immer noch tat sich nichts. Wieder blickte Mustafa den Weg entlang, der sich durch den Busch schlängelte. Kein Anzeichen von einem Auto. Kein Motorengeräusch. Nur die Bäume, der Wind, das Gezwitscher der Vögel. Die Ziegen waren weitergezogen. Er sprang vom Karren und ging zur Biegung.

«Nichts?», rief Ibrahim.

Er schüttelte den Kopf. Er dachte nach. Bis zur Ausgangssperre war es nicht mehr lang. «Fahren wir zurück. Wir sagen Deng, dass sie nicht gekommen sind.»

«Bist du sicher?»

«Ja.»

Er stieg auf, wendete den Karren. Sie kurvten durch den Wald und am Wadi entlang. Leise klirrten die Gewehre in ihren Kisten. Sie erreichten die Savanne vor der Stadt. Um sie herum nur vertrocknetes gelbes Gras. Über ihnen hingen hauchdünne Wolken im dumpfen Licht des zu Ende gehenden Tages. Bald brach die Regenzeit an. Vogelschwärme warfen sich in den Himmel, wogten auf und ab. Eine Reihe niedriger Höfe kam in Sicht. Sie fuhren weiter, das Muli gehorchte, wedelte mit dem Schweif und trottete voran, die Karrenräder knarrten, die Gewehre klirrten.

«Guck mal.» Ibrahim zeigte voraus.

Ein seltsames Licht, ein schwaches Glimmen über der Stadt. Es hätte Sonnenlicht sein können, wäre die Sonne nicht schon untergegangen. Ferner Lärm, Geschrei. Grüppchenweise kamen Leute in ihre Richtung, manche gingen, manche rannten. Einige trieben Vieh vor sich her, das um diese Zeit eigentlich im Stall stehen sollte.

«Was ist los?», rief Mustafa einer Nilotin zu, die mit einem Kind auf dem Rücken an ihnen vorbeihastete.

«Ein Feuer.»

«Wo?»

«In der Polizeistation.»

Als sie in die Stadt kamen, konnten sie hören, dass die Unruhe vom Markt ausging. Ascheflocken trieben in der Luft. Scharenweise hasteten die Bewohner von Saraaya hinaus in die Savanne. Das Muli scheute. Wassermelonen purzelten vom Karren. Sie waren am nördlichen Ende der Stadt; um zu Deng zu gelangen, würden sie den Markt überqueren müssen.

«Was sollen wir denn machen?», fragte Ibrahim, der sich am Karrenrand festklammerte. Mustafa drängte das Muli, in eine ruhigere Seitenstraße.

«Die Gewehre, wir müssen sie verstecken. Wir können jetzt nicht zu Deng.»

Er fuhr am Rand der Stadt entlang, lenkte das Muli durch die Gassen, bis sie das Gelände der NGO erreichten, und stellte den Karren an einer Seitenmauer ab.

«Warte hier.»

Es war jetzt dunkel; von weit her hörten sie den Lärm, hörten Hupen, Schreie, das Feuer, noch aber hatte das Chaos diesen Teil der Stadt nicht erreicht.

Mit den Waffen konnten sie unmöglich durchs Haupttor - auf dem Grundstück wimmelte es von Dorfbewohnern; außerdem waren Dena, Alex und William da. Allerdings gab es eine Möglichkeit, hineinzukommen, die nur er kannte: durch ein kaputtes Fenster des Lagerraums, das nie repariert worden war. Mustafa lief zu diesem Fenster, blickte noch einmal prüfend in die Gasse, stieß leise die Läden auf und betete, dass er es nicht mit Kisten und Besen zugestellt hatte. Knarrend schwangen sie auf. Er huschte an der Mauer entlang zu Ibrahim zurück, der zusammengekauert auf dem Karren hockte, eine kleine Gestalt im Dunkeln. Mustafa konnte ihn nicht deutlich erkennen, aber er sah, dass Ibrahim den Kopf bewegte.

«Komm. Wir schaffen die Kisten durch das Fenster.»

Sie hoben die erste Kiste an, die ihnen - im Dunkeln und weil sie Angst hatten, jeden Moment ertappt zu werden - mit einem Mal unfassbar schwer vorkam. Sie stolperten damit zum Lagerraum. Mustafa wuchtete sie auf den Fensterrahmen, Ibrahim ächzte vor Anstrengung, als er seine Seite der Kiste anhob. Sie wippte auf dem Fensterbrett. Mustafa kletterte auf die andere Seite, um sie im Gleichgewicht zu halten. Ibrahim folgte ihm nach, und langsam, vorsichtig, ließen sie die Kiste zu Boden gleiten, wobei sie über Eimer, Säcke, Besen und alte Zeitungen stolperten, aber lautlos verharrten, als sie jemanden im Hof hörten, gleich hinter der Tür.

Sie trugen auch die zweite Kiste ins Lager, und Mustafa deckte beide mit Tüchern und alten Zeitungen ab. Wieder in der Gasse banden sie das Muli an einen Pfosten und gingen zum Haupttor - Ibrahim wollte möglichst rasch zurück zu seiner Mutter und flüsterte Mustafa einen Abschiedsgruß über die Schulter zu, ehe er schnell wie ein scheues Tier im Dunkeln verschwand.

Durch das Tor hörte Mustafa Stimmen, und er sagte sich, es wäre besser, bei William, Alex und Dena Schutz zu suchen. Stattdessen aber lief er in Richtung Feuer, das er zwar nicht sehen, aber hören und spüren konnte. Für diese Zeit am Abend war es heißer als gewöhnlich; die Luft knisterte. Er ließ das Tor hinter sich. Gestalten huschten aus Türen, Männer riefen sich etwas zu. Jemand rannte mit einer flammenden Fackel die Straße entlang.

Er hörte in die Nacht geschleuderte Fragen und Antworten - ein Angriff der Rebellen, ein Hinterhalt der Soldaten, eine Bombe. Wenige Nachbarn wagten sich vor die Tür, versuchten herauszufinden, was weiter die Straße hinunter passierte. Ein Hahn krähte, verwirrt vom Licht am Himmel. Kreischen, Schreie, von den Höfen trieb ein Getöse herüber, als ob Leute ihr Hab und Gut packten.

Hunde bellten. Leute rannten mit zusammengerafften Kleidern und einigen Lebensmitteln über die Straße. Jungen warfen die Scheiben eines parkenden Autos ein. Weiter vorn sah er Männer in der Akazie, in die er seine Unterwäsche gehängt hatte. Sie hielten Ausschau nach dem Feuer. Der Lärm aufheulender Motoren hallte durch die Nacht - Armeelaster verließen die Kasernen.

Er kam zu den Ständen und kleinen Läden im geschäftigsten Teil des Marktes. Soldaten scheuchten Menschen in die Gassen. Der Mob riss Überdachungen ein, trat gegen verschlossene Gitter. Ein Stall wurde aufgebrochen, Vieh tobte durch die Straßen. Über den Zinkdächern und Ziegelmauern hing ein glosendes Licht. Mitten auf der Straße fielen Männer übereinander her, teilten Tritte aus und Schläge.

Er wich auf die Straße geworfenen Nähmaschinen aus und stolperte vorm Schlachter über einen Schafskadaver.

Aus einem Hauseingang brauste das statische Rauschen eines irgendwo eingestöpselten Fernsehers, der Bildschirm gesprungen. Er sah Mütter, die ihre Kinder an den Armen hinter sich herzogen.

Im hellen Schein des Feuers fiel sein Blick auf ein vom Schrei verzerrtes Gesicht, er sah Schuhe von Füßen fliegen, einen Mann, der sich wand wie ein Wurm, als er von Soldaten in einen Laster gezerrt wurde. Das Feuer prasselte, Licht und Schatten wirbelten die Straße entlang. Gewehrfeuer übertönte den Lärm von brennendem Holz, Papier und Stroh.

Schwarzer Rauch waberte auf und brannte ihm in den Augen. Trotzdem lief er weiter, duckte sich in Hauseingänge, wenn wilde Horden vorüberstürmten oder Steine zu nah an seinem Kopf vorbeiflogen. Er hastete weiter, bis er schließlich die Polizeistation erreichte, wo Soldaten und Polizisten eine Menschenmenge in Schach hielten. Hier war es taghell. Flammen schlugen aus den Fenstern, peitschten hinaus in die Nacht. Die Verandasäulen knickten um, das Dach gab nach, stürzte ein, Papier fing Feuer, flammte im Dunkeln auf und erlosch, regnete in einem Ascheschauer auf die Zuschauer nieder.

Soldaten und Polizisten waren hilflos; mit verhüllten Gesichtern reichten sie Eimer mit Wasser weiter, das nutzlos in die tosenden Flammen platschte. Sie kamen nicht nah genug heran – es war zu heiß. Mustafas Kopf war versengt, die Augen tränten.

Das Gebäude neben der Station – ein Munitionsdepot – fing Feuer. Waffen explodierten. Eine Flammenwand sprang zwanzig Meter hoch auf, die Leute schrien und wichen zurück; Mustafa wurde zu Boden geworfen. Er erhob sich wieder, hustete, die Brust tat ihm weh, die Augen taten weh, der Brand ein ohrenbetäubendes Gebrüll. Jenseits der Feuersbrunst sah er weitere Armeelaster über die Hauptstraße jagen. Er duckte sich in den Schatten einer Mauer, dann drehte er sich um und rannte, so schnell ihn seine Beine trugen, zurück zum Gelände der NGO.

V

Alex starrte auf die Uhr und dachte betrübt daran, dass er in ebendiesem Moment – ein Uhr nachts – in Khartum hätte landen sollen. Aber er hatte den Flug verpasst. Vielmehr war der Flug aufgrund einer unvorhergesehenen Wetterverschlechterung ausgefallen. Es war Juni, die Regenzeit hatte offiziell vor einem Monat begonnen – nur war der Regen ausgeblieben. Einfach Pech, dass gerade in dem Moment, da er ausgeflogen werden sollte, eine Sintflut niederging.

Dabei hatte er so verzweifelt darauf gehofft, evakuiert zu werden. Vor zwei Wochen war das Polizeirevier von Rebellen angegriffen worden, mit Brandbomben, auch der Markt ging in Flammen auf. Er war an diesem Abend auf dem Grundstück der NGO gewesen. Sie hatten Schreie und Schüsse gehört. Er, William, Dena und die Flüchtlinge waren auf die Straße gerannt. Sie hatten Rauchwolken über dem Markt gesehen. Von Nachbarn erfuhren sie, dass sich Rebellen in die Stadt geschlichen und die Station in Brand gesetzt hatten.

Sie drängten sich im Hof zusammen, hörten das Rattern der Schüsse, das Wummern explodierender Bomben. Niemand konnte schlafen. Die Dorfbewohner klammerten sich aneinander, durchlebten erneut den Terror, den sie vor ihrer Flucht erlitten hatten. William lief auf und ab. Er war verrückt vor Sorge um Layla, fürchtete, die Kämpfe könnten aufs Umland übergreifen. Alex, Dena und Mustafa saßen am Tisch, hatten eine Petroleumlampe angezündet. Dena wirkte stiller als sonst, ihr Gesicht eine Maske, die Augen riesig, die Pupillen dunkel. Jedes Mal, wenn Schüsse krachten, sprang Mustafa auf und rief: «Habt ihr das gehört?»

Am nächsten Morgen konnte sich Alex zum Büro durchstellen lassen. Er drohte Greg, sich eigenhändig nach Khartum durchzuschlagen, sollte die Organisation ihn nicht herausholen. Greg gab nach, und Alex bekam einen Platz in der UN-Maschine, die heute ankommen sollte.

Darauf hatte er seit dem Brandanschlag gewartet. Während der letzten Nächte war er immer wieder aus dem Schlaf aufgefahren und in Abgründe gestürzt. Er hatte jeden Appetit verloren. Alles erschreckte ihn. Er fing an, Liegestütze zu machen, Klimmzüge am Balken im Pavillon, da er hoffte, sich auf diese Weise so zu ermüden, dass er nachts schlafen konnte. Kinder sahen ihm mit offenem Mund zu, ahmten seine Übungen nach. Er versuchte, die mitgebrachten Romane zu lesen, die in Afrika spielten. *Alles zerfällt. Zeit der Nordwanderung. Warten auf die Barbaren. Herz der Finsternis.* Wie sich herausstellte, handelten sie alle von Menschen, die den Verstand verloren. Was nicht gerade half.

Nur der Gedanke an den Flug hatte ihn in dieser Woche davor bewahrt, verrückt zu werden. Nachts, wenn er sich auf der Matratze wälzte, malte er sich aus, hoch oben in der Luft zu sein, die Stadt unter sich im Dunst verschwinden zu sehen, immer winziger werdende Baumgruppen, Federwolken, die Schatten auf sein Gesicht warfen. Das beruhigende gleichmäßige Brummen der Motoren, während er erleichtert aufseufzte und die Maschine in die Atmosphäre aufstieg.

Tagelang hielt er sich dieses Bild vor Augen und beschwor es herauf, wenn Armeelaster vorüberrollten, wenn Soldaten Leute von den Straßen zerrten. Er sah es vor sich, als die

Nachricht eintraf, dass man weitere Milizsoldaten bewaffnet hatte.

Er glaubte nicht daran, dass William in der Lage war, sie zu beschützen. Am Tag, als das Revier brannte, fand Alex ihn, wie er auf einer Zeitung neben dem Truck kniete, die Ärmel aufgerollt, und einen Pinsel in eine Dose mit grüner Farbe tunkte.

«Was machst du da?»

«Ich frische unser Emblem auf.»

Alex musterte die Autotür. Die Farbe war verblasst, aber der über zwei Händen schwebende Globus, der kaum mehr zu erkennen gewesen war, gewann dank Williams grüner Farbe wieder Kontur.

«Das Logo beschützt uns», sagte William. «So wissen die Behörden, dass die Leute in diesem Auto für die NGO arbeiten.»

«Ein Logo? Was Besseres fällt dir nicht ein?»

William steckte den Pinsel in die Dose.

«Und was soll ich deiner Meinung nach tun, Alex?»

«Herausfinden, was los ist. Und wann es aufhört.»

«Ich habe Mustafa losgeschickt.»

«Mustafa ist deine Informationsquelle? Ein Zwölfjähriger? Du wirst als Fixer bezahlt, als jemand, der alles in Ordnung hält und alles in Ordnung bringt. Also mach das, schaff Ordnung.»

William funkelte ihn an. «Ich wurde nicht als Fixer eingestellt. Offiziell arbeite ich hier als Dolmetscher. Und die Behörden verhaften ausnahmslos jeden nilotischen Mann unter vierzig. Vielleicht hast du ja vergessen, dass ich Nilote bin. Jedenfalls kann ich nicht an die Türen der Security klopfen oder mit den Milizsoldaten ein Schwätzchen darüber abhalten, was sie denn so als Nächstes vorhaben. Deshalb schicke ich Mustafa. Er ist Nomade. Er sieht aus wie sie. Und er kennt sich in der Gegend aus. Falls du lieber selbst mit den Behörden reden willst, dann nur zu.»

Hilflos verbrachte er seine Zeit damit, sich auf die Abreise vorzubereiten. Er packte seine Sachen – stopfte Kleider in Rucksack und Koffer, suchte alles an Material zusammen, was er mitnehmen wollte – und William, Dena, Layla und Mustafa sahen ihm dabei zu.

«Du verlässt uns?», fragte Dena. «Einfach so?»

Er merkte, dass sie seine Abreise hinstellen wollte, als würde er feige die Flucht ergreifen.

«Ja, ich gehe. Wenn ihr bleiben wollt, bis hier alles um euch zusammenfällt, ist das eure Entscheidung.»

«Und was ist mit Mustafa, Layla und William? Du und ich, wir können einfach verschwinden, sie aber nicht.»

«Warum nicht?»

«Wo sollten sie denn hin?»

«Irgendwohin, wo es sicher ist. In meinen Augen seid ihr alle verrückt, wenn ihr bleibt.»

Heute, am Tag seiner Abreise, war er vor Sonnenaufgang wach geworden, hatte sich seinen Weg vorbei an schlafenden Flüchtlingen gesucht, die Zähne geputzt, sein Gepäck am Tor gestapelt und darauf gewartet, dass es zehn Uhr wurde.

Allmählich aber begann er zu glauben, dass irgendwas an seiner Anwesenheit an ebendiesem Breiten- und Längengrad der Welt die rachsüchtige Energie des Universums freisetzte. Wie wollte man sonst erklären, dass ausgerechnet am Morgen seines Abflugs ein Unwetter ausbrach?

Es begann gleich nach dem Frühstück, als er sich von Dena, Layla und Mustafa verabschiedete. Die drei waren zum Tor gekommen, um ihm Lebwohl zu sagen.

Er hatte erwartet, dass der Abschied ihn traurig machen würde, merkte aber, dass er nur ungeduldig war und endlich fliegen wollte.

«Wiedersehen, Mustafa.» Er wuschelte ihm durchs Haar und drückte den Jungen an sich.

Von Layla verabschiedete er sich auf Arabisch und mit jenem züchtigen Gruß, der hier zwischen Männern und Frauen üblich war - irgendwas zwischen einer Umarmung und einem Handschlag.

Er zögerte, da er nicht wusste, wie er sich von Dena verabschieden sollte - mit einer Umarmung oder auf dieselbe Weise, also Halb-Umarmung, Halb-Handschlag -, als ihn eine plötzliche Kühle irritierte. Die anderen spürten sie auch, denn alle blickten nach oben. Bleierne, weiß eingefärbte Wolken dräuten über den Mauern des Grundstücks. Dicke Kleckse Regen explodierten auf seinem Gesicht. Hektische Aktivität brach unter den Flüchtlingen aus, die ihre Sachen zusammensuchten und in Deckung rannten.

William, der im Auto gewartet hatte, rannte auf ihn zu, um ihm zu sagen, dass er sich beeilen solle. Dena winkte, und dann huschten sie, Layla und Mustafa zum Pavillon, von dem in der Regengischt nur die Umrisse zu erkennen waren.

Auf dem Weg zum Flughafen wurde das Unwetter noch heftiger. Regen prasselte auf Dach und Motorhaube des Trucks, trommelte gegen die Windschutzscheibe. Die Sichtweite betrug kaum drei Meter. Der Motor jaulte auf, wenn sie durch Schlaglöcher und Senken bretterten. Als sie die Startbahn schließlich erreichten, war die Luft eine modrige orangebraune Substanz, die sich auf seine Kleider legte und seinen Blick vernebelte. Schlamm spritzte ihm an die Hose, als er die Piste entlangstiefelte und den Himmel völlig unsinnigerweise nach der Maschine absuchte. Als es dann zu regnen aufhörte, war die Piste ein flacher See, aus dem hier und da orangefarbene Sandinseln aufragten. Die Reifen des Trucks waren halb im Wasser versunken.

Letztlich fuhren sie zurück zur NGO, wo sie Layla, Dena

und Mustafa dabei antrafen, wie sie mit anderen zusammen Wasser vom überfluteten Hof fegten.

Ein Anruf in Khartum bestätigte seine schlimmsten Befürchtungen: Aufgrund des Unwetters hatte man von einer Landung in Saraaya abgesehen. Der nächste Flug war frühestens in drei Wochen.

Er hob den Kopf. Regengewaschenes Licht fiel auf das Poster mit dem grünen, über zwei gereckten Händen schwebenden Globus. Sein Gepäck – Taschen, eine Kiste mit Instrumenten, zwei Pappröhren mit dem, was von seinen Karten übrig geblieben war – lag wieder auf dem Tisch. Tropfen platschten aufs Fensterbrett. Von draußen drang die Unruhe der Flüchtlinge herein – der Lärm der Kinder, ein Stimmengewirr, das Klappern der Töpfe, in denen man die gleiche fade Suppe kochte, von der er gehofft hatte, sie nie wieder essen zu müssen – die Kakofonie des Fegefeuers.

Er stand auf. Seine nassen Sneaker quietschten, als er an Kindern vorbeiging, die in Pfützen spielten. William kam aus dem Bad, ein Handtuch um den Hals geschlungen.

Alex marschierte auf ihn zu. «Wir müssen nach El-Obeid fahren.»

In El-Obeid gab es einen Flughafen. Schaffte er es zum Flughafen, konnte er nach Khartum fliegen.

William schüttelte bekümmert den Kopf. «Nach diesem Wolkenbruch sind die Straßen unpassierbar. Wir kämen nicht durch.»

«Es gibt Highways.»

«Bis dahin sind es mehr als hundert Kilometer Sandpiste. Und die sind nur noch Schlamm. Wir würden schon nach wenigen Metern feststecken.»

«Die Schlüssel für den Truck.» Er streckte eine Hand aus.

«Warum?»

«Ich fahre selbst.»

«Von hier bis El-Obeid sind es dreihundert Kilometer. Und du kennst die Strecke nicht. Du würdest dich verirren, dich festfahren, dich umbringen.»

Alex langte nach den Schlüsseln in Williams Tasche. William schubste ihn beiseite. Alex duckte sich, dann griff er an. Dass William so groß war, erwies sich jetzt als Nachteil – er griff hilflos um sich, versuchte, sein Gleichgewicht zu halten, fiel aber nach hinten und krachte mit schwingenden Armen, ein Bein gereckt, in die aufgeweichte Erde. Die Dorfbewohner hörten auf, ihre Kleider zu waschen, Kinder liefen zusammen. Mustafa kam und starrte sie mit offenem Mund an.

William stemmte sich auf die Ellbogen, schüttelte den Schlamm ab und sprang Alex mit blitzenden Augen an, der gleich darauf spürte, wie er durch die Luft gewirbelt wurde. Das Klatschen, mit dem seine Stirn in den kalten Schlamm schlug, Schlamm in Mund und Nase. Vergebens wischte er sich übers Gesicht. Als er sich erhob, lösten sich die Arme mit einem schmatzenden Geräusch vom Boden. Angst um sich selbst, der geplatzte Flug, seine Hilflosigkeit – all das verknüpfte sich zu einem Knoten teuflischer, zerstörerischer Wut. Er warf sich auf William.

Mustafa hüpfte auf und ab.

«Dena! Layla! Sie prügeln sich!»

Dena und Layla rannten aus verschiedenen Winkeln des Grundstücks herbei. Dena blieb stehen und starrte; Layla rannte zu den beiden.

Finger in Alex' Mund bohrten sich in seine Wangen. Ein langer Arm packte ihn an den Shorts, schleuderte ihn zu Boden. Alex ließ nicht locker, zog William mit sich. Sie rollten über den Hof, Alex halb blind vom Schlamm, in seinem

Gesicht Williams heißer, wütender Atem, dazu der Geruch seines Rasierwassers, schlickige, matschige Kampfgeräusche, gezischte Flüche. Er kratzte William über die Augen. William schrie auf und rollte beiseite. Rasch sprang Alex hoch. Schwer hingen die Kleider an ihm. Er hatte einen Sneaker verloren und streifte jetzt auch den anderen ab. William erhob sich gleichfalls, barfuß, mit offen klaffendem Hemd, die Brust schlammverschmiert. Er riss sich los, als Layla nach ihm griff, warf sich auf Alex.

Die Dorfbewohner wichen zurück, als die beiden auf den Tisch krachten, wieder aufsprangen und in die Hängematte stürzten. Alex verhedderte sich im Stoff. Die Hängematte drehte sich und kippte sie auf den Boden. Sie rollten zurück in die Mitte des Hofs, Williams Ellbogen wie Dolche in Alex' Rippen. Alex biss William in die Schulter. William blähte die Nasenflügel, bis sie groß waren wie die eines Drachen, die Augen so riesig, dass sie fast zu platzen drohten, Zähne wie die eines hungrigen Krokodils. Alex' Wut verlieh William Kraft. Ihre Gliedmaßen waren nicht mehr zu unterscheiden. Sie hatten beide dieselbe Farbe – schlammverschmierte, erdfarbene Arme, Beine, Oberkörper, verschlungen zu einer brodelnden, schlüpfrigen Masse, in der er manchmal nach unten sank, manchmal nach oben gedrückt wurde.

Verblüffte Frauen, Kinder und alte Leute sahen zu, wie sie sich gegenseitig in den Dreck warfen. Dann landeten sie auf einem der abgezogenen Bettgestelle; William drückte Alex' Gesicht in die Sprungfedern. Alex bewarf ihn mit einem der Reifen, die das Regenwasser daran hindern sollten, auf den Hof vorzudringen. William fing den Reifen auf und nagelte Alex darunter fest, verpasste ihm Schläge und Hiebe durch das Loch in der Mitte. Alex wand sich, versuchte auszuweichen. Er hörte Layla und Dena schreien, und endlich rissen Männer William beiseite. Man nahm Alex den Reifen ab.

Dena und Mustafa halfen ihm auf. Er blies Schlamm aus der Nase und wurde benommen zum Pavillon geführt.

Layla zog William zum Tor und ließ ihn dort stehen. Blutunterlaufene Augen und schlammsatte Kleider ließen ihn wie ein irres, frisch aus dem Untergrund geschlüpftes Wesen aussehen. Immer noch voller Wut knirschte William mit den Zähnen und schlug so heftig um sich, dass Layla beiseitetreten musste, um nicht von seinen fuchtelnden Armen getroffen zu werden. Über ihren Kopf hinweg starrte er mit wildem Blick zum Pavillon, wo Alex für ihn außer Reichweite war, schleuderte ihm Schimpfworte hinterher, diesem verzogenen, nutzlosen, undankbaren …

«Halt den Mund.»

Sein Blick sank auf ihr Gesicht. Sie zeigte zu den Jungen und Mädchen, die ihn anstarrten.

«Diese Kinder wissen sich besser zu benehmen als du.»

«*Er* hat angefangen.»

«William, wir haben hier vierzig, fünfzig Menschen, die Hilfe brauchen. Wir haben mehr als genug zu tun. Und da musst du dich mit Alex anlegen? Ausgerechnet jetzt?»

Es fiel Layla schwer, ihr Temperament zu zügeln. Sie waren alle mit den Nerven am Ende. Schon seit einem Monat kümmerten sie sich um so viele Leute, und das kostete Kraft. William war ständig unterwegs, fuhr Kranke zur Klinik und besorgte an Vorräten, was nur möglich war – Decken, Medizin, Brennholz –, für jene, die weiter nach Süden wollten. Mustafa erledigte zahlreiche Botengänge in die Stadt. Alex hatte gehofft, evakuiert zu werden. Nur Dena wirkte ungerührt. Sie brachte ihre Tage damit zu, die Dorfbewohner zu filmen, und wenn sie Zeit hatte, half sie Layla in der Küche.

Layla selbst wurde jede Sekunde des Tages gebraucht – um sich um kranke Kinder zu kümmern, die Schlafarrangements einer Familie zu regeln oder einen Streit wegen einiger Decken zu schlichten. Weil sie so viel zu tun hatte, war sie seit Tagen nicht mehr zu Hause gewesen und hatte Mustafa zu ihrem Vater geschickt, um ihm ausrichten zu lassen, dass sie bei der NGO benötigt wurde. Es überwältigte sie, für so viele Leute kochen zu müssen. Vor allem, da es kaum genug Bohnen, Linsen und Reis gab. Weil der Markt noch geschlossen war, horteten die Leute ihre Lebensmittel, schlossen sie in Schränke ein oder versteckten sie unterm Bett.

Sie und William hatten kaum noch Zeit füreinander. Nur hin und wieder konnten sie am Ende eines Tages einige wenige Augenblicke für sich finden. Layla sah dann die Furchen um seinen Mund, die vorstehenden Brauen über den vor Erschöpfung tief eingesunkenen Augen. Davon abgesehen, begegneten sie sich nur, wenn sie über das Grundstück hetzten, etwa wenn er in die Küche kam, um ein Tablett mit Essen zu holen, und sie sich die Zeit stahlen, ein paar Worte zu wechseln. Oder sie bat ihn, bei den Nachbarn nach Brot zu fragen.

Sie bewunderte ihn für die Geduld, mit der er den Dorfbewohnern half, für seine Energie, mit der er auf dem Weg zur Klinik unermüdlich den Gefahren der Straße trotzte. Dieser von Wut besessene William aber, der jetzt vor ihr stand, schien jemand völlig anderes zu sein.

Ihre Worte drangen offenbar zu ihm durch. Vor Scham verzog er das Gesicht.

«Wenn Alex dich angreift, dann geh einfach.»

Er wandte den Blick ab, eine leichte Kopfbewegung, aber sie deutete an, dass er verstanden hatte.

Ein Junge zupfte an ihrem Thoub und fragte, wann denn das Essen fertig sei.

«Bald», erwiderte sie und strich ihm über die Schulter. Durch den Aufruhr am Morgen hatte sich alles verzögert – sie hatte mit dem Mittagessen noch nicht einmal angefangen, und die Kinder bekamen Hunger. Sie drehte sich wieder zu William um. «Ich muss los. Halte dich von Alex fern.»

Sie ließ ihn stehen und ging vorbei an den auf nassem Grund ausgebreiteten Plastikplanen, auf denen alte Frauen lagen. Bei den Topfpflanzen saß ein junger Mann mit bandagierter Schulter. Die Kinder waren voller Energie, kreischten und jagten einander um den Mittelpfosten des Pavillons.

Da ihre Familie ständig umhergezogen war, waren sie dem Krieg immer einen Schritt voraus gewesen – oder einen Schritt hinterher. Sie verließen ein Dorf und hörten Wochen später, dass es abgebrannt war. Oder sie kamen zu einer kleinen Stadt und sahen, dass von den Häusern nur Ruinen übrig waren, die Geschäfte mit Einschusslöchern übersät und Gebäude zerbombt.

Erst jetzt, seit sie sich in Saraaya niedergelassen hatte, verstand sie, was es bedeutete, dauerhaft an einem Ort zu leben, die Angst des wehrlosen Opfers. Sie alle spürten das. Am Morgen nach dem Überfall der Rebellen war sie die zehn Kilometer vom elterlichen Hof zur Organisation gelaufen, vorbei an der qualmenden Polizeistation, am geplünderten Markt und den aschebestäubten Gassen, an den vor Security und Soldaten wimmelnden Checkpoints.

Straßen ohne Nachbarn, Freunde, Händler. Immer mehr Grundstücke und Höfe verlassen. In den Städten erkannte man das Ausmaß der Gewalt an den Strömen der Flüchtlinge, die tagtäglich eintrafen. Trotzdem war Layla besser dran als die meisten. Sie war eine Nomadin, ihre Verwandten waren Nomaden, und die Soldaten, die Milizionäre hatten es nur auf Niloten abgesehen.

In der Küche hatten sich einige Dorffrauen bereits darangemacht, das Mittagessen vorzubereiten - zwei putzten Reis, eine dritte hackte Zwiebeln. Layla lächelte sie dankbar an. Ohne die Hilfe dieser Frauen würde sie es einfach nicht schaffen, für so viele zu kochen.

Dass sie lachten, überraschte sie allerdings. Mustafa stand mitten in der Küche und spielte die Prügelei nach. Er boxte in die Luft und imitierte Alex' unbeholfene Hiebe, wechselte dann zu William, verhedderte seine Beine und krachte beim Hinfallen gegen Tische und Stühle. Die Frauen lachten so heftig, dass sie sich mit dem Kleidersaum die Tränen aus den Augen wischten. Layla stimmte unwillkürlich ein. Es tat gut, nach dem Ärger am Morgen einen Grund zum Lachen zu haben.

Die Frauen erkundigten sich nach William.

«Dem geht es gut.» Sie wandte sich an Mustafa. «Und Alex? Wie geht's ihm?»

Mustafa stellte den umgefallenen Stuhl wieder auf. «Hat sich ins Büro eingeschlossen. Glaub nicht, dass der so bald wieder rauskommt.»

Die Frauen wollten wissen, wer angefangen hatte und warum der weiße Mann so wütend gewesen war. Sie fanden es alle erstaunlich, dass sich zwei erwachsene Männer derart im Sand gewälzt hatten. Mustafa brachte sie erneut zum Kichern, als er sich mit ausgestreckten Armen und Beinen auf den Boden legte und Alex gefangen unterm Reifen spielte.

Ein schriller Schrei des Entsetzens aber wischte ihnen das Lachen aus dem Gesicht. Mustafa setzte sich auf. Sie drehten sich um, sahen Leute an der Tür vorbeirennen. Layla und Mustafa wechselten einen Blick, dann gingen sie hinaus auf den Hof.

Die Sonne war hervorgekommen und spiegelte sich in den Pfützen. Sie entdeckten William am Tor, umringt von Männern in Uniform. Ein Dutzend Soldaten hielt sich bereits auf dem Grundstück auf, manche standen bei William, andere drangen weiter vor, scheuchten die Leute auf, die sich weiter hinten wieder sammelten und versuchten, sich zu verstecken. Entsetzte Dorfbewohner rafften ihre Sachen zusammen und huschten in den Schatten der Mauer, in den Pavillon, in die Zimmer, seufzten und murmelten Gebete.

Die Soldaten schwärmten aus. Manche waren größer, andere kleiner, manche trugen Bärte, andere waren glatt rasiert, trotzdem konnte Layla sie in ihren grünen Kampfanzügen kaum auseinanderhalten, da sie sich alle mit der gleichen bedrohlichen Energie bewegten, das Gelände in Besitz nahmen, die Zimmer durchsuchten, hinter Küche und Bad gingen oder ins Zelt beim Pavillon. Das Grundstück hallte wider von Stiefelgetrappel, dem atemlosen Geflüster der Dorfbewohner und dem Wimmern der Kinder.

Mit Mustafa an ihrer Seite schlich sie sich zum Eingang und versuchte, keine Aufmerksamkeit zu erregen. William stand da, eine Hand am Tor, und sprach mit dem Befehlshaber - einem groß gewachsenen Mann mit bedächtigen, präzisen Bewegungen. Das Weiß seiner Augen war gefleckt. Der Anschein von Langeweile, mit dem er sich erst umsah und dann William anblickte, wirkte kalkuliert.

«Beruf?», fragte er.

«Ich arbeite hier als Dolmetscher.» William versuchte, ihm Paroli zu bieten, indem er sich zu voller Größe aufrichtete, aber der unsichere Griff, mit dem er den Torknauf umklammerte, verriet seine Hilflosigkeit. Die Soldaten waren bereits in das Quartier der NGO eingedrungen. Es war zu spät, das Tor vor ihnen zu verschließen. Trotzdem versuchte er, dem Offizier auf Augenhöhe zu begegnen. «Ich versuche, mich hier um alles zu kümmern.»

Der Befehlshaber deutete mit einem Kopfnicken auf die Dorfbewohner, dann sah er wieder William an.

«Wie lang sind diese Leute schon da?»

«Etwa einen Monat, seit Mitte Mai.»

«Und Sie lassen zu, dass sie sich die ganze Zeit ohne Erlaubnis hier aufhalten?»

William zögerte. «Es sind alte Leute, Kranke und Mütter.» Layla sah ihm an, wie genau er jedes Wort abwägte. «Sie haben ihr Zuhause verloren und bei uns Hilfe gesucht. Und wir lassen sie bleiben. Wir sind eine humanitäre Organisation.»

«Für die Stadt gilt der Ausnahmezustand. Versammlungen sind verboten.»

«Das ist keine Versammlung.»

«Es ist nicht an Ihnen, das zu beurteilen.»

Ein Kind jammerte, obwohl die Mutter hektisch versuchte, es zum Schweigen zu bringen. Williams Blick suchte das Kind, und er entdeckte sie und Mustafa. Er bedeutete ihnen, sich im Hintergrund zu halten.

Layla sah zum Pavillon. Dena stand bei den Dorfbewohnern und blickte zu ihnen herüber. Alex trat aus dem Büro. Als er die Soldaten sah, wurde sein von der Prügelei noch schmutziges Gesicht bleich.

Der Offizier zeigte auf ihn: «Seine Genehmigung.»

William rief Alex zu, er solle seine Arbeitserlaubnis vorzeigen. Alex ging ins Büro, gefolgt von einem Soldaten. Sie kamen wieder heraus, der Soldat überreichte die Papiere.

Der Offizier überflog sie. Dann befahl er, alles zu durchsuchen. Soldaten, die wie Statuen stillgestanden hatten, gingen plötzlich mit einer Gewalt vor, die alle überraschte. Zwei Männer zerrten ein altes Paar von ihrer Matte. Weitere drei traten behelfsmäßig errichtete Regendächer ein, kippten Kohleöfen um, rissen Säcke auf und warfen Alex' Satellitenschüssel in den Dreck. In Zweiergruppen öffneten die Männer Türen, und durch die Türrahmen konnte Layla sehen, wie sie Glas zerbrachen und Matratzen aufschlitzten. Die

Schnur mit den Wimpeln wurde abgerissen, als Frauen entlang der Außenmauer flohen; Plastikstühle flogen umher, als Soldaten versuchten, zu denen vorzudringen, die sich hinter den Möbeln verschanzt hatten. Gebellte Befehle übertönten die Schreie der Dorfbewohner, Dinge zerbrachen, krachten zu Boden, und Wasser platschte, als die Leute durch Pfützen rannten.

Kinder klammerten sich an ihre Mütter, die sie hinter ihrem Rücken verbargen oder in ein Versteck zogen. Wer durch das Tor zu fliehen versuchte, wurde mit Kolbenhieben zurückgetrieben. Eine alte Frau lag auf der Seite, stöhnte, ihr Stock außer Reichweite. Ein Mann lag blutend am Boden, ein anderer hockte weinend an der Mauer.

Layla verlor William und Alex aus den Augen. Sie hielt Mustafa fest. Sie wurden geschubst, vorwärtsgezerrt. Zwei Soldaten kamen auf sie zu, und sie rannten mit einigen Frauen und alten Leuten in die Küche. Die Soldaten folgten ihnen. Sie warfen den Kühlschrank um, kippten Töpfe aus. Geschirr wurde an Fenster und Wände gepfeffert, auf dem Tisch zerschlagen. Barfüßige Kinder schrien auf, als sie über Scherben liefen. Die Männer blockierten die Tür, und die Flüchtlinge drängten in die Speisekammer. Drei Frauen kauerten sich hinter dem umgekippten Kühlschrank zusammen, mehrere hockten unterm Tisch.

Gegen den Tresen gepresst hielt Layla Mustafa fest. Ein Soldat griff nach ihr. Sie stolperte über ihren Thoub. Mustafa hängte sich an sie, als sie nach draußen abgeführt wurden. Man befahl ihnen, sich an die Küchenwand zu setzen, und so hockten sie da, zusammen mit einer Schar Dorfbewohner, die Kleider klitschnass, Schlammspritzer im Gesicht, in der brennenden Sonne, die auch aus den Pfützen heraufblitzte. Uniformierte streiften über das Gelände, trieben Leute zusammen.

Auf der anderen Seite des Grundstücks sammelten sich Soldaten um den Lagerraum. Einer riss an der verschlossenen Tür.

«Wo ist der Schlüssel?», rief er William zu, der unter Bewachung beim Büro stand.

«Da drinnen.» Er zeigte auf die Küche.

Der Soldat führte ihn hin. Als er zur Tür kam, sah er Layla und Mustafa wieder. Eine Frage in seinen Augen. Layla nickte, alles in Ordnung. Eine Minute später tauchte er wieder auf, daneben der Soldat mit dem Schlüssel in der Hand.

Mustafa packte Layla am Arm. Er erhob sich halb, folgte mit seinem Blick William und dem Soldaten, die zum Lagerraum gingen.

«Nein», sagte er. «Die dürfen da nicht rein.»

Er wand sich, drückte ihren Arm so fest, dass es wehtat. Plötzlich ließ er sie los und stand auf.

Sie fasste nach ihm. «Setz dich, Mustafa!» Aber er riss sich los und stürzte William hinterher.

Kurz vor dem Lager hielt Mustafa an. Ihm gegenüber stand William, flankiert von zwei Soldaten. Drei Männer betraten den Raum; er hörte, wie sie die Kisten durchsuchten, Möbel verrückten, ihre Stimmen vom Lärm gedämpft. Regale krachten zusammen, Sachen wurden umgeworfen - dem Geräusch nach Eimer, Mopps und Besen. Staubwolken wehten zur Tür. Er betete, dass sie nicht allzu gründlich suchten, dass der Lärm bald aufhörte.

Er musterte William, der sich ganz auf den Lagerraum konzentrierte, jetzt aber ruhiger wirkte - die Angst, die Mustafa beim Eintreffen der Soldaten flüchtig auf seinem Gesicht wahrgenommen hatte, war verschwunden. William stand einfach da, zwischen diesen beiden Männern, die Arme hingen schlaff herab, und er wartete darauf, dass sie mit ihrer Suche fertig wurden und weiterzogen.

Über den Hof hinweg versuchte Layla, seine Aufmerksamkeit auf sich zu lenken. Sie saß immer noch vor der Küche zwischen all den Frauen, die Kinder an ihre Brust drückten; manche weinten, andere stierten zu Boden. Sie fragte etwas, wollte wissen, was los war, ob alles in Ordnung war. Er schüttelte den Kopf. Er wusste es nicht, noch nicht.

Mustafa schluckte und wandte sich wieder dem Lagerraum zu. Die Soldaten ließen sich Zeit, suchten gründlich. Seine Kehle war trocken, die Ohren dröhnten. Er hatte keine Gelegenheit gehabt, die Waffen umzulagern. Am Tag nach dem Brand war er zu Deng gegangen, aber die Werkstatt gab es nicht mehr. Deng humpelte aus dem Dunkeln auf ihn zu, einen Arm in der Schlinge, die Wangen dunkel verfärbt, ein Auge geschwollen. Auf der Suche nach Waffen krempelten die Behörden die ganze Stadt um, erzählte er Mustafa. Sie seien auch hier gewesen, hätten die Werkstatt auseinandergenommen und ihn verprügelt. Falls sie jetzt die Waffen woanders hinbrachten, würde man sie erwischen. Er befahl Mustafa, den Mund zu halten und dafür zu sorgen, dass die Waffen versteckt blieben. Den Sitz der NGO würden die Behörden bestimmt nicht im Verdacht haben. Dort lebte ein weißer Mann; also würde man sie in Ruhe lassen. Er gab Mustafa einhunderttausend Pfund, damit er sich an das hielt, was er ihm gesagt hatte.

Mit dem in einer Milchdose versteckten Geld kehrte Mustafa auf das Grundstück zurück. Außer ihm betrat niemand das Lager - das war sein Reich, in dem er Putztücher aufbewahrte, Seife und den Mopp. Sobald sich die Lage wieder beruhigt hatte, wollte er die Waffen in ein neues Versteck bringen. Ibrahim würde ihm helfen. Sie würden die Waffen bei einem Baum vergraben oder in eines der verlassenen Dörfer bringen. Bis dahin würde er abwarten und sich unauffällig verhalten. Bei dieser Menge an Leuten war es unmöglich, die Kisten fortzuschaffen, außerdem wäre es riskant, sie auf demselben Weg wieder nach draußen zu schmuggeln. Soldaten und die Miliz patrouillierten die Gassen. Und so waren die Waffen dort geblieben.

Bis jetzt. Denn während seine Blicke zwischen William und dem Lagerraum hin und her huschten und er gerade zu glauben begann, dass alles besser als diese Ungewissheit war, ertönte ein Ruf. Und dann drängten die Soldaten nach draußen und brachten zwei Kisten, die sie krachend vor der Tür absetzten.

Wie gebannt sah er zu. Er hätte wegrennen sollen, aber er blieb. Ein Soldat alarmierte den befehlshabenden Offizier. Er kam. William wie auch Alex wurden von Soldaten umringt. Jemand machte einen Deckel auf. Und da waren sie - ein Dutzend Gewehre; die Mündungen blitzten in der Sonne. Der Offizier bückte sich, nahm eine Waffe, untersuchte sie, tastete über den Pistolengriff, strich über den Schaft und prüfte das Magazin, als fragte er sich, ob er sie kaufen sollte. Im Hintergrund wimmerten Kinder; und Frauen versuchten, ihr Schluchzen zu ersticken.

Der Offizier hielt die Waffe hoch.

«Wo kommen die her?», fragte er William.

Williams Blick wanderte von den Waffen zum Offizier und wieder zurück, Verwirrung im Gesicht, so als könne er sich keinen Reim auf die Waffen machen oder hätte die Frage nicht verstanden und vor allem nicht, warum der Offizier sie ausgerechnet ihm stellte.

«Ich habe keine Ahnung.»

Der Offizier warf das Gewehr zurück in die Kiste, ein Geräusch, das Mustafa zusammenzucken ließ.

«Sie sind hier verantwortlich.»

Mustafa stand halb versteckt zwischen den Soldaten. Sämtliche Aktivität um sie herum hatte aufgehört.

«Wer hat sonst noch Zugang zu diesem Raum?»

«Ich ...» Williams Blick schweifte über die Soldaten hinweg zu den Flüchtlingen. Einen Moment lang, eine kurze Millisekunde lang, streifte er auch Mustafa. Und Mustafas Gesicht oder seine Haltung musste ihm etwas verraten haben, denn sein Blick schwenkte zurück. William starrte ihn an, der Mund leicht offen, das Begreifen auf seinem Gesicht so unverkennbar, dass der Offizier sich umdrehte, um nachzusehen, wem der Blick galt, aber Mustafa huschte davon.

Furcht und Entsetzen tobten in Mustafas Brust. Er stand hinter einem uniformierten Mann und spähte zu William hinüber. Dessen Augen waren weiß, etwas wie Schmerz legte sich über sie, die Muskeln im Gesicht angespannt, da er sich offenbar größte Mühe gab, die Fassung zu wahren, dann aber wurde der Mund schlaff, als hätte William alle Kraft verloren. Mustafas Herz hämmerte so wild, dass er es im Hals spürte. Er sah zu, wie sich Williams Blick plötzlich verhärtete, wie er die Augen zusammenkniff und die Lippen, fast als hätte er einen schlechten Geschmack im Mund.

«Nun?»

William wandte sich zum Offizier um. Mustafa wollte ihn anflehen, ihn doch bitte nicht zu verraten, aber William sah nicht zu ihm hinüber.

Er sagte: «Der Schlüssel ist in der Küche.»

Der Offizier erhob sich. «Und?»

«Der Schlüssel hängt in der Küche hinter der Tür. Ihre Männer haben es selbst gesehen. Jeder hätte die Waffen im Lagerraum verstecken können.»

Der Offizier wartete. Aber William blieb stumm. Erleichterung erfasste Mustafa, und er machte eine Bewegung; er wollte Williams Blick auf sich lenken, aber der schaute einfach durch ihn hindurch, und mit einem Schock begriff Mustafa, dass William sich weigerte, ihn anzusehen.

«Wollen Sie etwa behaupten, Sie seien hier der Verantwortliche, aber direkt unter Ihrer Nase wurden Waffen hereingeschmuggelt, ohne dass Sie oder der Weiße auch nur die geringste Ahnung davon gehabt hätten?»

Williams Kiefer pochte. «Genau das will ich sagen, ja.»

«Sie haben Waffen versteckt und geglaubt, wir würden hier nicht danach suchen. Eine clevere Tarnung, Ihre humanitäre Organisation.»

«Ich habe alles gesagt, was ich weiß.»

Bewegung kam unter den Soldaten auf. William schaute sich um. Alex spürte, dass sie in Gefahr waren. Immer wieder fragte er William, was denn los sei, aber William, der mit dem Offizier sprach, ignorierte ihn.

Es folgte ein Moment der Stille. Dann ein kaum wahrnehmbares Nicken des Offiziers, und einer der Männer trat aus dem Meer an Uniformen hervor und verpasste William einen heftigen Hieb an die Schulter. William brach zusammen. Soldaten umdrängten ihn. Mustafa konnte nichts mehr sehen, eine Wand aus Uniformen verstellte seinen Blick. Kinder schrien. Dorfbewohner rannten zum Tor. Alte Männer gerieten ins Stolpern, als sie versuchten, mit ihren Gehstöcken Soldaten abzuwehren; Frauen kauerten sich zusammen, zogen Kinder und Enkelkinder in ihre Arme. Er sah, wie Layla sich bei der Küche so heftig nach vorn drängte, dass sie auf Händen und Knien in den Schlamm fiel. Er blickte zum Pavillon, fand Dena aber nicht – vor einer Minute war sie noch dort gewesen. Wieder wandte er sich dem Knäuel um William zu. Weitere Laster trafen ein. Soldaten scheuchten Flüchtlinge durchs Tor nach draußen.

Mustafa schlich sich entlang der Wand zurück, an umgefallenen Topfpflanzen vorbei zum Büro. Er wusste nur noch, dass er sich verstecken musste, denn wenn er das nicht tat, würde man ihn davonzerren und an einen grässlichen Ort verschleppen.

Aus dem Pavillon heraus beobachtete Dena die Männer, die William umringten. Bei den Soldaten stand Mustafa, und über den Hof hinweg konnte sie Layla erkennen, die sich halb aufrichtete und versuchte zu sehen, was man William antat. Am Tor weinten und wimmerten Dorfbewohner vor den Soldaten mit ihren Gewehren - sie saßen in der Falle, nicht nur die Soldaten, sondern auch die Mauern versperrten ihnen den Weg.

Sie roch die Angst. Verletzte Männer sackten in sich zusammen; alte Leute, zu schwach, um zu laufen, stützten sich auf und versuchten, die Soldaten im Blick zu behalten. Neben ihr gab eine Frau einen leisen, klagenden Ton von sich; hin und wieder heulte jemand auf oder betete laut, was, zusammen mit dem Greinen der Kinder, die Panik im Pavillon noch verstärkte.

Einige der Soldaten, die um William herumstanden, brachen aus dem Kreis aus und kamen auf sie zu. Sie hatte die Kamera dabei, wagte aber nicht, sie hochzuheben, ließ sie von der Hand baumeln, was sie unsichtbar machte. Die Menge wich zurück, als die Männer näher kamen, doch die Soldaten bedeuteten ihnen mit den Gewehren, sich hinzusetzen. Ein Mann stolperte und trat auf ein Kind; neben Dena fiel eine alte Frau der Länge nach zu Boden. Die Dorfbewohner hockten sich nieder, leise, und sie verharrten so reglos wie nur möglich.

Dena hatte Angst zu filmen. Etwas in ihr aber widersetzte

sich dieser Angst. Der Krieg, der stets so fern gewesen war, der im Hintergrund geblieben war und sich ihr immer irgendwie entzogen hatte, fand nun direkt vor ihr statt – gleich hier, und sie wusste, wenn sie nicht den Mut aufbrachte, die Kamera zu heben, würde sie sich das nie verzeihen.

Sie blickte nach rechts. Ein Soldat hatte den Blick abgewandt, sah zum Lagerraum hinüber. Links, bei der Küche, standen zwei Männer und bewachten die Frauen, zwischen denen Layla saß. Dena drehte sich um, prüfte das Gelände hinter dem Pavillon. Keine Männer. Sie richtete sich halb auf und hob die Kamera an, den Soldaten im Blick, der vor der Menge einen Mann verhörte.

Der Soldat fragte den Mann nach seinem Namen, seinem Dorf. Als der auf Nilotisch antwortete, herrschte er ihn an, er solle Arabisch sprechen. Der Mann antwortete wieder in seiner eigenen Sprache, er konnte kein Arabisch. Der Soldat zog ihn am Hemd hoch. Ein Saum löste sich, der fadenscheinige Stoff zerriss. Kraftlos sackte der Mann zu Boden und blieb einen Moment lang reglos liegen, fast, als hätte er das Bewusstsein verloren. Plötzlich aber hob er den Kopf und spuckte dem Soldaten ins Gesicht. Der Soldat zuckte zurück, ließ ihn los und wischte sich über den Mund. Dann verpasste er dem Mann einen so heftigen Schlag, dass der hintenüber zwischen die Frauen und Kinder fiel.

Als sie die Unruhe bemerkten, lösten sich zwei Soldaten aus der Gruppe um William und kamen zum Pavillon. Der Soldat, der angespuckt worden war, presste das Gesicht des Dorfbewohners jetzt mit der Mündung seiner Waffe auf den Boden. Er drückte so fest, dass der Mann zu wimmern begann. Die Aufnahme im Bildausschnitt verschwamm, sie stellte scharf, zoomte auf das Gesicht des Mannes, auf die Tränen, die ihm kamen, die Lippen, die sich bewegten.

Ein Schubs von hinten, und sie ließ die Kamera fallen,

stieß sich den Kopf an jemandem vor ihr. Die Stirn brannte. Eine Frau drehte sich um, wollte sie ausschimpfen, verstummte aber. Dena folgte ihrem Blick zu dem Soldaten, der sich über sie beugte. Er war groß, die Augen weit auseinander, die Mütze in den Nacken geschoben, ein schmaler Schnurrbart. Er musterte sie mit lüsternem Blick, bückte sich nach der Kamera und riss Dena am Arm hoch. Die Soldaten weiter vorn blickten zu ihnen herüber.

«Sie filmt», sagte er und hielt die Kamera hoch. Dena wand sich, er aber verstärkte den Griff und schob sie durch die Menge; sie strauchelte, als sie versuchte, den Fingern einer Frau auszuweichen, stolperte über ein Knie. Der Soldat, der dem Dorfbewohner das Gewehr an den Kopf hielt, drückte weniger fest zu; der Dorfbewohner gab keinen Laut von sich. Der Soldat befahl einem Gefährten zu bleiben, während er selbst Dena mit dem ersten Soldaten in den Hof führte. Zwischen beiden eingezwängt spürte sie am Arm ihre kratzigen Uniformen, hörte das Metall der Gewehre gegen Patronengurte scheppern.

«Wo bringen Sie mich hin?»

Sie blickte sich hilfesuchend um. Layla und die Frauen, die vor der Küche gesessen hatten, wurden zum Tor geführt. Alex versuchte, zu William vorzudringen, der immer noch von Männern umringt war. Mustafa blieb verschwunden. Sie rief laut, aber niemand hörte sie, und der Soldat zerrte so heftig an ihr, dass ihr die Luft wegblieb.

Der andere Mann öffnete mehrere Türen, stieß aber jedes Mal auf Soldaten, die die Räume durchsuchten, also machten sie weiter, bis sie zu Denas Schlafzimmer kamen. Es war leer – bis dahin waren die Suchtrupps noch nicht vorgedrungen. Sie schoben sie ins Zimmer und schlossen hinter sich die Tür.

Dena starrte sie misstrauisch an. Sie könnte zum Fenster in ihrem Rücken rennen, hörte draußen aber Männer lachen. Ihr Blick huschte durchs Zimmer – das Bett, das sie am Morgen gemacht hatte, auf dem Boden das Schulterstativ, auf dem Tisch neben dem Schrank Stapel datierter Videokassetten.

Der Blick der Soldaten fiel auf diese Kassetten. Der bei der Tür ging zum Tisch, öffnete eine Kassette, spulte das Band auf den Boden. Sie wollte sie ihm aus der Hand reißen, doch als sie eine Bewegung machte, ließ sein Blick sie erstarren. Er nahm sich eine zweite Kassette, dann noch eine, das Geräusch, mit dem die Bänder herausgerissen wurden, füllte den Raum.

«Ich hab dich in der Stadt gesehen», sagte der mit der Kamera; der andere trampelte auf den Kassetten herum und schleifte die Bänder mit den Stiefeln hinter sich her, als er sich neben ihn stellte. Dieser Soldat war kleiner, die Uniform zu weit für seine schmale Figur, der Kopf rasiert, das schmale Gesicht geprägt von dunklen, skrupellosen Augen und einem breiten Mund mit vollen Lippen.

«Was bist du? Ein Mann oder eine Frau?», fragte der Erste. Er wandte sich an seinen Freund. «Was glaubst du?»

«Sieht aus wie ein Mann, bewegt sich aber wie eine Frau.» Der Erste drückte auf die Knöpfe der Kamera und blickte durchs Okular. Er hatte die Kappe nicht vom Objektiv genommen.

Sie zuckte zusammen, als er sich bewegte. «Mach sie an.»

Sie nahm die Kappe ab, schaltete die Kamera ein und reichte sie ihm zurück. Er musterte Dena mit zusammengekniffenen Augen, stellte scharf. «Nimmt die jetzt auf?»

«Ja», log Dena. Sie hatte nicht auf Record gedrückt.

Der andere drängte näher, wollte selbst sehen.

«Zeig's uns», sagte er und nahm seinem Freund die Kamera ab.

«Sie nimmt auf.»

«Dann zeig's uns.»

Er gab ihr die Kamera zurück.

«Man muss das Band rausnehmen und auf Replay drücken.»

«Sie lügt», sagte der andere. «Sie hat uns mal am Checkpoint gefilmt und uns dann die Aufnahme gezeigt.»

Sie starrte ihn an, erinnerte sich plötzlich an das schmale Gesicht. Er war der, der sie vor all den Wochen so lüstern angestiert und ihr ins Gesicht gegriffen hatte, als sie auf dem Weg in die Savanne von Soldaten aufgehalten worden war.

Der Größere packte sie.

«Okay», sagte sie. «Man muss da draufdrücken. Wenn die rote Lampe leuchtet, nimmt sie auf.»

«Hältst uns wohl für Trottel, wie?»

Er trat zurück, blickte durchs Objektiv.

«Zieh sie aus.»

Der andere drehte sie zu sich herum und riss ihre Bluse auf. Sie sackte an der Wand zusammen, wimmerte, versuchte sich zu verstecken. Er zerrte sie hoch und zog ihr die Bluse von den Schultern.

«Gut», sagte der mit der Kamera, hantierte am Objektiv, stellte das Bild scharf. «Und jetzt zieh ihr dieses Ding aus.»

Er zog an ihrem BH. Sie schrie, kämpfte gegen ihn an, und als sie sich nicht befreien konnte, drehte sie sich wieder zur Wand, spürte die Hitze des Soldaten an ihrem Rücken, ihrer nackten Brust.

«Ist das eine Bohnenstange.» Der hinter der Kamera lachte. «Kein Fleisch auf den Rippen.»

Der, der sie festhielt, keuchte ihr ins Ohr. Er hob eine Hand, streichelte sie. Der mit der Kamera rückte näher, und sie sah, wie die Kamera von ihrem Gesicht über die Schulter zu den nackten Brüsten wanderte. Wieder versuchte sie, sich mit den Händen zu bedecken.

«Sorg dafür, dass sie uns mehr zeigt», sagte der hinter der Kamera.

Die Finger des anderen glitten auf ihre Hüfte, machten sich am Reißverschluss ihrer Hose zu schaffen. Er hob sie mit einem Arm an und zerrte an ihren Jeans, streifte ihre Schuhe ab. Fast wäre sie hingefallen, als er sie wieder abstellte, die Jeans ein Knäuel um ihre Knöchel.

«Zieh sie richtig aus, mach, sonst werde ich sauer.»

Ihre Knie wurden weich, ihr war schwindlig. Sie schüttelte die Jeans ab und stand barfuß da in ihren Männershorts.

«Selbst ihre Unterhose ist wie die von einem Mann», lachte der mit der Kamera. «Willst du ein Mann sein oder was?»

Der, der sie hielt, zerrte an ihrer Unterwäsche, aber jetzt kratzte sie ihn. Er schlug sie hart. Sie biss ihm in die Hand. Er krallte seine Finger ins kurze Haar und riss ihr den Kopf so heftig in den Nacken, dass sie aufschrie.

Er besah sich die Bisswunde an seiner Hand. Dena fürchtete, er würde sie schlagen, stattdessen aber zog er sie an sich, umklammerte ihre Brüste und schleckte mit der Zunge über ihre Wange.

«Das ist gut», sagte der andere. Die Kamera wanderte über ihr Gesicht, ihren Hals, ihre Brust.

Die Tür flog auf, und Alex taumelte, fiel fast ins Zimmer. Sein Gesicht gerötet, Kleider und Arme schlammbespritzt. Er blickte sich verwirrt um, wollte weiter ins Zimmer vordringen, entdeckte dann aber den Soldaten neben der Tür und zuckte zurück, das Gesicht jetzt weiß vor Angst. Verschreckt blickte er sich um und entdeckte nun auch den zweiten Mann. Er sah Dena, schien sie aber nicht zu erkennen, bis sie sich wand und einen Laut von sich gab. Entsetzen huschte über sein Gesicht, als er mit einem Keuchen ihren Namen ausstieß.

Schweißtropfen traten ihm auf die Stirn. Er zögerte,

schluckte, hielt einen Arm vor sich, als wollte er einen Schlag abwehren. Er starrte zu ihr hinüber. Sie weinte, wehrte sich gegen den Soldaten, kämpfte sinnlos gegen ihn an, bis er sie mit einem Arm an die Wand nagelte. Durch die offene Tür drang der Lärm der Durchsuchung, Schreie verängstigter Dorfbewohner, Flüche.

Hilflos ließ Alex seinen Blick durchs Zimmer wandern. Die Füße hatten sich im Filmband verheddert; er blickte zu Boden, dann wieder auf, sah die Kamera in der Hand des Soldaten. Er wich einen Schritt zurück, am Boden raschelten die Bänder.

«Raus hier», sagte er.

Die Soldaten beobachteten ihn neugierig. Er ging weiter vor, näherte sich ihnen langsam. Er sah Dena an, die jetzt kleine, atemlose Schluchzer von sich gab und nur vom Arm des Soldaten aufrecht gehalten wurde.

Der, der sie an die Wand drückte, sagte auf Arabisch: «Du gibst uns keine Befehle, weißer Mann.» Er hob die andere Hand. Sie flackerte kurz an ihrem Gesicht vorbei. Dann traf sie ein Schlag an der Wange, so heftig, dass ihr Kopf gegen die Wand krachte.

Alex warf sich auf ihn. Sie krachten gegen die Wand, und Dena glitt zu Boden. Der andere Soldat ließ die Kamera fallen und schnellte nach vorn, trat auf Dena und stürzte sich auf Alex. Sie kroch unters Bett. Alex fiel mit dem Soldaten hin, der aber sprang wieder auf, während sein Kumpan Alex am Boden festhielt. Er wehrte sich, sie traten ihm gegen den Kopf, die Brust, den Rücken. Sie schlugen mit dem Gewehrkolben zu, bis seine Bewegungen schwächer wurden, Arme und Beine schlaff. Er rollte sich zusammen, schützte sein Gesicht. Dena schleppte sich unterm Bett vor, richtete sich auf, aber sie war zu schwach und fiel erneut hin, sackte zitternd in sich zusammen.

Alex hatte sich seit Minuten nicht mehr gerührt, aber sie sah, wie er nach der Kamera griff und sie unter einen Stuhl schob.

«Noch wach?», fragte einer der Soldaten.

«Fahr zur Hölle», sagte Alex und spuckte Blut. Er sah zu ihnen hoch, das Kinn gereckt, der Blick benommen. Dena konnte sehen, was kam, Alex aber, blind oder im Wahn, sagte immer wieder: «Fahr zur Hölle.»

Der Soldat hob den Stiefel.

«Fahr zur ...»

Sie schloss die Augen, hörte ein Krachen, als würde Holz zersplittern, und spürte, wie Blut sie bespritzte.

Eine Bö raschelte durchs Dach des zerstörten Pavillons. Stroh lag verstreut entlang der Küchenmauer, Papiere und Karten flatterten im Wind. Die Zeltleinwand wurde vom Wind aufgebläht und fiel wieder in sich zusammen. Die Küchentür hatte man aus den Angeln gerissen, Schubladen mitten im Hof ausgekippt. Filmband aus Denas Kassetten flocht Spinnennetze um umgekippte Stühle und Topfpflanzen. Der Boden war mit nassen Kleidern übersät, mit einzelnen Schuhen, Haarbürsten, Speiseölkanistern und Brennholz.

William lehnte an der Wand zum Büro. Die Rippen pochten, der Nacken war klebrig von Blut. Die Lippen geschwollen. Das Tor zum Grundstück stand offen, und er wollte es schließen, aber er blieb sitzen, den Kopf gesenkt, die Bö streifte ihm durchs Haar.

Die Soldaten waren so plötzlich verschwunden, wie sie gekommen waren. Ein Befehl aus der Garnison - ein Hinterhalt, Männer wurden gebraucht. Sie hatten die Dorfbewohner in die Laster gescheucht, die Gewehrkisten aufgeladen.

William hatte man zurückgelassen - warum, das wusste er nicht. Er lag auf dem Boden, sah, wie sie die Flüchtlinge vor sich hertrieben, wie sie alte Leute traten und schlugen, wie sie Kinder ihren Müttern entrissen, wie Männer die Straße entlangmarschierten. Soldaten traten über ihn hinweg, liefen an ihm vorbei. Er schloss die Augen, und als er sie wieder öffnete, waren sie fort.

Er wuchtete sich auf die Knie, aber er spürte ein Stechen in der Seite, sodass er sich zusammenkrümmte. Er stützte sich an der Wand ab, starrte auf die Fußabdrücke am Boden, wartete darauf, dass der Schmerz nachließ, dann stieß er sich ab und humpelte durchs Chaos, mied Papiere und Habseligkeiten. Keine Spur von Layla, Alex oder Dena. Oder von Mustafa. Der Gedanke an den Jungen ließ ihn laut fluchen; er steigerte sich so in seine Wut hinein, dass er stehen bleiben musste, da wieder ein Stich seinen Bauch durchfuhr.

An der Küchentür blieb er stehen, ließ seinen Augen Zeit, sich ans Dämmerlicht zu gewöhnen. Der Kühlschrank lag umgekippt in einer Wasserpfütze. Suppe tropfte vom Herd auf den Boden, hinterließ Streifen. Der Tisch lag kopfüber. Messer und Löffel zwischen zersplittertem Glas und zerbrochenem Geschirr.

Er glaubte, ein Schluchzen zu hören. Jemand atmete oder weinte. Layla. Sein Herz machte einen Satz. Vorsichtig mied er die Scherben und folgte den Lauten in die kleine Speisekammer.

Hier drinnen war es dunkler als in der Küche; es drang kaum Licht durch die beiden kleinen Fenster über den Regalen. Layla hockte am Boden, wiegte sich hin und her. Sie sah ihn an und legte einen Finger an die Lippen. Den anderen Arm hatte sie um Dena geschlungen, die wie zu einem Ball zusammengerollt dalag, ihr Kopf in Laylas Schoß.

Er ging zu ihr, bückte sich: «Alles in Ordnung?»

«Mir geht es gut.»

Er musterte sie prüfend. Die Augen waren klar, das Gesicht unversehrt, nur das Kleid war zerrissen und schlammbespritzt. Ihr Thoub lag in einem Bündel neben ihr. Sie wies mit einem Kopfnicken auf Dena und schaute ihn an.

Dena blieb reglos, die Knie hochgezogen, das Gesicht in der Armbeuge vergraben.

«Wurde sie …?» Er verstummte, starrte Layla nur an.

«Ich bin mir nicht sicher», wisperte sie.

Diesmal starrte er Dena an. «Muss sie zum Arzt?»

«Sie sagt nein, aber irgendwas …» Layla senkte die Stimme. «Man hat sie in ihr Zimmer geschleppt. Mehr will sie mir nicht sagen.»

«Bringen wir sie ins Bett.»

«Sie sagt, sie will nicht zurück in das Zimmer. Lass uns eine Weile bei ihr bleiben.» Sie streichelte Denas Arm. «Und wie geht es dir?» Ihr Blick wanderte über sein Gesicht. «Ich habe gesehen, wie sie dich geschlagen haben.» Ihre Stimme bebte. «Ich hatte solche Angst.»

«Mir geht es gut», sagte er und zog sie an sich. «Layla, hör mal.»

Ihre Miene war ernst, ein Spiegelbild seiner eigenen, die Augen riesig und eingefallen im Dämmerlicht der Speisekammer. «Layla, willst du mich heiraten?»

Er konnte ihr Gesicht nicht erkennen, und während er redete, bekam er Angst, dass er es verpatzt, dass er den falschen Moment gewählt hatte, dass es gefühllos von ihm war, sie so etwas zu fragen, wo doch Dena verletzt zwischen ihnen lag. Aber als er sie in der Küche fand, war er so erleichtert, zugleich aber auch so sicher gewesen, dass er sie einfach fragen musste. Seit Wochen hatte er daran gedacht, sie zu fragen, auch in den Tagen, an denen alles den Bach runterging, Tagen, an denen er sich gefragt hatte, was aus ihnen werden würde, wenn sie den Sitz der NGO verlassen mussten. Für sie gab es nur eine einzige Möglichkeit, zusammen von hier fortzugehen, nämlich die, vorher zu heiraten.

«Ich liebe dich. Ich möchte bei dir sein, möchte mit dir zusammen sein, wenn es noch schlechter kommt, und die Dinge werden schlechter. Wenn wir heiraten, könnten wir zusammenbleiben und ...»

«Ja», sagte sie. «Ja.»

Sie zog ihn an sich, küsste ihn auf die geschwollenen Lippen, und er schrie vor Schmerz und Glück.

Mustafa kauerte unter dem Tisch im Büro, versteckte sich. Die Uhr, die er von dort aus sehen konnte, hing zerborsten an der Wand, beide Zeiger standen auf kurz vor elf. Er wusste nicht, wie lange er gewartet hatte. Er war ins Büro gerannt und unter den Tisch gekrochen, hatte das Trampeln der Stiefel gehört, Stühle, die umgeworfen wurden, Glas, das zerbrach. Von der Straße waren Schreie herübergehallt, dann war es still geworden.

Er saß da mit dem Kinn auf den Knien und starrte die geschlossene Tür an. Das Holz dicht über seinem Kopf, Metall, das ihn in der engen Lücke beidseitig umschloss, so fühlte er sich sicher wie in einem Kokon. Er stellte sich vor, in einem Kasten zu stecken und auf einem Fluss dahinzutreiben, eingelullt vom sanften Wiegen der Strömung, dem Geplätscher des Wassers. Er schloss die Augen und malte es sich aus, bis der Raum sanft zu schwanken begann und er meinte, den Fluss hören zu können. Der Gedanke an Wasser erinnerte ihn an seinen trockenen Hals. Er hatte Durst, und hungrig war er auch.

Er öffnete die Augen und sah zur Tür, überlegte, ob er es

riskieren konnte, nach draußen zu gehen. Vielleicht waren noch Soldaten im Hof. Aber dazu war es zu still. Er brauchte Wasser. Und er musste William finden.

William, dachte er voller Angst, war entweder tot oder stinksauer.

Oder verhaftet. Oder verletzt. Er hoffte, William war nicht tot, nur ein bisschen verletzt, jedenfalls so verletzt, dass ihm seine Wut egal war und Mustafa Zeit fand, sich zu erklären und zu entschuldigen, ihm zu schwören, dass er so was nie niemals wieder tun würde. Trotzdem, die schrecklichen Alternativen machten ihm zu schaffen. Williams Tod oder Williams Wut. Sicherer war es, hier zu bleiben, unterm Tisch, von wo aus er bis in alle Ewigkeit die Tür anstarren konnte. Was aber, wenn William ihn brauchte? Was, wenn er verblutete, während Mustafa hier hockte und die Tür anstarrte?

Er kroch unterm Tisch hervor. Einen der Stühle hatte man auf den Tisch gestellt. Das Poster mit dem grünen Globus war abgerissen und hatte einen viereckigen, staubfreien Fleck an der Wand überm Aktenschrank zurückgelassen. Er ging zur Tür, öffnete sie einen Spaltbreit. In der unmittelbaren Umgebung war es ruhig, also trat er nach draußen. Es war, als wäre ein Sturm über das Gelände hinweggefegt – umgekippte Pflanzen, der feuchte Boden mit Kleidern übersät, mit Töpfen und Scherben, Matratzen und mit Säcken, fallen gelassen, als die Dorfbewohner fortgetrieben worden oder geflohen waren.

Keine Spur von William. Auch nicht von den anderen. Das Grundstück wirkte trostlos und verlassen, fast, als wäre es aufgegeben worden. Er lief über den Hof und sah in den Zimmern nach. Sie waren durchwühlt, aber menschenleer.

Er kam zur Küche und begann zu fürchten, dass man ihn allein zurückgelassen hatte. Alle fort, geflohen. Sie hatten ihn vergessen. Gerade als Panik in ihm aufstieg, hörte er Stimmen aus der Speisekammer. Er hastete am umgekippten Kühlschrank vorbei und blieb in der Tür stehen.

Der Boden war übersät mit Tomatendosen, Zwiebeln und ausgekipptem Reis. William und Layla hockten auf dem Boden, flüsterten über jemanden hinweg, den Mustafa, den Kleidern nach, für Dena hielt - ihr Gesicht konnte er nicht erkennen, das hatte sie in Laylas Schoß vergraben.

William und Layla lächelten sich an. Küssten sich. Mustafa bewegte sich, Glas knirschte unter seinen Flipflops. Layla blickte als Erste auf. Ihr Haar war zerzaust, das Kleid eingerissen und schmutzig. Die in ihrem Schoß liegende Dena rührte sich nicht.

«Mustafa.»

William drehte sich um. Seine Lippen waren geschwollen, am Hemdkragen klebte Blut. Quer über die Stirn ein Schnitt. Einen Moment lang war alles still; Layla und William starrten ihn an. Dann kniff William die Brauen zusammen. Glas knirschte, als er aufstand und auf Mustafa zustürzte. Layla schob Denas Kopf aus ihrem Schoß und stand auf. Mustafa duckte sich hinter sie, klammerte sich an ihre Hüften. Es gab ein Gerangel, Stoff flatterte, Leiber wurden hin und her gezerrt, und Layla verlor das Gleichgewicht, als William um sie herumlangte.

«Sind denn alle verrückt geworden?» Layla stieß William von sich. «Stopp! Mustafa, lass los!»

William erwischte Mustafa am Ohr und zog ihn zu sich. Feuer flammte in Mustafas Hirn auf. Er wand sich und schrie, während William ihn am Ohr so rasch durch die Küche zerrte, dass er sich das Knie am Tisch stieß und humpelnd den Hof betrat, die Nase lief, sein Kopf tat weh, sein Knie puckerte.

Hinter ihm schrie Layla William an, der jetzt abrupt innehielt und sich umdrehte. Mustafa schluchzte, gefangen in Williams Griff, seine Füße schleiften durch den Schlamm.

«Sag ihr, warum ich dich rauswerfe.» Als Mustafa nicht aufhörte zu schluchzen, schüttelte William ihn. *«Sag's ihr!»*

«Lass ihn reden, William.» Sie sah Mustafa an. «Erzähl's mir, Mustafa.»

Er schluchzte jetzt so heftig, dass er kaum zu Atem kam. Er konzentrierte sich auf Layla, versuchte, den über ihn gebeugten William zu ignorieren. Vielleicht würde Layla ihn ja verstehen.

«Ich hab die Gewehre in den Lagerraum gebracht.»

Sie starrte ihn an, dann William.

«Er hat Waffen geschmuggelt», sagte William. «Von hier aus.» Er zog Mustafa hoch. «Ich hätte dich denen überlassen sollen, hätte zusehen sollen, was sie mit dir machen.»

«Warte.» Layla hielt William zurück. «Warum, Mustafa?»

Sein Blick flackerte, wanderte zu Williams Gesicht, dann zurück zu Layla. «Ich habe sie versteckt.»

«Für wen?»

«Für einen Typen auf dem Markt. Er hat mich dafür bezahlt; ich sollte sie an die Rebellen liefern.»

William explodierte. «Am liebsten würde ich dich verprügeln. Dich umbringen.» Er zerrte Mustafa über den Hof.

«Der Abend vom Brandanschlag», kreischte er. «Ich wusste nicht, wohin, und musste sie doch irgendwo verstecken.»

William blieb stehen. «Also hast du die Kisten ins Lager gestellt», sagte er. «Um deine eigene Haut zu retten, hast du uns alle in Gefahr gebracht. Sie hätten mich auf der Stelle töten können. Sie hätten uns alle töten können.»

Mustafa schluchzte schwer, sah Layla an, flehte sie mit Blicken an, aber er merkte, dass sich etwas verändert hatte. Sie stand nicht länger auf seiner Seite. Nur noch halbherzig hielt sie William zurück.

«Raus.» William zog Mustafa zum Tor. «Lass dich hier nie wieder blicken.»

Mustafa röchelte und hustete, als William ihn auf die Straße stieß. Mit tränenverschwommenem Blick versuchte er, sich zurück auf den Hof zu drängen, aber William schubste ihn so heftig zurück, dass er hinfiel. Das Tor schlug zu. Mustafa stand auf und hämmerte dagegen, dann legte er sein Ohr ans Metall, aber da war nur Stille.

«Bist du dir sicher?», fragte Layla, als William das Tor abschloss. Sie stand ein wenig entfernt und schaute ihn an. «Er könnte da draußen verletzt werden.»

«Geschähe ihm nur recht.»

«Es tut ihm leid.»

«Mir egal.»

Wut brodelte in seiner Brust. Er hatte den Jungen verhätschelt. Mustafa glaubte, mit allem durchkommen zu können. Höchste Zeit, ihm eine Lektion zu erteilen. Er hinkte an ihr vorbei, dann blieb er stehen, und als ihm wieder einfiel, dass sie Ja gesagt hatte, verflog der Ärger. Er ging zu ihr, legte eine Hand auf ihre Schulter.

Sie entzog sich ihm. «Es ist nicht richtig, William. Man wird ihm wehtun.»

«Layla, ich lasse ihn nicht zurück aufs Grundstück.» Er wartete darauf, dass sie nachgab. «Sei nicht böse. Bitte.»

Sie wandte den Blick ab, war nicht überzeugt. Plötzlich änderte sich ihre Miene. Er drehte sich um und entdeckte Dena in der Tür zur Küche. Sie sah mitgenommen aus, zerbrechlich, die Augen vom Weinen rot und aufgequollen. Sie presste ihre Arme an sich, als wäre ihr kalt.

«Wo ist Alex?», fragte sie.

Layla wandte sich zu ihm um. «Wo ist Alex?»

Sein Blick wanderte von einer zur anderen. «Ich habe ihn noch nicht gesehen, wollte aber gerade nach ihm suchen.»

Dena sackte am Türrahmen zusammen. Besorgt ging Layla zu ihr, hockte sich hin und nahm sie in den Arm. Dena wollte etwas sagen. William kam näher und strengte sich an, ihre Worte zu verstehen.

Je mehr sie zu reden versuchte, desto stärker regte sie sich auf. Irgendwas mit ihrem Zimmer. Zwei Männer. Er schloss daraus, dass Alex in ihrem Zimmer von Soldaten angegriffen worden war, Dena musste zusehen, und hinterher war Alex fortgeschleppt worden. Layla zog sie an sich und warf William einen bangen Blick zu.

«Bring Dena rein», sagte er. «Ich suche Alex.»

Layla nickte. Sie redete leise mit Dena, bat sie aufzustehen und brachte sie in die Küche.

Als die Soldaten ihn umstellt hatten, konnte er sehen, wie Alex zu ihm durchdringen wollte, aber dann war er von Uniformen umringt gewesen und hatte nur noch Soldaten und Gewehre wahrgenommen.

Wieder suchte er den Hof ab, ging zum Platz hinter dem Pavillon. Er war leer, das Zelt niedergetrampelt, die Plane hing über den Gerätekisten. Er humpelte zurück zum Büro. Keine Spur von Alex, auch nicht in seinem Zimmer.

Im Lagerraum herrschte ein Durcheinander von Zeitungen, und auf dem Boden lagen Putzsachen. Neben der Tür entdeckte er Alex' Koffer und seinen Rucksack, beide geöffnet, Kleider und Instrumente herausgerissen.

In Denas Zimmer hing das Stativ halb aus dem zerbrochenen Fenster, die Fensterläden waren fast aus den Angeln gerissen, die Schranktüren standen offen, auf dem Boden die Schulterstütze für die Kamera, und überall verstreut lagen Kleider. Er blieb einen Moment, musterte das eingeschlagene Fenster, die umgeworfenen Tische. Was hatten sie Dena angetan? Sie wirkte immer so beherrscht, sich ihrer selbst so sicher. Dena in einer solchen Verfassung zu sehen, erschütterte ihn, machte ihm klar, wie verletzlich sie waren. Sie mussten raus aus dieser Stadt. Sie alle, und das so bald wie möglich.

Wieder im Hof rief er Layla. Sie kam aus der Küche.

«Ich kann ihn nicht finden.»

Sie ging zu ihm.

«Was meinst du damit? Wieso kannst du ihn nicht finden?»

Hilflos blickte er sich um.

«Ich finde ihn einfach nicht. Er ist nicht da.»

«Haben sie ihn mitgenommen?»

Eine düstere Vorahnung stieg in ihm auf. Er ging zum Tor, öffnete es. Mustafa war nicht mehr da. In einiger Entfernung parkten mehrere Autos, die Straße selbst war leer. Still.

Er schloss das Tor und stand ratlos da. Layla ging zum Büro.

«Da habe ich schon nachgesehen», rief er ihr hinterher. «Ich habe überall gesucht.»

Sie ging zum Bad. Daran hatte er nicht gedacht. Die Tür war zu, und als sie die Klinke runterdrückte, sah er, dass sie Mühe hatte, sie zu öffnen. Layla drückte dagegen, verstärkte den Druck. Irgendwas versperrte die Tür von innen. Sie lehnte sich mit ihrem ganzen Gewicht dagegen und schlüpfte durch den Spalt; dann keuchte sie laut auf.

Halb hinkte, halb rannte er. Alex lag auf dem Rücken, zusammengekrümmt. Seine Füße hatten die Tür blockiert. Gesicht und T-Shirt voller Blut. Das rechte Auge geschwollen und blau angelaufen. Auch auf der Stirn prangte ein dunkler Fleck, das Blut an Schläfe und Wange war geronnen. Der

Wasserhahn lief. Wasser spritzte über den niedrigen Beckenrand, vermengte sich mit dem Blut am Boden.

«Ist er tot?», flüsterte Layla. «William, ist er tot?»

Ihre Worte ließen ihn zusammenzucken. Hastig beugte er sich über ihn, legte ein Ohr an Alex' Mund. Atem. Er prüfte den Puls. Schwach.

«Bringen wir ihn nach draußen.»

Layla schob die Tür weiter auf, und er hob Alex an, trug ihn in seinen Armen, schlaff baumelte der Kopf herab. William stolperte nach draußen, wuchtete ihn in den Hof und legte ihn auf eine feuchte Matratze.

«Ich hol ein paar Sachen», sagte Layla und eilte zum Lagerraum.

William hob ein Hemd vom Boden auf und hielt es Alex an den Kopf, den er behutsam aufrichtete. Layla kam mit dem Erste-Hilfe-Kasten zurück und nahm reinen Alkohol, um die Wunden zu sterilisieren.

«Wir müssen den Arzt holen», sagte er. In der Stadt gab es einen Arzt, der eigentlich kein richtiger Doktor war, nur ein Krankenpfleger, der während des Krieges in Juba gearbeitet hatte.

«Wie denn? Wir können doch nirgendwo hin.»

Noch während er sich fragte, was zu tun war, hämmerte es ans Tor.

«Verdammt, dieser Mustafa!»

«Lass ihn rein, William. Wir können ihn losschicken, Hilfe holen.»

Er starrte sie unentschlossen an. Aber sie hatte recht. Sie brauchten so schnell wie möglich Hilfe für Alex. Er stand auf, ging zum Tor und erteilte Mustafa bereits erste Anweisungen, als das Tor aufschwang.

«Lauf zum Arzt und ...»

Drei Soldaten standen vorm Tor. Einen davon hatte er

schon während der Durchsuchung gesehen. Vor Schock erstarrte er, was dem ersten Zeit gab, das Grundstück zu betreten. Die beiden anderen folgten. Draußen hielt sich noch eine weitere Gruppe auf.

«William Luol», sagte der Soldat, der ihm gegenüberstand. «Wegen Waffenschmuggels werden Sie hiermit auf Befehl des Militärkommandanten verhaftet.»

Williams Verstand arbeitete in Zeitlupe; er hörte Layla schreien, und als man ihn umdrehte, sah er sie über das verwüstete Gelände hinweg an. Sie war aufgesprungen, ließ Alex auf der Matratze liegen. Ihre Augen waren riesig, die Lippen bewegten sich. In ihrem Gesicht zeigte sich dieselbe Angst, die ihm jetzt eisig ins Gedärm fuhr. Der Strick, mit dem ihm ein Soldat die Hände auf den Rücken band, schnitt ihm in die Gelenke. Layla rannte auf ihn zu. Einer der Männer versperrte ihr den Weg. Instinktiv wollte er helfen, wollte sie vor dem Soldaten schützen, der sie zurückdrängte, aber die anderen Männer drehten ihn wieder um und schoben ihn durchs Tor nach draußen.

VI

Dass die Tür geöffnet wurde, spürte er eher, als dass er es sah - Hitze im Gesicht, hinter den Lidern gleißendes Licht. Er öffnete die Augen, verschwommene Bewegungen, die Sonne, umrahmt von der Tür, durch die er einen Streifen Hof erkennen konnte. Er lag auf einer Matratze im Büro. Die Läden vorm Fenster über dem Schreibtisch waren zugezogen, und er befand sich im dunklen Teil des Raums. Dena und Layla beugten sich über ihn, flüsterten auf Arabisch. Ihm war, als hätte er sie lange nicht gesehen. Denas Gesicht schien ihm verändert - die Knochen traten deutlicher hervor. Der Ausschnitt ihrer Bluse legte die Halssehnen frei. Layla, deren Mondgesicht über ihm schwebte, wirkte ebenfalls müde. Dunkle Ringe um die Augen und um den Mund leichte Falten. Ein Geruch nach Gewürzen stieg von ihrem Thoub auf.

Sie verstummten, als sie bemerkten, dass er sie ansah. Schließlich begann Dena zu sprechen, fragte, wie er sich fühle. Ihre Worte drangen wie durch Wasser zu ihm durch, verwaschen und undeutlich. Man hatte ihm einen eng sitzenden Metallhelm über den Kopf gestülpt, ein unsichtbares Folterinstrument. Er konnte den eigenen Puls in den Ohren hämmern hören. Außerdem war ihm überall heiß, im Kopf aber brannte ein Feuer so stetig wie eine Gasflamme. Er ahnte, dass er sich lieber nicht bewegen sollte. Tat er es, würde ihn schrecklicher Schmerz anspringen. Er fühlte ihn in den Gelenken lauern, im Pochen der blauen Flecken auf der Haut. Mit jedem Luftholen fühlte es sich so an, als bohrte sich ein Splitter in seine Lunge, weshalb er nur flach atmete. Wie ein Keil lag die Zunge in seinem Mund. Er war schrecklich durstig. Er drehte den Kopf. Layla folgte seinem Blick zu einer Wasserflasche neben der Matratze. Sie langte danach und hielt sie ihm an die Lippen. Das Wasser war kühl, frisch. Es linderte die Hitze.

Layla sprach, Dena übersetzte. Ob er hungrig sei.

Er nickte.

Layla stand auf und ging nach draußen, zog die Tür hinter sich zu. Es wurde dunkel. Dena hockte am Rand der Matratze und sah ihn an, die Arme um die Knie geschlungen. Er ließ seinen Blick von ihr fortwandern. Wie lange lag er hier schon? Stunden oder Tage? Undeutlich erinnerte er sich an ein Kommen und Gehen, an Hände auf seiner Haut, daran, dass ihm etwas in den Mund gesteckt wurde – Thermometer, Wasser, Tabletten. Meist aber war er woanders gewesen, in grün und rosa besprenkelten Landschaften. Schwarze Streifen. Ein Sandsturm – die Sandkörner glitzernde Wasseratome. Der Sturm blendete ihn; er konnte nichts als die wirbelnden, auf ihn herabprasselnden Tröpfchen sehen. Schweben, hinaufgetragen in die Luft, dann eine plötzliche Leere im Magen, die ihm den Atem nahm; dann ertrinken. Der Sandsturm wurde zum Ozean. Eine dicke purpurfarbene Flüssigkeit, in der schemenhaft Fische auf ihn zuschwammen. Unter diese Szenen mischten sich andere, die er mit William auf seinen kartografischen Expeditionen erlebt hatte. Im Sumpf eine Wiese voller Wasserlilien, die sich sanft in der Strömung wiegten. Die Wüste, umspannt vom Stolperdraht des Horizonts. Zwischen diesen seltsamen und vertrauten Szenen war er herumgereist, manchmal voller Staunen, manchmal voller Schrecken –

Reisen, die sich so real anfühlten, die Anstrengungen, die Erschöpfung -, mit jedem Atemzug gegen den Ozean ankämpfen, gegen die Wüste, um voranzukommen - nur wohin?

Und dann war da der Leichnam. In seinen Träumen kehrte er zurück - das verschlungene Gedärm, die gebleckten Zähne, die Augenhöhlen. Manchmal erhob sich der Leichnam aus eigener Kraft vom Boden, um mit steifen Gelenkbändern über den Hof zu schlurfen. Er zog die Eingeweide hinter sich her, zerrte daran wie an einer Leine. In anderen Träumen saß er im Pavillon, trommelten mit den verbrannten, nagellosen Fingern auf den Tisch. Oft richtete er dann den augenlosen Blick auf ihn. Aus dem Mund drang ein seltsamer grässlicher Laut - wie das Kreischen einer Kettensäge. Dann wachte er schweißgebadet auf.

Er richtete seinen Blick auf die Wand, konzentrierte sich darauf, verankerte sich wieder im Zimmer. Über dem Aktenschrank ein leerer Fleck, wo einmal das Poster mit dem Logo der Organisation gehangen hatte. Neben der Tür Kisten, Bücher, Papiere. Ein mit Kleidern überhäufter Stuhl. Dena saß bei ihm, aufmerksam, aber stumm. Wieder spürte er die Hitze, die ihn wie eine zweite Haut umhüllte. Er trat das Laken fort, entblößte blasse, dürre Beine, die er kaum wiedererkannte. Eine weiße Bandage sprang in sein Blickfeld - er trug einen Verband.

Er hatte Mühe, das Pochen in seinem Kopf zu verdrängen. Es gab anderes, älter als seine Träume, das er verstehen musste. Sein Verstand arbeitete. Langsam hob sich der Nebel. Er erinnerte sich an den gecancelten Flug, an den Kampf mit William. An die Durchsuchung des Grundstücks. Dena in ihrem Zimmer mit zwei Soldaten. Schmerz - unerträglicher Schmerz - die Erinnerung daran tief in ihm vergraben.

Licht strömte herein. Layla kam zurück. Sie reichte Dena

eine Schüssel und murmelte etwas, sah zu ihm hinüber, deutete ein Lächeln an und ging wieder.

Als Dena sah, dass ihn das Licht der geöffneten Tür die Stirn runzeln ließ, erhob sie sich mit einer raschen Bewegung, um sie zu schließen. Das hatte er auch einmal gekonnt. Wenn er jetzt nur den Kopf bewegte, schickte das Schmerzwellen durch den ganzen Körper.

Sie setzte sich und griff nach der Schüssel.

«Ein bisschen Suppe für dich.»

Er richtete sich auf. Das Zimmer schwankte, und er schloss die Augen, wartete, bis es aufhörte. Dann öffnete er die Augen wieder und verstärkte den Griff, mit dem er den Löffel hielt – selbst seine Finger waren schwach. Dena hielt ihm die Schüssel hin, und er tunkte den Löffel ein, nahm einen Schluck nach dem anderen. Er legte sich wieder hin, hechelte, als hätte er gerade Gewichte gestemmt, und heftete den Blick auf Dena.

«Wie lange? Wie lange liege ich hier schon?»

Sie stellte die Schüssel hin.

«Eine Woche.» Im dunklen Zimmer war ihr Gesicht nur ein Schatten. «Seit … den Soldaten. Wir wollten dich in eine Klinik bringen, aber es hat noch geregnet, die Straßen sind gesperrt.»

Es war still – gespenstisch still. Er konnte die Spatzen hören.

«Und die Dorfbewohner?»

«Die Soldaten haben sie vertrieben. Und …» Sie zögerte. «William wurde verhaftet.»

Er starrte sie an. «Wann?»

«Am selben Tag. Sie sind seinetwegen zurückgekommen. Seither versucht Layla herauszufinden, wo er festgehalten wird.»

Ihm fiel wieder ein, wie William das Logo der Organisation an der Trucktür aufgefrischt und behauptet hatte, dass es sie vielleicht beschützen würde. Was für ein erbärmlicher Versuch, sie zu schützen, hatte er gedacht und sich darüber aufgeregt. Dabei hatte er immer nur Angst um sich selbst gehabt. Jetzt war es William, der in Schwierigkeiten steckte. In welcher Gefahr er selbst auch schweben mochte, für William war sie stets größer gewesen. Ihn beschämte der Gedanke, dass ihre letzte Begegnung eine von ihm angezettelte Schlägerei gewesen war.

«Ich ruf das Büro in Khartum an.» Er wollte aufstehen, aber wieder drehte sich das Zimmer um ihn, und er sank zurück auf die Matratze.

«Später», sagte Dena. «Ich war mir nicht sicher, ob ich dir das erzählen soll.»

Er sah sie an.

«Was ist?»

«Du machst dir Sorgen um mich.»

Sie deutete ein Lächeln an. Sein Eindruck, sie sähe hagerer aus, bestätigte sich jetzt. Sie hatte Gewicht verloren. Die Kieferknochen wirkten ausgeprägter, die Wangen hohl. Selbst die Augen schienen eingesunken. In Gedanken kehrte er zurück zu den Soldaten. Er sah Dena nackt, die Soldaten, die sie festhielten, den Kerl hinter der Kamera. Ihn schauderte. Er wollte sie danach fragen, überlegte es sich dann aber anders.

«Wie geht's Layla?»

«Nicht so gut. Aber sie hält sich tapfer. Sie fragt jeden Tag im Büro der Security nach William. Ich sollte ihr mehr helfen, aber ...» Sie verstummte.

Sie fühlte sich nicht sicher genug, um das Grundstück zu verlassen. Aber wie sicher war es hier schon? Die Mauern mit den Glasscherben, das Metalltor, sie hatten sie nicht beschützt, waren nutzlos gewesen. Alex fiel seine Angst vor dem Leichnam ein, seine eigenen Zweifel, ob das Gelände der NGO sicher genug war. Über die Monate aber und noch während die Zwischenfälle zunahmen, hatte er sich eingeredet, hier drinnen sicher zu sein. Sicherer zumindest. Die Ankunft der Flüchtlinge hatte alles verändert. Es wurde unmöglich, eine Grenze zwischen drinnen und draußen zu ziehen.

«Mustafa?», fragte er. Wenn Dena schon nicht das Grundstück verlassen konnte, würde man doch zumindest Mustafa losschicken können.

«William hat ihn rausgeworfen.»

Sie erklärte, dass Mustafa den Rebellen Waffen geliefert und sie im Lagerraum versteckt hatte. William begriff das in dem Moment, in dem die Waffen gefunden wurden. Trotzdem hatte er Mustafa nicht verraten, und so war der Verdacht auf ihn gefallen.

Alex hörte zu. Allein der Gedanke, dass Mustafa, so verwegen der Kleine auch sein mochte, dazu fähig gewesen war. Und nun saß William im Gefängnis.

«Wo ist Mustafa jetzt?»

«Das wissen wir nicht. Vielleicht bei seiner Mutter. Jedenfalls ist er nicht zurückgekommen. Und Layla würde ihn auch nicht reinlassen. Seit William verhaftet wurde, ist sie ziemlich wütend auf ihn.»

Er ließ seinen Blick zum hellen Fleck an der Wand wandern. So viel war seit dem Auftauchen der Soldaten geschehen.

«Aber es gibt auch gute Neuigkeiten.»

Er sah sie an. Was konnte gut sein, wenn William im Gefängnis saß und Mustafa verschwunden war?

«Es gibt einen Waffenstillstand. Die Regierung und die Rebellen haben sich in Kenia getroffen, um zu verhandeln», sagte sie. «Könnte sogar sein, dass es irgendwann ein Friedensabkommen gibt. In der Stadt redet man von nichts anderem.»

«Tatsächlich?»

«Ja, tatsächlich. Niemand rechnet jetzt gleich damit, aber die Kämpfe haben aufgehört. Vorläufig zumindest.»

Ein Waffenstillstand. Vielleicht sogar ein Friedensabkommen. Das schien zu schön, um wahr zu sein. Warum jetzt?, fragte er sich. Letzten Endes aber fügten sich nur alle Teile zusammen. Die Rebellen hatten der Regierung seit Jahrzehnten zugesetzt. Sie waren schwächer, schienen zu verlieren, schließlich hatte sich die Waagschale jedoch zu ihren Gunsten gesenkt. Allein der Gedanke, der Krieg könnte in irgendeinem Zimmer in Kenia enden, an einem runden Tisch mit Teetassen und Kuchen.

Dena runzelte die Stirn. Nicht nur ihr Gesicht hatte sich geändert, auch ihre Haltung. Sie schien geschrumpft zu sein. Ganz anders als dann, wenn sie filmte, wenn die Gewissheit ihrer Bewegungen es zuließ, dass sie mit der Umgebung verschmolz.

Durch die Fensterläden überm Tisch fiel Sonnenlicht auf ihre Stirn. Sie hob den Blick, sah ihn an. Ihre Lippen teilten sich, schlossen sich wieder. Ein Arm löste sich von ihren Knien. Er beobachtete all das mit Interesse, war sich bewusst, dass sie etwas sagen wollte. Er fragte sich, was mit der Kamera war.

Dann sagte sie: «Ich wollte dir dafür danken, dass du mir geholfen hast. Mit den Soldaten.»

Sie sahen sich an. Sie las seine unausgesprochene Frage. «Nein, haben sie nicht. Aber wenn du nicht gekommen wärst ...»

Er dachte darüber nach. Verdiente er ihren Dank? Eigentlich war er auf der Flucht vor den Soldaten in ihr Zimmer gerannt. Sie hatten William umringt, waren auf Gewalt aus gewesen. Als er zu helfen versuchte, richtete einer der Soldaten seine Waffe auf ihn. Er war zurückgestolpert und zur nächstbesten Tür gerannt, die von Denas Zimmer.

Da hatte er sie gesehen - nackt an der Wand, die Soldaten, die sie filmten. Dem musste er einfach ein Ende setzen. Also hatte er etwas gesagt. Und sie drehten sich zu ihm um. Hatte er das gewollt? Vielleicht, vielleicht auch nicht. Er hatte schreckliche Angst gehabt, in dem Moment aber geglaubt, keine andere Wahl zu haben.

Er war dem Tod nahe gewesen. Fühlte er sich deshalb trotz der in seinen Muskeln, seinen Knochen wütenden Schmerzen so erleichtert? Als wäre er in tiefes Wasser gestürzt - in eine jener Flüssigkeiten aus seinen Träumen -, wäre fast erstickt, sei aber gerade noch rechtzeitig wieder aufgetaucht, um Luft zu schnappen. Er war angeschlagen, aber er hatte überlebt.

«Ehrlich gesagt ...», erwiderte er. «Ich habe ein Versteck gesucht und nur die nächstbeste Tür aufgemacht - die zu deinem Zimmer.»

«Doch du bist geblieben.»

Er sah sie an. Ihm kam der Gedanke, dass sich ihm eine Chance bot.

«Ich nehme deinen Dank an», sagte er, «aber nur unter einer Bedingung.»

«Und die wäre?»

«Ich möchte, dass wir Freunde sind.»

Sie lächelte leicht, nickte und zog ihre Knie an sich. Sie stützte ihr Kinn auf, aber ihr Blick wanderte über ihn hinweg. Ihre Miene wurde düster.

«Ich muss immer wieder an William denken. Daran, wie es ihm wohl geht.» Sie schwieg einen Moment. «Und an die beiden Soldaten.»

Sie mied seinen Blick. Er begriff, dass sie sich schämte,

weil er sie so gesehen hatte. Sie war nicht nur vor den beiden Soldaten, sondern auch vor ihm entblößt gewesen. Er wollte sie beruhigen, wusste aber nicht, was er sagen sollte.

Stattdessen rückte er beiseite, machte Platz auf der Matratze. Sie blickte ihn ein wenig zweifelnd an, streifte dann aber ihre Sneakers ab und legte sich zu ihm. Und so lagen sie Seite an Seite in dem dämmrigen Raum und starrten die Decke an.

Der Warteraum des Büros der Security war voll mit Bittstellern. Sie saßen da, den Kopf in die Hände gestützt, und sprangen auf, sobald sie einen Uniformierten sahen, versuchten, einen Blick aus den steinernen Gesichtern jener Männer zu erhaschen, die zwischen Empfang und den hinteren Büros hin- und hereilten. Meist waren die Wartenden nilotische Frauen. Großmütter auf der Suche nach verschwundenen Enkeln, Mütter auf der Suche nach ihren Söhnen, junge Bräute, deren Mann mitten in der Nacht abgeholt worden war, Töchter, die um ihre Väter fürchteten, weil man sie auf dem Weg zum Weideland verhaftet hatte. Einige Wartende waren auch männlichen Geschlechts, allerdings nur eine Handvoll – fast, als wären sämtliche erwachsenen Männer aus Saraaya im Rahmen der letzten Verhaftungswelle aufgegriffen worden. Wer noch nicht einsaß, fürchtete, sich in der Öffentlichkeit zu zeigen. Und so waren es nur einige kleine Jungen und einige wenige alte Männer, die es wagten, sich nach verschwundenen Verwandten zu erkundigen.

Da sie seit fast zwei Wochen jeden Tag kam, war Layla ein vertrautes Gesicht. An diesem Morgen hatte eine Wache bei der Ankunft ihren Namen in einem Logbuch registriert. Niemand begriff, was es mit diesem Logbuch auf sich hatte.

Anfangs dachte Layla, darin würde festgehalten, wann wer eingetroffen war. Nur hatte das nichts zu besagen. Manchmal wurde, wer zuletzt gekommen war, gleich aufgerufen, während jene, die seit Wochen warteten, weiter ausharren mussten. An anderen Tagen wurden ihre Namen nicht registriert, und man ließ zu, dass die Besucher völlig chaotisch in den Wartesaal drängten.

Wie an jedem Tag war ihr heute gesagt worden, dass sie warten solle. Und sie wartete jetzt seit fünf Stunden. Hunger machte ihr zu schaffen, die Blase drückte, von der verkrampften Stellung am Fußboden tat ihr der Rücken weh. Und obwohl das Fenster offen stand, war die Hitze erdrückend. Schweiß troff von kummervollen Gesichtern, Mütter fächelten ihren zappeligen Kindern mit einer Zeitung Luft zu.

Am Eingang stritt sich eine junge Frau mit einem Wachposten. Sie hielt ein schreiendes Kind auf dem Arm, ihre Hand beschützte dessen Kopf. Der Wachposten zerrte sie zum Ausgang. Er war grob, ignorierte ihr Flehen, doch bitte auf das Baby achtzugeben, das mit seinen Ärmchen hilflos nach jenem Mann schlug, der seiner Mutter wehtat. Die Frau wehrte sich, wurde aber von ihrem Kleinen behindert. Sie war zu dem Wachmann gegangen, um ihn zu fragen, wie lange sie noch warten müsse. Und das war ein Fehler gewesen, einer, den die meisten Neuankömmlinge machten – die erbarmungslosen Wachposten um Hilfe oder um Informationen zu bitten. Manchmal bat eine Mutter einen Soldaten, eine Botschaft zu überbringen. Dann wiederum wagte sich ein sehr alter Herr vor, die Handflächen zusammengepresst – er sei zu alt, um sich noch wichtig zu nehmen, aber er müsse herausfinden, was mit seinen Söhnen sei.

Jeden Tag lernte es jemand auf die harte Tour. Sie hatten allein das Recht zu warten, nicht aber das Recht, Fragen zu stellen. Die Wachposten beleidigten die Söhne, Ehemänner und Brüder der Wartenden, bis die Frauen, alten Männer und Kinder in Tränen ausbrachen. Gegen sie selbst gerichtete Beleidigungen nahmen sie hin, sie ertrugen es nur nicht, wenn sie ihren geliebten Verschwundenen galten.

Der Wachposten zerrte die Frau zur Tür. Er warf sie raus. Sie wehrte sich, was sinnlos war, und sie weinte zusammen mit ihrem Baby. Manche wagten ein vorwurfsvolles Wort, aber die Hand des Wachpostens hielt ihre Schulter umklammert, während er sie auf die Straße schob und lauthals beleidigte.

Leute murrten, schüttelten den Kopf, senkten den Blick auf ihre Hände oder blickten auf die Tür, durch die sie das Baby noch hören konnten. Seufzer und Gebete wogten durch den Raum. Doch es gab nichts, was sie tun konnten – es war ein Drama, das sich tagtäglich wiederholte.

Die Bittsteller zogen sich in sich selbst zurück oder fanden Trost in der Gesellschaft der anderen. Layla überwältigte das Gefühl der Verbundenheit mit diesen Frauen, die ihr in diesen Tagen des Wartens Gesellschaft leisteten und ihr die Last erleichterten, da sie gemeinsam getragen wurde. Sie brachten die Stunden damit zu, sich gegenseitig Geschichten von ihrem Verlust zu erzählen, nachzufragen und verzweifelte oder zuversichtliche Spekulationen anzustellen. Wurde schließlich jemand aufgerufen, drückte man ihr die Schulter, segnete sie und wünschte ihr Glück. Sie warteten mit angehaltenem Atem, bis sie wieder herauskam – als wäre es ihr eigener Sohn oder Ehemann, nach dem sie sich erkundigte. Oft kehrten die Frauen weinend zurück, entweder weil sie nichts Neues oder weil sie das Schlimmste erfahren hatten – nämlich dass ihr Mann tot, ihr Sohn für immer verloren war. In seltenen Fällen kamen sie mit einem hoffnungsfrohen Lächeln auf den Lippen wieder. Der Bruder lebte, der Vater wurde in dem und dem Gefängnis festgehalten.

Man wunderte sich über Layla. Sie gehörte zu den wenigen Nomaden im Raum. Warum war sie hier? Die Behörden verhafteten keine Nomaden, nur Niloten. Layla erzählte ihnen bloß die reinen Fakten – sie war Köchin bei der NGO, sie arbeitete mit William Luol zusammen, dem Dolmetscher, einem Niloten. Man hatte ihn Mitte Juni verhaftet. Er wurde bei der NGO gebraucht. Sie wollte herausfinden, was mit ihm passiert war.

In jenen ersten Tagen nach Williams Verhaftung fühlte sie sich hin- und hergerissen zwischen dem Wunsch, Alex und Dena helfen zu wollen, und ihrer Angst um William. Am dritten Tag kamen ihre Brüder. Sie war nicht mehr zu Hause gewesen; ihr Vater wollte wissen, wie es ihr ging. Seit den Flüchtlingen schlief sie auf dem Grundstück der NGO. Jetzt, in den Tagen nach der Durchsuchung, erklärte sie ihren Brüdern, könne sie unmöglich nach Hause zurückkehren. William war verschwunden, wer sonst sollte sich also um alles kümmern?

Vier Tage nach Williams Verhaftung überließ sie alles Denas Obhut und suchte das Büro der Security auf.

Mehr aber als die Männer in Uniform fürchtete sie die eigene Schwäche. Druck und Verantwortung überwältigten sie. Sie glaubte nicht, dass sie stark genug war, alles zusammenhalten zu können. Ihre Verbindung zu William brachte sie um das Privileg, vor Leid geschützt zu sein, weil sie eine Nomadin war, denn jede Verletzung, die ihm zugefügt wurde, traf sie in ihrem Innersten.

Wenn sie an ihrer eigenen Stärke zweifelte, versuchte sie, wenigstens an seine zu glauben. Sie sagte sich, dass er auf sich aufpassen würde und verdrängte jeden Gedanken an seinen Antrag, ihre Heirat, da sie es zu vermessen fand, jetzt an so etwas auch nur zu denken. Das hieße, sich zu viel zu erhoffen, und ihre abergläubische Hälfte wollte das Schicksal nicht herausfordern. Noch vor wenigen Wochen wären ihr tausend Hindernisse eingefallen, die einer Hochzeit im Wege standen – angefangen damit, dass ihre Familie ihn ablehnte. Jetzt aber würde sie sich, falls nötig, gegen die eigene Familie stellen.

In der Zwischenzeit setzte sie all ihre Hoffnung auf Williams Freilassung. Jeden Morgen packte sie die Panik, sobald sie an das Büro der Security dachte, an die vielen Frauen, die brutalen Wachposten, die Hoffnungslosigkeit eines weiteren Tages des Wartens. Aber sie ertrug den Gedanken nicht, dass William leiden musste. Also stand sie jeden Morgen mit der Sonne auf, zog sich an, trank ihren Tee, sah nach Alex und Dena und brach, auch wenn es sich wie ein hoffnungsloses Ritual anfühlte, zu einem weiteren Tag des Wartens auf, nahm ihren Platz am Ende der Warteschlange jener Frauen ein, die aus fernen Dörfern gekommen waren und auf der Straße übernachteten, weil sie keinen Platz zum Schlafen hatten.

Jemand rief ihren Namen. Sie erhob sich und stolperte in ihrer Verwirrung über eine Nachbarin, aber helfende Hände sorgten dafür, dass sie nicht hinfiel. Die Frauen flüsterten ihren Segen, als sie über schlummernde Kinder hinweg zum Wachposten hastete, der mit ungeduldig gerunzelter Stirn auf sie wartete.

Während sie ihm über den Flur folgte, kam ihr der Gedanke, dass sie, wie einige der anderen Frauen, womöglich in Tränen aufgelöst zurückkommen würde, weil sie die schreckliche Nachricht erhalten hatte, dass William tot war. Der Gedanke brodelte in ihr auf, und nur mit Mühe konnte sie ihn wieder verdrängen. Stattdessen konzentrierte sie sich auf den Rücken des Wachpostens, konzentrierte sich auf den Flur, durch den sie liefen – gesäumt von dunkelgrünen Türen. Sie klammerte sich an diese Details, als wären sie von größter Wichtigkeit. Schon wurden ihre Knie weich, bekam sie kaum noch Luft.

Endlich blieben sie vor einer Tür stehen. Der Wachposten sprach mit jemandem im Büro, dann raffte sie all ihren Mut zusammen und ging hinein. An der rückwärtigen Wand stand ein Schreibtisch mit einem Security-Beamten in Zivil, Ellbogen auf dem Tisch. Layla hatte keine Erfahrung mit solchen Büros und fühlte sich eingeschüchtert – die kleine Landesfahne, die in einem Stiftbecher steckte, die silberne Plakette mit dem Namen in einer geschnörkelten Schrift, die sie nicht lesen konnte – sie erkannte nur einen oder zwei Buchstaben.

Es erleichterte sie, dass der Mann sie nicht ansah, als sie näher kam. Bestimmt hätte er gemerkt, wie verängstigt sie war. Sie blieb zwischen den Stühlen stehen und wartete. Müde und erschöpft schaute der Beamte schließlich auf. Sein Blick aber war nicht grausam. Sie hatte sich so an das grobe Benehmen der Wachposten gewöhnt, dass sie von ihren Vorgesetzten Schlimmeres erwartet hatte.

«Ja?»

Sie räusperte sich. Sie musste den richtigen Ton finden, unterwürfig, aber entschieden.

«Ich bin hier, um mich nach jemandem zu erkundigen, mit dem ich … zusammenarbeite. Er wurde bei einer Durchsuchung verhaftet.»

«Name?»

«William Luol.»

Der Beamte musterte sie aufmerksam. Fast meinte sie, seine Gedanken lesen zu können. Sie erkundigte sich nach einem Niloten.

«Wo arbeiten Sie?»

«Bei der NGO.»

«Wann wurde er verhaftet?»

«Vor zwei Wochen, während einer Durchsuchung – damals lebten Flüchtlinge auf dem Grundstück.» Verwirrt hielt sie inne und fragte sich besorgt, ob sie abschweifte. «Der amerikanische Leiter hat mich geschickt. Er will, dass ich nachfrage, wann William entlassen wird.»

«Als was arbeiten Sie bei der NGO?»

«Ich bin Köchin. William – William Luol – ist der Dolmetscher. Und er kümmert sich um Dinge, hält alles am Laufen. Der Amerikaner braucht ihn. Deshalb hat er mich geschickt.»

Der Security-Beamte betrachtete sie eine Weile. Obwohl sie sich bemühte, ruhig zu wirken, ahnte sie, dass er ihre Aufregung spüren konnte. Dass Alex zusammengeschlagen worden war, erwähnte sie mit keinem Wort.

«Sie sagen, Soldaten hätten ihn verhaftet?»

«Ja.»

«Dann sind wir dafür nicht zuständig. Vermutlich haben wir nicht mal Informationen über diesen Vorfall.»

«Aber Sie haben nicht nachgesehen. Könnten Sie das bitte?» Sie wollte unbedingt etwas in Erfahrung bringen, wollte wenigstens die Bestätigung, dass er noch lebte. «Bitte, Sir, ich habe mich so abgerackert, bin jeden Tag hergekommen, um zu warten. Ich kriege Ärger auf der Arbeit, wenn ich ohne Neuigkeiten zurückkomme. Bitte, sehen Sie nach oder fragen Sie nach. Verraten Sie mir zumindest, wo er ist. Bitte.»

Sie sah ihm an, dass er mit sich rang, ob er ihr helfen sollte oder nicht. Ihr Ton schien nicht ohne Wirkung geblieben zu sein, denn er rief jemanden und ein Assistent kam herein.

«Sehen Sie mal nach, ob Sie irgendwas über einen gewissen William ...»

«Luol», ergänzte sie hilfsbereit.

«William Luol herausfinden können.»

Der Mann verschwand wieder, und Layla blieb stehen, starrte nervös auf die Namensplakette, die sie nicht lesen konnte. Der Beamte bat sie, sich hinzusetzen. Zaghaft nahm sie auf der Stuhlkante Platz, während er sich erneut seinen Papieren widmete.

Wenige Minuten später kam der Mann zurück und legte eine Akte auf den Tisch.

Der Beamte fuhr mit dem Finger die Seiten lang. «Wann wurde er noch mal verhaftet?»

«Am vierzehnten Juni.» Sie hielt den Atem an.

«Da haben wir es ja.»

Ihr Herz machte einen Sprung. Sie stand auf, kam nach vorn und blickte auf die Akte, obwohl sie kein Wort lesen, nichts verstehen konnte.

«Durchsuchung des Grundstücks. Illegale Unterbringung von Flüchtlingen. Hier steht, dass er wegen Waffenschmuggel verhaftet wurde.»

«Das ist alles nur ein Missverständnis.»

Sie spürte, wie es in ihrem Gesicht arbeitete, und versuchte, sich zusammenzureißen. Sie musste ruhig bleiben, so tun, als wenn William ihr nichts bedeutete. Sie war bloß hier, um sich nach jemandem zu erkundigen, einem Arbeitskollegen.

«Er wurde verlegt», sagte der Beamte.

«Wohin?»

«Ins Militärgefängnis.»

«Und wann wird er freigelassen?»

«Das weiß ich nicht.»

«Gibt es jemanden, den ich fragen kann? Bei wem erkundige ich mich?»

Der Beamte schloss die Akte, seine Miene wurde ausdruckslos.

«Fragen Sie in der Garnison nach», sagte er. «Mehr kann ich nicht für Sie tun. Wenn man ihn allerdings ins Militärgefängnis gebracht hat, wird er wohl eine Weile dableiben … Warum weinen Sie?»

Sie wusste nicht, ob aus Erleichterung, weil William noch lebte, oder wegen ihrer Hilflosigkeit, ihrer Unfähigkeit, mehr für ihn zu tun, ihn rauszuholen.

Sie bedankte sich und ging zurück auf den Flur. Die Wände verschwammen vor ihrem Blick. Als sie den Warteraum betrat, wischte sie sich die Tränen aus den Augen und wurde von einer Kakofonie von Fragen begrüßt, doch sobald die Frauen ihren Kummer sahen, nahmen sie Layla in die Arme, trösteten sie und ließen sie an ihren Schultern weinen.

Eine Stunde vor Beginn der Ausgangssperre plante Mustafa seinen Aufstieg in die Krone jener Akazie, in die er vor all den Monaten Unterwäsche gehängt hatte. Der Trick bestand darin, zur Stammmitte hochzukraxeln, wo ein Baumknoten vorragte, auf den er sich stellen konnte – von da aus konnte er dann die untersten Äste erreichen und tiefer ins Laubdach vordringen.

Er suchte die Straße ab. Diesen Teil des Marktes hatte man mittlerweile völlig aufgegeben. Leere Stände und Geschäfte säumten die Straße. Manche waren beim Brand im Mai zerstört worden. Nur noch drei Werkstätten hatten geöffnet. Plastiktüten flatterten und wirbelten an Ladengittern vorbei. Bei der Tankstelle standen Militärlaster. Am Checkpoint weiter unten durchsuchten Soldaten ein Auto. Die Heckklappe war geöffnet, Männer steckten ihren Kopf in offene Türen. Das war der richtige Augenblick – solange die Soldaten mit der Durchsuchung beschäftigt waren.

Er zog seine Flipflops aus, band sie mit einer Schnur zusammen und hängte sie sich um den Hals. Dann trat er zurück und hechtete den Baum hoch, Borke zerkrümelte unter seinen Füßen, während er weiter hinaufkletterte und sich dabei wie eine Eidechse an den Stamm schmiegte. Er streckte eine Hand nach dem untersten Ast aus, nahm Schwung und hielt sich mit der anderen Hand fest; der Magen verkrampfte sich vor Anstrengung, als er seine Beine auf den Ast nachzog, um dann noch ein, zwei starke Äste höher hinauf in den Schatten der Blätter zu steigen.

Von seinem erhöhten Posten aus ließ er den Blick schweifen - geschlossene Läden, der Checkpoint, hier und da geparkte Armeelaster. Das zerstörte Polizeirevier, das Minarett der Moschee, das über strohgedeckte Dächer aufragte, die Kirche und am Stadtrand die Kasernen, hinter denen er Flüchtlinge über die Savanne ziehen sah. Darüber fleckten Wolken wie weiße schwache Daumenabdrücke den Himmel.

Hier, in der Baumkrone, blieb er für die Soldaten und für die Miliz unsichtbar, die unter ihm die Straße patrouillierten, für die Betrunkenen und Viehtreiber, war sicher vor den durch die Nacht streifenden, tollwütigen Hunden. Er hatte Glück, dass er so ein Versteck besaß. Nachdem man ihn ausgesperrt hatte, wusste er tagelang nicht, wohin, und war von Freund zu Freund gezogen. Zuerst hatte Ibrahim ihn aufgenommen. Aber schon bald nach seiner Ankunft begann Ibrahims Mutter zu murren. Vier Kinder müsse sie durchbringen, da könne sie nicht noch eins ernähren. Kein Platz im Haus. Warum Mustafa denn nicht zu seiner eigenen Familie ginge?

Omar ließ ihn eine Weile bei sich im Saftstand schlafen, aber dann gab er sein Geschäft auf und verließ die Stadt wie so viele andere auch. Jane, die Teefrau, brachte ihn für ein paar Tage bei sich unter, bis ihr Mann sagte, er habe was dagegen. Man könne ja kaum auf sich selbst aufpassen, geschweige denn auf Fremde. Also ging Mustafa zu Deng, doch dessen Werkstatt war aufgebrochen worden, die Regale geplündert, Tische umgeworfen. Ein Nachbar erzählte ihm, man habe Deng verhaftet.

Und so ging Mustafa schließlich nach Hause zu seiner Mutter. Lief drei Tage bis in ihr Dorf - in einer Plastiktüte einen Kanten Käse, den er stibitzt hatte, und etwas altbackenes Brot, unterm Arm eine Flasche Wasser, die er unterwegs an Brunnen auffüllte. Er ging barfuß, um seine Flipflops zu schonen, die er nur zur wärmsten Tageszeit anzog, wenn der Sand unter seinen Füßen heiß wie glühende Kohle wurde.

Manchmal stieß er auf Nomadenlager, in denen es vor Schafen und Ochsen nur so wimmelte, vor Männern, die Vieh hüteten, Frauen, die über offenem Feuer kochten. Sämtliche Nilotendörfer aber waren verlassen oder zerstört. Er begegnete Flüchtlingen auf dem Weg nach Saraaya. Sie erzählten ihm von den Durchsuchungen der Miliz an den Grenzen des Distrikts, von den Gegenangriffen der Rebellen.

Vom Laufen bekam er Blasen an den Füßen. Er strich mit Wasser besprenkelte Erde darauf, machte sich Sandbandagen. Wasser, Brot und Käse teilte er sorgsam ein. Wenn ihn seine Kräfte verließen, hielt er an und hockte sich hin, oder er machte ein Nickerchen. Beim Gehen pfiff er Melodien, die er aus dem Radio kannte, und dachte an seine Mutter. Er wusste nicht, wie sie auf seine Ankunft reagieren würde - wütend, weil er mit leeren Händen kam, oder erleichtert, weil er am Leben war.

Doch das Dorf war verlassen. Zuletzt hatte er seine Mutter vor vier Monaten besucht, im Truck mit William. Damals war das Dorf voller Leben gewesen; Kinder hatten Fangen gespielt, alte Männer im Dämmerlicht gelacht. Jetzt waren die meisten Häuser nur mehr Asche und Ruinen. Die wenigen, die noch standen, sahen aus, als hätte man sie in aller Eile verlassen. Türen knarrten, Fenstervorhänge flatterten. Das Haus seiner Mutter stand noch, war aber leer. Er kletterte durchs niedrige Fenster und fand auf dem Boden eine zusammengerollte Matratze. In einer Ecke ein kahler Tisch.

Der Schrank war ausgeräumt und der Koffer verschwunden, der darauf gelegen hatte. Er blickte sich um, die ungeheure Stille machte sich auch in ihm breit.

Auf dem Weg zum Dorf hatte er an seine Mutter gedacht, jetzt aber waren es seine kleine Schwester und sein Bruder, die er vermisste. Wann würde er sie wiedersehen? Seine kleine Schwester, die immer am Daumen nuckelte, seinen Bruder mit den großen Ohren. Waren sie in Sicherheit? Würden sie sich an ihn erinnern?

Er verbrachte die Nacht im leeren Haus und machte sich am nächsten Morgen auf den Rückweg nach Saraaya. Dort schlief er tagelang auf der Straße, schlängelte sich bäuchlings in eine Mulde unter einen Marktstand, rollte sich im Schatten eines Hauseingangs zusammen oder schnitt sich, als er durchs zerbrochene Fenster eines Lasters kletterte, um dort auf Sprungfedern zu schlafen, die sich ihm in die Rippen bohrten.

Alles nur, um den Schrecken der Nacht zu entfliehen, den Soldaten der Miliz und den Dieben, die nachts umherstreunten. Am schlimmsten aber war die Hand, die ihm durchs Haar strich, als er im Hauseingang eines Ladens schlief, die Berührung sanft wie die seiner Mutter. Nur war es nicht seine Mutter, sondern ein Soldat, ein Ungeheuer, das ihn begrabschen wollte. Mustafa hatte laut geschrien und ihn verjagt; danach schlief er mit gespitzten Ohren, lauschte auf Schritte, neben dem Kopf einen Stein als Waffe. Eines Nachmittags lief er an diesem Baum vorbei, und als sein Blick darauf fiel, sagte er sich, dass die Akazie das perfekte Versteck bot – da oben konnte er schlafen, sicher vor der Straße unter ihm.

Ihm wurde der Hintern taub; er ruckelte sich auf dem Ast zurecht und schaute in der zunehmenden Dunkelheit zum Horizont. Dächer und Baumwipfel wurden unscharf. Ein auffrischender Wind wehte aus der nördlichen Wüste und ließ ihn frösteln, sodass er die Hände unters T-Shirt schob und die Arme um sich schlang. Hätte er Geld, würde er aus Saraaya verschwinden, aber er hatte nicht mal mehr genug für den Bus nach El Obeid. Das Geld für den Waffentransport lag noch vergraben auf dem Gelände der NGO. Jeden Tag schwankte er, ob er nicht zu William gehen, auf die Knie fallen und um Verzeihung bitten sollte. Zurückzukehren – ein sicheres Bett, Freunde, ein Gehalt. Aber wann immer er daran dachte, fiel ihm auch Williams Wut wieder ein, und er bekam Angst.

Das mit den Gewehren tat ihm leid, aber ihn rauszuwerfen war nicht richtig. William mochte wütend auf ihn sein, konnte ihn ausschimpfen, aber ihn nicht zurückkommen zu lassen an den Ort, der sein Zuhause geworden war?

Er tröstete sich mit dem Gedanken, dass sie ihn brauchten. Wer, wenn nicht er, sollte denn putzen, fegen, in die Stadt gehen? Er malte sich aus, wie er dorthin zurückrannte, William in die Arme, wie sie ihn alle anstrahlten und ihm sagten, wie sehr sie ihn vermisst hatten. Und dann würde es wieder sein wie vorher, vor der Durchsuchung, vor der Miliz und dem Brandanschlag – sein Bett mit dem Moskitonetz, gemeinsames Mittagessen im Pavillon, mit William und Layla im Truck unterwegs und zum Markt laufen, Botengänge erledigen.

Als hätte sie seine Gedanken gehört, sah er im selben Moment Layla den Checkpoint passieren. Er kniff die Augen zusammen und kletterte durchs Laub nach vorn, um besser sehen zu können – ja, sie war es, derselbe Gang, der gebeugte Kopf. Er kletterte nach unten, fiel ihr vor die Füße, sprang wieder auf und schlang seine Arme um sie; und die Düfte der Küchengewürze, die Ausdünstungen der NGO, brachten auch alles andere zurück, was er so sehr vermisst hatte.

«Layla!»

William hatte ihm verziehen. Er hatte sie geschickt, um ihn zu holen. Sie aber packte so fest zu, dass ein scharfer Schmerz sein Schlüsselbein durchbohrte.

«Du!» Sie stieß ihn von sich, und er stolperte.

Sie fixierte ihn mit ihrem Blick, die Zähne entblößt, die Augen brannten. Warum sah sie ihn so an? Er hatte sie nie derart wütend erlebt. Dabei war er sich ganz sicher, dass sie gekommen war, um ihn zurückzuholen.

«William wurde verhaftet», sagte sie. «Ihm wird Waffenschmuggel vorgeworfen. Er sitzt im Gefängnis der Garnison, und ich weiß nicht, wie ich ihn da wieder rausholen soll.»

Die Worte hallten in seinem Kopf wider. Die Gewehre. William verhaftet wegen der Gewehre. Wegen seiner Gewehre. Plötzlich wurde sein Körper taub. Das Ganze war ein großer Fehler. Er schüttelte den Kopf, öffnete den Mund, aber es kam kein Wort heraus.

Sie sagte: «Und was dich angeht, hat er recht. Du bist ein egoistischer, wertloser, undankbarer kleiner Junge.»

Er machte einen Schritt auf sie zu. «Das wollte ich doch nicht. Ehrlich nicht.»

«Du wolltest das nicht?» Sie starrte ihn an. «Aber es ist alles deine Schuld. Er wird vielleicht verletzt …»

«Es tut mir leid. Lass mich zurückkommen. Bitte.»

«Nein.» Sie schüttelte den Kopf. «Es war richtig, dass er dich rausgeworfen hat. Und du bleibst draußen.»

Sie wich einen Schritt zurück, starrte ihn weiterhin an, dann trat sie um ihn herum und ging in Richtung NGO. Er blieb in der Stille der leeren Straße inmitten der verschlossenen Marktbuden stehen und sah ihr nach, bis ihr Thoub im grauen Licht verschwand.

Es war jetzt fast dunkel. Am Checkpoint flackerten Lampen. Von fern drangen Stimmen herüber. Er war schrecklich müde. Er sah auf. Der Baum kam ihm mit einem Mal sehr groß vor, und er hielt es für nahezu unmöglich, dass er noch einmal die Kraft aufbrachte, hoch in sein Versteck zu klettern.

Alex saß auf einem Stuhl, mit dem Gesicht zu Dena und der offenen Bürotür in ihrem Rücken. Sie beobachtete ihn durch die Kamera, eine Nahaufnahme seiner Stirn. Über den Brauen breitete sich ein blauer Fleck aus, der bis in sein verwuscheltes Haar reichte. Die Mitte war leuchtend rot, die Ränder von einem hellen Rosa, das in weiße, durchsichtige Falten überging. Das Objektiv hob seltsame Kratzer und Entzündungen hervor. Sie führte den Blick der Kamera hinab zum linken Auge. Die Wimpern waren zusammengeklebt, was sie eigenartig üppig und weiblich aussehen ließ. In der Vergrößerung konnte sie in seiner Pupille ihr eigenes Spiegelbild erkennen, kaum mehr als ein schwarzes Staubkorn in seinem Augapfel.

Sie bat ihn, das Gesicht zu drehen. Eine weitere Wunde zog sich über die linke Schläfe. Anders als der blaue Fleck auf der Stirn aber war sie genau definiert, der Schnitt verschorft, die Haut ein rauer Grat, der über die Wange bis in die Kinnstoppeln verlief. Von so Nahem wirkte das Gesicht wie eine wellige Landschaft mit Hügeln, Tälern und sanften Mustern. Sie lenkte den Blick in die Gesichtsmitte; die Haut am Kiefer wurde blau, dann dunkelrot. Sie fuhr die Wunde entlang bis zum Kinn.

Ihn zu filmen, war ihr Zeitvertreib geworden. Eines Nachmittags, als sie zusammen im Büro saßen, hatte er sie gebeten, die Kamera zu holen.

«Warum?», hatte sie gefragt.

«Einfach so.»

Seit dem Tag der Durchsuchung hatte sie die Kamera nicht mehr angefasst. Sie kam ihr fremd vor, kalt, als sie sie in Händen hielt. Das dunkle Glasauge schimmerte unheilvoll. Dena musterte die Metallkanten, besah sich das Objektiv, und ihr war, als hielte sie eine Waffe in der Hand.

Kaum war sie zurück im Büro, zog Alex sein T-Shirt aus und legte sich auf die Matratze. Er sah noch schlimmer aus als vor wenigen Tagen. Hämatome überall, auf seiner Brust dunkelrote, gelbe, blaue Flecken. Schnitte verkrusteten. Er hatte so viel Gewicht verloren, dass seine Rippen deutlich hervortraten und die Arme wie dünne Spindeln aussahen.

«Filme», sagte er.

«Und du willst einfach nur daliegen?»

«Klar.»

Einen Moment lang starrte sie ihn an. Dann streifte sie die Schuhe ab, stellte sich über ihn, die Füße beidseits seines Oberkörpers, und richtete das Objektiv auf ihn.

«Wie sehe ich aus?»

«Scheiße.»

Sie kicherten.

Mit den Rippen fing sie an. Ihr gefielen die Konturen der Knochen über seiner Magengrube. Sie fuhr so nahe heran, dass das Bild abstrakt wurde, schweifte mit der Kamera über einen Brusthöcker. Schwarze und weiße Hänge wechselten sich ab, bewegten sich kaum wahrnehmbar mit seinem Atem. Sie konnte Gänsehaut sehen und feine Härchen. Manchmal ging fast durchsichtige Haut in das Grün, Rot und Schwarz der Blutergüsse über.

Während der nächsten Tage nahm sie sich seine Arme und Schultern vor, filmte aufgeschürfte Haut. Sie verweilte bei den Narben auf seinem Bauch. Sie experimentierte mit der Beleuchtung. Manchmal verdunkelte sie alle Lichtquellen im Raum, sodass seine Gliedmaßen zu ununterscheidbaren Schattenblöcken wurden. Dann wieder bat sie ihn, nach draußen ins nachmittägliche Sonnenlicht zu gehen, und sie filmte ihn gänzlich bloßgestellt, schattenlos.

Alex gefiel es, ihr Modell zu stehen. Er gab sich ganz in ihre Hände. Ihr wiederum gefiel dieser neue, sanfte, umgängliche Alex. Seit er zu sich gekommen war, wirkte er weicher, interessanter. In seinen Augen sah sie einen neuen Schatten des Leids, der seinem Gesicht Tiefe verlieh. Die aufdringliche, überhebliche Dreistigkeit war verschwunden. Stattdessen zeigte sich hin und wieder ganz unerwartet ein scheues, ungewisses Lächeln.

Jeden Tag bestand er darauf, dass sie dieselben Stellen seines Körpers filmte. Als sie ihn nach dem Grund fragte, sagte er, er wolle sehen, wie die Verletzungen heilten. Und mit dem Blick der Kamera sahen sie in Nahaufnahme Wunden, die verschorften, Haut, die ihren Glanz wiedergewann.

Und für sie war es eine Erleichterung, sich auf seine Blutergüsse zu konzentrieren. So konnte sie die eigenen Wunden, ihre Beschämung vergessen. Sie hatte fälschlich geglaubt, sie könnte außerhalb des Geschehens bleiben und nur beobachten. Könnte sich hinter der Kamera verstecken – distanziert, könnte die Kontrolle über das Bild behalten, ohne ein Teil davon zu sein. Dabei war sie immer Teil des Bildes gewesen. Und jetzt waren ihr nach den vielen Monaten Dreharbeit nur die Aufnahmen vom Angriff auf sie selbst geblieben.

Es war die Verbindung zu den anderen, die ihr Kraft gab. Alex, der ihr geholfen hatte, und Layla, die sich um sie beide kümmerte, und William, um dessen Leben sie fürchtete. Und Mustafa, um den sie sich Sorgen machte.

Wenn sie nicht Alex filmte, verbrachte sie ihre Zeit mit Aufräumen. Auch das war zur Routine geworden. Zwei Wochen nach der Durchsuchung sah es auf dem Gelände immer noch chaotisch aus – im Hof lagen verstreut Kleider und Papiere, in den Zimmern Glasscherben, im Pavillon Alex' feucht gewordene Instrumente. Layla war meist den ganzen Tag unterwegs, also arbeitete Dena allein. Sie sammelte ein, wusch in der Küche das Geschirr, hackte Gemüse. Und wenn sie derart beschäftigt war, musste sie oft an Mustafa denken. Sie brachte es nicht übers Herz, wütend auf ihn zu sein, obwohl sie verstand, in welche Gefahr er sie gebracht hatte – insbesondere William. Als Layla erzählte, sie hätte den Jungen in der Stadt getroffen, erleichterte es sie insgeheim, dass er sich in Sicherheit befand.

Jeden Tag wartete sie auf Layla, die von ihrer Suche nach William oft hohläugig und entmutigt zurückkehrte. Dass William im Gefängnis der Garnison festgehalten wurde, war die einzige konkrete Information, die sie herausfinden konnte. Doch als sie hinging, wollten die Wachen weder bestätigen noch abstreiten, dass er dort einsaß. Ohne je offen darüber zu reden, hegten sie alle die Befürchtung, dass William, wenn sie ihn nicht bald freibekamen, einfach verschwinden könnte. Das passierte oft mit Niloten, denen Verbindungen zu den Rebellen nachgesagt wurden. Dena wollte Layla helfen, aber allein der Gedanke, durchs Tor zu gehen, machte ihr zu große Angst. Sie fürchtete, den Männern zu begegnen, die bei ihr im Zimmer gewesen waren. Also half sie innerhalb der Mauern und überließ es Layla, sich allein nach draußen zu wagen.

Alles war ungewiss – nicht nur Williams Schicksal, auch das der ganzen Stadt, ja, sogar des Krieges. Sie, Layla und Alex warteten ungeduldig, setzten all ihre Hoffnungen auf den

Waffenstillstand. Beim Saubermachen hörte Dena meist Radio, verfolgte die Nachrichten über die Friedensverhandlungen in Kenia, dem unbestimmten Gerede über irgendwelche Fortschritte. Sollte es tatsächlich eine Einigung geben, käme es vermutlich zu einem Gefangenenaustausch, und vielleicht würden William und andere dann freigelassen. Alex rief jeden Tag im Büro in Khartum an, setzte sich für ihn ein. Layla brachte Neuigkeiten aus der Stadt mit. Alle warteten gespannt auf ein Abkommen und hofften, dass Gefangene freigelassen wurden.

Bei all der Warterei blieb ihr nichts weiter zu tun, als aufzuräumen. Und Alex zu filmen. Sie spürte, dass es im Büro dunkler wurde, dass er seine Haltung auf dem Stuhl veränderte, wusste um das zerwühlte Bettzeug in seinem Rücken und um den Stapel Papiere auf dem Tisch. Der Schmerz im Nacken, den sie bekam, wenn sie sich zu lang über das Stativ beugte. Sie hatte die Verletzungen im Gesicht gefilmt und drehte jetzt den Schwenkkopf, hielt auf seinen Hals und wanderte hinab zur rechten Schulter. Da, ein Muster, Zeichen wie Hieroglyphen. Eine Stiefelsohle, die sich im Muskel abzeichnete. Der blaue Fleck war blasser als am Vortag, verheilte. Sie konnte bereits sehen, wie der Abdruck verblasste, die Ränder unscharf wurden. Dieser Fleck gefiel ihr besonders, und sie hielt die Kamera länger darauf gerichtet.

Alex fasste sich an die Schulter.

«Tut es immer noch weh?»

«Es wird besser.»

Sie musterte ihn.

«Kannst du aufstehen?»

Er erhob sich und stand auf dem unverletzten Bein. Sein Appetit war zurückgekehrt, und zum ersten Mal sah sie, dass er an Gewicht zugelegt hatte. Er kam ihr solider vor, breiter und größer.

Sie bat ihn, sich umzudrehen. Unbeholfen drehte er sich um sich selbst, kehrte ihr die breiten Schultern über dem schmalen Torso zu. Sie konzentrierte sich auf die Stelle im Nacken, an der das ungeschnittene Haar endete. Langsam wanderte das Objektiv den Hals hinab, folgte den Rückenwirbeln.

Später saßen sie nebeneinander auf der Matratze mit dem Rücken an der Wand. Dena hielt die Kamera im Schoß und ließ im Sucher die heutigen Aufnahmen laufen. Das war der Teil, auf den sie sich beide freuten - sich gemeinsam die Bilder des Tages anzusehen. Sie verglichen die gestern aufgenommenen blauen Flecken mit denen von heute, kommentierten Verbesserungen, Verschlechterungen und Farbentwicklungen. Alex scherzte, dass Dena eine Landkarte seiner Verletzungen erstelle.

Während sie die Aufnahmen verfolgte, spürte sie, dass er sich stärker zu ihr herüberlehnte, vorgeblich, um besser sehen zu können. Das passierte inzwischen aber so regelmäßig, dass sie aufgehört hatte, sich zu fragen, ob es Zufall war.

Als sie versuchte, von ihm abzurücken, er ihr aber folgte und seine Schulter an ihre presste und dabei weiter in den Sucher schaute, als sei er völlig von dem gefangen, was er sah, hielt sie das Video an und drehte sich zu ihm um.

«Ich bin lesbisch, Alex.»

Sein Blick schwenkte auf ihr Gesicht.

«Ehrlich?»

«Ja, also versuch nicht ständig, mich zu küssen.»

Er richtete sich auf. Sein Blick flatterte über ihre Augen, ihren Mund, ihr Haar.

«Aber warum hast du nichts gesagt?» Er schaute sie an.

«Als ich dir gestanden habe, dass ich dich mag. An dem Tag, an dem du mich fast mit der Kamera erschlagen hättest.»

«Es ging dich nichts an.»

«Du hättest es mir trotzdem sagen sollen.»

«Hab ich doch gerade.»

Er starrte sie weiter an, öffnete den Mund, als wollte er protestieren. Schloss ihn wieder.

«Okay.» Er sah betreten drein.

Dann machte er es sich wieder neben ihr gemütlich. Sie drückte auf Play, und bald waren sie wieder von den rotblauen Blüten im Kamerasucher gefangen.

Früh am Morgen machte Mustafa sich auf den Weg zur zwölf Kilometer entfernten Garnison, die wie eine Festung aus der Savanne jenseits der Stadt aufragte. Zwei Posten standen oben in einem Turm und hielten Ausguck über das weite, flache Land. Vor den Toren joggten Soldaten in grünen Uniformen vorbei an Militär-SUVs und Pritschenwagen, keuchten und schwitzten. Weiter entfernt standen Soldaten in Reih und Glied, die auf den gebellten Befehl eines Offiziers ihr Gewehr schulterten. Am Ende der Straße hockten ein paar Verkäufer und Händler unter provisorischem Sonnenschutz oder Regenschirm und boten Zigaretten, Snacks und Wasserflaschen an.

Niemand schenkte ihm Beachtung, als er an den Ständen vorbei zum Haupttor lief. Eine Barrikade hinderte Autos daran, auf die dahinterliegende freie Fläche zu fahren. Drei Posten lungerten an einem der Wachhäuschen herum und erzählten sich Witze. Mustafa blieb stehen, beobachtete den Eingang. Er könnte versuchen, ungesehen am Wachhäuschen vorbeizuschlüpfen. Aber wenn er einmal drinnen war, würde man ihn bestimmt bald fassen. Außerdem wusste er nicht, wohin er sich wenden oder wonach er Ausschau halten sollte.

Er ging zu den Wachen. Einer von denen stand da, Fuß auf dem Stuhl, und erzählte eine Geschichte. Mustafa zupfte ihn am Ärmel und sagte, er habe dem Militärkommandanten eine Nachricht zu überbringen.

Die Wache musterte ihn von oben bis unten und winkte ihn dann beiseite.

«Es wird Ihnen noch leidtun, wenn Sie mich nicht zu ihm bringen.» Er stellte sich mitten in den Kreis der Wachen. «Ihnen allen. Der Militärkommandant wird garantiert wissen wollen, was ich zu sagen habe. Es geht um Informationen zum Waffenschmuggel.»

Die Wachen sahen sich an, rechneten sich aus, dass es riskant war, ihn wegzuschicken, falls er tatsächlich Informationen besaß, und beschlossen, ihn reinzulassen.

Der Sitzende erhob sich mit einem Seufzer. Mustafa folgte ihm in den Hof. Auf der einen Seite die Kaserne, zwei Stockwerke, oben ein Balkon, der über die gesamte Front lief. Soldaten lungerten in Unterhemden herum. Manche spielten Karten, andere dösten auf Feldbetten, wieder andere putzten ihre Schuhe oder ihre Waffe.

Jenseits der Kaserne, im hinteren Bereich des Geländes, ein weiterer Innenhof, gesichert mit einem Zaun und einem versperrten Tor. Dieser Innenhof war düsterer, dreckiger, der Boden übersät mit verschmiertem Papier und Plastiktüten. An den fleckigen Mauern Kratzer, verwischte Kohlespuren und Zeichnungen wie von Kindern. Er bemerkte an Betonblöcke gekettete Niloten. Sie trugen Lumpen, Gesichter und Glieder starr vor Schmutz. Einer schlief mit einer Kette um den Hals wie ein Hund. Ein anderer wiegte sich vor und zurück und gab seltsame Laute von sich; die Kette klirrte bei jeder Bewegung. Auf dem Hof wimmelte es von Männern, die ohne Schuhe im Kreis schlurften, humpelten, bei jedem Schritt aufstöhnten. Sie trugen versiffte Kleider; Bart, Schnauzer und Haar strotzten vor Dreck. Ein schwacher widerlicher Geruch von ungewaschenen Leibern und Exkrementen wehte herüber.

Das Gefängnis. Er reckte sich, um besser sehen zu können, suchte William und bemühte sich, in die dunklen Ecken des Gefängnishofes zu spähen. Dann fiel sein Blick auf drei verschlossene Türen im hinteren Teil. Zellen. In einer von denen musste William stecken. Er hastete weiter, schloss zur Wache auf, die nun rechts abbog und ein Büro betrat.

Der Mann stieß Mustafa vor sich her und informierte einen Soldaten, dass der Junge Informationen habe. Man wies Mustafa zu einer Bank. Er setzte sich, ließ die Beine baumeln. Durch eine andere Tür kamen und gingen Männer, einige in Uniform, andere in Zivil; sie erteilten Anweisungen, gaben Befehle.

Nach einer Stunde wurde er endlich in einen fensterlosen Raum vorgelassen, in dem ein korpulenter Mann in Uniform saß mit Armen dick wie Baumstämme, die auf einem mit Akten überhäuften Tisch ruhten. Auf dem Kopf ein Käppi, Schlupflidaugen. In der pummeligen Hand hielt er einen goldenen Füller. An einem Tisch links von ihm beugten sich Offiziere über einige Papiere.

Als der Blick des Kommandanten auf Mustafa fiel, zog er verärgert die Stirn in Falten und wandte sich an den Soldaten, der den Jungen hergebracht hatte. «Was will der denn hier?»

«Sir, er behauptet, Informationen über Waffenschmuggeleien zu haben.»

Der Kommandant sah Mustafa an, die Falten vertieften sich. Er wies ihn an, näher zu kommen.

«Rede. Schnell!»

«Vor drei Wochen, die Gewehre, die auf dem Gelände der NGO gefunden wurden.»

«Ja?»

«Sie haben William Luol verhaftet, den Dolmetscher.» Wenn er sich stellte, seine Schuld gestand, vielleicht würden William und Layla ihm dann verzeihen. Er würde für seinen Verrat bezahlen müssen; das war der einzige Weg, um alles wiedergutzumachen. Er schluckte. «William Luol hatte nichts damit zu tun. Ich war das. Ich habe die Gewehre versteckt. Ich sollte sie an die Rebellen liefern.»

Der Kommandant kniff die Augen zusammen; der Stuhl knarzte, als der Mann sich zu ihm umdrehte. «Komm her.» Mustafa stellte sich vor ihn.

«Wie alt bist du?»

«Zwölf.»

«Du siehst jünger aus.»

Mustafa reckte sich. Warum glaubte ihm denn niemand?

«Ich bin aber zwölf.»

«Also gut, hör zu, kleiner Mann. Die Zellen sind voll. Wir haben keinen Platz für einen Nomadenjungen, der uns irgendwelche Streiche spielt. Geh wieder nach Hause, okay?»

«Aber ich sage Ihnen, Sie haben den Falschen verhaftet. Lassen Sie William frei. Verhaften Sie mich. Ich habe die Gewehre versteckt.»

«Nilotische Jungen arbeiten für die Rebellen. Warum sollte sich ein Nomadenjunge mit denen einlassen?»

«Weil Sie und die Regierung, ihr seid doch alle nur Diebe und Verbrecher.»

«Pass auf, was du sagst.»

«Hundesöhne seid ihr.» Er fuhr fort, überschüttete den Kommandanten mit einem Schwall von Beleidigungen, zog über dessen Geschlechtsteile her, über die der Mutter des Kommandanten, seine Tochter – warf ihm jedes schmutzige

Wort an den Kopf, das er je auf dem Markt gehört hatte. Im Zimmer wurde es totenstill. Einer der Männer musste unwillkürlich kichern. Der Kommandant beugte sich vor und wollte Mustafa eine Ohrfeige verpassen, aber Mustafa biss ihm ins Handgelenk, grub seine Zähne in aschig schmeckendes Fleisch.

Soldaten packten ihn. Ein Schlag gegen den Kopf ließ ihn alles doppelt sehen. Er wurde hochgehoben und auf die Fliesen fallen gelassen. Vom Boden aus blickte er nach oben. Dem Kommandanten war das Käppi vom Kopf gefallen, das schweißnasse Haar klebte ihm an den Ohren. Er hielt sich die rechte Hand und musterte den Jungen mit finsterer Miene.

«Sperrt ihn ein, dieses kleine Stück Scheiße.»

Mustafa grinste und spürte, irgendwas in seinem Mund hatte sich gelockert. Ein Zahn fiel heraus, klackerte leise auf die Fliesen. Ein Blutfaden hing ihm von den Lippen, als man ihn aufhob und ins Gefängnis brachte.

Bei dem klammen, fauligen Gestank des an ihn gepressten Mannes wagte William kaum, Luft zu holen, ein Gestank, der mit den Ausdünstungen seines eigenen verdreckten Körpers durchsetzt war. Er konnte den Schweiß des anderen riechen, seinen kranken Atem, hörte, wie er ihm ins Ohr prustete.

Auf seiner anderen Seite schnarchte ein zweiter Gefangener, der Mund offen, die Zähne schwarz. Sein Ellbogen fiel William immer wieder an die Stirn. Er wandte den Kopf ab. Außer den beiden Männern neben ihm lagen weitere Gefangene in schweißnassen T-Shirts und Unterhemden zwischen Schuhen und Flipflops, auf fleckigem Karton, lagen so dicht gepackt, dass ihre Gliedmaßen sich ineinander verknäulten. Verzweiflung, Schock und Erschöpfung in den Gesichtern. Am Eingang lehnte ein Mann am vergitterten Tor, Schweiß troff so ergiebig von ihm, als würde der ganze Körper weinen. Ein anderer schlief mit dem Kopf auf der Schulter seines Nachbarn. In einer Ecke lag jemand, der so brutal zusammengeschlagen worden war, dass er unaufhörlich stöhnte, Blut lief ihm aus dem Ohr. Ein Teenager saß mit angezogenen Beinen, das Gesicht vergraben, still wie eine Statue mitten im Raum.

Der Boden war mit irgendeiner Schmiere überzogen. In der Ecke stand ein Eimer randvoll mit Pisse und Scheiße. Flecken blühten an den Wänden. Ritzzeichnungen von Streichholzmännchen, Waffen, Phalli und Vieh. Sinnlose, falsch geschriebene Erklärungen. An einigen Stellen ragten Nägel aus den Ziegeln, daran hingen Plastiktüten mit der wenigen Habe der Gefangenen – zerrissene Kleider, ein, zwei, den Wachen abgeluchste Zigaretten, Plastikflaschen mit einem vom Vortag aufgesparten Rest Wasser. Licht kam einzig durch ein kleines Fenster über Williams Kopf und durch das vergitterte Tor, das auf den Hof führte.

Dreiundzwanzig Stunden am Tag verbrachte er in dieser Zelle; Hunger schwächte seine Muskeln. Ständig musste er sich gegen eine Schulter wehren, die sich ihm in den Rücken drückte, gegen Füße im Gesicht oder einen Leib, der den wenigen Platz einnehmen wollte, den er für sich brauchte. Zweimal am Tag wurden Eimer mit Bohnen in die Zelle geschoben. Sie drängten sich um die Eimer, schlürften, was sie mit den Fingern fassen konnten. Wasser wurde nur morgens und abends ausgeteilt, zu anderen Zeiten als das Essen, weshalb er mit ausgedörrter Kehle warten musste, bis er seinen Durst stillen konnte.

Manchmal gab es über Stunden nur wenig Bewegung, der Raum still wie ein Massengrab. Dann wieder prügelten plötzlich zwei Männer aufeinander ein, kämpften um Platz. Vor den Schlägen gab es kein Entkommen. Insassen fielen übereinander her, der Latrineneimer kippte um, Wachen kamen angerannt.

Zu anderen Zeiten erzählten sich die Gefangenen ihre Tragödien. Der junge Mann, der sich den Rebellen angeschlossen hatte, um sich sein Brautgeld zu verdienen, aber in einen Hinterhalt geriet. Der alte Mann, der verhaftet worden war, weil er sich weigerte, den Aufenthalt seiner Söhne zu verraten. Die nilotischen Jungs, die man auf der Straße aufgegriffen hatte. Man kümmerte sich um die Verletzten und Kranken, tat was möglich war mit Lumpen und einigen Tropfen Wasser. Man machte einander Platz, bot Schultern oder Schoß als Kissen an, damit kein Kranker auf dem dreckigen Boden liegen musste.

Eine Stunde an jedem Morgen wurde es ihnen gestattet, in den Gefängnishof zu gehen, dessen Rückseite ein Zaun sicherte, hinter dem die Kaserne lag. Manchmal warfen Soldaten Brotkrumen durch die Gitterstäbe und hatten ihren Spaß, wenn die Gefangenen sich wie Tiere darauf stürzten. Sie lachten, zeigten mit den Fingern auf sie und jubelten, wenn ein Kampf ausbrach.

Im Gefängnishof lagen in Abständen verteilt Betonblöcke, an die Gefangene stunden-, manchmal tagelang festgekettet wurden. Einige, weil sie gewalttätig geworden waren oder sich ungebührlich verhalten hatten. Andere waren geistig verwirrt - Männer, die mit sich selbst redeten oder mit Unsichtbaren plapperten. Andere schmierten sich Dreck ins Gesicht. Einer grub sich die Fingernägel in die Wangen, riss wieder und wieder alte Wunden auf, weshalb sein Gesicht mit roten, eiternden Striemen bedeckt war.

William wusste nicht, ob diese Männer schon bei ihrem Eintreffen verrückt gewesen waren oder ob sie erst durch

Gefängnis oder Krieg verrückt geworden waren. Sie machten ihm größere Angst als die Gefängnisgitter, als die Wachen, die die Insassen verprügelten, als Hunger oder Durst. Sie waren die Verkörperung des Zusammenbruchs, gegen den er ankämpfte. Am Ende der ersten Woche spürte er, wie er sein Gleichgewicht verlor. Er zählte die Tage, fürchtete, jedes Gefühl für die Zeit zu verlieren. Seit drei Wochen war er jetzt hier. Er wusste nicht, wie lange man ihn festhalten oder ob man ihn je wieder freilassen würde. Er hatte keine Ahnung, was die Soldaten ihm vielleicht antaten. Er fürchtete, dass Layla, Dena und Alex nie herausfinden würden, wo er steckte. Er merkte, wie er weinte. Er weinte in seine Arme, versuchte, sein Schluchzen zu unterdrücken, aber seine Nachbarn waren so sehr in ihrer eigenen Verzweiflung versunken, dass sie sein Weinen kaum bemerkten oder dass es sie nicht kümmerte. Er trauerte um sich selbst, um seinen verstorbenen Vater, um seine Mutter und seine Schwestern, die er vielleicht nie wiedersehen würde. Er weinte um Layla. Er vermisste die NGO – und Mustafa, Alex und Dena.

Dann wieder saß er reglos da, die Glieder taub, der Kopf leer, das Herz so tot und schwer wie ein Stein. Nichts war wichtig. Ihm war egal, ob das nächste Essen kam oder nicht, ob Soldaten ihn mitnahmen und erschossen. Was machte das für einen Unterschied? Er hatte keine Energie, um an die Zukunft zu denken oder an die Vergangenheit. Jene, die er liebte, kamen ihm wie von fern in den Sinn – sie würden ohne ihn weiterleben, die Welt würde sich ohne ihn weiterdrehen.

Während der langen Tage in der Zelle dachte er immer öfter an die Leiche. Er ertappte sich dabei, wie er mitten in der Nacht daran dachte, wenn unruhige Schläfer ihn weckten, oder mitten am Tag, wenn er vor Hitze den Verstand zu verlieren drohte. Immer wieder sah er die steifen Gliedmaßen vor sich, die verbrannten, zu einem stummen Schrei verzogenen Lippen, die leere Nasenhöhle, das Gedärm, das unter dem Brustkorb hervorquoll, und aufs Neue packte ihn das Entsetzen. Manchmal fragte er sich, ob er den Leichnam nicht nur geträumt hatte. Nie hatten sie dazu irgendwelche Informationen erhalten. Die Behörden rückten nicht mit dem heraus, was sie wussten. Der Leichnam wurde vergessen, als hätte es ihn nie gegeben. Seither waren noch weitere Leichen in den Dörfern und in der Savanne gefunden worden. Einzig dass Alex, Dena und Mustafa die Leiche auch gesehen hatten, bestätigte ihm, dass sie kein Traum gewesen war.

Hatte er die Anzeichen übersehen? Warum hatten sie nicht ihre Sachen gepackt und waren gegangen, als sie erste Nachrichten von den Überfällen auf die Dörfer erreichten? Oder schon, als der Leichnam auftauchte? War er zu sorglos gewesen, hatte er nicht gut genug auf die anderen aufgepasst?

Nur Alex hatte unbedingt fortgewollt. Dena war zu widerspenstig. Und er selbst hätte Layla und Mustafa nie zurücklassen können. So kreisten seine Gedanken, bis Gerüche oder Bilder zu ihm durchdrangen. Die offene Wunde eines Mannes, die unwillkommene Intimität eines Knies in seinem Unterleib. Allein die Geräusche konnten ihn in den Wahnsinn treiben. Nachts das Stöhnen verletzter oder kranker Männer. Jeden Nachmittag und Abend das Flehen um Gnade von jemandem, der geschlagen wurde.

Und er hatte Schmerzen. Seit drei Tagen, immer dann, wenn die Strahlen der Sonne schräg durchs Fenster fielen, holten ihn die Soldaten. «Für einen Spaziergang», wie sie sagten. Der kurze Weg zum Gefängnishof. Dort schlugen sie ihm dann ins Gesicht, kickten ihm mit den Stiefeln in die Weichteile und traten auf seine Arme, wenn er den Kopf zu schützen versuchte. Sie nannten ihn Abschaum, einen Sklaven, einen Ungläubigen.

Außerdem gab es noch das Verhörzimmer. Dort machten sie ihn mit ihren Fragen mürbe. Stunde um Stunde, ein Soldat nach dem anderen. In wessen Auftrag hatte er die Gewehre geholt? Wem sollte er sie liefern? Wie lange ging das schon so? Wer war sein Kontakt bei den Rebellen? Wer in Saraaya? Er sagte, er wisse nichts. Sie glaubten ihm nicht, also behielten sie ihn über die Essenszeit im Verhörzimmer, gaben ihm auch nichts zu trinken.

Er drehte sich auf die Seite und starrte an seinem Nachbarn vorbei die Wand an. War man Nilote, gab es vor dem Krieg kein Entkommen. Er war umgeben von Männern, die für die Rebellen alles riskiert hatten. Wie jeder Nilote stand er auf ihrer Seite. Aber er hatte sich auch die Lektion seiner Mutter zu Herzen genommen. Krieg zerstört nur - er hatte seinem Vater das Leben gekostet. Es kam allein aufs Überleben an. Und so sorgte er für seine Familie so gut er konnte, machte das Beste aus den wenigen Gelegenheiten, die sich ihm boten.

War er zu egoistisch gewesen, weil er nur an sich selbst, an sein Überleben gedacht hatte? Er fragte sich, was sein Vater davon halten würde, sein Vater, der alles gegeben hatte, nicht nur für seine Kinder, sondern auch für sein Volk.

Er klammerte sich an den Gedanken, dass Layla noch lebte, irgendwo auf der anderen Seite. Sie hatte Ja gesagt. Sie würden heiraten - wenn er hier nur irgendwie rauskam. Im Rückblick bedauerte er es, so schüchtern gewesen zu sein. Wie oft hatte er sich verboten, sie zu berühren, hatte den Mund gehalten, wenn er ihr sagen wollte, wie schön sie war. Warum hatte er nur so lang damit gewartet, sie zu fragen, ob sie ihn heiraten würde?

Er wollte ihr den Raum lassen, sich ihre eigene Meinung zu bilden, aber dann hatte der Krieg die Dinge beschleunigt. Allein die Erinnerung an ihren Kuss in der Küche ließ ihn jetzt durchhalten. Nichts hatte ihn auf ihre Lippen vorbereiten können, ihre Wange so warm an seiner, ihre Finger auf seinem Gesicht.

Er schloss die Augen, wollte den Geräuschen entkommen, den Männern, der Enge, und er dachte an Mustafa. Für ihn war er wie ein Sohn, die Person, die ihm, nach Layla, am meisten bedeutete. Auf ihn verließ William sich mehr als auf jeden anderen. Deshalb war Mustafas Täuschung auch so ein Schock gewesen. Wenn er daran zurückdachte, wurde er manchmal so wütend, dass er es bedauerte, ihn nicht an die Soldaten ausgeliefert zu haben. Aber wenn die Wut sich wieder legte, wusste er, dass er ihn niemals im Stich lassen würde. Die Gewohnheit, ihn zu beschützen, war zu stark.

Er öffnete die Augen. Der verletzte Gefangene schlief jetzt. Ein alter Mann lehnte dösend am Zellengitter. William wollte die Beine ausstrecken, aber jemand hatte den Platz vor seinen Füßen bereits in Beschlag genommen.

Hier rauskommen war das Problem. Allein der Gedanke, dass er und Layla heiraten, dass sie Saraaya verlassen und woanders neu anfangen würden, gab ihm Hoffnung. Vielleicht ging er mit ihr zurück nach Khartum. Alex hatte gesagt, er werde ihm helfen, eine Stelle bei der Organisation zu bekommen. Sie würden in einem Haus mit einem Mangobaum im Hof wohnen. Sie würden zwei Jungen und zwei Mädchen haben, die würden groß werden wie er und schön wie sie. Sie würden Nilotisch, Arabisch und Englisch sprechen, würden studieren und Dinge tun, von denen er oder Layla noch nicht einmal geträumt hatten.

Erst als er Stimmen hörte, fand er zurück in die Gegenwart. Eine Wache stand vor der Tür, hielt jemanden am Arm. Es wurde unruhig, Männer regten sich, wurden wach oder richteten sich auf, um besser sehen zu können. Ein neuer Gefangener. Eine Welle der Neugier erfasste die Zelle.

Irgendwer sagte: «Es ist ein Junge.»

Über die Menge der Leiber hinweg sah er, dass jemand Kleines gegen den Griff der Wache ankämpfte. Er kannte diese wendigen Bewegungen, dieses entschiedene Zappeln. Mustafa, barfuß, blutiger Mund, verdrecktes Gesicht, runzelte die Stirn, als er merkte, wie übel es in der Zelle roch.

William blinzelte, konnte seinen Augen nicht glauben. Er erhob sich, eine Bewegung, die Mustafas Blick auf ihn lenkte. Kaum sah er William, entspannte sich seine Miene - der Mund ein roter Kreis, die Augen riesig. Er riss sich los, stolperte über die Arme und Beine der Gefangenen hinweg und brach vor dem jetzt knienden William zusammen. Mustafa keuchte, ein blutiges Grinsen im Gesicht.

«Was um alles in der Welt machst du denn hier?», fragte William verblüfft und starrte in das aufgeregte Gesicht, das ihm nach dieser langen Zeit anders vorkam, vielleicht wegen der blauen Flecken oder der glühenden Augen, der aufgeschürften Wange, dem fehlenden Zahn.

«Isch hab geschtanden», lispelte Mustafa. «Ich habe ihnen gesagt, dass ich die Gewehre geschmuggelt habe.»

Es tobte in Williams Brust. Er wusste nicht, ob er Mustafa umarmen oder ihn schlagen sollte.

«Hast du den Verstand verloren?» Er fühlte sich fiebrig vor Hunger, Durst und dem Aufruhr seiner Gefühle.

«Ich habe ihnen gesagt, sie sollen dich freilassen», sagte Mustafa. «Aber das wollen sie nicht.» Er vergrub seinen Kopf an Williams Schulter. «Es tut mir leid.» Er weinte, und William hielt ihn, spürte die kleinen Knochen des Jungen in seinen großen Armen zittern.

Layla, Dena und Alex saßen am Küchentisch, vor ihnen das Satellitentelefon.

«Rufen die bald an?», fragte Layla.

Dena übersetzte ihre Frage für Alex.

«Gegen zwei haben sie gesagt», erwiderte er.

Er hatte gerade erst mit dem Sekretär in Khartum gesprochen. Den ganzen Tag wartete man dort nun schon auf einen Anruf. Layla wusste einfach nicht weiter. Seit drei Wochen ging sie zur Garnison. Man verweigerte ihr den Zutritt – die Wachen wollten nicht einmal bestätigen, dass William dort gefangen gehalten wurde. Sie redete auf sie ein, aber vor zwei Tagen hatte eine der Wachen gedroht, sie zu schlagen.

Trotzdem ging sie jeden Tag hin, blieb bei den Händlern, die an der Straße Snacks und Wasser verkauften. Sie fand den Gedanken tröstlich, dass sie nur wenige hundert Meter von William entfernt war.

Heute war Layla allerdings nicht hingegangen, weil sie auf Neuigkeiten aus Khartum warteten. Alex hatte dem Büro gemeldet, dass die NGO durchsucht worden war, dass man Waffen gefunden und William verhaftet hatte. Die Organisation stand in Verbindung mit dem Innenministerium und setzte sich nachdrücklich für Williams Freilassung ein. Regierung und Rebellen unterzeichneten in Kenia ein Abkommen – man rechnete jeden Tag damit. Offiziell war aber noch nichts. Gerüchte und Gegengerüchte flogen hin und her. In Saraaya rannten Leute auf die Straße und brüllten, das Abkommen sei beschlossen, nur um fünf Minuten von anderen widersprochen zu werden, die behaupteten, man habe die Verhandlungen abgebrochen.

Heute aber gab es Grund zur Hoffnung. Alex' Boss hatte es geschafft, ein Treffen mit dem Ministerium zu vereinbaren. Und er hatte versprochen, hinterher anzurufen; deshalb warteten sie.

Dena schob ihren Stuhl zurück. «Tee?»

Layla schüttelte den Kopf. Alex nickte.

Dena wirkte wieder ganz normal - nur hatte sie noch Angst, das Grundstück zu verlassen. Auch Alex erholte sich ziemlich gut. Er bekam Farbe im Gesicht. Den Kopfverband hatte er abgenommen, und er konnte wieder laufen, wenn auch nur humpelnd. Es erstaunte sie und Dena, dass er plante, seinen Kartenbericht zu Ende zu bringen. Waren denn nicht alle Karten, sämtliche Dokumente beschädigt worden?

«Ja und nein», lautete seine rätselhafte Antwort.

Es ging ihm sogar so gut, dass er Dena beim Aufräumen helfen konnte. Es freute Layla, wenn sie nach einem langen Tag der Suche nach William zurückkam und sah, dass wieder etwas mehr Ordnung im Hof herrschte. Einmal, sie kehrte sehr spät von der Kaserne heim, sah sie die beiden in der Hängematte sitzen; ihre Schultern berührten sich, die Kamera lag in Denas Schoß. Sie sahen sich gemeinsam Aufnahmen an. Das Sucherlicht erhellte ihre Gesichter. Bei diesem Anblick ihrer Zweisamkeit packte sie das Selbstmitleid. Sie vermisste William so sehr.

Seit Alex' letztem Anruf war eine Stunde vergangen. Sie warteten. Die Teekanne auf dem Tisch war leer.

«Ruf noch mal an», sagte Dena. «Bevor das Büro schließt.»

Alex wählte. «Hi, ich bin's wieder, Alex McClure. Ja. Greg schon zurück?» Stille. «Okay. Wir warten. Danke.» Er legte auf und schüttelte den Kopf.

Einige Augenblicke lang blieb es still.

«Irgendwas Neues von Mustafa?», fragte Alex.

Layla wusste, dass Alex sich um ihn Sorgen machte; er hatte schon öfter nach ihm gefragt. Jetzt schüttelte auch sie den Kopf – nein, sie hatte ihn seit dem Tag nicht mehr gesehen, an dem er sie auf der Straße überrascht hatte.

«Meint ihr nicht, dass wir versuchen sollten, ihn zu finden? Er hat seine Lektion gelernt. Ihn vom Grundstück fernzuhalten, tut doch niemandem gut.»

«Gib es auf, Alex», sagte Dena. «William hat ihn rausgeworfen, und Layla will ihn nicht zurück. Also belass es dabei, okay?»

Dena übersetzte nicht, trotzdem hatte Layla ungefähr verstanden, was gesagt worden war. Weil sie Laylas Gefühle nicht verletzen wollte, achtete Dena darauf, ihre Meinung nicht allzu deutlich zu äußern, wenn es um Mustafa ging, trotzdem spürte Layla, dass sie den Jungen ebenso gern wie Alex wieder um sich sehen würde. Layla fragte sich, ob sie nicht zu streng mit ihm ins Gericht ging. Vielleicht hatten sie ja recht. Vielleicht war Mustafa genug gestraft, und es war sinnlos, ihn weiterhin auszusperren – für William würde das nichts ändern. Aber sie traute sich selbst nicht über den Weg. Bestimmt würde sie ihm eine Ohrfeige verpassen, sobald er in ihre Nähe kam. Sie hatte sich auch an jenem Tag kaum zurückhalten können, an dem er aus dem Baum gefallen war und auf sie zurannte, um sie zu umarmen, als hätte er nur etwas getan, das leichthin zu verzeihen wäre.

«Ich will ihn nicht hier haben», sagte Layla.

Dena drehte sich zu Alex um. «Hast du sie verstanden?»

Alex seufzte, und der Blick, mit dem er sie ansah, besagte, dass sie beide einen Fehler machten.

Sie warteten. Die Schatten auf dem Küchenboden wurden länger. Alex ging ins Büro, um zu arbeiten. Dena und Layla blieben sitzen, das Telefon zwischen ihnen. Layla lehnte sich zurück, die Hände im Schoß, die Augen auf dem Satellitentelefon.

Dena schaute auf die Uhr.

«Vier.» Sie seufzte. Seit zehn Uhr vormittags warteten sie jetzt.

Dena stand auf, ging zum Herd, kam zurück und schenkte sich eine Tasse Tee ein.

Beide fuhren sie zusammen, als es klingelte; der Handybildschirm flackerte grün. Tee spritzte über Denas Hand. Layla schnappte nach dem Telefon. Sie wusste nicht, wie man es bediente und schob den Apparat Dena zu, die auf irgendwas drückte und Layla den Hörer ans Ohr hielt.

«Hallo? Irgendwelche Neuigkeiten? Wird William freigelassen?»

Erst als ihr auffiel, dass sie nicht verstand, was am anderen Ende gesagt wurde, begriff sie, dass sie mit Alex' Boss redete, der kein Arabisch konnte. Mit dem Telefon in der Hand rannte sie über den Hof, gefolgt von Dena. Alex trat aus dem Büro und griff nach dem Hörer.

«Alex am Apparat.»

Sie vernahm eine Stimme am anderen Ende. Dena war jetzt neben ihr. Sie drängten beide näher heran, um besser hören zu können. Layla versuchte, Alex' Miene zu deuten. Er brummte «hmmm», «aha», stellte nur hin und wieder eine einsilbige Frage – «Wann?» «Wo?» –, die sie verstand, gefolgt von längeren Worten, die sie nicht verstand, weshalb sie Dena ansah, die aber zu gebannt zuhörte, um dolmetschen zu können.

Als Alex auflegte, packte sie ihn am Arm und Dena zupfte an seinem T-Shirt.

«Und?»

Seine Augen funkelten, der Mund öffnete sich, die Lippen verzogen sich zu einem Lächeln.

«Das Abkommen in Kenia wurde unterzeichnet.» Dena übersetzte jedes Wort. «Es kommt zu einem Gefangenenaustausch. Das Ministerium hat mit den hiesigen Behörden gesprochen. Man wird William freilassen. Wir können ihn in wenigen Stunden abholen.»

Layla schrie auf, Dena lachte, Alex hüpfte auf der Stelle; dann warfen sie sich einander in die Arme.

Kurz darauf hörten sie Rufe auf der Straße. Sie liefen zum Tor und sahen, dass Türen geöffnet wurden. Die Neuigkeit verbreitete sich. Rebellen und Regierung hatten ein Abkommen unterzeichnet. Das Wort «Machakos» machte die Runde. Nur ein erster Schritt, der aber bedeutete Hoffnung. Der Waffenstillstand würde halten, vielleicht für immer.

Sie beschlossen, gleich zur Garnison zu fahren, noch ehe es zu voll auf den Straßen wurde. Sie würden dort auf William warten. Doch als Dena Alex aufforderte, den Schlüssel für den Truck zu holen, blieb er stehen.

«Aber ich kann nicht. Mein Bein.»

Sie hatten nicht an seine Verletzung gedacht. Und Dena wusste nicht, wie man ein Auto fuhr.

Sie starrten sich an.

«Aber ich kann», sagte Layla.

«Du kannst Auto fahren?», sagte Dena.

«Ja, kann ich. William hat es mir beigebracht. Wo ist der Schlüssel? Alex?»

Alex und Dena waren skeptisch, aber Layla war nicht aufzuhalten, also holte Alex den Schlüssel.

Der Truck stand da, wo er immer stand - beim Tor. Dena saß neben ihr, Alex auf der Rückbank. Es war viele Wochen her, seit sie zuletzt mit William üben konnte. Sie hatten mit dem Unterricht aufgehört, als die Kämpfe begannen.

Sie tat, was sie gelernt hatte - zog den Sitz vor, justierte Seiten- und Rückspiegel und ließ den Motor an.

Dabei konzentrierte sie sich so sehr auf Schalthebel und Kupplung, dass sie vergaß, den Rückwärtsgang einzulegen. Als der Wagen vorruckte, hätten sie fast die Mauer gerammt. Dena schnallte sich an, und Alex musterte sie besorgt.

Noch ein Fehler, und die beiden würden aus dem Wagen springen. Diesmal war sie vorsichtig – ehe sie losfuhr, bat sie Alex zu prüfen, ob hinter ihr frei war. Sie schafften es auf die Straße. Der Truck rumpelte voran; sie fuhren zu weit rechts. Alex und Dena schwiegen nervös. Ihre Hände waren feucht, die Schenkelmuskeln angespannt.

Nachdem sie wochenlang in ihren Häusern und Höfen eingesperrt gewesen waren, strömten die Menschen nun auf die Straße. In der Stadt, die bis auf Soldaten und Milizionäre leer gewesen zu sein schien, wimmelte es plötzlich von tanzenden Frauen und lachenden Männern, von Kindern, hupenden Autos und brüllendem Vieh; selbst Hunde und Ziege taten lauthals ihre Zustimmung kund. Layla versuchte, all ihre Aufmerksamkeit auf die Straße zu richten. Hinter ihr hupte jemand genervt. Vor ihr blieb abrupt ein Eselskarren stehen, und sie hielt mit kreischenden Bremsen, gerade noch rechtzeitig.

Doch auch wenn sie sich auf die Straße konzentrierte, drang die festliche Stimmung zu ihr vor. Musik dröhnte aus den Autos. Vertriebene Dorfbewohner kamen aus ihren Zelten, um mitzufeiern. Männer mit Gewehren ließen jedermann durch die Barrikaden. Ein Stier mit langen Wimpern und Schnitzereien in den Hörnern wurde von drei Mädchen durch die Gassen gezogen. Leute schlugen auf die Motorhaube oder steckten ihre Hände durch die Fenster. Jungen sprangen auf die Ladefläche und machten sie zu ihrer Bühne, tanzten und hüpften. Mehr als einmal hätte Layla fast einen Unfall gebaut, und Alex und Layla gerieten abwechselnd in Panik, oder sie brachen in Gelächter aus.

Die zerstörten Geschäfte und Marktbuden sahen aus wie die Überbleibsel einer aus dem Ruder gelaufenen Stadtparty. Nur die Milizsoldaten schmollten. Für sie bedeutete das Abkommen, dass es mit den Plünderungen ein Ende hatte – und darüber konnten sie sich nicht freuen. Doch angesichts der Verlautbarungen, die aus Khartum kamen, waren selbst sie machtlos.

Sie schafften es raus aus der Stadt und auf den Highway, der die Savanne durchquerte. Da sie das Gewimmel der Menge hinter sich hatten, fiel ihr dieser Streckenabschnitt vergleichsweise leicht. Layla drückte aufs Gaspedal. Erst wenn William in Sicherheit war, wenn er wieder an ihrer Seite saß, erst dann würde sie tanzen und singen und in den Jubel einstimmen.

VII

Es war kurz nach Asr, dem Nachmittagsgebet. Das späte Licht spülte über die Ziegelmauer der Moschee, spiegelte sich in den Bogenfenstern und ergoss sich über die grüne Kuppel sowie den zum Himmel weisenden Finger des Minaretts. Am Tor verfolgte William das Kommen und Gehen um ihn herum. Gläubige verließen die Moschee, ein kleiner Junge huschte vorbei, eine Mutter sang mit ihren Kindern, junge Frauen kehrten lachend vom Markt zurück. Andere standen in Gruppen zusammen, tauschten Höflichkeiten aus oder verabschiedeten sich.

Seit man den Waffenstillstand und dann das Abkommen verkündet hatte, war es ein besonderes Vergnügen, sich gegenseitig zu grüßen, zusammenzukommen oder gemeinsam durch die Straßen zu spazieren. Er spürte es selbst. Seit dem Gefängnis war es für ihn wie ein Geschenk, dass er nach Lust und Laune bleiben oder sich bewegen und solch alltägliche Szenen genießen konnte.

Als die Wache vor sechzehn Tagen das Tor aufgeschlossen und verkündet hatte, dass man ihn freilassen würde, glaubte er, man wolle ihm einen Streich spielen. Zweimal hatte die Wache seinen Namen gerufen, trotzdem hatte er sich nicht gerührt. Erst als ihm die übrigen Insassen gratulierten und ihn drängten, doch aufzustehen, begann er zu begreifen. Voller Freude erhob er sich und hastete zur Tür; mit einem Mal aber erinnerte er sich, blieb stehen und sah zu Mustafa hinüber, der an der Wand lehnte und ihn anstarrte. Seit zwei Wochen schlief der Junge an seiner Seite, teilte mit ihm das Wasser, leistete ihm im Gefängnishof Gesellschaft.

William sagte der Wache, ohne den Jungen würde er nicht gehen. Die Wache antwortete, der Freilassungsbefehl gelte nur für ihn. William weigerte sich dennoch, und so ging die Wache, sperrte hinter sich wieder ab.

Als er zurück zu seinem Platz ging, schmiegte sich Mustafa an ihn.

«Wir kommen hier raus», sagte William.

Und das geschah früher als gedacht. Drei Stunden später kehrte die Wache zurück und befahl ihnen mitzukommen. Die Gefangenen gratulierten, riefen Segenswünsche und drängten sie, sich zu beeilen und die Gelegenheit nicht noch einmal zu gefährden.

Sie sammelten ihre Sachen ein – eine Plastikflasche, einige Lumpen, die Mustafa als Kopfkissen gedient hatten – Dinge, mit denen sie nichts weiter anfangen konnten, die sie aber trotzdem mitnahmen. Er hielt Mustafas Hand, als sie über den Gefängnishof gingen und sein Blick hinüber zu den Männern in Ketten wanderte. Er traute den Soldaten nicht. Er fürchtete, dass man sie in eine Falle lockte, dass man sie an einen noch viel schlimmeren Ort brachte. Er war angespannt bis zum Äußersten, als die Wache die Tür im Zaun aufschloss und sie an der Kaserne vorbeiführte. Je näher sie dem Haupttor kamen, desto größer wurde die Angst, seine Hoffnungen könnten sich im letzten Moment zerschlagen.

Doch ohne weitere Zwischenfälle gelangten sie zum Haupttor, und die Wache zeigte nach draußen. Er und Mustafa machten einige zögerliche Schritte, blickten über die Schulter zurück und gingen dann auf die andere Seite, wo sie Soldaten in der Savanne exerzieren sahen.

Blinzelnd stand er auf dem Vorplatz. Nach fünf Wochen

Gefängnis war es seltsam, von so viel Weite umgeben zu sein. Der Himmel glich einer riesigen blauen Schieferplatte, die Erde war endlos. Er wusste nicht, in welche Richtung er gehen sollte. Und dann sah er Alex, der ihm entgegenhumpelte, an seiner Seite Dena, die aufgeregt winkte, und Layla mit wehendem Thoub; der Wind wirbelte den Sand um ihre Füße auf.

Mustafa ließ seine Hand los und stürzte Alex und Dena entgegen. William trabte auf sie zu, musste aber gleich wieder stehen bleiben - die Beine machten nicht mit, taten weh. Ihm war schwindelig vor Hunger und Durst. Also ging er langsam weiter, den Blick auf Layla gerichtet, die nicht so schnell wie die anderen war, da ihr Thoub sie behinderte. Plötzlich wurde ihm bewusst, wie unansehnlich er war, dass er seit Wochen seine Kleider nicht gewechselt hatte. Ihr Anblick aber trieb ihn weiter. Sie war vor Lachen außer Atem; erst als er näher kam, sah er, dass sie ebenso weinte wie lachte; die Sonne glitzerte auf ihren feuchten Wangen.

Endlich sah er sie von Angesicht zu Angesicht wieder. Den Drang, sie an sich zu reißen, fand er fast unwiderstehlich, aber in aller Öffentlichkeit, vor den Soldaten, war das unmöglich. Außerdem fürchtete er, ziemlich unangenehm zu riechen. Folglich mussten sie sich mit einer förmlichen Begrüßung begnügen - Wie geht es dir? Wie schön, dich zu sehen -, bis Alex ihn an sich drückte, dass ihm die Luft wegblieb, und Dena die Arme nach ihm ausstreckte.

In fröhlichem Chaos redeten sie alle durcheinander und stellten auf dem Weg zum Truck tausend Fragen. William erfuhr, dass Friedensverhandlungen liefen, dass seit Ende Juni ein Waffenstillstand in Kraft war, dass in Kenia ein sogenanntes Machakos-Protokoll unterzeichnet und ein Austausch von Gefangenen vereinbart worden war und dass das Büro in Khartum sich sehr für seine Freilassung eingesetzt hatte. Im Gefängnis existierte man außerhalb der Zeit; von der Außenwelt waren keinerlei Nachrichten zu ihnen durchgedrungen, weshalb es ihm jetzt wie ein Wunder erschien, dass sich inzwischen so viel ereignet hatte.

Als sie zum Truck kamen, verblüffte es ihn, dass Layla auf dem Fahrersitz Platz nahm. Ja, sie sei die ganze Strecke hergefahren, sagte sie, und sie würde sie auch alle zur NGO zurückbringen. Alex, Dena und Mustafa saßen zusammengedrängt auf der Rückbank. Er nahm auf dem Beifahrersitz Platz, war schrecklich froh und stolz und sah ihr staunend zu, als sie den Motor anließ.

Auf dem Rückweg bemerkte er, dass sich die Landschaft verändert hatte - während seiner Zeit im Gefängnis war noch mehr Regen gefallen. Die Luft roch feucht, frisches Gras war gewachsen. Die Erde hatte eine dunklere Farbe angenommen. In den Dörfern sah er Frauen und Männer hacken und graben, Ochsengespanne pflügten Furchen. Den Akazien sprossen blaugrüne Blätter, und William war, als feierte das Land seine Freilassung, als schmückte es sich mit Gras und Laub, dekorierte sich mit sonnenfleckigen Wasserpfützen.

An diesem Abend beschlossen sie, dass er zu ihrer Familie gehen würde, um offiziell um Laylas Hand anzuhalten. Friede oder kein Friede, sie wollten so bald wie möglich heiraten. Erst aber würden sie ihren Vater überzeugen müssen.

Er wartete mit dem Besuch bei ihrem Vater nur so lang, bis die blauen Flecken verblasst waren. Zwar hatte er Layla nach der Arbeit oft mit dem Truck nach Hause gefahren, wobei sie sich so manches Mal eine halbe oder ganze Stunde für sich stahlen, damit Layla das Fahren üben konnte, doch hatte sie stets darauf bestanden, vor dem Dorf abgesetzt zu werden, damit sie das letzte Stück zu Fuß gehen konnte.

Bei seiner Ankunft erwartete ihn eine Versammlung ernst blickender männlicher Verwandter – ein Vater mit strenger Miene in zerschlissenem Sirwal, ein schmerbäuchiger Onkel und Laylas zwei Brüder. Laylas Mutter, die Frau des Onkels sowie Layla selbst blieben auf der anderen Seite der Zelte im Hof. Zwei Hunde räkelten sich im Schatten eines Dornengestrüpps, einer mit leergesaugten Zitzen; Welpen waren allerdings nirgendwo zu sehen.

William war verlegen, da er wusste, dass sein Auftritt die Kluft zwischen ihm und den Männern noch unterstrich, die in ihren fadenscheinigen Dschallabijas und Sirwals und mit geflickten Flipflops vor ihm saßen, Männer, die Wasser aus Blechdosen statt aus Tassen tranken. Denn Laylas Familie war arm, noch ärmer, als er vermutet hatte. Der Hof bestand bloß aus einer Handvoll schäbiger Zelte. Es gab ein Metallbett und ein paar alte Stühle: Er saß auf einem, Vater, Onkel und Brüder saßen ihm gegenüber. Mit Gestrüpp und Blättern hatte man einen Raum abgeteilt. Ein Zaun aus Ästen und Zweigen umschloss den Hof.

Als er seine Bitte um Laylas Hand vorbrachte, wechselten die Männer bedeutungsvolle Blicke.

Nach einer Pause fragte der Vater: «Sie sagen, Sie arbeiten für diese Weißen? Als Dolmetscher?»

«Ja.»

Der Onkel musterte William abschätzig. Die Brüder hatten seit der Begrüßung kein Wort gesagt.

«Können Sie für Layla aufkommen?»

«Wenn ich das nicht könnte, würde ich nicht um ihre Hand anhalten. Mir liegt viel an ihr. Ich komme zu Ihnen, weil es, wie Sie ja wissen, in den letzten Monaten im Distrikt viel Ärger gegeben hat. Der Waffenstillstand beruhigt die

Situation, und ich würde die Gelegenheit gern nutzen. Ich möchte Layla heiraten, damit ich für sie sorgen und sie beschützen kann.»

Der Vater stellte weitere Fragen. Seit wann William schon für die Organisation arbeite, wie viel er verdiene. Sein Blick ruhte auf Williams Uhr, den Lederschuhen. Williams Äußeres gab zu verstehen, dass er wohlhabend war. Er hatte es damit sogar ein wenig übertrieben, weil er wusste, dass die Familie arm war, was ihm einen Vorteil bot. Sie mochten auf ihn herabblicken, weil er Nilote war, trotzdem könnte er ihnen von Vorteil sein. Und tatsächlich nahm er im Laufe ihres Gesprächs eine Änderung im Verhalten der Männer wahr. Als er sagte, wie viel er verdiente, blickte der Onkel zum Vater. Irgendeine Kalkulation, eine Botschaft wurde übermittelt. Sie luden ihn ein, zum Essen zu bleiben.

Während des Essens tauschten sie Neuigkeiten über den Waffenstillstand aus. Laylas Vater erzählte, dass er letztes Jahr sein Vieh verloren hatte. William hörte aufmerksam zu, bekundete sein Mitgefühl.

Erst nach dem Essen, bei einem weiteren Becher Tee, wandten sie sich erneut dem Thema Hochzeit zu. Es war jetzt fast Abend. Layla kam mit einem Tablett, um abzuräumen, und lächelte ihn flüchtig an. Das machte ihm Mut. Ihm ging auf, dass sie während seines ganzen Besuches kaum ein Wort gesagt hatte – über ihr Schicksal wurde ausschließlich von Männern verhandelt.

«Ich bin bereit, über Ihr Angebot nachzudenken», begann der Vater, «auch wenn Sie keiner von uns sind. Es stimmt aber auch, dass sich Ihr Volk und unser Volk nicht fremd sind. Das Wichtigste jedoch ist, Sie sind jemand, in dessen Leben alles geregelt ist. Layla will Sie», sagte er. «Und daher bin ich geneigt, Ihnen meinen Segen zu geben.»

Als Brautpreis verlangte der Vater einhundert Rinder –

ein Vermögen. Üblich waren höchstens fünfzig, falls denn der Bräutigam reich war. Doch ebendiese Kalkulation hatten Vater und Onkel gemacht: dass William es sich leisten konnte.

«Einverstanden», sagte er.

Man gab sich reihum die Hand, klopfte sich auf die Schultern, und dann war auch Layla da und nahm Glückwünsche von ihrer Mutter, ihrem Vater, dem Onkel, den Brüdern entgegen.

Er staunte noch, wie glatt alles gegangen war, als ihr Vater unter die allgemeinen Glückwünsche die Bemerkung einflocht: «Nur eines noch. Ehe die Hochzeit stattfinden kann, musst du zur Moschee.»

«Zur Moschee?»

«Um Muslim zu werden.»

William starrte ihn an, wollte etwas sagen und hielt dann inne. Er hätte es sich denken können. Nomadinnen wurde es manchmal gestattet, Fremde zu heiraten, niemals aber Andersgläubige.

Layla spürte, wie unbehaglich ihm zumute war. Als sie sich am nächsten Tag allein trafen, tat er ihr leid, und sie meinte, sie sollten es absagen, sie wolle nicht, dass er zur Moschee gehe, er gäbe doch bereits jede Menge – allein der Brautpreis sei ein Vermögen –, noch mehr zu geben, sei zu viel verlangt. Laylas Vater aber blieb unerbittlich, sollte William kein Muslim werden, würde die Verlobung wieder abgesagt.

Und so stand er jetzt hier, vor der Moschee, und fragte sich, wie seine Lehrer, die katholischen Priester, es wohl fänden, wenn sie wüssten, dass er Muslim wurde. Vor allem aber fürchtete er seine Mutter. Noch hatte er ihr nicht gestanden, dass er zu einem anderen Glauben übertrat. Er war sich ja selbst nicht sicher – ging er zu weit? Auch wenn er sich immer wieder sagte, es sei nur eine reine Formalität, blieb ein gewisser Zweifel und das Gefühl, sich zu verraten. Dann wieder dachte er manchmal, seine einzig wahre Religion sei die seines Vaters – der nilotische Glaube, dem seine Eltern angehangen hatten, bis der Krieg seinem Vater das Leben nahm, eine Religion, die er bis heute nicht sonderlich gut kannte. Der Krieg hatte alles ausgelöscht. Er wusste nicht länger, was er eigentlich glaubte, ob er überhaupt an etwas glaubte. Er wusste nur, dass er Layla wollte.

Immer weniger Menschen verließen die Moschee. Ein Viehtreiber züchtigte eine widerspenstige Kuh. Kaufleute auf der anderen Straßenseite schlossen für heute ihre Läden. Er hörte Gelächter, und erneut fiel ihm auf, was für eine ausgelassene, hoffnungsfrohe Stimmung die Stadt trotz der immer noch zahlreichen Anwesenheit von Soldaten und Milizionären erfasst hatte.

Schließlich ging er zum Tor. Vor dem Eingang stand eine Gruppe von Männern; er überquerte einen kleinen Innenhof, ehe er zum Hauptgebetsraum gelangte. Dort zog er seine Schuhe aus und betrat den großen, fast leeren Saal. Fenster reihten sich an den Wänden, der Boden war mit einem abgetretenen grünen Teppich belegt, Glühbirnen hingen an langen Kabeln von der hohen Gewölbedecke. An der gegenüberliegenden Seite des Raums sah er eine Reihe Wasserhähne über einem Betonbecken. Eine Handvoll Gläubiger hockte mit gesenktem Kopf auf ihrem Gebetsteppich, die Hände auf den Knien, die Handinnenflächen nach außen gekehrt.

Bei den Fenstern entdeckte William den Imam, der gerade seinen Gebetsteppich forträumen wollte. Er war ein kleiner, grauhaariger Mann mit freundlichen Augen und kannte William, so wie er jeden in der Stadt kannte. Kaum hatte er ihn gesehen, grüßte er herzlich. Er war ein Sufi und Niloten freundlich gesinnt, weshalb die Behörden ihm gegenüber misstrauisch waren.

Wie jedes Gespräch in Saraaya dieser Tage wandte auch ihres sich bald dem Abkommen zu, der guten Nachricht. William erklärte, dass er ihn sprechen möchte, weil er zum Islam übertreten wolle. Den Gebetsteppich noch in der Hand, hielt der Imam inne und schaute ihn an. William erklärte, er wolle heiraten.

«Eine Nomadin?»

«Ja.»

Der Wunsch, zum Islam überzutreten, sagte der Imam, müsse aufrichtig sein. Täte er es nur der Familie der Braut zuliebe oder sei es ihm damit ernst? William sagte die Wahrheit - er wollte einfach nur heiraten, aber die Familie der Braut bestehe darauf, dass er Muslim wurde.

«Und Sie lieben diese Frau? Wirklich und wahrhaftig?»

«Ja, von ganzem Herzen.»

Er fürchtete, der Imam könnte sich von ihm abwenden, der aber sagte nach einem Augenblick des Nachdenkens: «Wie könnte ich mich einer jungen Liebe in den Weg stellen? Meine Großmutter war Nilotin, mein Großvater Nomade. Und sie haben allen Einwänden zum Trotz geheiratet. Kommen Sie mit.»

Er führte William in die Mitte des Raumes und bedeutete ihm, sich hinzusetzen. Gleich darauf wiederholte William, was ihm vorgesagt wurde - Es gibt keinen Gott außer Allah und Mohammed ist sein Prophet -, sprach sie dreimal, diese Worte, die ihm fremd im Mund klangen.

Es war getan - er fühlte sich nicht anders. Er hatte es für Layla getan. Nur ein paar Worte. Ein Ende, aber auch ein Anfang. Sie würden heiraten, ein neues Leben beginnen.

Der Imam ging mit ihm zu den Wasserhähnen und zeigte ihm die rituellen Waschungen. William streckte die Hände unter den Strahl, wusch sich zwischen den Fingern, wusch sich bis zu den Handgelenken, spritzte sich warmes Wasser ins Gesicht und krempelte die Ärmel auf. Er machte die Arme nass, senkte den Kopf und fuhr sich mit den Händen über Hals und Haar, bis ihm Tropfen von den Ohren und vom Kinn rannen.

Sie gingen zum Gebet. Er stand hinter dem Imam, folgte seinen Bewegungen und berührte mit der Stirn den Boden, während der Imam Koranverse sprach. Als er merkte, dass sich der Imam in eine sitzende Position erhob, erhob er sich gleichfalls, streckte seine Glieder, kniete sich hin, setzte sich und senkte den Kopf; ein letzter Schwall Sonnenlicht strömte durchs Fenster und fiel auf die kunstvollen Stickereien des Gebetsteppichs.

Seine Muskeln lockerten sich. Er hatte die Beine überschlagen und entspannte sich, spürte die Kuppeldecke hoch oben. Durch die hohen Fenster drang gedämpftes Licht, wärmte Hände und Nacken. Er gab sich nicht auf. Er öffnete sich nur weiter. Er war Nilote, und er war Christ. Jetzt auch Muslim. In ihm gab es Platz für vieles. Für alles. Ein Gefühl der eigenen Größe überkam ihn, der eigenen Möglichkeiten. Sanft atmete er ein, spürte das leichte Gewicht der Hände auf den Knien, alles andere wich zurück, nur das warm glühende Licht blieb und die langsam verklingende Stimme des Imams.

«Mustafa, komm her», rief Dena.

Sie sah zu, wie er beim Tor mit über die Schulter drapierten Dekorationen von einer Leiter stieg. Er und William kümmerten sich um die Hochzeitsvorbereitungen. Der Hof war zu einer Baustelle geworden, Arbeiter kamen und gingen durch das Tor, überall verstreut lagen Bretter und sonstiges Material. An der Küchenwand standen zweihundert gestapelte Stühle. Und auf einer Freifläche hatte man ein riesiges, von Metallpfosten getragenes Zelt errichtet. Für Braut und Bräutigam war im Pavillon ein Podest errichtet worden, auf dem zwei mit Plastikblumen geschmückte Holzstühle standen.

Layla blieb bei ihrer Familie, eine Woche der Zurückgezogenheit vor dem Hochzeitstag. Wenige Tage zuvor war Williams Mutter mit seinen Schwestern aus Juba eingetroffen. Die Mutter war eine kleine, scharfzüngige Frau mit einer Mähne weißer Haare. Sie war nicht glücklich, als sie hörte, dass sich ihr Sohn eine Nomadin zur Braut gewählt hatte. Und als sie dann noch herausfand, dass er der Brautfamilie zuliebe Muslim geworden war, kam es zu Szenen großer Verzweiflung. Sie weinte, betete und folgte William auf Schritt und Tritt mit gerecktem Kreuz, wovon Williams drei Schwestern sie abzuhalten versuchten. Falls sie aber nicht gerade untröstlich weinte, stolzierte sie über den Hof und erteilte den Arbeitern auf herrische Manier Befehle, die Williams Anordnungen oft widersprachen. Schließlich konnte ihr Sohn sie überreden, auf einen Nachbarhof zu ziehen, wo sich nun seine Schwestern um sie sorgten. Seither konnten sich William und Mustafa ungestört um die Vorbereitungen kümmern. Mustafa stand jeden Morgen früh auf, um Stühle zu streichen, Lampen anzubringen, Zeltheringe in die Erde zu schlagen oder mit nachlässigen Arbeitern zu schimpfen. Er war wegen der Hochzeit schrecklich aufgeregt, aber da war er nicht der Einzige - die ganze Stadt konnte das Fest kaum erwarten. Die Menschen hatten Lust, das Abkommen zu feiern und sich über den Waffenstillstand zu freuen, wofür eine Hochzeit genau die richtige Gelegenheit bot. Eine Mischehe zwischen einem Niloten und einer Nomadin, das war, als hätte das Schicksal beschlossen, den Waffenstillstand mit einer Verbindung über eine Kluft hinweg zu krönen, die man vor Wochen noch für unüberbrückbar gehalten hatte.

Dena traute sich auch wieder öfter nach draußen. Es hatte Mut gekostet, zur Garnison zu fahren, um William zu begrüßen, als der vor drei Wochen entlassen worden war. An jenem Tag aber, als sie ihn mit Mustafa an der Hand aus der Garnison kommen sah, hatte sie all ihre Angst vergessen und war mit Layla und Alex auf ihn zugerannt. Sie hatte die beiden so sehr vermisst, dass sie William gleich vor den Soldaten um den Hals fiel und Mustafa – mit dem keiner von ihnen gerechnet hatte – in ihre Arme schloss.

Auf dem Weg zurück plapperte Mustafa von der Zeit im Gefängnis. William tat sie leichthin ab, das geschwollene Gesicht und sein Humpeln aber machten deutlich, wie übel man ihm mitgespielt hatte. Er war hager, die Kleider schlotterten ihm am Leib, die Wangen waren eingefallen. Und dennoch, seine Augen leuchteten. Er saß neben Layla auf dem Beifahrersitz, grinste von Ohr zu Ohr und streichelte immer wieder ihre Hand. Layla lachte beim Fahren. Sie und Alex stellten Fragen, William und Mustafa antworteten in einem Gemisch aus Arabisch und Englisch. Es tat gut, wieder zusammen zu sein.

Williams Beispiel machte ihr Mut. Obwohl er im Gefängnis gewesen war, hatte er weder vor den Soldaten Angst, noch vor der Miliz oder der Security. Diese Männer waren immer noch da draußen auf den Straßen. Und wenn sie mit William durch die Stadt ging, musste sie sich stets aufs Neue daran erinnern, dass Waffenruhe herrschte. Ein Abkommen war unterzeichnet worden. Selbst wenn die Miliz den Frieden stören wollte – es war allgemein bekannt, dass sie das Abkommen ablehnte –, wollte doch niemand sonst weiterkämpfen. Jetzt, da die Menschen eine Kostprobe vom ruhigen Leben genossen hatten, wollten sie mehr davon.

Eines Nachmittags erzählte William vom Gefängnis und Dena, Layla und Alex hörten zu. Sein Blick hatte sich umwölkt, die Stimme war leiser geworden. Er redete vom Gestank in der Zelle, davon, wie er immer kurz davor gewesen war, sich übergeben zu müssen. Er erzählte von den angeketteten Männern, die Tierlaute ausstießen. Von den Schlägen, dem Hunger, dem Schmutz und Dreck und der Verzweiflung. Am schlimmsten aber sei die Unsicherheit gewesen. Er freute sich so sehr, wieder frei zu sein, dass es eine Weile dauerte, bis ihm der Horror des Ganzen wirklich bewusst geworden war.

Als er verstummte, begann Dena zu ihrer eigenen Überraschung vom Tag des Überfalls zu erzählen. Alex kannte die Geschichte, William und Layla aber hatte sie nie davon berichtet. Beim Sprechen blickte sie auf das Tischtuch, zeichnete mit einem Finger das Sonnenblumenmuster nach. Soldaten hatten gesehen, wie sie gefilmt hatte, und sie in ihr Zimmer gezerrt, sagte sie. Sie seien zu zweit gewesen. Sie hatte sich gewehrt. Sie nahmen ihr die Kamera ab. Sie zogen sie aus. Sie begrabschten sie. Sie filmten sie.

Unmöglich, ihnen nahezubringen, was sie gefühlt hatte. Sie fragte sich, wie die Frauen in den Dörfern das überlebten, jene mit Kindern, ohne Geld oder Zuflucht - sie mussten weit Schlimmeres durchgemacht haben. Dena war schwächer, als sie geglaubt hatte. Dabei hatte sie eigentlich sogar noch Glück. Anders als die meisten Menschen hier konnte sie Saraaya verlassen, konnte das Land verlassen, wann immer sie wollte.

Als sie aufblickte, sah sie den Gesichtern an, dass man sie verstand. Etwas in Laylas Blick machte, dass ihr Tränen in die Augen kamen. Es war eine Erleichterung, sich ihnen anzuvertrauen, und in den folgenden Tagen fühlte sie sich besser, hatte weniger Angst. Sie begann, öfter nach draußen zu gehen, wenn auch ohne Kamera und immer mit William.

In der Stadt wurde William oft von Leuten angehalten, die ihm zu seiner Verlobung gratulierten. Teefrauen, Viehtreiber, Kaufleute - alle erinnerten sich an ein freundliches Wort von ihm, an einen Gefallen, denen er ihnen erwiesen hatte. Kinder kannten noch seine Witze oder erzählten von kleinen Geschenken, die sie von ihm bekommen hatten. Und im Herzen jener Dorfbewohner, die von der NGO aufgenommen worden waren, nahm er einen besonderen Platz ein.

Ob eingeladen oder nicht, alle planten, zu seiner Hochzeit zu kommen, und man hegte die fantastischsten Erwartungen. Wie ein Lauffeuer verbreitete sich das Gerücht, dass mehr als vierhundert Gäste geladen seien. Man malte sich aus, was es zu essen geben würde, und übertrieb maßlos: gebratene Schafe, Kuchen groß wie Berge, gefülltes Gebäck, in Honig eingelegte Nüsse und Datteln. Und man staunte über den für Layla gezahlten Brautpreis - ganze hundert Rinder. Eine Hochzeit, würdig einer großen Stadt. Anders als alles, was man in den letzten Jahren in dieser Gegend erlebt hatte.

Dena versprach William, die Hochzeit zu filmen, fragte sich aber, was sie nach diesem Abend mit der Kamera anfangen wollte. Alex hatte sie oft genug gefilmt. Sie wollte sie fortgeben.

Sobald Mustafa von der Leiter gestiegen war, kam er zu ihr.

«Hier.» Sie hielt ihm die Kamera hin. «Du sollst sie haben.»

Er starrte die Kamera an, dann sie. «Du gibst sie weg?»

«Ja. Ich gebe sie dir.»

«Wieso?»

«Ich bin damit fertig. William und Layla habe ich versprochen, dass ich ihre Hochzeit filme, also werde ich sie mir für diesen Abend noch einmal ausleihen müssen. Ansonsten aber gehört sie dir. Wenn du willst, kannst du sie sogar verkaufen.»

«Du drehst keine Filme mehr?»

«Doch, bestimmt, nur nicht mit dieser Kamera. Diese ..., nun ja, ich will sie nicht mehr.»

Zögerlich griff er danach, fast, als erwartete er, dass sie ihre Meinung noch ändern würde. Das Gewicht ließ ihn zusammensacken; und er hatte Mühe, sie in die eine, dann in die andere Richtung zu drehen.

«Die verkaufe ich nicht», sagte er. Ein Strahlen ging über sein Gesicht. «Darf ich dich filmen?»

Ehe sie was dagegen sagen konnte, zog er sie zum Pavillon und platzierte sie vor dem Mittelpfosten. Er hatte Mühe, sich die Kamera auf die Schulter zu wuchten, hievte sie hoch wie einen Sack Kohlen. Verglichen mit seinem kleinen Körper wirkte sie so riesig, dass er aussah wie ein Insekt mit einem gigantischen Schädel.

Er bat sie, sich auf einen Stuhl zu setzen, und kam näher, die Kamera schwankte und wackelte.

«Du musst sie ruhig halten.»

«Sie ist so schwer.»

«Dann bleib stehen und zoome näher heran. Der Knopf ist da oben.»

Er stellte sich breitbeinig hin, um die Kamera ruhiger halten zu können, fand den Zoom und verschwand wieder hinter dem Objektiv. Er kicherte. «Sind deine Zähne groß.»

«So ist es richtig», sagte sie. «Und jetzt versuch, mir zu folgen.»

Sie stand auf und ging in Richtung Küche. Er hatte Mühe, sie im Blick zu behalten; das riesige Kameraauge bewegte sich so langsam nach oben, dass er sie verlor.

Er lief ihr nach, doch die Kamera auf seiner Schulter schwankte dermaßen, dass er frustriert stehen blieb. Sie ging etwas langsamer, und er folgte ihr und filmte, wie sie am Pavillon und am Lagerraum vorbeilief. Amüsierte Arbeiter ließen ihr Werkzeug sinken und schauten zu.

Sie klopfte an die Bürotür. Alex bat sie herein. Er war seit Tagen damit beschäftigt, den Bericht abzuschließen. Papiere stapelten sich vor ihm, Karten waren an die Fensterläden gepinnt oder an die Wände geklebt, viele eingerissen, beschmiert oder mit Kinderkritzeleien übersät. Er hatte Dena immer noch nicht verraten, wie er seinen Bericht zu Ende bringen wollte, da doch ein Großteil seiner Dokumentation beschädigt oder vernichtet worden war.

Er drehte sich auf dem Stuhl zu ihnen um.

Mustafa stürzte ins Zimmer, hätte die Kamera fast schon wieder fallen lassen, doch Alex streckte eine Hand aus, konnte es gerade noch verhindern.

«Dena hat sie mir geschenkt!»

Alex schaute sie an. «Wirklich?»

Sie nickte. «Er filmt mich. Zur Übung. Warum hörst du auf?»

Sofort machte sich Mustafa wieder an die Arbeit. Er bat sie, sich neben Alex und vor den Aktenschrank zu stellen. Er kam näher, dann wich er wieder zurück, stellte den Zoom ein; er lief nach draußen, holte das Stativ und baute es auf. Er ließ sie posieren – Dena hinter Alex, beide nahe zusammen; dann saß Dena, Alex stand. Alex legte sich Karten über den Kopf und zog Fratzen; Dena lachte, und Mustafa tat, als sei er verärgert.

Sie konnte sehen, wie sich sein Umgang mit der Kamera innerhalb einer Stunde verbessert hatte, auch seine Haltung. Er würde einmal sehr gut darin werden, davon war sie überzeugt.

Seit dem Gefängnis waren alle nett zu Mustafa. In den Tagen nach seiner Freilassung hatte Layla ihn oft in den Arm genommen und ihn mit Süßigkeiten vollgestopft, bis er fast platzte. Wegen ihrer Begegnung unter der Akazie, als er von ihr fortgeschickt worden war, hatte sie ein schlechtes Gewissen und versuchte, das wieder wettzumachen, indem sie ihn verwöhnte. Alex bat ihn ins Büro, um ihm Karten zu zeigen. Und gerade hatte Dena ihm die Kamera geschenkt. Die beiden waren zurück im Pavillon; sie hatten Alex seiner Arbeit überlassen. William besuchte Laylas Familie auf ihrem Hof.

Er und William waren wieder Freunde wie früher, trotzdem wollte sich Mustafa ihm gegenüber unbedingt beweisen. Da es bis zur Hochzeit bloß noch eine Woche war, stürzte er sich in die Vorbereitungen und zog allein oder mit William los, um Köche und Musiker aufzutreiben, Einladungen zu verteilen, Tischtücher zu suchen oder Dekorationen aufzuhängen.

Einzig seine Mutter und seine Geschwister blieben ein dunkler Fleck. In der Woche zuvor war er mit William ins Dorf gefahren. Eine fremde Familie hatte das Haus seiner Mutter besetzt. Mustafa hielt sich die im Hof spielenden Kinder vom Leib, während William mit den Eltern redete. Sie kamen aus einer Siedlung, die einen Tagesmarsch entfernt lag. Die Miliz hatte ihren Hof zerstört. Als sie hier durchkamen, fanden sie dieses vollständig erhaltene, aber leere Haus. Sie suchten darin Zuflucht, wollten eigentlich bald weiter, doch als niemand kam, entschieden sie, auf Dauer zu bleiben. William überzeugte Mustafa, sie dort wohnen zu lassen, bis seine Mutter zurückkehrte – so kümmerte sich wenigstens jemand ums Haus.

Der einzige Mensch, der Mustafas Mutter gesehen hatte, war eine Nachbarin zwei Häuser weiter. Sie erzählte, sie sei im Mai geflohen, als die Kämpfe am schlimmsten wüteten. Eines Morgens habe sie die Mutter zusammen mit den Kindern und anderen Familien in Richtung Saraaya ziehen sehen. Was seither mit ihnen geschehen war, konnte sie ihnen nicht sagen; sie sei selbst am nächsten Tag geflohen und erst nach Beginn des Waffenstillstandes zurückgekehrt.

Auf der Rückfahrt nach Saraaya starrte Mustafa bedrückt durch die Windschutzscheibe. William meinte, seine Mutter würde gewiss wieder auftauchen. Und in der Zwischenzeit dürfe Mustafa mit ihm und Layla nach Khartum fahren - sie planten, dort nach der Hochzeit einige Zeit zu verbringen. Das besserte Mustafas Laune, trotzdem fragte er sich, ob es richtig war, Mutter, Bruder und Schwester zurückzulassen. Was, wenn er sie nie wiedersah? Er blickte auf die Straße, und um nicht weinen zu müssen, runzelte er die Stirn.

Er lenkte sich ab, indem er sich kopfüber in die Hochzeitsvorbereitungen stürzte. Und er verlor die Geduld mit William, der - wenn man bedachte, dass es sich um seine eigene Hochzeit handelte - allzu sorglos mit wichtigen Details umging, etwa dem, ob die Tischtücher blau oder weiß, die Plastikrosen auf dem Podest des Brautpaares golden oder rot sein und die Köche ihre Kohleöfen bei der Küche oder hinter dem Lagerraum aufbauen sollten.

«Wie es am besten passt», sagte William, und Mustafa raufte sich die Haare. Er übernahm es daraufhin selbst, sich um Kleinigkeiten zu kümmern, die größeren Probleme überließ er William - das Treffen seiner Mutter und seiner Schwestern mit Laylas Familie oder das Anmelden der Hochzeit bei der Security, um sicherzustellen, dass die Feierlichkeiten auch problemlos über die Bühne gehen konnten.

Und so sorgte er sich um die Tischdecken und darum, ob die Plastikblumen rot oder golden sein sollten. Er freute sich auf Khartum. Er würde die großen Märkte sehen, von denen William ihm erzählt hatte, den Nil, den Präsidentenpalast und Gebäude, die zehn oder gar zwanzig Stockwerke hoch waren. William versprach, ihn dort auf eine Schule zu schicken. Und es gab keinen Grund, weshalb er mit schlechtem Gewissen gehen sollte. Sobald er mit der Schule fertig war, würde er zurückkommen und seine Mutter, seinen Bruder und seine Schwester zu sich in die große Stadt holen.

Jetzt hatte er außerdem noch die Kamera. Er dachte an all das, was er damit anfangen konnte. Er könnte die Fahrt nach Khartum filmen, den Markt oder seine neue Schule. Vielleicht würde er später auch Dena nacheifern und Filmemacher werden.

An der Kamera liebte er, dass man aufnehmen oder weglassen konnte, was immer man wollte. Man konnte Dena ganz klein machen, indem man sie fortzoomte und in den Hintergrund drängte, was er jetzt tat, bis sie nichts weiter als ein winziger Fleck zwischen Zeltstangen und Hochzeitsdeko war. So wurde bedeutsamer, was um sie herum war. Er mochte es, die vielen Dinge zu sehen, das Chaos auf dem Grundstück, ein fröhliches Chaos, das Chaos anstehender Feierlichkeiten.

Dena lächelte, im Bildausschnitt funkelten ihre Augen.

«Du bist ein echter Pro», sagte sie auf Englisch.

Er blickte sie fragend an.

«Ein *professional.*» Und dann auf Arabisch: «Damit ist jemand gemeint, der weiß, was er tut.»

«Ein pro-fes-sion-al.» Mit schwungvoller Geste schloss er das Display der Kamera.

Sieben Uhr abends; Alex saß im Büro und arbeitete. Es wurde dunkel. Insekten flatterten zum Fenster rein und raus, angezogen vom Licht der Tischlampe. Draußen stellten Köche ihre Herde auf. Trotz des Lärms des Generators hörte er, wie Mustafa jemanden beschimpfte und William seine Mutter auf Nilotisch anflehte.

Morgen fand die Hochzeit statt. Vorhin war ein Lieferwagen gekommen, um noch mehr Tische und Stühle zu bringen. William hatte viel zu tun, was ihm zurzeit nicht gerade leicht fiel, da er von Layla getrennt war, die bis zum Hochzeitstag bei ihren Eltern blieb.

Alex half, wo er nur konnte und begleitete William, wenn er nicht gerade an seinem Abschlussbericht arbeitete. Seit sich die Nachricht vom Machakos-Protokoll verbreitet hatte, war der Markt wieder geöffnet, auf den Straßen drängten sich die Menschen, und manch einer, der die Stadt verlassen hatte, kehrte zurück.

William, Layla und Mustafa fuhren im Anschluss an die Hochzeit nach Khartum, auch wenn William hoffte, irgendwann noch woanders hinzuziehen. Alex wollte zurück in die Vereinigten Staaten. Dena würde ebenfalls heimkehren. Er wusste, dass sie Freunde in Boston hatte. Vorläufig würde sie dort bleiben und sehen, wie sich die Dinge entwickelten – sie dachte daran, sich an einer Filmhochschule einzuschreiben. Und so gingen sie alle fort. Die Hochzeit bedeutete ihren Abschied von Saraaya; und Alex beschloss, seinen Bericht rechtzeitig abzuschließen, um mitfeiern zu können.

Jetzt war es getan. Vom Sitzen tat ihm der Rücken weh. Der Bildschirm des Laptops schimmerte blassblau, während er nach oben scrollte, um das Geschriebene ein letztes Mal durchzulesen.

Bedrohungs- und Risikoerhebungsprojekt – Saraaya, Provinz Süd-Kurdufan, Sudan.

Einleitung

Das Bedrohungs- und Risikoerhebungsprojekt im Staat Süd-Kurdufan, Distrikt Saraaya, begann im November 2001. Es dauerte etwa zehn Monate, einschließlich einer zweimonatigen Verlängerung über die ursprünglich geplante Projektzeit hinaus aufgrund von Störungen infolge des Bürgerkriegs. Das Projekt hatte zwei Hauptziele:

a) die Karten des Distrikts zu aktualisieren, da die Behörden veraltete Karten verwenden, und b) genaue Informationen bereitzustellen, um Hilfs- und Entwicklungsprojekte dank eines genaueren Überblicks über Umwelt-, Konflikt- sowie andere Bedrohungs- und Risikofaktoren besser unterstützen zu können. Zu den wichtigsten Komponenten des Kartierungsprojekts gehören: Dörfer, Viehtriebrouten, Wasserbrunnen und Weideflächen.

Viele jener Karten, die von Behörden, aber auch von Nichtregierungsstellen sowie von humanitären Hilfsorganisationen bis auf den heutigen Tag verwendet werden, gehen auf Vermessungsdaten zurück, die zur Zeit der anglo-ägyptischen Kondominiumsverwaltung (1898–1956) erstellt wurden, als das 1 Million Quadratkilometer große Gebiet noch unter britischer Herrschaft stand. Diese Karten verfestigten koloniale Grenzen und verzeichneten die neuen Verwaltungseinheiten und Distrikte. Die darin vermerkten Außengrenzen sowie die internen Staats- und Distriktgrenzen sind bis heute weitgehend erhalten geblieben, obwohl sie im Bürgerkrieg zwischen Nord- und Südsudan, der mit nur kurzen Unterbrechungen seit der Unabhängigkeit des Landes im Jahr 1956 andauert, heftig umstritten sind. Jüngste Entwicklungen infolge der Unterzeichnung des Machakos-Protokolls am 20. Juli diesen Jahres und eines möglicherweise umfassenden Friedensabkommens sind allerdings vielversprechend.

Die Topografie des Landes reicht von der Wüste im Norden bis zum tropischen Klima im Süden; in den Regionen dazwischen herrscht abwechselnd Trocken- oder Regenzeit. Dieser Wechsel von Trocken- und Regenzeit bestimmt auch das Leben in Saraaya, das an der Grenze zwischen der Sahara und dem Einzugsgebiet des Weißen Nils liegt. Der sich in den letzten Jahrzehnten beschleunigende Klimawandel hat jedoch fatale Folgen. Vor allem sind Acker- und Weideflächen geschrumpft, und Regen fällt nur noch unregelmäßig, weshalb die Lebensgrundlage für all jene im Distrikt unsicher geworden ist, die von Weidewirtschaft, Landwirtschaft oder einer Kombination von beidem abhängig sind. Genannte Veränderungen führen dazu, dass die bestehenden kartografischen Darstellungen unzuverlässig sind, da sie die beständig fluktuierende Situation nur unzureichend wiedergeben können. Und obwohl sich Kartierungs- und Vermessungstechnologien weiterentwickelt haben – vor allem die jüngste, weit verbreitete Einführung des Global Positioning System (GPS) sowie anderer satellitengestützter Vermessungsinstrumente ist ungemein hilfreich –, steckt diese Technologie doch noch zu sehr in den Anfängen und bleibt in ihrer Anwendung allzu begrenzt, weshalb für die Erhebung genauer Informationen Besuche vor Ort und Befragungen von Informanten erforderlich waren. Aus diesem Grund wurde das Projekt von einem Field Survey Officer (mir) überwacht und geleitet, der die Aufgabe hatte, Ortsbegehungen vorzunehmen und Gespräche zu führen sowie Daten und Umweltinformationen zu sammeln, um ein umfassenderes Bild der aktuellen Situation zu erhalten.

Aufgrund seiner strategischen Lage zwischen Nord- und Südsudan wurde der Bezirk Saraaya als Basis für dieses Projekt ausgewählt, aber auch, weil der Ort Saraaya als ein Brennpunkt des Bürgerkriegs zwischen der südlichen Rebellenbewegung und der nördlichen Regierung in Khartum gilt. Es handelt sich um eine ressourcenreiche Region, in welcher der wichtigste Rohstoff – Öl –

sowohl für die Regierung als auch für die Rebellenbewegung von Interesse ist. Darüber hinaus verfügt der Distrikt aufgrund seiner Lage an der Peripherie des Sumpfgebiets Sudd über fruchtbare landwirtschaftliche Böden und auch Weideflächen, die vor allem von den Nomaden aus dem Norden auf ihren Wanderungen im Gefolge der saisonalen Regenfälle genutzt werden. Während der Trockenzeit (Dezember bis Mai) lassen sie sich für sechs Monate im Distrikt nieder und weiden ihr Vieh auf dem örtlichen Weideland. Die eher sesshafte Bevölkerung des Distrikts, die Südniloten, betreiben sowohl Agrar- wie auch Viehwirtschaft. Sie bauen vorwiegend Grundnahrungsmittel an, also Mais, Hirse und Sorghum. Aufgrund der schrumpfenden Weideflächen und dem Verlust ihrer Herden lassen sich die Nomaden zunehmend im Distrikt nieder und betreiben nun Ackerbau, um ihren Lebensunterhalt zu sichern. Dies sorgt für Konflikte um Ressourcen und Landzuteilung.

Mit der Eskalation des Bürgerkriegs hat sich die Situation in den letzten anderthalb Jahrzehnten radikal verschlechtert. Als Reaktion auf die Bedrohung durch die Rebellenbewegung im Süden und da für den Kampf gegen die Rebellen nicht genügend reguläre Truppen zur Verfügung standen, ging die Regierung dazu über, irreguläre Milizen zu bewaffnen und einzusetzen, wofür sie auf eben jene Nomadenclans zurückgriff, die sich stets für die Dauer der Trockenzeit im Distrikt ansiedelten. Die nomadischen Milizen sollen nun sowohl die Rebellen im Süden als auch jene nilotischen Gemeinschaften angreifen, die im Verdacht stehen, sie zu unterstützen. Diese Strategie der Aufstandsbekämpfung dient sowohl den Interessen der Regierung des Nordens, welche die Bedrohung durch die Rebellen eindämmen will, als auch den Interessen der Nomaden, da sie, die unter dem Verlust ihrer Herden und Weideflächen leiden, so die Möglichkeit erhalten, Kriegsbeute zu machen und sich Vieh und Land anzueignen.

Zum Zeitpunkt der Erstellung dieses Berichts wurde ein erstes Abkommen – das Machakos-Protokoll – unterzeichnet, welches den Weg für weitere Friedensverhandlungen zwischen der Regierung und der Rebellenbewegung ebnet. Der am 19. Juni im Distrikt Saraaya ausgerufene Waffenstillstand hält seit zwei Monaten. Diese Entwicklungen sind, wie gesagt, sehr vielversprechend. Jedoch bleiben die Dinge weiterhin in steter Bewegung, und man wird abwarten müssen, ob der Frieden wirklich Bestand hat.

Daten und Karten

In Übereinstimmung mit den Projektzielen geben die nachstehenden Karten einen Überblick über die aktuelle Lage. Infolge bürgerkriegsbedingter Auseinandersetzungen musste die Beschäftigung mit den Karten unterbrochen werden, und einige der im Laufe der sechsmonatigen Vermessungsarbeiten gesammelten Informationen wurden beeinträchtigt, was auf den angefügten Karten ersichtlich ist.

Endgültige Informationen zu erhalten, erwies sich als schwierig. Zum einen wurde zu Beginn des Projekts davon ausgegangen, dass zwischen den Gruppen ein gewisser Konsens über die Grenzen im Allgemeinen und den Zugang zu den Ressourcen besteht, doch ist dieser Konsens in den letzten Jahren, insbesondere unter den Bedingungen des Bürgerkriegs, geschwunden. Die Karten variieren je nach Informant. Außerdem hat die Umweltzerstörung zu einer zunehmenden Unberechenbarkeit saisonaler Muster geführt. Das Klima wird immer instabiler und verschlechtert sich rapide, ein Wandel, der sich mit der Zeit vermutlich noch beschleunigen wird. Besagte Instabilitäten geben auch die nachfolgenden Karten wider, die aktualisiert wurden von jenen Informanten (im Alter von 2 bis 12 Jahren), die während der jüngsten Gewaltwelle auf dem Gelände der NGO Schutz suchten. Die kartografischen Aktualisierungen bieten einen umfassenden Überblick über die aktuellen Bedingungen.

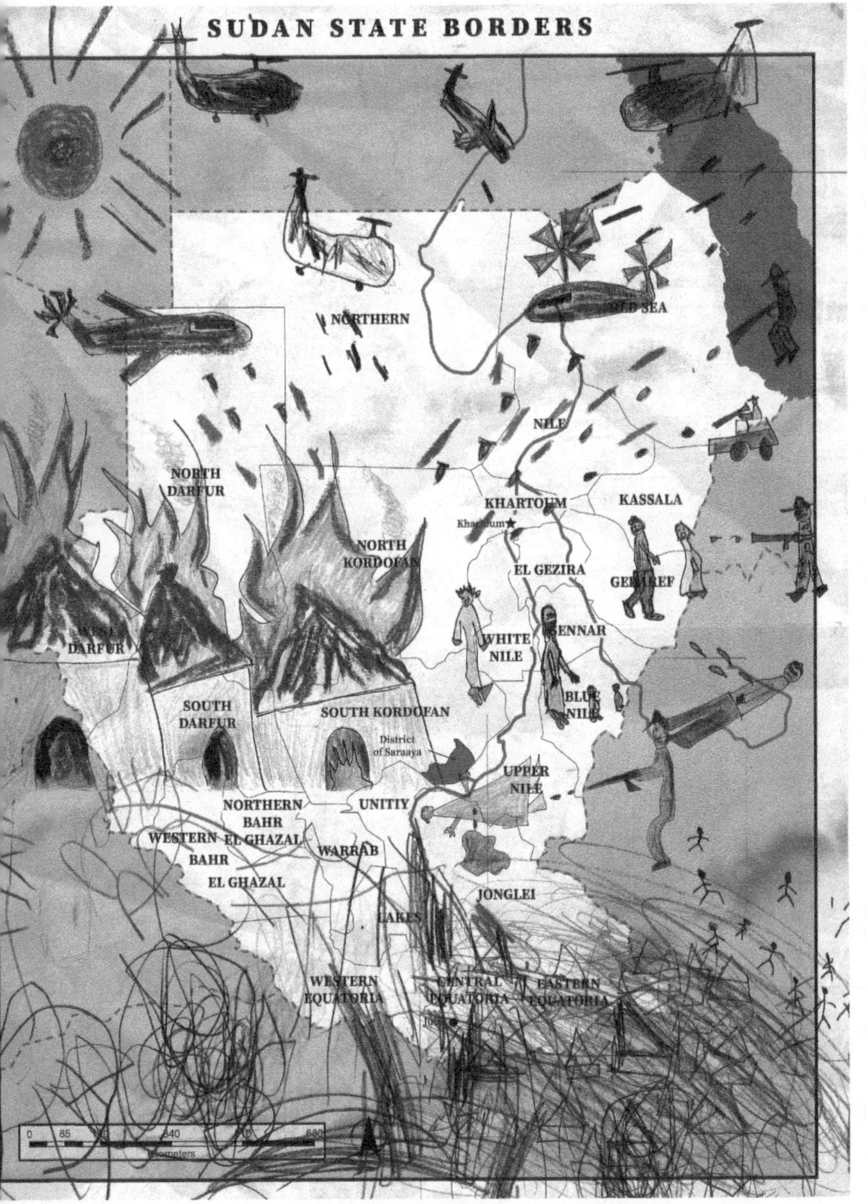
SUDAN STATE BORDERS
NORTHERN
NILE
NORTH DARFUR
KHARTOUM
Khartoum
KASSALA
NORTH KORDOFAN
EL GEZIRA
WHITE NILE
SENNAR
SOUTH DARFUR
SOUTH KORDOFAN
District of Saraaya
BLUE NILE
UPPER NILE
NORTHERN BAHR EL GHAZAL
UNITIY
WESTERN BAHR EL GHAZAL
WARRAB
JONGLEI
LAKES
WESTERN EQUATORIA
CENTRAL EQUATORIA
EASTERN EQUATORIA
0
85
340
680

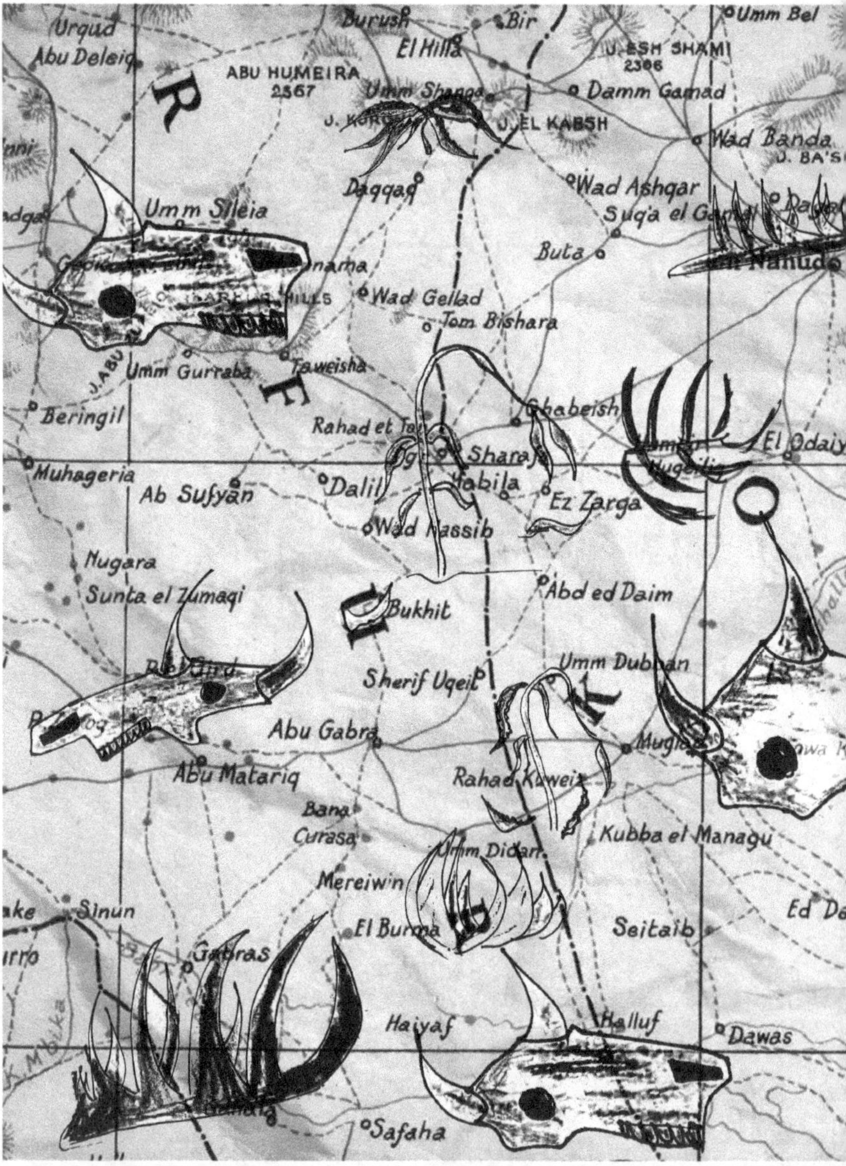

Urqud
Abu Deleiq
ABU HUMEIRA
2367
Burush
Bir
El Hilla
Umm Bel
J. ESH SHAMI
2306
Umm Shanga
Damm Gamad
J. EL KABSH
Wad Banda
J. BA'S
Daqqaq
Wad Ashqar
Umm Sileia
Buta
Wad Gellad
Tom Bishara
Umm Gurraba
Taweisha
Beringil
Ghabeish
El Odaiy
Sharaf
Muhageria
Ab Sufyan
Dalil
Ez Zarga
Wad Hassib
Nugara
Sunta el Zumaqi
Abd ed Daim
Bukhit
Umm Dubban
Sherif Uqeil
Abu Gabra
Abu Matariq
Rahad Kuweiz
Bana
Curasa
Kubba el Managu
Mereiwin
Sinun
Ed Da
El Burma
Seitaib
Gabras
Haiyaf
Halluf
Dawas
Safaha
R
F
U
K

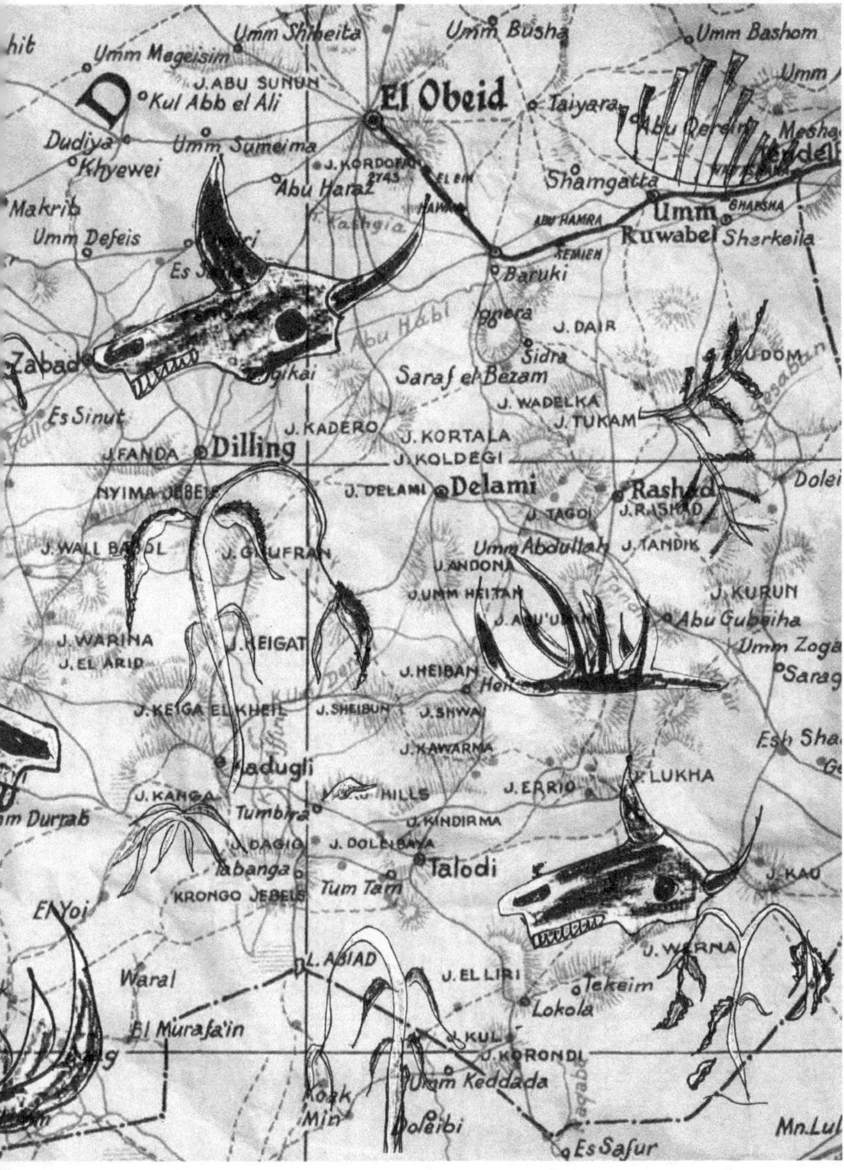
Umm Shibeita
Umm Busha
Umm Bashom
Umm Megeisim
J. ABU SUNUN
El Obeid
Taiyara
Kul Abb el Ali
Dudiya
Umm Sumeima
Khyewei
J. KORDOFAN
2743
Abu Haraz
Shamgatta
Makrib
Umm Defeis
ABU HAMRA
Umm Kuwabel
GHARSHA
Sherkeila
SEMIEH
Baruki
J. DAIR
Sidra
Saraf el Bezam
Zabad
J. WADELKA
Es Sinut
J. KADERO
J. KORTALA
J. TUKAM
J. FANDA
Dilling
J. KOLDEGI
J. DELAMI
Delami
Rashad
NYIMA JEBELS
J. TAGOI
J. R. ISHAD
J. WALI BAROL
Umm Abdullah
J. TANDIK
J. ANDONA
J. UMM HEITAN
J. KURUN
Abu Gubeiha
J. WARINA
J. HEIGAT
Umm Zoga
J. EL ARID
J. HEIBAN
J. KEIGA EL KHEIL
J. SHEIBUN
J. SHWAI
Esh Sha
J. KAWARMA
Kadugli
J. ERRIO
J. LUKHA
J. KANGA
HILLS
Umm Durrab
Tumbira
J. KINDIRMA
J. DAGIO
J. DOLEIBAYA
Talodi
Tabanga
Tum Tam
J. KAU
KRONGO JEBELS
El Yoi
L. ABIAD
J. WERNA
Waral
J. EL LIRI
Tekeim
Lokola
El Murafa'in
J. KUL
J. KORONDI
Umm Keddada
Kook Min
Doleibi
Es Safur
Mn. Lul

J. MARRA
Kas
NYALA
Gedid Ras
Taweish
Idd el Ghanam
Tullus
Mireigha
Abu Matariq
Buram
DARFUR
Birka Khadra
Radom
Hofrat en Nahas
Bahr el 'Arab
Nyamlell
R. Lol
Aweil
Raga
BAHR EL

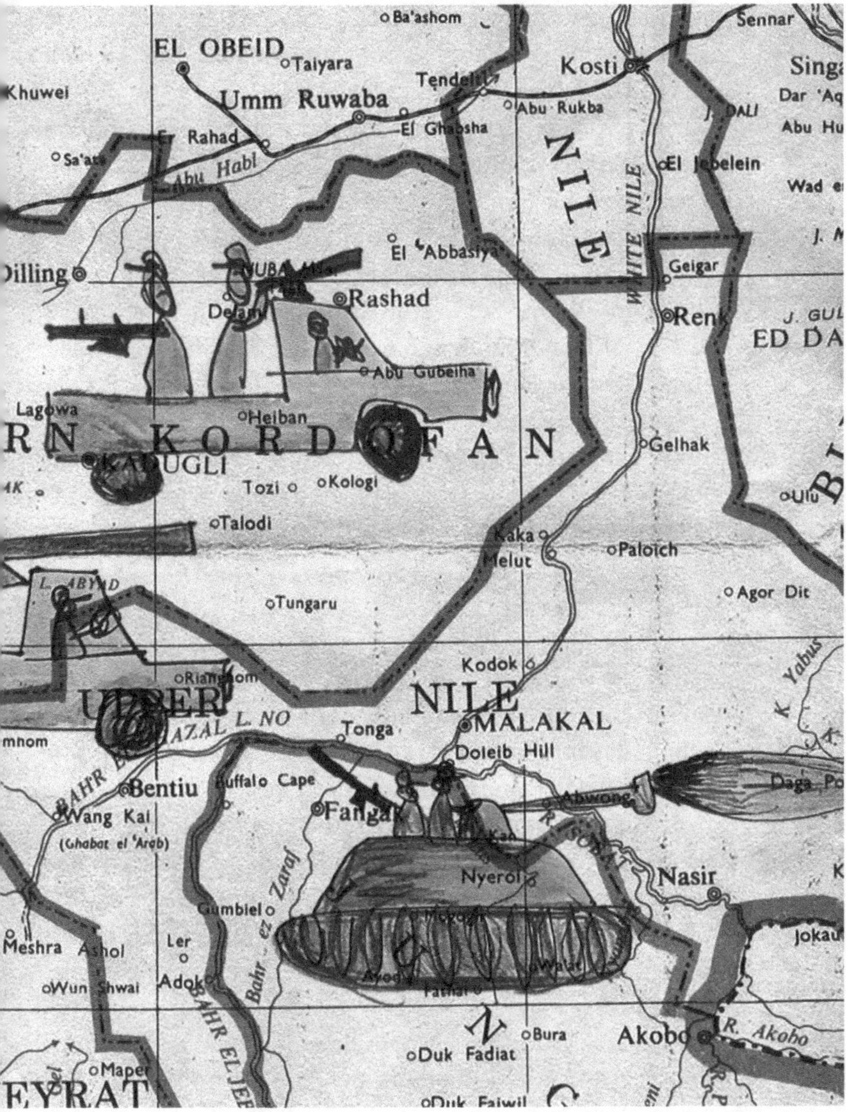
Ba'ashom
EL OBEID
Taiyara
Umm Ruwaba
Tendelti
Kosti
Sennar
Khuwei
Er Rahad
El Ghabsha
Abu Rukba
Abu Habl
NILE
WHITE NILE
El Jebelein
El 'Abbasiya
Dilling
Rashad
Geigar
Renk
ED DA
Abu Gubeiha
Lagowa
Heiban
KORDOFAN
KADUGLI
Tozi
Kologi
Gelhak
Talodi
Kaka
Melut
Paloich
Agor Dit
Tungaru
Kodok
NILE
MALAKAL
Tonga
Doleib Hill
Bentiu
Buffalo Cape
Fangak
Wang Kai
(Ghabat el 'Arab)
Nasir
Nyerol
Gumbiel
Ler
Adok
Meshra
Bahr ez Zaraf
BAHR EL JEB
Akobo
R. Akobo
Bura
Duk Fadiat
Maper
Duk Faiwil
EYRAT

Von draußen waren weitere schrille Rufe zu hören. Er zögerte kurz, entschied dann aber, dass er mit dem Bericht zufrieden war, speicherte den Text und schloss den Laptop.

Er trat vor die Tür. Lichter erhellten den Hof bis in den letzten Winkel. Arbeiter zogen Zeltplanen straff. Zwei Frauen fegten Teppiche. Mustafa war auf dem Podest und strich die Sessel von Braut und Bräutigam an. Von William geführt schleppten Köche gehäutete Schafe in die Küche. Gemeinsam mit Williams Schwestern stellte Dena Stühle an die Tische. Williams Mutter saß unweit der Küche und erteilte Befehle. Das Tor stand offen; Kinder, Nachbarn, Marktfrauen schlenderten herein, manchmal auch eine Katze oder eine streunende Ziege. Besucher packten mit an oder sahen dem Spektakel einfach nur zu. Die allgemeine Aufregung war ansteckend, und Alex stürzte sich ins Getümmel.

Es war ein kühler Abend. Hochzeitszelte schwankten im Wind. Lichter glitzerten entlang der Mauer und lockten die Gäste in das im Widerschein funkelnde Tor. Schreiende Kinder, plappernde Frauen, das tiefe Lachen der Männer, all das wurde vom Brummen des Generators untermalt, der diesen Abend mit Strom versorgte. In dem Zimmer, das Dena eigens geräumt hatte, stimmten Musiker ihre Instrumente. Der Duft von auf Kohle gegrilltem Fleisch wehte aus der Küche herüber, in der seit dem Vortag das Hochzeitsmahl zubereitet wurde.

Mustafa schlängelte sich zwischen den Tischen hindurch. Den ganzen Vormittag hatte er bei den letzten Vorbereitungen geholfen. Jetzt war der Hof in einen magischen Ort verwandelt. Die zwei goldenen Sessel unter dem Dach des Pavillons, die Rückenlehnen wie Pfauenschwänze gefächert – auf ihnen würden Layla und William sitzen, um die Glückwünsche der Gäste entgegenzunehmen – waren wunderschön geworden. Den gestrigen Abend hatte er damit zugebracht, sie eigenhändig zu streichen – an seinen Fingern prangten noch immer goldene Farbkleckse.

Eine Kuppel aus Lichterketten wölbte sich über die Tanzfläche. Den ganzen Vormittag hatte er auf einer Leiter gestanden und dem Arbeiter beim Anbringen der Lampen geholfen. Er hatte den roten Teppich ausgerollt, auf dem die Band stand, und mit angepackt, als die rot, grün und weiß flatternden Stoffbahnen über die Zeltstangen gezogen wurden, die nun einen opulenten Hintergrund für die prachtvolle Garderobe der Gäste boten: nomadische, Turban tragende Männer in weißen Dschallabijas, die Frauen in farbenfrohen Thoubs, nilotische Männer in Hemden, die sie nur zu besonderen Anlässen trugen, und nilotische Frauen mit kunstvoll geflochtenem Haar sowie Schmuck an Ohren und Armen.

Er betrachtete die Zelte, die Band, den Teppich, sogar die Gäste mit einem gewissen Besitzerstolz. Der Hof war bereits so voll, dass Neuankömmlinge an die Mauern gedrängt wurden. Er ging von Tisch zu Tisch, verteilte Pepsi-Flaschen und versuchte dabei zu verhindern, dass die Pepsi-Kiste seinen Anzug streifte. Das weiße Hemd wies zu seinem Ärger bereits einen Fleck auf. Tagelang hatte er darauf gewartet, diesen Anzug tragen zu dürfen, hatte über den Markt stolzieren und damit angeben wollen, doch William hielt ihn erst mit guten Worten, dann mit Drohungen davon ab. Nach der Hochzeit dürfe er ihn tragen, so oft er wolle, hatte William gesagt, bis dahin aber bleibe er im Schrank. Und so lag er da in der Plastiktüte bis zum heutigen Abend, als endlich der Moment kam, auf den er so lang gewartet hatte und er den Anzug anziehen durfte.

Die Jungen und Mädchen unter den Gästen waren eine Gefahr für die Dekorationen; sie kletterten die Zeltstangen hoch, spielten Fangen und kreischten. Er sah eine Gruppe, die Lichterketten von der Außenmauer abhängte und sich damit schmückte. Er stellte die Kiste ab und ging hin, um mit ihnen zu schimpfen.

Die Kinder – Lichter im Haar, um den Hals und um die Hüfte – flackerten ihn Gelb und Weiß an. Als sie sahen, dass er kaum größer war als sie selbst, hielten sie nur kurz inne.

«Wer bist du denn schon, dass du glaubst, du kannst uns sagen, dass wir sie zurückhängen sollen?», fragte ein Mädchen mit einem Kleinkind im Arm.

Er hatte sich mit diesen Lichtern Mühe gegeben wie auch mit allem anderem, was an diesem Abend schön war. Er ging zu der Kleinen und zog ihr die Lichter aus den Händen. Die Kinder schubsten ihn, aber der Älteste war höchstens sechs oder sieben, weshalb es Mustafa schließlich gelang, sie auseinanderzuscheuchen. Er holte sich einen Stuhl und hängte die Kette zurück an die Mauer, ärgerte sich aber, weil es jetzt in der Mitte eine dunkle Stelle gab.

Als sie Dena durch die offene Zeltklappe sah, war Layla so froh, dass sie auf sie zurannte und sie umarmte.

«Dena, Gott sei Dank. Du musst mir helfen!»

Dena lächelte. «Wer hat dir das denn angetan?»

«Meine Tanten. Lach nicht!»

Sie war verzweifelt. Sie hatte es ihren Tanten überlassen, sie für die Hochzeit zu schminken, aber kaum hatte sie sich im Spiegel entdeckt, wollte sie nur noch weinen. Sie sah aus, als hätte man ihr Gesicht in eine Schale Mehl getunkt. Orangefarbener Lippenstift polsterte die Lippen auf, zwei rosige

Kleckse lädierten die Wangenknochen. Ein grässlicher lila-goldener Lidschatten zog sich bis zu den Brauen hoch und ließ sie dauerhaft überrascht wirken.

Sie hatte die Tanten aus dem Zelt verbannt, zusammen mit ihrer Mutter, hatte ihnen gesagt, dass sie sich selbst um alles Weitere kümmern würde. Und gerade als sie jede Hoffnung verlor und nicht wusste, was sie tun sollte – sie hatte in ihrem Leben noch nie Make-up getragen und wusste nicht, wie man sich schminkt –, kam Dena.

«Wir machen es noch mal», sagte Dena.

«Weißt du denn wie?»

Dena zeigte auf ihr nacktes, jungenhaftes Gesicht. «Ich bin keine Expertin, aber das kriegen wir schon hin.»

Layla zog sie ins Zelt. Auf dem Boden ein offener Koffer, Kleider über zwei Stühlen, abgestreifte Schuhe auf der Matte, und auf einem Tisch lag Schmuck. Sie hatte noch nie so viele Dinge besessen. Zu Williams Brautpreis gehörten nicht nur die Rinder für die Familie, sondern auch Geschenke für sie – Kleider, Parfüm, eine kleine, zierliche Handtasche und Schmuck.

Dena griff nach einer Kette. «Hübsch.»

«Ja. Von William. Er ist so gut.»

Sie wusste nicht, wie er all das rechtzeitig geschafft hatte – diese große Feier, und so vieles, worum er sich kümmern musste. Dass er ihretwegen zur Moschee gegangen war, hatte sie wirklich sehr gerührt. Zwei Tage nach dem Treffen mit ihrer Familie war er zurückgekehrt, um ihrem Vater zu sagen, dass er zum Islam übergetreten war. Der religiöse Vertrag sollte in der Moschee geschlossen werden. Und er würde den ausgehandelten Brautpreis zahlen, allerdings nur unter der Bedingung, dass die Hochzeit innerhalb der nächsten zwei Wochen stattfand. Sie war verblüfft gewesen, überglücklich und dankbar.

Und dann diese großzügigen Geschenke. Ihre Familie war wie geblendet gewesen von den vielen Schätzen, die aus den von Williams griesgrämiger Mutter und seinen Schwestern gebrachten Koffern quollen.

Er hatte es achselzuckend abgetan, aber sie wusste, welche Last auf seinen Schultern ruhte. Wenn er auf Besuch kam, konnten sie immer nur kurz zusammen sein, da er meist bei ihrem Vater blieb.

Sie setzte sich vor den Spiegel, legte den Kopf leicht in den Nacken und ließ ihren Klagen freien Lauf. Ihre Mutter und die Tanten würden sie ständig bedrängen; sie selbst konnte kein Wort mitreden bei dem, was getan werden musste oder wie es weitergehen sollte. Sie schämte sich für das Verhalten ihrer Familie vor Williams Mutter und seinen Schwestern, die vor drei Tagen die Brautgeschenke gebracht hatten. Ihre Familie sei unhöflich und hochnäsig gewesen, und während des ganzen Besuches habe Layla dagesessen und nur versucht, deren schlechten Eindruck irgendwie wettzumachen.

Sie wurde von einem endlosen Strom von Gratulanten überschwemmt. Dutzende Verwandte kamen aus weit entlegenen Dörfern, um auf dem Hof ihre Zelte aufzuschlagen, die Schlafmatten auszurollen. Es war, als würde die Familie sich ein letztes Mal ihrer Macht über sie vergewissern.

Dena tunkte ein Tuch in eine Schüssel Seifenwasser und wischte Laylas Lider und Stirn damit ab. Sie suchte in einer Plastiktüte voller Make-up.

«Kein Gesichtspuder», sagte Layla. «Nur Kajal und Lippenstift. Den roten, nicht den orangefarbenen.»

«Okay, schließ die Augen.»

Sie spürte, wie die Spitze des Kajalstiftes an ihren Wimpern entlangfuhr und blickte auf, als Dena den unteren Augenrand nachzeichnete.

Sie fragte: «Was wirst du zu deiner Hochzeit tragen?»

Dena schaute sie an. «Ich habe dir doch gesagt, dass ich nicht heirate.»

«Ich meine, falls du ...» Sie zögerte. «Falls du eine Frau heiratest. Wie du es uns erzählt hast.»

Dena griff nach dem Lippenstift. «Einen Anzug», sagte sie. «Und eine Blume im Haar.»

Sie schraubte die Kappe auf den Lippenstift und warf ihn aufs Bett, dann sah sie Layla an. «Ich denke, wir brauchen noch ein bisschen Rouge.»

«Aber nur wenig», erwiderte Layla und hielt ihr das Gesicht so hin, dass Dena es auf ihre Wangenknochen auftupfen konnte.

«Und werden deine Eltern kommen?», fragte Layla.

«Nein, die würden niemals kommen.»

«Ich schon.»

Dena lächelte. «Gut, aber jetzt wollen wir erst mal dich unter die Haube bringen.»

Sie musterte Laylas Gesicht. «Perfekt.»

Layla beugte sich zum Spiegel vor. Ja, sie sah wieder aus wie sie selbst, nur besser. Die Augen größer, die Haut strahlte, die Lippen farbgesättigt. Layla drehte den Kopf hierhin und dorthin, verzaubert vom eigenen Spiegelbild.

«Danke.»

Sie sprang auf, küsste Dena auf die Wange und hinterließ einen Streifen Lippenstift.

Um sich für die Hochzeit umzuziehen, ging William zu den Nachbarn, bei denen seine Mutter untergekommen war. Er stand vor dem Spiegel, lauschte auf die nebenan beginnende Party – ein Schwall Gelächter, Rufe, die Geräusche parkender, Gäste bringender Autos. Seit Tagen hatte er kaum mehr geschlafen und war erschöpft. Heute Abend aber spürte er die Aufregung bis in die Fingerspitzen, als er sich das Hochzeitshemd zuknöpfte und das Haar kämmte – der Friseur hatte sie ihm umsonst geschnitten, ein Geschenk für den Bräutigam. Nicht nur der Friseur, die ganze Stadt würde kommen, um zu feiern.

Er musste ein wenig verwundert an die letzten Wochen zurückdenken. Erst Gefängnis, heute die Sorgen um Lichterketten und Musik. Die Freude auf das neue Leben mit Layla. Wenn er ihren Vater aufsuchte, wie es Brauch für künftige Schwiegersöhne war, kam sie manchmal aus einem der Zelte, und sie hockten sich zusammen, um Pläne zu schmieden. Sie würden nach Khartum ziehen. Mustafa würde mitkommen. Die Mutter des Jungen blieb verschwunden, und bislang hatte William sie nicht aufspüren können.

Es klopfte an der Tür. Mustafa platzte herein, die Backen glänzten vor Vaseline. Er trug jenen Anzug, den er schon seit Tagen anziehen wollte, ein Miniatur-Mann mit schwarzer Hose und zweireihigem Jackett, weißem Hemd und einer roten Clipkrawatte, die genau wie Williams aussah.

Sein Blick wanderte über Williams unbeschuhte Füße, die gürtellose Hose, das halb zugeknöpfte Hemd.

«Wieso dauert das bei dir so lange?», schimpfte er. «Der Hof ist voller Gäste!»

Er klagte über die unorganisierten Köche, die wackligen Tische, die fleckigen Tischtücher, die nicht so leuchtend weiß waren wie ausgemacht, aber auch über die Musiker, die immer noch mit dem Aufbau beschäftigt waren, und über die Kinder, die über die Dekoration herfielen.

William hörte zu. Das hier war eher Mustafas Tag als seiner. Wie hätte er es auch ohne ihn schaffen sollen? Während der letzten hektischen Wochen schien Mustafa die Fähigkeit entwickelt zu haben, an drei Orten gleichzeitig zu sein.

Immer bereit, zum Fleischer zu gehen, einen Umschlag mit Bargeld zu überbringen, den Köchen, die einen Vorschuss brauchten, um Vorräte kaufen zu können, den Musikern, damit sie die Anlage für die Band mieten konnten.

William ging in die Hocke. «Könnte sein, dass die Musiker ein bisschen spät dran sind, aber das geht in Ordnung.»

«Aber ...»

«Und niemandem wird es etwas ausmachen, wenn die Tische ein bisschen wackeln und die Tischtücher nicht perfekt sind.»

«Sollen die Tischtücher also bleiben?», fragte er besorgt.

«Ja, lass sie.»

«Und was ist mit den Kindern?»

«Verscheuch sie.»

Mustafa nickte.

Sie hörten draußen weitere Gäste eintreffen, und Mustafa rannte zur Tür hinaus.

William griff nach seinen Schuhen und schlüpfte hinein; der Geruch von Lederpolitur stieg ihm in die Nase; dann strich er die Hose glatt, zog die Jacke an und betupfte sich Hals und Kinn mit Aftershave. Er besah sich im Spiegel, musterte das dunkle Gesicht, den schlaksigen Körper, der ihm in den ersten Tagen mit Layla so zu schaffen gemacht hatte. Als er an diese Zeit dachte, die nun Monate zurücklag, fiel ihm der Leichnam wieder ein. Seine Angst auf dem Friedhof, dass er vielleicht Layla beerdigte, und das Gefühl von Glück, als sie zur NGO zurückkehrte.

Der Leichnam war Erinnerung. Dies war seine Hochzeitsnacht. Voller Vorfreude trat er hinaus ins Licht.

Alex schloss das Kabel wieder an und gab dem Musiker ein Zeichen, der daraufhin das Mikro ausprobierte. Ein hohes, schrilles Kreischen schallte über den Hof, und die Gäste hielten sich die Ohren zu. Er rückte den Lautsprecher vom Mikro ab – jetzt war die Stimme des Musikers klar zu hören. Er zeigte der Band seinen gereckten Daumen.

Er spazierte umher, genoss die festliche Atmosphäre. Er hatte die Stadtbewohner noch nie so aufgedonnert gesehen. Sogar das Grundstück schien wie verwandelt. Er selbst hatte sich rasiert und eigens für diesen Abend ein Hemd und eine Hose gekauft. Er winkte Bekannten aus der Stadt zu. Keine verwundert aufgerissenen Augen mehr wie in seiner ersten Zeit in Saraaya. Die Menschen hatten sich an ihn gewöhnt, so wie er sich an sie gewöhnt hatte.

«Brauchst du Hilfe?», fragte er Mustafa, der Limonade verteilte.

«Ja», erwiderte er und zeigte auf Tische bei der Küche. «Da drüben.» Sein Englisch hatte sich in den letzten Monaten deutlich verbessert.

Alex nahm die Flaschen und mischte sich unter die Gäste. Sie stellten Fragen. Anfangs verstand er nicht, begriff aber bald, dass man wissen wollte, wann er abreiste. Er erzählte, in fünf Tagen sei es so weit, am Samstag.

Er sah Dena, die eine dunkle Hose zu einer blauen Bluse trug, die Kamera auf der Schulter. Er ging zu ihr. Sie nahm die Pepsi, die er ihr hinhielt.

«Schön, nicht?», sagte er, während sie beide über die Tische blickten.

«Ja», sagte sie. «Seltsam, dass wir so bald abreisen.»

Die Leute bewegten sich zum Tor, und sie packte ihn am Arm. «William kommt», sagte sie und hob die Kamera.

Männer klopften ihm auf die Schulter, alte Frauen umarmten ihn, Kinder zupften an seiner Krawatte und traten ihm auf die Zehen. Er wurde von allen Seiten umdrängt. Markthändler, nilotische Freunde, nomadische Viehtreiber, Teefrauen, Nachbarn, Busfahrer - einige waren extra aus Hasaniya oder Malakal gekommen, um mit ihm zu feiern. Kaum hatte er den Hof betreten, begann die Band zu spielen. Lichter funkelten um das Strohdach des Pavillons, entlang der Mauern, rahmten die Küchentür. Er sah, wie Mustafa sich mit den Ellenbogen zu ihm vorarbeitete, und bückte sich, um ihn zu umarmen.

Alex strahlte ihn an. «Glückwunsch», sagte er und schloss William in seine Arme.

Er hatte sich mit blauem Hemd und blauer Hose herausgeputzt.

«Danke», erwiderte William. «Du siehst gut aus.»

Alex grinste. «Du aber auch.» Er zeigte auf das Podest. «Dein Thron erwartet dich.»

Mit trockner Kehle und feuchten Händen erreichte er das goldene Podest für Braut und Bräutigam. Seine Lippen schmerzten vom ständigen Lächeln. Die Lautsprecher dröhnten ihm Musik in die Ohren. Laylas Vater und ihr Onkel kamen, um ihm zu gratulieren. Sie gaben sich herzlich, sogar respektvoll, beeindruckt von der verschwenderischen Hochzeit.

Sein Blick schweifte über die Gäste. Layla würde jetzt jeden Moment kommen, und er konnte es kaum erwarten, sie zu sehen. Frauen nahe der Tür gaben jubelnde Trillerlaute von sich. Mustafa stieg auf die Fußablage von Williams Thron.

«Layla ist da!», verkündete er.

Die Jubelrufe wurden lauter. Die Musiker unter dem Dach des Pavillons stimmten ein Crescendo an - das Keyboard fiel ein. Das Gedränge wurde größer, je näher er dem Tor kam, aber nun griffen die Gäste Mustafas Ruf auf, den Weg für den Bräutigam freizumachen.

Die Last des Schmucks an Kopf und Armen, an den Fußgelenken und um ihren Hals erdrückte sie, ebenso der reich mit Perlen besetzte, mindestens drei Kilo schwere Thoub; die hochhackigen Schuhe ließen sie stolpern. Sie fühlte sich unwohl und unsicher, ihr war heiß. Das Gedränge der Frauen fand sie bedrückend, Finger zupften an ihrer Kleidung, ihrer Halskette, ihrem Haar. Die Mutter zog ihr ständig den Thoub über den Kopf. Ihre Tanten fummelten am Nasenring herum, der nicht mehr richtig saß. Die Ringe an den Fingern verhakten sich im Thoub, und sie musste sie immer wieder aus dem Stoff lösen.

Als hätte sie mit alldem nicht genug zu tun, gaben die Frauen auch noch widersprüchliche Anweisungen. Sie sollte in den Hof gehen. Sie sollte noch nicht in den Hof gehen – müsse warten, bis der Bräutigam sie begrüßte. Sie sollte ihr Gesicht bedecken, sollte es nicht bedecken. Sie sollte auf den Saum ihres Thoubs achtgeben, der über den Sand schleifte. Sollte auf den Träger achten, der ihr von der Schulter gerutscht war. Man tupfte ihr erste Schweißperlen von der Stirn. Man prüfte ihre Zähne, um sicherzugehen, dass kein Lippenstift sie verschmierte, man befingerte den Reif, der in ihren Oberarm kniff, sodass sie sich, noch ehe sie auch nur einen einzigen Schritt auf den Hof gemacht hatte, bereits nach jenem Augenblick sehnte, da wieder Ruhe einkehrte und sie allein waren, nur sie und William.

Da sie sich sagte, dass es unmöglich war, hundert verschiedene Anweisungen gleichzeitig zu befolgen, tat sie entschlossen einen Schritt in Richtung Eingang und geriet in ihren Schuhen so sehr ins Torkeln, dass sie haltsuchend einen Arm ausstreckte. Kaum öffnete sich das Tor, wurde sie überwältigt vom Meer der Gesichter. Es mussten mehrere hundert Menschen gekommen sein. Der mit Zelten und Lichtern geschmückte Hof erstrahlte wie in einem Traum. Von allen Seiten sprachen sie Menschen an, Menschen, die sie kannte oder auch nicht kannte. Sie brauchte einen Moment, bis sie William entdeckte, der sich durch die Menge auf sie zubewegte. Er war stehen geblieben, als fürchtete er, noch näher zu kommen. In seinem Anzug sah er so schön aus. Die rote Krawatte und das weiße Hemd betonten sein kräftiges Kinn, das hinreißende Lächeln, den warmen, edelmütigen Blick seiner Augen. In diesem Moment empfand sie nicht nur Stolz, sondern auch Erleichterung. Sie hatten es geschafft – sie waren endlich verheiratet.

Er sah sie in einem Schimmer aus Gold und Rot. Füße und Hände waren mit Hennaverzierungen bedeckt, die die Stickereien auf ihrem Kleid wiederholten, zarte Blumen und Ranken, die sich um Knöchel und Handgelenke wanden. Der Schmuck, den er ihr mit dem Brautpreis geschenkt hatte, zierte Arme, Hals und Kopf. Und über der aus schwarzem Faden geflochtenen Brautperücke trug sie einen mit goldenen Münzen bedeckten Helm. Kajal ließ ihre Augen größer aussehen, während der leuchtend rote Lippenstift ihr Lächeln noch strahlender machte.

Bei ihrem Anblick fühlte sich William mit einem Mal schrecklich schüchtern – wie ein Wunder kam sie ihm unter all diesen funkelnden Lichtern vor. Kleine Mädchen starrten sprachlos zu ihr auf. Männer priesen ihre Schönheit. Layla war so sehr damit beschäftigt, Hände zu schütteln und Gäste zu umarmen, dass sie ihn nicht wahrnahm, bis jemand rief: «Der Bräutigam ist da.»

Leute schoben ihn auf sie zu. Im Näherkommen schien sie noch glanzvoller zu werden. Er beugte sich vor. Er konnte ihr Sandelholzparfüm riechen. Er flüsterte ihr ins Ohr, wie schön sie sei. Er griff nach ihrer Hand, und Mustafa bahnte ihnen den Weg zu ihren Sesseln.

Er half ihr aufs Podest. Die Band wandte sich ihnen zu und spielte auf. Sie sagte etwas, das er bei all dem Lärm nicht verstehen konnte. Sie mussten beide lachen. Vor den Sesseln begann sich eine Reihe von Gratulanten zu formen; Mustafa stand am Rand des Podestes, bat Gäste hinauf und führte sie wieder runter, dirigierte das Geschehen. Die erste Stunde brachten sie damit zu, Hände zu schütteln, geküsst und von alten Frauen und Männern umarmt zu werden. Kinder sprangen ihnen auf den Schoß.

Gäste versammelten sich zum Tanzen unter dem Dach des Pavillons. William drehte sich zu Layla um und fragte, ob sie mit ihm tanzen wolle.

«In diesen Schuhen?», sagte sie.

«Ich helfe dir.»

Die Frauen brachen wieder in Freudengeheul aus, als sie zum Pavillon gingen; Dena folgte ihnen mit der Kamera. Alex und Mustafa bahnten ihnen den Weg. William führte Layla unter die Tanzenden. Er hatte es schon lange nicht mehr versucht, es als junger Mann aber geliebt. Seine Hände zuckten, die Schultern hoben und senkten sich, seine Beine erinnerten sich an Tanzschritte, die er in Bollywoodfilmen gesehen hatte; und die Menge applaudierte, als er Layla umkreiste, die lachend versuchte, mit ihm mitzuhalten.

Alex tanzte mit Mustafa, mit William und mit Layla. Und er tanzte mit Dena, die er überreden konnte, ihre Kamera für einen Moment beiseitezulegen. Immer wieder führte William Layla zurück zum Sessel, damit sie sich hinsetzen und ihre Füße ausruhen konnte. Aber Layla wollte nichts verpassen. Nach einer Stunde streifte sie ihre High Heels ab und warf sie von sich. Die Menge jubelte. Andere Frauen machten es ihr nach, und von den Schuhen befreit, drängten sie in die Mitte und brachten die Männer zum Staunen, die ihnen wie gebannt zuschauten.

Alex verschlang das Essen, das ihm jemand auf einem Teller reichte – nie hatte er so etwas Köstliches gegessen. Wenn er schwächelte, nahm er einen Schluck Kaffee. Manche Gäste machten es sich auf ihren Plätzen gemütlich und ruhten sich aus, andere holten sich zu essen, wieder andere spritzten sich Wasser ins Gesicht, um sich zu erfrischen. Frauen tratschten, Männer scherzten, die Sessel von Braut und Bräutigam wurden von Kindern belagert, die übereinander kraxelten und so taten, als wäre das Podest ein fliegendes Schiff. Junge Frauen sprachen ihn an und baten ihn, Arabisch oder Nilotisch zu sprechen, damit sie mit ihm flirten konnten.

Er tanzte mit Williams Mutter und mit Kindern, machte sich zum Hampelmann. Junge nilotische Viehhirten forderten ihn auf, mit ihnen zu tanzen, ebenso einige Nomaden. Alle lachten über seine unbeholfenen Bewegungen, und er stimmte in ihr Lachen ein.

Mustafa war high von zu viel Pepsi. Die Augen glasig, das Grinsen im Gesicht wie festgeklebt, so hüpfte er im flatternden, doppelreihigen Jackett wie ein Knallfrosch um die Tanzenden herum, die rote Krawatte saß schief, das weiße Hemd hing aus der Hose. Denas gerötetem Gesicht und den blitzenden Augen sah er an, dass sie glücklich war, auch, weil sie offenbar danach hungerte, dieses Fest von Licht und Farben festzuhalten. Immer wieder stürzte sie sich mit der Kamera in die Menge wie ein Perlentaucher ins Meer. Und selbst sie konnte nicht anders, als sich im Takt zur Musik zu bewegen – es war so lange her, dass irgendeiner von ihnen auf einer Party gewesen war.

Als Alex trotz Kaffee doch einmal eine Pause brauchte, setzte er sich auf den Rand des Podestes und griff nach einem Papierteller, um sich damit Luft zuzufächeln. Zwei Minuten später tauchte William auf, einen Schweißfilm auf der Stirn, die Augen so hell wie die Lichter über ihm. Seufzend ließ er sich neben Alex sinken, erschöpft und glücklich.

Mustafa fand sie dort. Er sah vom Tanzen so zerzaust aus, als käme er von einer Prügelei.

«Man verlangt nach dir!», rief er.

«Gleich sofort», sagte William. «Komm her.»

Widerstrebend ging Mustafa zu ihm. William zog ihn auf seinen Schoß. «Du brauchst eine Pause. Setz dich für eine Minute.»

Mustafa zappelte und wand sich auf Williams Schoß, konnte es kaum erwarten, wieder loszuziehen, und William ließ ihn schließlich laufen. Er sprang auf und verschwand in der Menge; lachend sahen sie ihm nach.

Irgendwer hatte Hirsebier aufs Gelände geschmuggelt, das jetzt unter den Gästen die Runde machte. Manch einer war schon beschwipst. Musik pulsierte, Licht flackerte, auf den Tischen häuften sich Rinderknochen. Leere Wasserflaschen lagen umgekippt da wie vom Tanzen erschöpft. Sittsame Großmütter erhoben sich von ihren Plätzen und streiften ein halbes Jahrhundert ab, um alte, lang vergessene Brauttänze vorzuführen. Kinder huschten wie Wirbelwinde über den Hof. Babys lagen eingewickelt auf den Tischen und schliefen bei all dem Lärm so friedlich wie in der Stille des Mutterleibs. Junge Männer verliebten sich in junge Frauen. Junge Frauen entschieden sich für einen Ehemann. Die Köche, deren Arbeit endlich getan war, wurden in den Kreis der Tanzenden gezogen und erhielten Applaus für das Festmahl, das sie zubereitet hatten. Schweißflecken zeigten sich auf den orangeroten Hemden der Musiker. Sie waren erschöpft, aber die allgemeine Euphorie trieb sie weiter an.

Dena bewegte sich durch die Menge, filmte die Stickereien auf den Kleidern der Frauen, die von der Kohleglut erhitzten Gesichter der Köche, Mädchen in Spitzenröcken und Rüschensocken, zahnlose Weiber mit tätowierten Lippen. Turbane prachtvoll wie Palastkuppeln krönten die Köpfe mancher Männer, langgliedrige Niloten bewegten sich wie Fürsten durchs Getümmel. Der Hof war ein Farbtableau, die Luft ein Meer von Gerüchen. Pudriger Staub und aphrodisische Düfte, Knochenmark, Kaffee, Alkoholfahnen und die drückende Hitze sich verausgabender Leiber. Die Musiker gaben sich diplomatisch und wechselten zwischen nilotischen und nomadischen Liedern. Spielten sie nilotische Musik, kamen die jungen, großgewachsenen Männer und die zarten nilotischen Frauen, stellten sich einander gegenüber und begannen zu tanzen. Gaben sie nomadische Lieder zum Besten, erhoben die turbantragenden Männer ihre Stöcke und grüßten die nomadischen Frauen, deren Augen so ausdrucksstark waren wie der graziöse Schwung ihrer Arme.

Selbst Williams Mutter vergaß ihren Griesgram. Das Stirnrunzeln löste sich in Gelächter auf. Sie tanzte mit Layla, zeigte ihr nilotische Schritte. In der Schar seiner schönen Schwestern war William ein Gott unter Göttinnen. Layla aber glich einem aus Feuer und Gold geschmiedeten Engel.

Nachbarn, die sich während der Unruhen versteckt hatten, fanden wieder zusammen, tauschten Neuigkeiten aus und erzählten sich von ihren Erlebnissen während des Krieges. Entfernte Verwandte umarmten sich. Vertriebene Dorfbewohner vergaßen, dass ihre Heimat verloren war, und sie überraschten sich selbst damit, dass sie lachten, statt zu weinen. Bei all der Musik, dem Bier, den Freuden des Festes entdeckten die Nomaden ihr Nilotisch wieder, das sie als Kinder gelernt hatten. Ein üppiger Abend, reichlich zu essen, Musik, Gelächter und allgemeines Wohlbefinden, ein Abend, an dem der Krieg nur noch ein Traum zu sein schien, aus dem die Stadtbewohner nun erwacht waren. Die Alten erzählten von der früher bereits existierenden Freundschaft zwischen Niloten und Nomaden, erinnerten sich an Zeiten, an denen man wochenlang das Vieh treiben konnte, ohne je das Ende des Weidelandes zu erreichen, Zeiten, in denen der Regen so regelmäßig kam wie der Schlag ihres Herzens.

Nachdem er zwei Stunden getanzt, ungehorsame Kinder gejagt und davor geholfen hatte, alles herzurichten, war Mustafa in großer Not. Er hatte Limonaden verteilt, selbst Flasche um Flasche getrunken und musste nun unbedingt pinkeln.

Das Tanzen ging weiter, sodass er fürchtete, er könnte seinen Platz ganz vorn verlieren, von wo aus er William, Layla und Williams Schwestern sehen konnte und einen guten Blick auf die kühnsten Tänzer hatte – auf jene, die aus der Menge ausbrachen, sich in die Mitte wagten und jedermann beeindruckten. Er selbst war zwei-, dreimal in die Mitte gesprungen, und Adrenalin war durch seine Adern geschossen, als er hüpfte, sich krümmte und halbe Purzelbäume schlug, während die Menge aufmunternd lärmte und ihn zu immer waghalsigeren Kunststückchen antrieb.

Jetzt aber konnte er sich nicht länger auf das Tanzen konzentrieren - seine Blase drohte jeden Moment zu platzen. Er zupfte Alex am Arm. Alex sah zu ihm herab, rot im Gesicht, glücklich, verschwitzt.

«Halt meinen Platz frei», sagte er. «Ich komme zurück.»

«Alles klar bei dir?»

«Muss aufs Klo.»

«Okay, dann bis gleich.»

Er hatte die Beine überschlagen, löste sie jetzt aber voneinander - zwecklos, mit überkreuzten Beinen laufen zu wollen -, schlängelte sich durchs Gewühl und schützte den Bauch mit einem Arm vor zufälligen Rempeleien. Er drängte sich an Hüften, Armen, Oberkörpern vorbei. Hinter ihm verklang die Musik. Dieselben Kinder, die er vorhin wegen der Lichterketten ausgeschimpft hatte, malträtierten jetzt die Topfpflanzen. Er ignorierte sie und hastete zur Latrine.

Wenige Minuten später tauchte er wieder auf, unbeschwert, leicht wie eine Feder. Die Kinder waren verschwunden. Einige sehr betagte Leute - jene, die zum Tanzen zu alt waren - saßen noch an den Tischen. Drei Mütter fütterten ihre Kinder. Ansonsten sah er überall gestapelte Teller und überquellende Aschenbecher, verzogenes Tischtuch und hastig zurückgeschobene Stühle. Eine Reihe Gebetsteppiche zeigte nach Osten. Um die Dekoration war es übel bestellt - die Wimpel am Tor waren verschwunden, die meisten Lichter glitzerten aber noch.

Eine Bö kam auf. Er sah hoch, als frische Luft heranwehte und die Planen aufblähte, die gleich wieder in sich zusammensackten. Das Tor wurde geöffnet, und eine Gruppe Männer betrat den Hof. Nomaden in Dschallabijas mit alten, schäbigen Turbanen, die gleich neben dem Tor stehen blieben und die Lichter musterten, die Zelte, die Gäste.

Einer der Männer beugte sich zu einer alten Frau vor, die neben dem Tor saß. Was er sie fragte, schien sie zu verwirren. Ein anderer Mann nahm sich einen noch halb vollen Teller, aß mit den Fingern die Reste und machte seinen Freunden ein Zeichen, die daraufhin den Tisch absuchten, dann aber, als sie nichts Essbares fanden, zur Küche gingen. Sie kehrten mit Tellern in der Hand zurück und aßen hungrig, kauten mit vollen Backen, die Finger fettverschmiert. Einer nahm sich eine Wasserflasche, hielt sie sich an den Mund; beim Trinken hüpfte sein Adamsapfel wie ein Stein auf und ab.

Mustafa sah zu. Irgendwas in den Gesichtern dieser Männer, etwas Wildes, erkannte er wieder. Einer war älter, schlank, hatte einen Bart und ein verkniffenes Gesicht. Zwei weitere sahen ihm ähnlich, waren aber rasiert. Noch einer war dunkelhäutig, groß gewachsen, und trug sogar im Dunkeln eine Sonnenbrille. Plötzlich bemerkte er, dass die Männer versteckt unter ihren Jacken Waffen dabeihatten.

Er wandte sich ab und lief in Richtung Podest, schob und drängelte sich voran. Je weiter er kam, desto dichter war der Trubel. Er wurde erdrückt, sein Kopf zwischen Leibern eingezwängt, die Arme eingeklemmt, seine Beine steckten fest wie in einer Falle. Samt und Polyester machten ihn blind, Pailletten kratzten ihm die Haut auf, Schweiß und Parfüm hüllten ihn ein. Heftige Schläge trafen ihn, als er auf Zehen trat, kratzte, sich vordrängte, Leute wütend machte.

Die Musik wurde lauter, wummerte, schürte die Panik in seiner Brust. Er warf sich vorwärts, die Lichter wurden heller, und in dem Bruchteil jener Sekunde, da er flog, streckte er sich und landete auf Händen und Füßen mitten unter den Tanzenden direkt vor Laylas hennaverzierten Füßen. Erschrocken blickte sie ihn an, half ihm auf, und einen Moment lang war er überwältigt vom Glitzern ihres Thoubs, dem Sandelholzduft. Sie klopfte ihm den Sand vom Anzug, ihre Zöpfe streiften sein Gesicht. Er wollte ihr sagen, dass die Miliz gekommen war, aber sie konnte ihn nicht hören. William wirbelte ihn herum. Die Krawatte hatte sich gelockert, sein Gesicht glänzte hell, und in den Augen glomm ein wildes Funkeln. Er war beschwipst und nahm Mustafa in den Arm, wollte mit ihm tanzen. Mustafa aber riss sich los und zerrte an seinem Jackett.

«Was ist denn?» William beugte sich zu ihm runter.

Mustafa umschlang seinen Hals und schrie ihm ins Ohr, dass gerade Milizsoldaten aufs Grundstück gekommen waren.

Das Lachen wich aus Williams Gesicht. Er richtete sich auf und sah zum Tor. Layla berührte ihn an der Schulter, und er sagte etwas zu ihr. Sie runzelte die Stirn, dann griff sie nach seinem Arm. Von allen Seiten umringt blieb Mustafa an Williams Seite, stellte sich auf Zehenspitzen und versuchte vergebens, etwas zu sehen. Alex und Dena tanzten selbstvergessen - Alex wirbelte angetrunken eine von Williams Schwestern im Kreis, Dena tanzte mit zwei Kindern.

Ein Krachen dröhnte über die Lautsprecher, unverständliche Worte folgten. Die Gitarre jaulte auf und verstummte; am Keyboard wurde immer und immer wieder dieselbe elektronische Note angeschlagen. Die Leute hörten auf zu tanzen, Köpfe drehten sich zu den Musikern im Pavillon um. Ein Instrument fiel zu Boden, das Geräusch hallte verstärkt über den Hof. Irgendwer stöpselte das Mikro aus. In der plötzlichen Stille konnte man nur das Brummen des Generators hören.

William ließ Layla stehen. Mustafa folgte ihm durch das Gedränge. Vor ihm die Soldaten der Miliz. Einer hielt die Gitarre am Hals. Am Boden lag ein Musiker, stöhnte und hielt sich den Arm. Ein anderer Musiker duckte sich hinters Schlagzeug, nur noch seine Augen waren über den Rand der Trommel zu sehen.

Gäste wichen zurück. Andere schoben sich nach vorn, wollten sehen, was geschah. Williams Blick wanderte vom verletzten Musiker hoch zu den Soldaten. Ärgerlich verzog er das Gesicht.

«Was ist hier los?»

Die Männer drehten sich zu ihm um. Sie musterten William von oben bis unten, seinen schicken Anzug, das attraktive Gesicht. Derjenige, der die Sonnenbrille trug, hob sie kurz an, um ihn besser sehen zu können.

«Und du bist wer?», fragte der Ältere. Der Saum seiner Dschallabija war ausgefranst, die Nähte der Brusttasche hatten sich gelöst, die Stiefel waren abgetragen. Eine Hand lag lässig am Gewehr, das ihm von der Schulter hing.

Über ihn hinweg sah Mustafa, wie sich Alex und Dena durch die Menge nach vorn drängten.

«Ich bin der Bräutigam», sagte William. «Sie sind herzlich zur Hochzeit eingeladen, aber wir wollen keinen Ärger. Wir haben für dieses Fest die Erlaubnis der Behörden eingeholt.»

Noch ganz dem Vergnügen und dem Alkohol hingegeben, schauten die Gäste zu, als handelte es sich um eine geplante Aufführung zu ihrem Vergnügen; die meisten konnten die Gewehre nicht sehen, und wer sie sah, blieb dennoch wie gebannt stehen und sagte sich, dass es einen Waffenstillstand gab. Bestimmt würden sich die Männer mit den Gewehren gleich unter die Tanzenden mischen.

Bewegung kam auf. Layla, die stehen geblieben war, als William nachsehen ging, was es mit dem Lärm auf sich hatte, schob sich nun durch die Menge nach vorn und bot einen überwältigenden Anblick in Rot und Gold. Sie stellte sich an Williams Seite.

Die übrigen Milizsoldaten starrten erst sie, dann William erstaunt an. «Sie ist deine Braut?» Er sah noch einmal hin, dann drehte er sich zu seinen Freunden um und schüttelte verblüfft den Kopf. «Eine Mischehe. Eine Nomadin mit einem Niloten.»

Die Männer drehten sich wieder um und stierten erneut Layla an.

Der Bärtige richtete seinen Blick auf William. «Wer hat die Erlaubnis für diese Hochzeit erteilt?»

«Das Büro der Security», sagte William. «Sie können gern nachfragen, wenn Sie wollen.»

«Tja», sagte der Mann. «Uns hat man jedenfalls nicht informiert.» Mustafa, der auf Augenhöhe mit dem Gewehr war, sah, wie er die Waffe hob. «Dann soll dies eine Lektion für alle Niloten sein, die glauben, sie könnten sich mit unsereins vereinen.»

Er richtete die Waffe auf William. Ein Schuss, William fiel hin, und viele warfen sich zu Boden; Mustafa hörte Laylas Thoub rascheln, kurz bevor er selbst zu Boden gezogen wurde – neben ihm kroch ein Mann unter einen Tisch, dann fiel jemand auf ihn und einen Moment lang bekam er keine Luft mehr; er schmeckte den Teppich im Mund, die Augen brannten, in der Nase der Geruch geplatzter Glühbirnen, und der Hof war voller Schreie. Das Gewicht wurde von ihm genommen, und er konnte wieder atmen. Als er aufblickte, sah er Menschen über die Mauern klettern, die Hände blutig von den Glasscherben auf der Mauerkrone. Alex und Dena duckten sich hinter einem der zu Blumentöpfen umfunktionierten Ölfässer. Neben der Küche drückten Williams Schwestern ihre Kinder an sich. Williams Mutter stolperte wie benommen umher, obwohl eine ihrer Töchter versuchte, sie zu Boden zu ziehen.

Ein Krachen hinter ihm, und als er sich umdrehte, sah er,

dass man den Sessel der Braut vom Podest geworfen hatte. Zelte schwankten und brachen zusammen, sodass Teile des Hofs von Zeltbahnen bedeckt waren, unter denen sich Leiber wanden. Teller mit Essensresten flogen durch die Luft, dann gingen die Lichter aus. Er hob den Kopf und sah, wie die Soldaten der Miliz zur Straße schlenderten, wie Menschen vor ihnen davonhasteten, wie sie über entsetzte Männer und Frauen hinwegstiefelten, wie manche vor ihnen in die Nacht davonstürmten.

Um ihn herum war jetzt Platz. Über den Teppich hinweg sah er William auf dem Rücken liegen, der Kopf verdreht, die Lippen geöffnet, die Augen leer. Tot.

Epilog

Sie hatte geglaubt, wenn sie sah, wie man William zu Grabe trug, würde sie begreifen, dass er wirklich tot war. Am Tag nach der Hochzeit, noch im Brautkleid, war sie mit Dena, Alex und Mustafa zum Friedhof gegangen. Dort traf sie Händler, Teefrauen, Viehtreiber, Kinder, Dorfbewohner und Flüchtlinge - so wie alle zur Hochzeit gekommen waren, versammelten sie sich jetzt alle zu seiner Beerdigung. Es hatte Streit darüber gegeben, ob man ihn auf dem nilotischen oder dem nomadischen Friedhof bestatten sollte. Die Nomaden beanspruchten ihn für sich; er war Muslim geworden. Seine Mutter sagte, nur über ihre Leiche. Da war Layla vorgetreten. Er war von Nomaden getötet worden; sie würde nicht zulassen, dass man William in ihrer Mitte begrub.

Sie schaute zu, wie Alex zusammen mit anderen Männern das Grab aushob, während Mustafa in ihr Kleid weinte. Neben ihr weinte Dena. Sie selbst war die Einzige, die keine Träne vergoss. Sie zwang sich, den verhüllten Leichnam anzusehen, was nur dazu führte, dass sie zu zweifeln begann. Wie konnte sie sicher sein, dass es wirklich William war, der da lag?

An die folgenden Tage konnte sie sich nur verschwommen erinnern. Sie lag in Denas Zimmer, Familienmitglieder kamen und gingen. Ihr Vater war aufgebracht, die Mutter flehte sie an, die Brüder schimpften sie aus. Williams Schwestern zeterten, Williams Mutter schlug sich an die Brust. Aus dem Hof drangen Jammerlaute. Frauen weinten inmitten der zerschlagenen Dekoration, Wehklagen statt Musik, verhaltenes Flüstern statt Gelächter.

Es kostete sie allen Mut, sich ihrer Familie zu stellen, die sie wieder bei sich haben wollte, aber sie fand es unmöglich, zu ihnen zurückzukehren. Nicht nach William, nicht nach dem, was sie durchgemacht hatte. Wie könnte sie? Sie und William hatten einen Plan gehabt: nach Khartum fahren und Mustafa mitnehmen. Also entschied sie, dass es dabei bleiben sollte, sie würde nach Khartum gehen und Mustafa mitnehmen.

Zehn Tage nach der Beerdigung nahmen sie beide den Bus. Mustafa hatte sich Denas Kamera auf den Rücken geschnallt, sie selbst trug einen Koffer sowie eine Handtasche mit ihrer wertvollsten Habe - einen Umschlag mit Geld, einen Zettel von Dena mit einer Adresse in Khartum und Williams Geschenke - Kleider, Schmuck, Parfüm - Brautgeschenke, auch wenn sie jetzt eine Witwe war.

Durch das Fenster winkten sie Alex und Dena zum Abschied. Räder drehten sich. Saraaya verschwand hinter ihnen - erdfarbene Häuser, Strohdächer, kaum erkennbare und immer undeutlicher werdende Sandwege durch grüne Weideflächen. Die Sonne badete sie in ihrem Licht. Leiber bewegten sich im Rhythmus mit dem schwankenden Bus. Mustafa lehnte an ihrer Schulter, blinzelte gegen die Helligkeit an. Während der ersten drei Stunden fuhren sie nach Nordosten. Der Wind peitschte ihr das Haar in die Augen, und sie spürte, wie der Bus über Steine holperte. Erste Anhöhen ragten aus der Ebene auf, sie näherten sich einer Hügelkette. Ihr Blick wanderte über die Szenerie; vor ihnen Berghänge wie die Gliedmaßen eines im Schlaf ausgestreckten Riesen.

Nach fünf Stunden Fahrt kamen sie zu einem Dorf, eher nur ein Lager als eine richtige Siedlung, und der Bus hielt. Leute stiegen aus, streckten sich, tranken Wasser, Kinder jagten sich gegenseitig um den Bus.

Eine Frau bot ihr etwas zu trinken an.

«Ihr Junge?», fragte sie Layla und wies mit einem Kopfnicken auf Mustafa.

Sie hatten Saraaya verlassen, ohne etwas Neues über seine Mutter erfahren zu haben. In den Tagen nach der Beerdigung hatte Layla nur deshalb nicht den Verstand verloren, weil sie genau wusste, wenn sie jetzt keine klugen Entscheidungen traf, könnte Mustafa am Ende auf sich allein gestellt sein.

Sie war zu jung, trotzdem antwortete sie: «Ja.»

Ein wenig später berührte Mustafa sie am Arm.

«Glaubst du, Dena und Alex rufen uns an?», fragte er. «Aus Amerika?»

«Ganz bestimmt», erwiderte sie. «Sie haben es doch versprochen.»

Er starrte auf seine Schuhe, die neuen, die er zur Hochzeit getragen hatte, und sie wusste, dass er an William dachte.

Sie stiegen wieder in den Bus, und bald fuhren sie durch die Wüste. Hinter dem Fenster rückte der Horizont immer weiter weg. Schattenlos erstreckte sich das Land; Wadis boten dem Himmel ihre trockenen Kehlen dar; ein einsamer Baum trotzte den Elementen. Immer wieder spürte sie einen Druck auf der Brust – eine plötzliche Erwartung. Dass William ihr an der Kreuzung überraschend entgegenkam oder hinter der nächsten Kurve auftauchte. Selbst als sie am Hochzeitsabend auf seinen im Pavillon aufgebahrten Leichnam blickte – das weiße Hemd rot gefleckt, kein Atemzug –, hatte sie erwartet, dass er jeden Moment aufstand, zu ihr kam und ihr versicherte, dass alles nur ein schlechter Traum war – sie würden morgen nach Khartum fahren.

Die Sonne zog über den Himmel, bettete sich ins Land. Nachts, im dunklen Bus, musste sie immer wieder an den Moment zurückdenken, als der Schuss fiel - sie hatte sich bei dem Knall gleich zu Boden geworfen, hatte ihr Gesicht in Williams Schulter vergraben. Und sie erinnerte sich an den Zitronenduft seines Aftershaves, an die Wärme seiner Haut. Als sie die Augen aufschlug, waren ihre goldenen Armreifen glitschig von seinem Blut. Sie sah zu ihm hoch, aber er hatte das Gesicht abgewandt. Sie richtete sich auf und entdeckte Mustafa auf seiner anderen Seite. Und da wusste sie es - sie sah es in Mustafas Gesicht.

War er gestorben, während sie ihn im Arm hielt? Oder schon in dem Moment, als die Kugel in ihn eindrang? Hatte er ihr noch etwas sagen wollen? Hatte sie die letzten Sekunden verpasst, in denen er noch bei Bewusstsein gewesen war, ihr Kopf vergraben an seiner Schulter? Es war alles so schnell geschehen, dass sie immer noch ganz benommen war.

Früh am nächsten Morgen trafen sie in Khartum ein. Mustafas weißes Hemd war von der Fahrt zerknittert, die Strümpfe hingen ihm um die Knöchel, auf der Wange, mit der er sich an ihre Schulter gelehnt hatte, prangte ein Abdruck von ihrem Kleid. Sie suchten ihre Sachen zusammen und mischten sich unter die Menge.

Straßenhändler priesen ihre Waren an, ungeduldige Fahrer hupten, Busse fuhren ab oder kamen an. Familien umarmten sich zur Begrüßung oder beim Abschied. Mit Einkäufen beladene Mütter liefen vorbei, an ihrer Hand hingen an Lutschern leckende Kinder. Bettler hasteten durch das Autogewirr, pochten an Fenster und versprachen Gottes Gnade im Austausch für eine Münze.

Behindert von ihrem Gepäck rempelte sie versehentlich gegen einen Mann, der sie wütend anstarrte. Sie lief weiter, wollte über die Straße, Mustafa im Gefolge, als plötzlich ein

Wagen bremste und nur wenige Zentimeter vor ihr stehen blieb. Sie trat zurück, Mustafa klammerte sich an sie, die Augen groß, die Lippen geschlossen.

«Alles in Ordnung?»

Er nickte. Doch verriet ihr sein fester Griff, dass er sich genauso fürchtete wie sie. Wie sollten sie an diesem seltsamen Ort zurechtkommen, an dem alles sich derart schnell bewegte? Obwohl sie es besser wusste, hielt sie nach William Ausschau. Sie meinte, ihn bei einer Gruppe von Passagieren zu entdecken, erst im allerletzten Moment drehte er sich zu ihr um. Sie sah, wie er sich durch das Gewimmel einen Weg zu ihr bahnte. Und sie stellte sich vor, wie er nach ihren Händen griff und sagte: Ich bin da. Komm.

Danksagung

Mein größter Dank gilt Peter Carey, Colum McCann, Claire Messud und dem Hunter College CUNY MFA Programm für Kreatives Schreiben, das mein Leben verändert hat.

Großen Dank schulde ich auch dem fantastischen Team der Agentur Wylie, insbesondere Sarah Chalfant und Jackie Ko für ihre unschätzbaren Ratschläge und nie nachlassende Unterstützung. Dank auch an Jill Bialosky, Drew Weitman und dem Team bei W.W. Norton, mit dem zu arbeiten für mich eine große Freude war.

Dank an John Freeman, der einen Auszug des Romans in *Freeman's: The Best New Writing on Arrival* veröffentlichte, was mir so manche Tür geöffnet hat. Dank an Rana Dasgupta, der einen weiteren Auszug veröffentlichte in *Granta: The Magazine of New Writing*, Band 151.

Dank an Hans-Uli Feldmann für unschätzbare Gespräche und so viele Einblicke in Geschichte und Praxis der Kartografie.

Dank an all jene kulturellen Institutionen, die mir mittels Aufenthaltsstipendien Raum, Zeit und Geld zum Weiterschreiben gewährt haben. Mein besonderer Dank gilt Sally De Kunst und der Arc Artist Residency in Romainmôtier, Schweiz; der Miles Morland Foundation in Großbritannien; der Cité internationale des arts in Paris; dem Iceland Writers Retreat; Villa Sarkia Residency in Sysmä, Finnland;

der Jan Michalski Foundation for Writing and Literature in Montricher, Schweiz; der Maison Baldwin in Saint-Paul-de-Vence, Frankreich; dem Bundeskanzleramt Österreich/KulturKontakt für ihr Künstleraufenthaltsprogramm in Wien; der Akademie Schloss Solitude in Stuttgart, Deutschland; der Kunstorganisation Mophradat in Brüssel und Athen; der Kulturstiftung Schloss Wiepersdorf in Brandenburg, Deutschland; und – *last but not least* – der Art Omi in Ghent, New York. Dank an Michel und Catherine Soublin, die mir mit einem DIY-Aufenthalt für einen Sommer einen Ort zum Schreiben gewährt haben.

Größten Dank schulde ich auch meinen Freunden, die mich jahrelang unterstützt und mir immer wieder Mut gemacht haben: Marie Constantinesco, Divya Awal, Lana Dinić, Neşe Doğusan Alexander, Sanjay Pinto, Maya Pinto, Uraline Septembre Hager, Elizabeth Park, Xiao Kun Kora Park, Charles Lang, Ritva Koistinen, Katariina Záborszky, Shams Yazdani, Ghazal Ramzani, Niusha Ramzani, Samira Mohammed Ali, Paul Joachim Schulze, Olga Gerstenberger, Nursemin Sönmez, Silke Nagel, Inken Sarah Mischke, Manjiri Palicha, Matthias Haase, Sarnath Banerjee, Simran Sodhi, Sonita Bindra, Adam Bresnahan, Sabrina Mandanicci, Claire Debucquois, Josuah Merkl, Agata Lisiak, Hélène de Givry, Duygu Kaban, Todd Sekuler und Camille Fontaine.

Meinen Dank nicht zuletzt an Sara, Fadwa, Bayan, Layla und Thorne. Und ich kann meiner Mutter gar nicht genug dafür danken, dass sie all dies erst möglich gemacht hat. Auch meinem Vater, der gleichfalls all dies erst möglich machte, was vor langer Zeit mit unseren Spaziergängen, Hand in Hand, zu den Buchläden begann.

Bildnachweis

Karte auf Seite 331 von Duygu Kaban.

Karte auf Seite 332/333: The Anglo-Egyptian Sudan (Ausschnitt), erstellt von Alexander Nicohosoff, Alexandria 1949. Geography and Map Division, Library of Congress, www.loc.gov/item/2019589297/.

Karte auf Seite 334/335: Sudan (Ausschnitt). Hg. vom Maṣlaḥat Al-Misāḥah, Khartum 1976. Geography and Map Division, Library of Congress, www.loc.gov/item/76693428/.

Mit freundlicher Genehmigung der Geography and Map Division der Library of Congress.

Die Zeichnungen auf den Karten stammen von der Autorin, die grafische Gestaltung von Niusha Ramzani.